多雷插图本世界名著

疯狂的罗兰

[意]卢多维科·阿里奥斯托 著
[法]古斯塔夫·多雷 绘
博文 编译

吉林出版集团股份有限公司 | 全国百佳图书出版单位

版权所有 侵权必究
图书在版编目（CIP）数据

疯狂的罗兰 /（意）卢多维科·阿里奥斯托著；
（法）古斯塔夫·多雷绘；博文编译. -- 长春：吉林出
版集团股份有限公司, 2025. 3. --（多雷插图本世界名
著）. -- ISBN 978-7-5731-6377-6

Ⅰ. I546.23
中国国家版本馆CIP数据核字第2025LA1274号

DUOLEI CHATU BEN SHIJIE MINGZHU FENGKUANG DE LUOLAN

多雷插图本世界名著·疯狂的罗兰

著　　者：［意］卢多维科·阿里奥斯托
绘　　者：［法］古斯塔夫·多雷
编　　译：博　文
出版策划：崔文辉
项目策划：赵晓星　武　学
项目执行：于媛媛
责任编辑：杨　蕊
封面设计：观止堂＿未　氓
排　　版：昌信图文

出　　版：吉林出版集团股份有限公司
　　　　　（长春市福祉大路5788号，邮政编码：130118）
发　　行：吉林出版集团译文图书经营有限公司
　　　　　（http://shop34896900.taobao.com）
电　　话：总编办 0431-81629909　营销部 0431-81629880/81629881
印　　刷：大厂回族自治县益利印刷有限公司

开　　本：787mm×1092mm　1/16
印　　张：28.75
字　　数：428千字
版　　次：2025年3月第1版
印　　次：2025年3月第1次印刷
书　　号：ISBN 978-7-5731-6377-6
定　　价：88.00元

印装错误请与承印厂联系　联系电话：13521219071

关于本书

传奇（romance）是中古世纪时在欧洲流传极广的文类，主要的内容包括冒险犯难、英雄救美、行侠仗义、保家卫国等英勇行为。如同中国的武侠、日本的武士道，传奇也有其标榜的中心理念，那就是骑士精神。何谓骑士精神？在传奇里，拥有骑士头衔的男子必须具备以下基本美德：伟大胸襟、风度翩翩、仁义慷慨、忠诚坚毅、虔信基督等；除此之外，他还要文武全才、相貌英俊，并懂得怜香惜玉，能谱写轰轰烈烈的恋情。简言之，骑士在战场上必须有"一夫当关、万夫莫开"的气概；面对佳人时，却又能温柔体贴、全心奉献、至死不渝。

中古世纪为人熟知的传奇里，除了脍炙人口的亚瑟王和他的圆桌骑士外，还有一组同样赫赫有名的人马——查理曼大帝及其麾下的十二勇士。本书《疯狂的罗兰》的故事即是以查理曼率军抵抗北非摩尔人入侵为经，再以数个杰出勇士所从事的诸多冒险为纬交织而成。

书名虽是《疯狂的罗兰》，罗兰并非唯一的主角，贯穿全书的尚有与罗兰齐名的里纳尔多、际遇不凡的艾斯多弗、英勇多情的罗吉耶洛以及两位不让须眉的巾帼英雄：至情至性的布拉特曼特和威震中东的女战士玛菲莎。这几位主人翁除了拥有过人的武艺及勇气外，在保家卫国、为护教而战的过程中，更不断发生奇遇、冒险、见义勇为、比武挑战、斩妖除魔等事迹。因此，《疯狂的罗兰》除了以基督教、伊斯兰教两大阵营的争战作为主线外，其中更有一篇篇精彩有趣、紧张悬疑、拍案叫绝，甚而滑稽突梯的故事夹杂。

就故事的体现而言，《疯狂的罗兰》所指涉的非只传奇，它还包含了神话、寓言、魔幻写实、乡野奇谈等。作者所意欲探讨的也不仅是"骑士精神",他在多篇故事里也明确点出了其他主题,比如忠贞、抉择、天意、命运、嫉妒、妇德等。

  传奇里还有一项至高无上的道德指标,那就是基督教、伊斯兰教两大阵营壁垒分明、互不两立的绝对情操。在《疯狂的罗兰》里,查理曼及其麾下勇士所摇举的即是为护教而战的大纛;而这股高昂的圣战精神洋溢全书,是所有英雄在战争冒险中奋勇前进、死不足惜的原动力。

  《疯狂的罗兰》是一本具有史诗格局的传奇,不但有气盖山河的征战、残酷骇人的杀戮,也有缠绵悱恻的爱情、惊心动魄的比武等,情节引人入胜。本书还收集了19世纪著名插画家多雷的一百五十幅插画,图文并茂,是一本能激发好奇心、满足想象力的有趣读物。

关于作者

《疯狂的罗兰》的作者卢多维科·阿里奥斯托（1474—1533）是 16 世纪意大利著名诗人。他因父亲早逝，不得不放弃在文学领域的兴趣和发展，转而从事公职，以负担家计。然而，他仍然穷毕生之力，以诗文体完成了这部脍炙人口的传奇，不负自己在创作方面的天赋。

《疯狂的罗兰》是以法国中世纪名诗《罗兰之歌》为蓝本，再参考数百年间诸多诗人对查理曼大帝及其勇士的歌咏，融合而成这一格局恢宏的传奇诗篇。阿里奥斯托从 1506 年开始创作，1516 年第一次出版，之后不断大幅修改增减，于 1532 年定稿，前后共历二十六载始成。

目录

逃走的安洁莉卡 / 004
争风吃醋 / 016
巧妙的机缘 / 025
夺取魔戒 / 032
郎心狼心 / 042
桃金娘 / 053
爱的陷阱 / 063
逃离险境 / 073
爱的追求 / 081
红颜薄命 / 094
铲除海怪 / 105
魔幻城堡 / 111
私奔 / 122
曼迪卡尔多 / 130
艾斯多弗回乡 / 147
援军到来 / 158
俊美的麦多曼 / 170
巧遇爱人 / 178
化干戈为玉帛 / 191
荒诞的风俗 / 201
最丑的战利品 / 213
喜相逢 / 226
痛不欲生 / 238

孪生兄妹 / 248
再生事端 / 259
内讧 / 265
痛苦的别离 / 270
贞烈的伊莎贝尔 / 278
抽签决斗 / 284
相思难熬 / 291
兄弟相认 / 300
怪物"哈皮" / 307
大败罗德孟 / 320
怨恨女人的马卡诺 / 333
玛菲莎受洗 / 341
破坏协议 / 350
巧遇葛拉达索 / 366
劝退 / 375
罗吉耶洛受洗 / 384
拒绝的智慧 / 396
善妒的丈夫 / 403
布兰蒂玛的葬礼 / 415
比武招亲 / 420
危在旦夕 / 429
宽宏大量的李欧 / 438
有情人终成眷属 / 445

G Doré

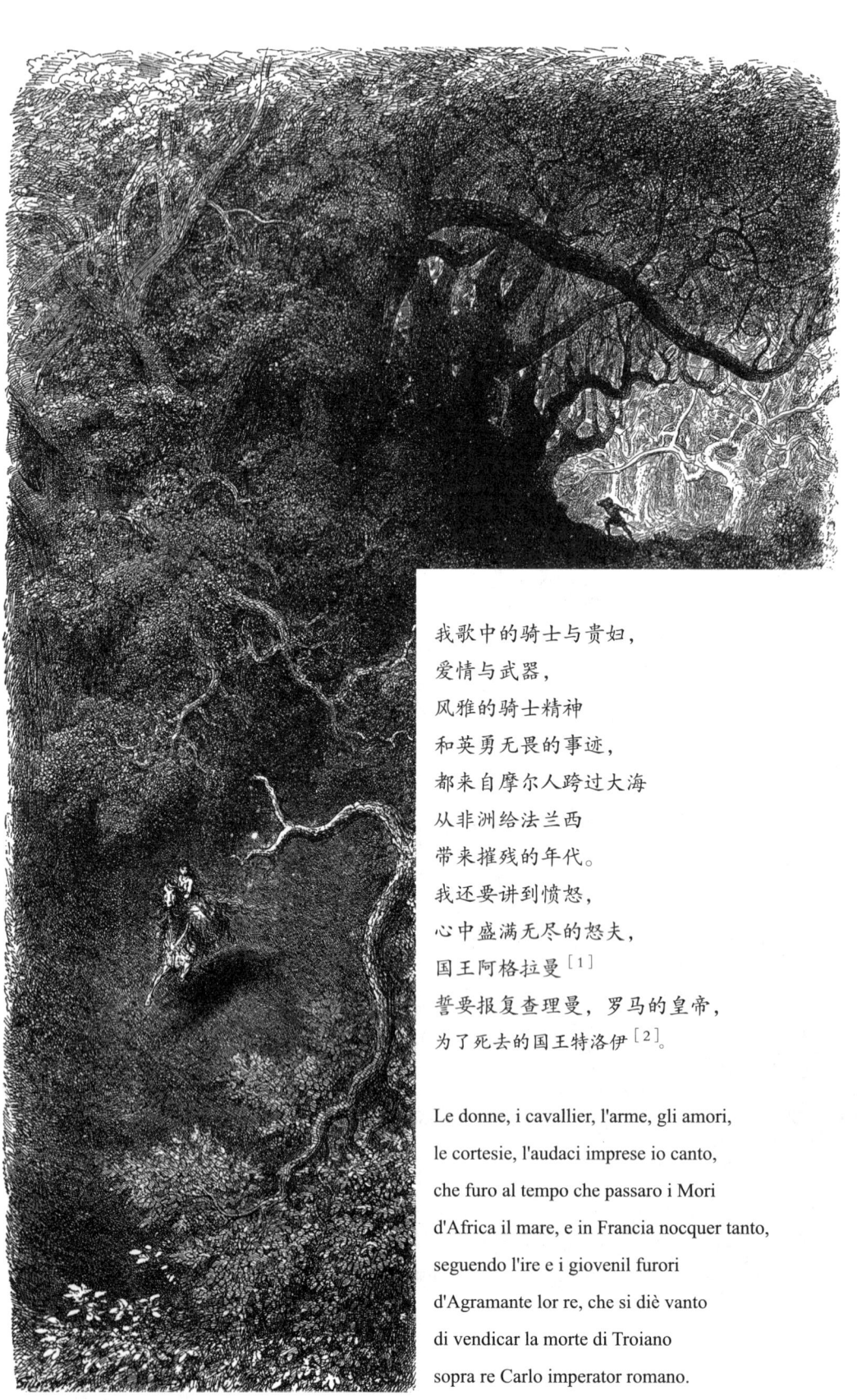

我歌中的骑士与贵妇，
爱情与武器，
风雅的骑士精神
和英勇无畏的事迹，
都来自摩尔人跨过大海
从非洲给法兰西
带来摧残的年代。
我还要讲到愤怒，
心中盛满无尽的怒夫，
国王阿格拉曼[1]
誓要报复查理曼，罗马的皇帝，
为了死去的国王特洛伊[2]。

Le donne, i cavallier, l'arme, gli amori,
le cortesie, l'audaci imprese io canto,
che furo al tempo che passaro i Mori
d'Africa il mare, e in Francia nocquer tanto,
seguendo l'ire e i giovenil furori
d'Agramante lor re, che si diè vanto
di vendicar la morte di Troiano
sopra re Carlo imperator romano.

罗兰，我也要唱到他
没有在任何散文
和韵文中讲过的故事。
爱情驱使着疯狂，这个
以智慧和谨慎著称的人。
如同我，被爱情弄得半疯，
如今正失去最后一分理智。
但愿我还有能力
来完成我的承诺[3]。
赫拉克勒斯的子孙，
我们时代的光辉，依波利托[4]，
愿您慷慨的心灵接受卑微
奴仆的敬献。我欠您良多，
请接受纸墨和词句的偿赎。
不要责怪我的吝啬，
这是我拥有的一切。
我将它奉上。

在最杰出英雄的行列中，
我要赞美你的名字，
我想起了鲁杰多，
高贵世系的创立者。
我将讲述他的勇武和战功，
如果你愿意留心聆听，
请暂时将思虑
让给我的诗句。

Dirò d'Orlando in un medesmo tratto
cosa non detta in prosa mai, né in rima:
che per amor venne in furore e matto,
d'uom che sì saggio era stimato prima;
se da colei che tal quasi m'ha fatto,
che 'l poco ingegno ad or ad or mi lima,
me ne sarà però tanto concesso,
che mi basti a finir quanto ho promesso.

Piacciavi, generosa Erculea prole,
ornamento e splendor del secol nostro,
Ippolito, aggradir questo che vuole
e darvi sol può l'umil servo vostro.
Quel ch'io vi debbo, posso di parole
pagare in parte e d'opera d'inchiostro;
né che poco io vi dia da imputar sono,
che quanto io posso dar, tutto vi dono.

注释

[1]非洲的国王。[2]阿格拉曼的父亲。[3]本诗。[4]伊斯达宫廷的红衣主教。

逃走的安洁莉卡

罗兰热烈地爱恋着美丽的东方公主安洁莉卡。为了将她带回西方世界，罗兰在东方的印度、米底亚、鞑靼国发动无数战争，摧毁了许多城池。当他历经艰辛带着安洁莉卡回到祖国时，查理曼大帝正与德、法两国整军待发，要让国王阿格拉曼和马西里奥[1]为他们的轻率而再次悔恨。

罗兰回来得正好，但他随即懊悔不已，因为美丽的安洁莉卡竟被查理曼下令带走。世事难料，有时只能以"荒诞"两字来形容！罗兰出生入死，从东方打到西方，好不容易从环伺的敌人手中夺得所爱；如今他身在祖国，周遭围绕的都是亲人朋友，而他热爱的公主，竟然未经一刀一剑就被带走了。

这是明智的查理曼想出来的计谋。原来，几天前罗兰与族兄里纳尔多兵刃相见，导火线即是绝世美女安洁莉卡，因为两人都疯狂地爱着她。为了避免出征的计划节外生枝，查理曼将安洁莉卡交由巴伐利亚公爵纳莫看管，并且宣布：谁杀死异教徒最多，谁就能赢得安洁莉卡以为奖赏。

战争的结局出人意料，联军战败溃逃，公爵沦为俘虏，他的军帐也遭属下弃守。安洁莉卡在这紧急的一刻，仓皇骑马逃走了。就在她东奔西跑，寻不到出路时，迎面走来了一名全副武装的骑士。安洁莉卡一见那骑士，吓得尖叫出声，快马加鞭，逃得更快。原来那名骑士正是里纳尔多，他在奋战时与他的坐骑拜亚德[2]失散了。

安洁莉卡心慌意乱，骑着马漫无目的地在森林里乱跑。跑了好久，最后穿过蓊郁的森林，来到一条河边。

河边正站着浑身汗污的费拉乌[3]，他因极度的疲累和口渴，暂时离开战场。然而，虽然就在洁河边，他还没有机会解渴，因为他方才急着喝水，低头时不慎把头盔[4]掉到河里去了。

安洁莉卡一路往河边奔来，不停地尖叫着。费拉乌听到声音，从河岸跃起身来，盯着她瞧。虽然好久没有听到她的消息了，虽然她的面容恐惧而苍白，费拉乌仍然一眼就认出来者不是别人，正是他日思夜想的美人安洁莉卡。

◎ 两雄争美

费拉乌的英勇和热情不下于安洁莉卡的另外两位追求者，听到她惊惧的尖叫声，他忘了遗失的头盔尚未寻获，马上拔出剑来，迎向里纳尔多。里纳尔多当然没把他看在眼里，双方立即展开搏斗。安洁莉卡则趁着两人缠斗不休时，猛踢马腹，死命地奔离森林。

里纳尔多与费拉乌都是身经百战的沙场老将，两人在使用武器的技艺上谁也不能高出一筹，里纳尔多气急败坏，大叫说：

"这样阻挠我，你能得到什么？再这样下去，我们只会两败俱伤而已。你这么奋不顾身是为了方才那位美丽的姑娘吧？若是，你拼命将我困在这里，对你有什么好处？你杀了我也好，俘虏我也罢，那位姑娘都不会是你的人——瞧！我们在这里杀得昏天暗地的，她早已趁乱跑走了。你若真的爱她，就应该赶紧去追她，免得她落入歹人之手。等我们找到她之后，再来一决高下，谁赢了，谁就能抱得美人归。否则，我们在此杀得死去活来，对你我一点好处都没有！"

费拉乌觉得这一番话不无道理，双方立即停止搏斗。这个停战协议拉

趁着二人激烈地搏斗，安洁莉卡掉转马头飞快地离开了

近了二人之间的距离，出发时，费拉乌不愿失去坐骑的里纳尔多步行，非要他也上马不可。于是两人共乘一骑，快马加鞭往安洁莉卡逃离的方向追去。

两人兼程赶路，马不停蹄，不久来到一条岔路口。他们无法判断安洁莉卡走的是哪一条路，因为左右两条路都有新的马蹄痕迹，最后他们决定将抉择交由命运去安排：里纳尔多与费拉乌各走一条路。

两人分道扬镳后，费拉乌猛挥马鞭，往森林里的那一条路奔去，他越走越远，最后发现竟然回到了原点，也就是他之前遗失头盔的地方。

◎ 头盔的归属

既然寻得佳人无望，费拉乌干脆往河里去寻找他的头盔。他找来了一根树干，削去枝叶，成了一支长竿子，然后耐着性子，一寸一寸地在河床上又挑又翻。找了许久，几乎要放弃时，忽然有一位骑士，满脸怒容地从河里冒了出来。骑士全身铠甲，但头盔没戴在头上，而是用右手环抱——那头盔正是费拉乌遍寻不获的那一顶。

骑士怒气冲冲地对费拉乌说：

"卑鄙的骗子！你为何到现在才把头盔给我？你可记得你杀害安洁莉卡的哥哥——就是我时，曾答应我说，几天后会将头盔连同其他的武器丢到河里来？多亏命运女神，让我的愿望实现了——虽然不是出自你的意愿。你用不着为此懊恼，若非懊恼不可，就为你自己的不守信用懊恼吧！

"如果你仍想拥有一顶好头盔，何不再去别处找一顶？罗兰的头盔由精铁打造，里纳尔多的那一顶更是远近驰名。你若有本事，何不去抢他们的来？至于我手上的这一顶，你必须留给我——这是你之前所做的承诺！"

当这鬼影子冷不防冒出水面时，费拉乌不禁毛发竖立，脸色刷白，他一时找不到借口为自己的不守信用辩驳，只好紧抿双唇，不发一语，但羞愧之情在他的灵魂深处燃烧着，他以兰福萨[5]用力发誓说，将来一定要夺得罗兰的头盔，其他人的他都不要。

里纳尔多与费拉乌分手后，在另一条路上有不同的际遇。他没走多远，就看到爱驹拜亚德从自己的前面奔过。"停下来！拜亚德，停下来！我没你可不行啊！"他追喊着。但那一匹骏马仿佛聋了一般，听不见主人的呼唤，反而越跑越远。里纳尔多追在后面，简直气坏了。

◎ 赛克利彭的情伤

话分两头，我们先找安洁莉卡去吧。她奔逃在荒郊野外，有如惊弓之鸟：摇动的树枝、山坳的影子，甚至一片落叶、一声鸟啼，都让她惊惧不已，不敢稍停。整整一天一夜，她漫无目的地狂奔，深怕里纳尔多仍然紧追在后。

第二天快到中午时，她来到一个令人心旷神怡的地方：凉风徐徐，枝叶婆娑，两条清澈的小河蜿蜒而过，发出悦耳的潺潺水声，河边的草地绿油油的，十分繁茂。她觉得离里纳尔多应该很远了，心下稍安，决定在此休息一下。她下马来，踩在花草之间，把马鞍也卸下，好让马儿也能自由自在地吃草、喝水。

紧临河边，有几棵大橡树，树荫下的山楂和红玫瑰，枝叶茂盛。安洁莉卡发现树丛深处十分隐秘，不但太阳照不到，即使有人经过也不会窥见。于是她探身进去，躺在厚软的草地上睡着了。然而，没有多久，她就惊醒过来，因为她觉得好像有脚步声走近。她悄悄地站起来往外觑，看到一个身穿铠甲的骑士正走向河边。

不知这名骑士是敌是友，安洁莉卡屏息凝神，不敢妄动。骑士在河边坐了下来，将头垂靠在手臂上；他深深地陷入沉思，动也不动，宛如一座雕像。

整整一个小时，这位悲伤的骑士垂着头，想着心事。最后，他长叹一声，对着河水，喃喃地诉起哀愁。他的声音那样悲切、缠绵；他叹息哭泣，泪水决堤般从两颊滚滚而下：

"噢，相思！我的心时而在炼狱燃烧，时而在冰原冻结，这般的痛苦让我生不如死！我到底该如何是好呢？我已经来迟了，而另外一个人已经抢先采摘了果实。我若注定无法拥有开花结果的丰收，为何我的心还在为她伤痛？纯洁的姑娘就好像是一朵玫瑰，只要留在枝头，默默绽放，那么微风、露湿的草坪、水、大地，都会来向她礼敬。然而，蓓蕾只要一经采撷，她就失去了一切——上天所赐予她的芬芳、优雅和美统统消失了。

"噢，命运——残酷的敌人！其他的男人春风得意，而我却痛不欲生！我该怎么办呢？难道要我放弃生命的希望？然而，我若不能再爱她，我活着又有何用呢？"

这位满脸泪水滴滴落入河中的骑士到底是谁呢？他就是为爱走天涯的切尔卡西亚国王赛克利彭，也是安洁莉卡的追求者之一。在东方时，他听说她已经跟着罗兰回到欧洲，于是一路追寻，从东方来到西方。到达法国后，又闻安洁莉卡已被查理曼大帝命人带走了，要把她当作杀敌最多者的奖赏；

他心急如焚，到处寻找所爱之人，但毫无她的音讯下落。

◎ 欲伸魔掌

赛克利彭的相思、泪水在这一刻都让安洁莉卡听到、看到了。若不是因缘巧合，恐怕再等一千年，他也不会有这样的机会来表达他的衷曲。然而，安洁莉卡对这般的相思泪水无动于衷；她仿佛鄙视所有的人类，也不认为有任何男人配得上她。但现在她需要保护，错失了这良机，她一时可找不到更值得信赖的护花使者了。她对赛克利彭的忠诚深具信心，然而她可没意思要减轻他的哀愁或治疗他的情伤。没错！她会编个动人的故事，让赛克利彭守候在她身边，等她安全了，她就会再度对他冷若冰霜。

想到这里，安洁莉卡翩然从隐身的树丛后走了出来。她看起来明媚娇艳，闪闪动人，简直像月神黛安娜或是爱神维纳斯忽然现身森林中一般。她对赛克利彭说："愿天主保佑你以及我的美名！请不要随便揣测我的贞节，你的胡思乱想毫无意义可言！"

她的脸孔宛若天使，她的举止曼妙娴雅，她的出现恍然如梦，赛克利彭喜不自胜，急忙往心爱的女人飞奔过去。安洁莉卡则张开双臂紧紧抱着他的脖子。

有了赛克利彭为伴，安洁莉卡渴望尽速回乡。她告诉赛克利彭她在这段日子的遭遇：罗兰如何为她奋不顾身，多次解救她的性命；她仍然纯洁无瑕，并未受到任何侵犯；等等。

安洁莉卡所言可能都是真的，赛克利彭当然也深信不疑，因为他早已爱得痴迷了，但他心下不忘检讨状况：

"罗兰竟然未先拔头筹，真是活该倒霉！同样的好运不可能再度眷顾他了。我可不能步他的后尘，错失良机，否则，将来只有捶胸顿足、自怨自艾的份儿。我现在何不就采摘了这朵含苞待放的玫瑰？虽然她会假装怨恨，或甚至痛哭流涕，但我知道，这个世界上再也没有任何其他事能比这更令女人觉得愉快、幸福的了。就这么办！今天非强摘了这朵娇艳欲滴的蓓蕾不可！"

◎ 不堪一击

就在赛克利彭准备侵犯安洁莉卡时，邻近的森林里忽然传出了巨大声响。他不得不暂停计划，赶忙戴上头盔，翻身上马，手里紧握长枪准备应战。不久，一名骑士从森林中奔了出来，看起来雄赳赳、气昂昂，十分英挺。骑士穿着洁白如雪的铠甲，头盔上的羽毛也是雪白的。他的出现破坏了赛克利彭的好事，赛克利彭眼露凶光，愤懑地瞪视着骑士，嘴里发出挑衅的怒吼声。

骑士根本没把赛克利彭看在眼里，嘴里也发出了怒吼声，音量甚至还盖过他的声音，接着猛踢马腹，放低长枪，奔了过来。赛克利彭有如旋风般冲了出去。

武器撞击的声音响彻云霄，震撼了附近的山林，所幸双方的铠甲都很坚固，护住了他们的胸膛；两匹战马也没有胆怯躲避，好像公羊顶角般，头对头撞在一起。赛克利彭的坐骑几乎是立即毙命，对冲的那一匹马也跌倒了，但在主人高明的驾驭下，很快又翻身站了起来。

这位身份不明的骑士高高地端坐马上，看到对手已被死去的马压在下面动弹不得，觉得没有必要再战下去了，于是拉过马头，往森林的另外一边快奔而去，转眼间消失无踪，不知去向。

赛克利彭使尽吃奶之力才从死马的重压下爬出来。他叹息呻吟，难过不已，倒不是因为伤了筋或断了骨，而是他竟然在刹那间就被击下马来，这般的挫折难堪全被安洁莉卡看在眼里了啊！他羞愧难当，脸一辈子都没这么红过，尤其刚刚还是安洁莉卡把笨重的死马拖开，他才得以脱困。

若不是美人先开口，赛克利彭可能从此不知该怎么说话了。她说：

"哎，大人！你不要太难过，都是马儿不好，把你摔了下来；它正在休息、吃草，没想到要作战。刚刚那位骑士也不会因为撞死了你的马就显得了不起。很明显的，他输了——因为对我来说，他可是先逃离战场的人呢！"

骑士于是拉过马头，往森林的另外一边快奔而去，转眼间消失无踪，不知去向

◎ 布拉达曼特

安洁莉卡安慰着赛克利彭。在沉默中，一名信使出现了，他走近来问他们是否看、到一位身穿白色铠甲、头盔上、缀着白色羽毛的骑士经过。

赛克利彭回答道："你应、该看得出来，他刚才打败了、我，并且已经走掉了。请你告诉我他的名字，我想知道是谁把我击下马的。"

寻找布拉达曼的信使

"嗬！你可知道方才打败你的是一位温柔的小姑娘？她很勇敢，而且十分美丽，她的芳名无人不知、无人不晓，就说给你听吧：这位小姐的名字叫作布拉达曼特！"

信使说完后，掉转马头走了。赛克利彭听了他的话，脸涨得更红，不晓得该说些什么。他反复思索着刚刚发生的事情——他竟然会败在一个姑娘手上！真是越想越痛苦。最后，他不发一语地上了安洁莉卡的马，然后拉她坐在他的后面，二人沉默地出发了。

走不到两里路，整个森林忽然回响着可怕的骚动声，不久，一匹高大神骏、身披黄金鞍甲的战马冲了出来。

"如果我没看错，"安洁莉卡说，"这匹疯狂乱奔的马正是拜亚德！我认得它。一匹马实在不足以乘载你我二人，拜亚德来得正好！"

赛克利彭下马，试图要靠近拜亚德，想不到马儿倏地转身，扬起后蹄要踢他。所幸只是威胁，拜亚德并没有真的踢出去，否则，赛克利彭的下场

赛克利彭下马慢慢接近那壮美的马。他伸出无耻的手想要抓住缰绳

不堪设想。但是拜亚德温驯地走向安洁莉卡,因为马儿也认得她。原来在亚布拉卡[6]时,她曾照料它一段时日。当时,她正为里纳尔多着迷,然而他残酷以待,对她的爱恋毫无响应。

安洁莉卡一手拉起缰绳,一手轻抚拜亚德,赛克利彭趁机骑上马背,并且很快地用马刺和拉缰的技巧驯住了它。

◎ 爱与恨之泉

这时,远处出现了一名骑士,全身铠甲哐啷作响。安洁莉卡看到这名骑士,心里惊惧交加,因为来者正是里纳尔多。

里纳尔多爱安洁莉卡胜过自己的生命,但她厌恶他、躲着他,仿佛鸟雀看到猎鹰一般。以前是她爱他，而他弃她如敝屣；如今，风水轮流转，彼此的爱与恨颠倒过来了。

为什么会这样子呢？原因出在阿登的两注泉水。两泉相距不远，泉水却有着歧异的效果：其中一泉让人内心产生炽热的爱，另一泉则浇熄心中原有的情。里纳尔多喝了其中一泉，成了爱的俘虏；而安洁莉卡则饮了另外一泉，结果怨恨并躲避着她原本热爱的人。

这时，看到里纳尔多步步逼近，安洁莉卡不禁声音颤抖、满脸焦虑地请求赛克利彭赶快带她逃离。

"你这么瞧不起我吗？"赛克利彭问，"你认为我这么没用、没有能力保护你？难道你忘了亚布拉卡之役？那一夜我可是单枪匹马，为你打败了亚格利坎[7]以及他所有的手下。"

安洁莉卡无言以对，不晓得该如何是好。而里纳尔多已经越走越近了，当他认出了拜亚德时，远远地就对赛克利彭发出怒吼挑衅之声；很快，他也认出了另外一匹马上的姑娘就是安洁莉卡。

注释

[1]西班牙国王。[2]以速度著称的神驹。[3]马西里奥的侄子。[4]原属于安洁莉卡的哥哥阿加利亚。[5]其母。[6]契丹人的城市。[7]鞑靼的国王。

爱情，哦，最不公的，为何
　　不听从我们的心意？
　　　　是你在搬弄是非，
调皮捣蛋，让两颗心不和？
　　是你在我渡河时，将我从
　　　　轻松的浅滩引到
　　最湍急、最莫测的地方，
使我爱慕的对象逃离我的怀抱。

Ingiustissimo Amor, perché sì raro
corrispondenti fai nostri desiri?
onde, perfido, avvien che t'è sì caro
il discorde voler ch'in duo cor miri?
Gir non mi lasci al facil guado e chiaro,
e nel più cieco e maggior fondo tiri:
da chi disia il mio amor tu mi richiami,
e chi m'ha in odio vuoi ch'adori ed ami.

争风吃醋

"可恶的贼!竟敢偷我的马!"里纳尔多高傲地指控赛克利彭,"谁敢抢走属于我的东西,我一定让他付出惨痛的代价!把这位姑娘也放了!像你这样的贼,不配骑这匹骏马,更不配站在这么高贵的小姐旁边!"

"瞎了眼的狂徒!竟敢说我是贼!"赛克利彭高傲地回答,嚣狂不下于里纳尔多,"你和我究竟谁比较配得上这位姑娘,或值得拥有这匹骏马,很快就能够见分晓!"

彼此讲完挑衅、侮辱的话语,赛克利彭与里纳尔多立刻拔剑相向。旁观的人也许会觉得骑在马上的赛克利彭一定占尽便宜,其实不然,他比一个刚学会骑马的人好不到哪里去。因为训练有素的拜亚德,任他怎么逼迫也不愿意伤害自己的主人;他的腕力再强壮,马刺再怎么用力踢,马儿就是不听他的使唤。赛克利彭只好跃下马来;他的双脚才刚着地,两人就开始厮杀起来。双方使尽浑身解数,两剑互砍互击的声音,宛如火神的铁锤敲击在宙斯千锤百炼的雷电上。

终于,里纳尔多高举宝剑往赛克利彭的脑门儿砍下去,赛克利彭举起他那镀金的盾牌奋力往上一顶,刹那间,只听到一声霹雳,连森林都嗡嗡回响起来。盾牌十分坚固,但还是被里纳尔多的宝剑砍裂了,好像击破的冰块般，碎成千百块四下飞射。赛克利彭的左手麻得抬不起来。

安洁莉卡看到这一幕，美丽的脸庞都吓白了，好像要上断头台一般。她心想：没时间了，再不逃走，就会落入里纳尔多的魔掌！于是，她慌忙拉转马头，马鞭一挥，就往森林最茂密处狂奔而去。

不久，她在山谷里遇见一位骑着驴子的隐士。隐士留着一把长及胸口的大胡子，看起来十分虔诚、庄严。安洁莉卡问隐士走哪一条路可到达最近的港口，她想要离开法国，返回家乡。

隐士原来善于法术，他安慰安洁莉卡说，很快就能助她脱困。说完，他取出一本书，翻开其中一页。隐士才念了一句咒语，就有一只鬼灵化身为仆人的模样出现在他们面前。

隐士命令鬼灵去解决赛克利彭与里纳尔多之间的冲突，鬼灵衔命而去，来到两位骑士奋战的地方。

这时，两个人正酣战不休，都没有罢手的迹象。鬼灵踏步介入二人之间，大叫说：

"住手！你们这样非置对方于死地，究竟为什么？你们在此打得死去活来，而罗兰早已带着两位都心爱的女人前往巴黎了。你们还是趁他们尚未走远，赶紧追上去吧！否则，等罗兰带着她回到巴黎，你们就永远也得不到她了！"

赛克利彭与里纳尔多听到这话都捶胸顿足，懊恼不已，因为鹬蚌相争，渔人得利，便宜都给罗兰占去了。

里纳尔多不再恋战，急忙奔向拜亚德，他心里揪成一团，愤恨地发誓：等他追上罗兰，非把他的心挖出来不可！他一跃上马，快奔而去，既没跟赛克利彭说再见，更甭说邀他同行了。

◎ 海外任务

里纳尔多马不停蹄，日夜赶路，直来到查理曼大帝驻兵之处。查理曼

布拉达曼特走到一隐秘的树丛边,却发现已经有人捷足先登了

溃败之后，正在补充军粮、重整军队，以对付非洲国王可能随时发动的攻击。他计划派人到不列颠去招兵买马，于是就派遣刚回营的里纳尔多去完成这个任务。里纳尔多痛恨这项任务，尤其是查理曼竟要他立即动身，连一天的喘息机会都不给他。

里纳尔多心不甘情不愿地在回营的当天出发了，为了尽快达成目的回国，他不顾水手的意愿，也不管风向是否有利，强行将船只驶入乌云满布的大海。风神对一意孤行的里纳尔多大起反感，决定要挫挫他的锐气。于是海上风起云涌，巨浪滔天，里纳尔多的船被狂风时而吹向东，时而吹向西，漂流了许多天，找不到可以靠岸的陆地。

现在，让我们先回到里纳尔多的妹妹布拉达曼特这边吧！她就是之前将赛克利彭击下马来的那位姑娘。没错！她是里纳尔多同父同母的亲妹妹，武功和胆识不下于兄长里纳尔多，在法国，两人所享有的名声也不相上下。布拉达曼特有一位追求者，叫作罗吉耶洛，是非洲国王阿格拉曼麾下的名将。布拉达曼特对他也有爱意，虽然到目前为止，他们只见过一次面。

打败赛克利彭后，布拉达曼特穿过森林，越过山丘，来到一个处处阴凉的地方：一条小河蜿蜒而过，绿草如茵，繁花点点，这样的美景令人流连。布拉达曼特停下马来，想小憩一会儿，她走到一隐秘的树丛边，却发现已经有人捷足先登了：一位骑士坐在河边树下低头沉思，眉眼间透露着哀愁。布拉达曼特好奇地走过去，问骑士为何悲伤。

◎ 飞马骑士

骑士听到她温婉的慰问，当下毫不隐瞒地对她吐露心事：

"啊！先生，我心爱的姑娘被一位飞马骑士劫走了。我的爱人哭叫求救，但我追不上那匹飞马，只能痛苦地在山野里四处游荡，找寻飞马骑士的踪迹。

"在流浪了几天后，我找到一条溪谷，从谷底远远望去，有一座建筑雄伟的古堡耸立在山崖上。溪谷附近的人们一说起古堡的主人，无不咬牙切齿愤恨不已，因为他骑着飞马，到处抢夺他想要的东西，而深受其害的人们只能追在后面尖叫、咒骂，奈何不了他。

"当时我想，这古堡就是我要找的地方了；我的爱人就被关在里面。但我可能永远都救不了她，因为古堡矗立在陡峭的巨岩上，只有化成鸟儿才飞得上去。

"就在我独坐愁城时，来了两名威武的骑士，其中一位叫作葛拉达索，是西利卡那的国王；另外一位叫作罗吉耶洛，是非洲国王麾下的一员大将。看到他们，我内心重新燃起了希望，因为他们也正是要来攻打那飞马骑士的。我告诉他们我的遭遇，并请求他们在获得胜利后，帮我把爱人找回来。

"他们答应我的请求后，前往古堡叫阵。我远远望见古堡的主人全副武装走出大门来，然后骑上他的飞马，冉冉飞向天空。盘旋一阵后，他忽然俯冲而下，攻向葛拉达索。

"飞马拍起的巨大旋风将葛拉达索和他的马震昏在地。接着飞马倏地上升，然后迅雷不及掩耳地扫向罗吉耶洛。罗吉耶洛措手不及，人与马退了好几步；等他稳住了马，要全力进攻时，那飞马早已飞得高高的，鞭长莫及了。

"就这样，那可恶的骑士骑着飞马在天空好整以暇地绕圈子，一下子攻打葛拉达索，一下子偷袭罗吉耶洛。他们两人在地上疲于奔命，却连碰都碰不到飞马和那骑士，因为飞马的速度实在太快了，他们根本防不胜防。

"然而，接下来发生的事情更教人觉得惊奇：骑士手上的盾牌一直覆盖着一条丝巾，当他把丝巾拉开时，盾牌发出眩目的光，被照到的人立即昏了过去，仿佛死了一般。我虽然隔着一段距离，也受到了波及，等我醒来时，大地一片灰暗，之前作战的人与马早已不见踪迹。

"我想葛拉达索与罗吉耶洛已遭到俘虏，而我再见到爱人的希望也更加渺茫了。你说，在爱情这条路上，还有谁比我更悲惨呢？"

飞马骑士一下子攻打葛拉达索,一下子偷袭罗吉耶洛

◎ 冤家路窄

这位为情神伤的骑士就是宾那贝罗伯爵，是马冈札家族的成员。马冈札人天性恶劣、胡作非为，而宾那贝罗在做坏事这方面，整个族人中可说无出其右者。

布拉达曼特并不知道她面对的，正是与她的家族世代为敌的马冈札人；她只是感到十分欣慰，因为听到了罗吉耶洛的下落。她要求宾那贝罗带路，以便去古堡救人。

就在两人准备出发时，先前追在布拉达曼特后面的那位使者刚好赶到。原来法军在马赛的战役因为少了布拉达曼特而节节败退，这位使者正是法军派来要把布拉达曼特找回去的。

布拉达曼特听了使者的报告，心里摆荡着，不知要先效忠于国家，还是先去解救自己的爱人。最后，她决定先去找罗吉耶洛；于是对使者编了一个借口，把他给打发走了。

宾那贝罗在旁听出了布拉达曼特的身份，心里嘀咕着，没想到她竟然是马冈札的死对头克莱孟家族的郡主！他斟酌着该如何对付这个粗心大意的姑娘：是引她入歧途，还是半路丢下她不管。

不久，两人进入一片幽暗的森林。宾那贝罗对布拉达曼特说："趁天黑之前，我们最好能找到一个落脚的地方。我记得翻过前面山丘，有一座美丽的古堡。你先在此等候，我去探探路。"说完，他策马往山坡奔去，想借机甩掉布拉达曼特的跟随。

在山顶的另一边原来是个数百尺深的悬崖，悬崖底部确实有一座屋子，里面透出光来。就在他观察形势时，原本远远跟着他的布拉达曼特也来到了山顶。宾那贝罗见摆脱她的计策未能成功，于是想出一个更歹毒的计谋来。他跟布拉达曼特说，他刚刚看见一位美丽高贵的小姐在悬崖底求救，他本来要下去解救她，但没想到出来一个粗暴的男子，凶巴巴地把她赶回屋子里去了。

布拉达曼特很勇敢，却不细心，她听信了宾那贝罗的话，马上急着要去援救受困的姑娘。她挥剑砍下了一根很长、枝叶茂密的树枝，信赖地把树枝的一端交给宾那贝罗，要他把她降到悬崖下去。

宾那贝罗忍不住窃笑。就在布拉达曼特悬挂在树枝下面时，他手一松，得意地说："真希望整个克莱孟家族都在这里，这样我就可以把你们一举歼灭！"

所幸，天真的布拉达曼特并未如宾那贝罗所希望的，命丧此地，因为先跌落悬崖的不是她，而是那根枝叶茂密的树枝。她"啪"的一声摔落在树枝上，震昏了过去，但并没有死，也未受伤。

谁来让我发言并赐我口才，
来恰当地完成崇高的话题？
谁给我的诗篇一对翅膀，
让它飞升上我的主题？
眼下，我需要非凡的灵感
点亮我的语句，
来歌颂我的大人
和他那开创家世的祖先。

Chi mi darà la voce e le parole
convenienti a sì nobil suggetto?
chi l'ale al verso presterà, che vole
tanto ch'arrivi all'alto mio concetto?
Molto maggior di quel furor che suole,
ben or convien che mi riscaldi il petto;
che questa parte al mio signor si debbe,
che canta gli avi onde l'origin ebbe:

巧妙的机缘

宾那贝罗见诡计得逞,心想布拉达曼特一定跌得粉身碎骨了,于是骑上路,并且顺手牵走了她的马。不过,先别理他——这种人迟早要遭报应!

我们还是找布拉达曼特去吧。她从地上爬了起来,进入神秘小屋。屋内别有洞天,十分宽敞、恢宏,而且气氛庄严,宛如一座教堂。屋子的角落有雪花石打造的圆柱,中间有一座圣坛,坛前一盏明灯,照得室内外一片通明。

布拉达曼特发现自己置身圣地,虔诚、谦卑之心油然而生,忍不住跪下来开始祈祷。这时,她对面的门"咿呀"一声打开,一位身穿长袍、打着赤脚、长发披肩的女人走了出来。

"噢!勇敢的布拉达曼特,"那女人说,"你来到此地,完全是上天的旨意。日前,梅林[1]的灵魂告诉我,你会经由一条不寻常的路来到他埋骨的圣堂,因此,我特地前来告诉你上天为你安排的命运。

"这个古老的石室是由魔法师梅林所建造的,我想你听过他的名字。他受到大湖仙后的欺骗,被关在这里,最后也死在这里;然而,他的身躯虽腐朽了,声音却长存。一个多月前,我有法术学习上的问题,特地来此向他请教,他告诉我说你今天会到来,因此,我比预定的时间多停留一个月,以便见你。"

眼前发出吱嘎的摩擦声,打开一扇小门,其中走出一个女人,她宽衣赤足,头发垂在肩上

布拉达曼特困惑地看着那位女巫师，觉得仿若置身梦中，一时说不出话来。她生性谦柔，好一会儿，客气地问说："我何德何能，竟有先知预卜我的到来？"但她很庆幸有此机缘，欣然随着女巫师进入梅林埋骨的灵寝。

灵寝四周金碧辉煌，墙上绘饰着各种符号、咒语。布拉达曼特的双脚刚跨过门槛，一个清明透亮的声音就传了过来：

"圣洁的姑娘！愿你心想事成，所有的愿望都能实现！你将孕育出功业彪炳的帝王将相，他们将荣耀意大利以及全体人类。来自特洛伊最古老的两条血脉将在你身上汇流，诞生出一代又一代的英雄伟人，他们会在世界各地叱咤风云、开疆辟土，为意大利赢回失落已久的名声。你的子孙中有许多英明的君王，他们的德政将带领意大利迈向另一个黄金时期。为此，上天早已命定你成为罗吉耶洛的妻子，你要勇敢地往这条路走，没有任何人能够违背天意或阻止你！"

◎ 杰出的子孙

梅林说完，女巫师已经准备好，要让布拉达曼特看看自己子孙的模样。她带布拉达曼特回到前面的圣堂，在地上画了一个驱魔的五芒星，让她坐在里面，以免她受到鬼灵的干扰。然后，她打开一本书，念起里面的咒语来；不一会儿，一群群的鬼灵从外面拥进来。

"我若一一详述他们的名字和丰功伟业，"女巫师说，"恐怕几个晚上都说不完。所以，我现在就随意挑几个说给你听。你看第一个走进来的那一位俊美的五官和清朗的神情与你一模一样。他是你和罗吉耶洛的儿子，也是你的家族在意大利出头的第一人。他将手刃杀父仇人，用他们的鲜血染红整个大地。

"跟在他后面的是你的孙子，他将为意大利带来空前的荣耀，并且在战术上有了不起的成就。他也会从事圣战，率军杀退异教的野蛮人……"

接下来有亚拜多、雨果、艾左、奥托等帝王，一个接着一个出来，但

外墓室挤满了影子,慢慢向五芒星聚拢,鬼灵们走进存放法师遗骨的拱顶下

就如女巫师先前所讲，若要一一细数他们的成就，恐怕要几日几夜的工夫才够。因此，她在布拉达曼特的同意下，合上了手中的书，将那些鬼灵送走了。

◎ 女巫师的指示

当晚，布拉达曼特就住在圣堂里，但大半夜的时间她都在与梅林说话。梅林鼓励她尽早去解救罗吉耶洛。于是，天才蒙蒙亮时，她就起身离开了，女巫师为她带路。

她们从一条隐藏在山峦间的小溪谷钻出来，接着不停地往上攀爬，越过许多湍急的瀑布，一路上不曾休息。为了减轻行程的困顿无聊，她们愉快地谈着话，讨论有关如何解救罗吉耶洛的问题。

"你纵使有千军万马，"女巫师说，"也无法对付那骑士。他不但有随时可腾空的飞马，更有一张眩目的盾牌，让被照到的人马上昏死过去。但有一个方法可破除那眩目的光以及其他的魔咒——

"非洲国王阿格拉曼曾经在印度偷得一只魔戒，然后把它交给了宫廷里的一位爵士。这位爵士名字叫作布鲁奈洛，是个十分狡猾的人，他受到阿格拉曼的派遣，目前也正要去解救罗吉耶洛。布鲁奈洛不但狡猾多智，还有魔戒护身：因为任何人只要戴上魔戒，他就不会受到法术的干扰或伤害。

"现在，你要照着我的指示去做：接下来三天，你会沿着一条海岸行走，走到第三天时，你会跟布鲁奈洛在同一家客栈落脚。你要怎么认出他来呢？他身材中等，留着一头卷曲的黑发，

布鲁奈洛的长相

皮肤黝黑，但脸色苍白，一把大胡子垂到胸口，两道眉毛又粗又黑。他的两只眼睛像金鱼般暴凸，鼻子扁塌，脸上的神情很不老实。

"你与他谈话时，记得刻意把话题带到法术上，让他觉得你也很想去俘虏飞马骑士，但绝对不可透露你知道魔戒的事。他会自告奋勇为你带路，你要答应他。等你们来到古堡时，立刻拔剑杀了他，千万不要心软，也不要让他有时间藏起魔戒，因为一旦他将魔戒吞入嘴里，他就会凭空消失不见了。"

两人不久来到海边，布拉达曼特依依不舍地与女巫师道别，然后沿着海岸行走。到第三天傍晚时，她走进一家客栈，布鲁奈洛果真也已到了。她马上认出他来。

布拉达曼特与布鲁奈洛攀谈，问他尊姓大名、何地人氏、要前往何处等。布鲁奈洛有问必答，但没有一句实话。布拉达曼特也掩饰了自己的身份、名字、宗教，甚至性别等，但她的眼睛忍不住时时瞟向他的手。就在他们虚情假意谈着话时，外面忽然响起了震耳欲聋的声音。

注释

[1] 亚瑟王传说中的巫师。

无论您如何称呼它——谎言？虚伪？——
听起来都不怎么样，但有些时候
它也能带来裨益，这取决于处境，
但有些虚假的言辞是善意的，稍加
掩饰的道理可以避免激怒，
正派的人说，不要做个伪君子，
但请抛开那些能够伤害您的嫉妒，
我们把它当作美德而不是恶习来谈论。

Quantunque il simular sia le più volte
ripreso, e dia di mala mente indici,
si trova pur in molte cose e molte
aver fatti evidenti benefici,
e danni e biasmi e morti aver già tolte;
che non conversiam sempre con gli amici
in questa assai più oscura che serena
vita mortal, tutta d'invidia piena.

夺取魔戒

"天哪!"布拉达曼特惊叫起来,"那是什么声音啊?"

这时,店家及其他人都聚集到窗口或冲上街去,每个人都仰头而望。布拉达曼特随着众人的眼光看去,几乎不敢置信:一只大鹏般的飞马正从天空飞过,背上骑着一名骑士。

店家告诉布拉达曼特说,这匹飞马经常从这里飞过,看到美丽的姑娘,就会凌空而降,将她攫走,因此,自认有几分姿色的妇女都不敢走上街去。

"他有一座古堡,"店家继续道,"外墙由精铁打造,牢不可破。许多英勇的武士前去挑战,但没有一个回来过,我猜他们不是死了就是被俘虏了。"

布拉达曼特听到这里,站起来大叫说:"我等不及要跟这飞马骑士大战一场!请你派个人为我带路。"

"让我替你带路吧!"布鲁奈洛插进来说道,"我也正要去找那骑士,我知道他的古堡在何处。"

"很高兴有你同行!"布拉达曼特说。

她向店家买了一匹马,第二天一早就与布鲁奈洛一起出发。不久,他们来到一座山脊,天空晴朗,远远望去,可以看到法西交界处。接着他们走下一个陡坡,进入一条很深的溪谷,溪谷中央拔起一座巨岩,高可通天,巨

众人抬头看着飞马

岩上耸立着一座古堡,外面围着一圈铜墙铁壁。

"这就是飞马骑士的古堡了,"布鲁奈洛说,"四周没有任何通道。"

布拉达曼特见时机到了,准备动手杀布鲁奈洛,夺取魔戒。但要杀一个手无寸铁又微不足道的人,实在不是一件高尚的事,也非她所愿。再者,她相信不用置他于死地,她也能夺得那无价之宝。于是,趁布鲁奈洛不注意时,她一把制住了他,并且立刻拔下了他手上的戒指,然后把他紧紧绑在一棵松树上。

◎ 降伏飞马骑士

布鲁奈洛哀号痛哭,大声求饶,但布拉达曼特不予理会,径自往巨岩走去。她对着古堡吹号角叫阵，不久，飞马骑士从大门走出来，跨上飞马，腾向空中。

骑士并未带枪或剑，他左手拿着盾牌，右手拿着魔法书。布拉达曼特知道，除了那匹飞马是真的外，其他都是幻象，她现在戴着魔戒，骑士使出来的幻术骗不了她。她也按照女巫师之前对她的指示，假装全力奋战，一下子跑东，一下子奔西，不断对着空中作势挥舞宝剑，仿佛疲于奔命。

终于，骑士要使用盾牌了。他为什么不一出来就使出杀手锏呢？因为他对猫捉老鼠的游戏乐在其中，要把对方玩累了，再张嘴一口咬死她。

布拉达曼特注视着骑士的一举一动，见他拉开了覆在盾牌上的红丝巾，她闭上双眼，跌倒在地上。她并不是被盾牌的眩光照昏了，而是要引骑士下来抓她。

一切都在预料之中，飞马骑士在布拉达曼特的上方盘旋了一阵后，缓缓降落地面。他把红丝巾盖回盾牌，然后拿着一条锁链往布拉达曼特这边跑过来。

布拉达曼特等他靠近时，忽地翻身起来，一把抓住了他，骑士一下子就动弹不得。这也难怪，原来飞马骑士只不过是个手无缚鸡之力的老头子！布拉达曼特高举手臂，想要一刀砍下他的头来，但看他年老力衰的样子，她心生恻隐，放下刀来。

"杀了我吧！年轻人！"老头子气冲冲地大叫。但布拉达曼特可不想照他的意思动手，她问他到底是何人，为何在此建立城堡，又无恶不作？

"啊！我在此建立城堡并非出自歹意，"老头子边哭边解释，"而是出自爱：我是为了解救一位杰出的武士，他的名字叫作罗吉耶洛。普天之下，再也找不到一位比他更优秀、更俊俏的人了！

"他是由我抚养长大的，我爱他胜过爱我自己，但他为了追求荣耀，远离家乡到法国去打仗。上天告诉我，他会因受到背叛而死于非命。于是我在此建立古堡，希望把他安全地关在这里。我俘虏其他的姑娘、骑士也只是为了替他找伴儿。

"现在，我的计划已经被你破坏了，你可以带走我的盾牌、飞马，你也可以带走所有被俘虏的人，但请你把罗吉耶洛留给我。如果你非带走他，把他送回法国去不可，那么就请你杀了我吧！没有他，我也不想活！"

"没错！"布拉达曼特回答道，"我会带走罗吉耶洛。你没有资格拿盾牌与飞马跟我做交换，因为它们现在已经是我的了。

"你完全不了解上天为罗吉耶洛安排的是什么样的使命。你可知天命不可违？你的所作所为只是伤害许多无辜的人罢了！你也不用求我杀你，真的想死，你大可自我了结。

"现在，我要你马上把城堡的大门打开——"

◎ 短暂重逢

布拉达曼特用骑士自己的锁链绑住他，然后拉着他往巨岩走去。原来古堡下方有一条裂缝，上面架着一个石梯呈螺旋状往上盘升。他们爬上石梯来到古堡大门，亚特拉斯（飞马骑士的名字）从门槛上拉起一条石闩，门槛下方有许多瓶瓶罐罐，并且有一股浓烟不停地冒出来。他用力打碎那些瓶子、罐子，忽然间，整座古堡凭空消失——铜墙铁壁、亭台楼阁、高塔等，统统不见了，好像从来不曾存在过。亚特拉斯用力挣脱了布拉达曼特，一眨眼间也消失得无影无踪。

魔咒一解除，许多骑士、姑娘出现在巨岩上：葛拉达索、赛克利彭、普拉西多、艾洛多等人，当然还有英俊的罗吉耶洛。

当罗吉耶洛认出了布拉达曼特时，简直欣喜若狂，自从第一次见到她，他就全心全意地爱着她，这时，知道是她救了自己，更是满心欢喜，觉得自己是世界上最幸福、最幸运的人了。两人并肩走下了巨岩，去找飞马和盾牌。

布拉达曼特看到飞马，走上前去要拉缰绳。但飞马等她快靠近时，忽然张开翅膀，飞上天去，然后再缓缓地降落在不远的山坡上。布拉达曼特再度走向飞马，马儿等她快走近了，又"咻"的一声冲天飞起，落在更远一点的地方。

这时，罗吉耶洛、赛克利彭、葛拉达索等人也已向四处散开，有的在坡上，有的在坡下，准备围捕飞马。飞马引着众人东奔西跑了好一会儿，最后降落在罗吉耶洛旁边。

罗吉耶洛抓住了缰绳，但飞马十分顽固，他只好骑上飞马，试图用马刺及拉缰的技巧逼它就范。飞马仍然不受摆布，自顾往前奔了几步后，翅膀一张，前蹄扬起，竟然腾空而去。这一切其实都是亚特拉斯的安排，他对罗吉耶洛的安危仍然挂心，不遗余力地要保护他的周全。

布拉达曼特看到爱人被飞马载往空中，整个人呆住了，久久回不过神来。她双眼蓄满泪水，痴痴凝望着越飞越远的罗吉耶洛，直到他成为一个黑点儿，消失在天边。

罗吉耶洛控制不了飞马，也不知飞马要载他往何处去，从空中往下望，只见山川、陆地快速往后移动。但他的命运早已注定，本来就有一条独特的路要走，所以就随他去吧！现在我想说说里纳尔多的故事。

◎ 见义勇为

被狂风暴雨一吹，里纳尔多的船找不到靠岸的地方，一下子往东，一下子往北，放眼望去，尽是一片汪洋。漂荡了一段时日后，他终于在苏格兰东部靠岸。

里纳尔多自己一人上岸，没有带任何随从，单枪匹马就走入蓊蓊郁郁、不见天日的森林。穿过森林，他来到一座专门接待骑士、贵妇的大寺院。

院长和众寺僧都竭诚欢迎里纳尔多。休息过后，里纳尔多问他们，哪里有机会可以让他发挥所长，以便他能够在这块土地上留下一些事迹和声望。寺僧告诉他，穿过森林时多少会遇到一些冒险，但那类的英勇行为不足挂齿。

"你若真要考验自己的勇气，"他们说，"眼前就有一件轰轰烈烈的大事等你去完成：

"我们国王的女儿——关娜薇公主——现在正需要一位勇士来解救她的生命和名誉。事情是这样的：勒坎尼欧爵士对国王控诉说，他发现公主在深

里纳尔多所看到的是一座修道院,在这里,好心的僧侣争相为路过的骑士和贵妇服务

里纳尔多受到寺僧的欢迎

夜时带着情人进入她的房间幽会。根据本地律法,婚前与男子有染的女人必须被处死,除非她能在一个月内找到一位勇士出来为她奋战,并且打败对方,摧毁这个歹毒的控诉!因此,若一个月内,没有人愿意为关娜薇挺身而出,或有人来了,但未能击败对方,那么,关娜薇就非死不可!

"如今,一个月转眼就到了,我们的国王忧心如焚。他公告全国说,若有人能解救公主,他就会把公主许配给他,并且会有一片广袤富饶、与公主身份匹配的土地作为陪嫁。

"在森林里随意行侠仗义,是微不足道的英勇行为,很快就为人们所遗忘。你应该从事的伟大冒险是去解救关娜薇公主;除了荣耀与名声,你还会获得世界上最美丽的女人为妻。再者,我们公主可是全国公认的贞洁的典范,为这样的女子伸张正义,不正是你身为骑士的天职吗?"

寺僧们告诉里纳尔多：这里，有件你想要的、不会被埋没的事

里纳尔多斟酌了一会儿，回答道："难道一位姑娘容许她的真爱在她的怀抱里宣泄热情，她就应该被处死吗？制定这一条法律的人真是天理难容！关娜薇究竟有没有私会情人，这不干我的事，但现在，她的安全是我的责任。

"请你们赶快派人替我带路，我要去找勒坎尼欧，解救公主的性命。我不是要跟大家证明她未曾私会情人——因为我根本不知道事情的真相为何。我要强调的是，公主不应该因为私会情人就被处死。这条法律太没人性了，应该废除！现在，我要跟大家证明：让这条法律流传这么久才是真正的罪恶！"

在场众人全都同意里纳尔多的观点，并且异口同声说，国王有权力修订这条法律，却不曾尽力，真是太不应该了！

第二天黎明时，里纳尔多与寺院向导就骑着马出发了。他们穿过茂密的森林，往决斗的方向前进。就在他们转上一条小路时，忽然间，一声凄厉的尖叫声划破森林的幽静传来。

里纳尔多策马往声音来处奔去，向导也快马跟上来。远远地，他们看到前面的小河边，有两名恶棍挟持着一位美丽的姑娘，两名歹徒已经拔刀在手，准备要杀害那姑娘了。

里纳尔多对着歹徒发出吃喝挑战之声，歹徒看到姑娘的救援来到，转身就往林深处逃去。英勇的里纳尔多不屑去追杀逃窜之人，回头关切地询问姑娘她究竟犯了什么错，竟然要遭人处死？

为了避免耽搁，里纳尔多请姑娘与向导共乘一骑，继续赶路。一路上，里纳尔多仔细观察姑娘，发现她十分美丽，风度也十分优雅。姑娘满脸泪水，尚未从濒临死亡的惊吓中恢复过来，但在救命恩人的殷殷垂询下，终于娓娓道出自己可怜的遭遇。

对于大地上的其他生物，有条
规律，它们的雄性和雌性
和谐与平静地生活在一起，
你永远也不会在森林中看到
一头公熊让母熊受惊，
或者公狮攻击母狮，
以及公狼与母狼间的搏斗；
甚至，公牛和母牛，也如此。

Tutti gli altri animai che sono in terra,
o che vivon quieti e stanno in pace,
o se vengono a rissa e si fan guerra,
alla femina il maschio non la face:
l'orsa con l'orso al bosco sicura erra,
la leonessa appresso il leon giace;
col lupo vive la lupa sicura,
né la iuvenca ha del torel paura.

郎心狼心

"我要告诉你们的故事，"姑娘声音低沉地说，"是这般的冷血、残酷，是你们耳朵听也没听过的事！人们会粗暴地对付敌人，历史上不乏这样的例子，但如果要谋杀的是对你忠心耿耿、一切以你利益为重的人，这是不是太凶残、太邪恶了呢？刚刚那两个恶棍为何要置我于死地，我必须从头说起——

"我在很小的时候就被选进宫里伺候国王的女儿。从小陪伴着公主，与公主一起长大，我在宫廷里也享有十分尊贵的地位。追求我的贵族、爵士不少，但爱神蒙蔽了我的双眼，让我觉得在众多追求者中，帕里内斯公爵最为英俊潇洒。他打动了我的心，而我也全心全意地爱着他。唉！只是知人知面不知心！我这么爱他、信任他，甚至把自己的身体给了他，最后竟然落得如此下场！

"我与帕里内斯幽会的地方就在关娜薇最常休息的卧房。这个卧房的窗外有一个阳台，每次幽会的时候，我就将一架软梯放下，让帕里内斯上来。他从未被发现在这座阳台进出，因为皇宫的那一面是许多废弃的屋子，平时无人走动。

"我们就这样秘密地幽会了几个月，我对帕里内斯的爱与日俱增。现在回想起来，他的虚假与欺骗早就有迹可寻，然而我竟然如此盲目，完全不曾体会!有一天,他告诉我说他爱上了关娜薇,并且毫不脸红地要求我帮助他。他对我保证说我们之间的爱永远不变,他追求关娜薇只是为了娶她为妻,我若能助他一臂之力,让他成为国王的女婿,他一定不会亏待我,他会爱我胜过他的妻子,一辈子疼我、呵护我。

"我无法拒绝这个要求,因为当时我一心一意只想讨他欢心。于是,在关娜薇的面前,我一有机会就提到帕里内斯的名字,并且不遗余力地赞美他,说他的好话。然而,这些都白费力气,因为关娜薇早就心有所属。

"宫廷里有一位来自意大利的骑士,名字叫作亚利欧唐,不但英俊潇洒、风度翩翩,并且武艺高强、胆识过人。他与弟弟两人在苏格兰立下许多汗马功劳,因此十分受国王的器重。

"亚利欧唐就是关娜薇的心上人,他也深深地爱着她。就是这份坚贞的爱,让我为帕里内斯所做的努力都徒劳无功。但帕里内斯是个生性傲慢的人,当他终于明白他的追求毫无希望时,他的内心酝酿起一股愤恨。于是,他设下了歹计,要离间关娜薇和亚利欧唐两人,让他们之间产生永不可弥补的嫌隙:他要让关娜薇背负不贞的罪名,让她陷入万劫不复的深渊!这个歹毒的计划,帕里内斯当时不曾透露给我或任何人知道。"

◎ 设下毒计

"有一天,他对我说:'德玲达——这是我的名字——虽然关娜薇不屑我的爱,我内心对她的渴望却不曾稍减。以后,我们幽会的时候,你能不能穿着她的衣服,打扮成她的样子?这样,我爬着软梯来会你的时候,就可以假装你是她;久而久之,我所感受到的挫败和痛苦也许可以稍微减轻一些!'

"当时,我并不知道帕里内斯一再要求我这么做,其实是包藏着祸心。于是,我经常偷穿关娜薇的衣服,打扮成她的样子,然后将软梯放下,等他上来相会。不久之后,帕里内斯对亚利欧唐说:'阁下,我向来敬重你,当你是朋友,没想到你竟然如此回报我!我相信你知道公主与我相爱已久,今

天我就会向国王求婚，请他答应我与公主的婚事，你为什么要阻碍我呢？你为何还不死心、还要对她苦苦纠缠呢？'

"'嗬！我不明白你在说什么！'亚利欧唐回答道，'在你尚未看上公主前，我就与她相知相爱了；我相信你对我们之间的感情并非毫无所知。公主唯一的希望就是成为我的妻子，她对你完全没有爱意，这一点你比谁都清楚！'

"'啊！你真是大错特错！'帕里内斯说道，'你爱得迷迷糊糊，以致看不见事情的真相。你以为你比较受青睐吗？不！真正受青睐的是我！我们彼此可以拿出证据来：你有什么爱的信物，你就拿出来，我也会把我与她之间的秘密全盘托出，然后我们再看看，究竟是谁真正获得了公主的爱。我发誓我绝对不会将你告诉我的话透露给他人听，也请你不要告诉他人我让你知道的事。'

"两人用圣经宣誓后，亚利欧唐先提出他的证明。他告诉帕里内斯说公主曾给他口头以及书面的承诺：今生今世，非他不嫁，倘若国王反对他们的婚事，那么她会拒绝其他男子的求婚，一辈子独身以终。所幸，他为国王及国家立过许多汗马功劳，也颇得国王赏识，希望国王觉得他配得上公主。亚利欧唐说这就是他与公主之间的承诺，他不敢奢望拥有更多，他也不愿意逼迫公主给他超友谊的保证，因为他知道公主是个深具妇德的女人。

"'你所拥有的跟我不能比！'帕里内斯说道，'你若明白我所享受的是什么样的快乐和满足，你就会不得不承认我所拥有的才叫幸福！公主一直都在玩弄你，她只是用言语让你对爱情抱着一丝希望而已。但她给我的可不是一些不切实际的空话，我有具体的证明：过去一个月来，至少有十个晚上，我赤裸裸地躺在她温柔的怀抱里，与她共享爱欲的欢愉。现在你明白了吧？你所获得的空洞的承诺与我所品尝的幸福滋味不能比！'

"'满嘴谎言！'亚利欧唐愤怒地回答他，'请你马上收回刚才的话，你的一派胡言已经伤害到公主的名声！我一定要让世人知道，你不但满嘴谎言，而且根本是个叛徒！'

"'这件事若闹开来，'帕里内斯说道，'你我都不好看。这样吧！事实胜过雄辩，我可以安排一个机会，让你亲眼目睹我所说的事情。'

"亚利欧唐听他这么说，背脊爬过一阵寒意，他脸色灰白，胸口好像被捅了一刀，嘴里一股说不出的苦涩。他握着拳头，哑着嗓子大声说道：'她若真像你所说的两面做人，对你那么大方，对我那么恶劣，我保证让步退出。但你别以为我会轻易相信你的话，除非我亲眼看到了你那不寻常的证明！'

"'一有机会，我会通知你。'帕里内斯说完，就走开了。"

◎ 毒计得逞

"两天后，帕里内斯要来与我幽会。为了让骗局成功，他在前一晚就通知亚利欧唐，要他在第二天晚上躲在对面阳台的一间屋子里。亚利欧唐怀疑帕里内斯引他到废屋里其实是为了诱杀他，因此，他虽然决定前往，却也预先做了安排。

"亚利欧唐有一个弟弟，就是大名鼎鼎的勒坎尼欧，是全苏格兰身手最矫捷也最勇敢的剑士，有他为伴，胜过十名保镖护身。亚利欧唐把弟弟找来，叫他携带武器，然后要他在几十步外等着。'你若听到我的呼叫声，'他对弟弟说，'你再过来，否则，千万别离开此处一步！'

"于是，亚利欧唐悄悄地躲在正对阳台的屋子里。不久，虚假、邪恶的帕里内斯从另外一个方向走过来。那一晚，我身上穿着一件雪白绣金线的衣裳，头上戴着金红交织的面纱——那是关娜薇经常做的打扮。听到帕里内斯的讯号，我走上阳台来，全身沐在银色的月光下。

"于此同时，勒坎尼欧因为担心哥哥的安危，早就悄悄跟在他后面进入了屋子，躲在离他不到十步远的阴影里。屋子离阳台有一段距离，而我的身材、样子与关娜薇也有几分神似，因此，躲在屋子里的兄弟俩很容易就受到了蒙骗。我将软梯放下，帕里内斯爬上了阳台——你们可以想象，亚利欧唐当时内心里的震惊和痛苦！

"帕里内斯一上了阳台，我的两条手臂就紧紧地缠着他的脖子，甜蜜地亲吻他的双唇和全脸；帕里内斯那一晚对我也特别亲热。这一切当然全被亚利欧唐看在眼里，他内心的悲痛有如波涛汹涌的大海，令他无法承受，于是他拔出剑来，想要当场结束自己的生命。所幸，勒坎尼欧就在旁边，及时阻止了亚利欧唐疯狂的冲动。

"'住手！'勒坎尼欧大叫，'可怜的哥哥！你竟然为了一个不贞的女人要伤害自己的生命！该死的是那个淫荡的女人！你手中的武器应该用来护卫自己的尊严；你要对国王控诉这个丑陋的行为，将它公诸于世！'

"面对弟弟，亚利欧唐忍住了冲动，但他寻死的决心并未稍减。第二天一早，他没有留下只言片语就离开了，没有人知道他为何突然消失，也没有人知道他的去向。六七天后，一位到处闯荡的游侠来到宫廷，带来一则令人震惊的消息。

"'亚利欧唐从一座临海的巨岩跳了下去，'他说，'他请我去见证，并且要我把他死亡的消息带给关娜薇。'

"关娜薇听到这个可怕的消息时，惊吓得久久回不过神来。等她回到寝宫后，她捶打着胸口，扯断自己金色的秀发，痛苦不已地一直尖叫痛哭。整个宫廷里，没有一个人的眼睛是干的，全都陪着她掉泪。"

◎ 控诉

"当然，勒坎尼欧更是痛不欲生，几乎要追随哥哥的脚步而去。他不断对自己说，若不是关娜薇，他的哥哥不至于有此下场！他内心充满愤慨，不顾一切要替哥哥报仇！于是他去找国王，然后选在宫廷人最多的时候，开口对国王说：

"'陛下！我希望让在场的人都知道，害我哥哥失去理智进而结束自己生命的人正是公主关娜薇。他爱她——这件事众人皆知，无须隐瞒——他对她的爱是充满荣誉感的；他一直希望能借由对国家的效忠以及个人高超的品格，来获得国王的同意，娶她为妻。然而，他却亲眼目睹她不贞的行为，以致他深陷痛苦，觉得生不如死！'

"接着，勒坎尼欧描述他与哥哥一起看到的景象给众人听。国王听到自己的女儿遭人如此控诉，内心十分震惊！当然，他也想到，一个月之内若没有人为护卫公主的名声而战，那么，她就得被处死！国王相信女儿一定是清白的，于是公告全国说，若有人能为她洗刷污名，他就会把公主许配给他，并有丰富的妆奁陪嫁。

"但是到目前为止，所有的人都还在观望，因为勒坎尼欧是个勇猛的武士，似乎没有人敢向他挑战。

"于此同时，国王也尝试用武力以外的方式来解决这个问题，他将一些宫娥抓起来询问——她们伺候公主，也许知道一些真相。我深知若遭到逮捕，情势对帕里内斯与我都很不利，于是当晚，我就偷偷从宫里溜了出来，去告诉帕里内斯这紧急的状况。

"帕里内斯称赞我当机立断，并安慰我无须害怕；他说他会送我到城外的一座古堡去避风头，并且会派遣两个侍卫护送我前往。

"两位大人，这就是我全心全意爱一个人的代价：帕里内斯担心我迟早会背叛他，竟然命令护送我的侍卫在森林里把我杀了！所幸你们刚好经过，听到了我的求救声，否则我早就一命呜呼了！"

里纳尔多十分庆幸碰巧救了德玲达，并且听到了整个事情的原委。现在，他不但要为关娜薇的生命而战，更要为她的名声而战，因为他已经确定她是无辜的了。

里纳尔多快马加鞭，往决战的地点圣安德鲁斯城赶去。来到城外不远处，迎面遇到一名卫士，里纳尔多向卫士探听最新的战况，他说：有一个陌生的骑士正在为关娜薇奋战，没有人知道他是谁，因为在场的人都不认得他的家族徽记。

里纳尔多等人来到城门口，德玲达心下害怕，不敢进入。城门紧关着，里纳尔多问守门警卫是怎么一回事，警卫告诉他说，全城的人都已聚集到城东的大草原，去看勒坎尼欧和一位身份不明的骑士作战。德玲达在里纳尔多的鼓励下，勇敢入城；里纳尔多将她安顿在一家客栈后，连忙赶往城东大草原。

这时，勒坎尼欧与无名骑士已经大战好几回合了。阴险的帕里内斯全身盔甲，骑在一匹纯种的骏马上，神情平静、倨傲；但看到关娜薇命在旦夕，他的内心其实雀跃不已。

◎ 天理昭彰

里纳尔多策马奔过拥挤的人群。众人听到神驹拜亚德如奔雷般的蹄声，惊慌地往两旁分开。里纳尔多英姿焕发，骑在高大的骏马上，吸引了在场所有人的目光。他直接奔到国王和侍臣面前：

"陛下！"里纳尔多大声道，"请立即停止这个决斗！他们两人不管谁死谁活，都不能使真相

里纳尔多向国王说明真相

大白！我会为无辜的关娜薇公主洗刷污名，请大家仔细听我说——"

国王立即下令停止决斗。于是，里纳尔多对着国王以及在场众人，简明扼要地将帕里内斯陷害公主的经过说了，并且提议用决斗的方式，来证明他所说的话句句属实。国王下令传唤帕里内斯。不久，帕里内斯来了，他的神情十分不安，但仍然无耻地否认一切。

"那就接受我的挑战吧！"里纳尔多大声道，"让胜负来决定谁说的才是真话！"

双方奔到草原上，准备展开决斗。号角吹第三声时，帕里内斯已经脸色苍白、浑身发抖了。里纳尔多眯着眼，仔细打量他，他准备速战速决，一枪就将他击下马来。

果然，马刺一踢，拜亚德如箭般飞射出去，里纳尔多的长枪对着帕里内斯的胸口猛力一刺，刺穿了他的盔甲，将他拽下马来，钉在地上。里纳尔多

里纳尔多挤进拥挤的人群，拜亚德为他清理出一条路

跃下马来，抓住帕里内斯的头盔，将它扯下来。帕里内斯并没有打算再战，他大声求饶，并当着众人的面俯首认罪，但话还没来得及说完，就死了！

国王见胜负已定，心下大喜——女儿不但免于一死，也挽回了名声。他高兴地握住里纳尔多的手伸向天空，感谢上帝及时派来这个救命恩人。

之前那一位不知名的骑士默默地站在一边，国王请问他尊姓大名，并请他将头盔拿下来，让大家认识他，因为国王要好好酬谢他奋不顾身、解救公主的善良勇敢之举。

无名骑士拗不过众人的请求，终于将头盔拿下来。

◎ 真爱不悔

无名骑士将头盔拿下来的一刹那，在场众人全都发出愉快的惊呼声，原来那正是备受敬爱、曾令苏格兰为他同悼的亚利欧唐！看来游侠对他寻死的描述是不正确的，但事实上，他的确亲眼目睹亚利欧唐纵身往海里跳下去。

当时的亚利欧唐就像许多走到绝境的人一样，死亡是唯一的选择；然而，当他被海水吞没时，他对死亡的意义忽然有了新的体会。强壮敏捷、深具胆识的他开始奋力往岸边游去。上了岸后，他到一隐士的居处求住，在此，他深深反省寻死实在是天下最愚蠢的事，不是英雄好汉的行为！他决定先探听关娜薇得知他死讯时的反应是高兴还是充满哀恸再说。

不久，他听说她悲伤不已，几乎失去了活下去的勇气——这样深切的哀伤好像与一个不贞的女人所可能感受到的不相符合。接着，他又听说勒坎尼欧当着国王的面控诉关娜薇；他很生气，觉得弟弟这样做实在太残忍了！他也听说没有人敢为关娜薇挺身而出。

亚利欧唐思前想后，决定自己去向弟弟挑战。他对自己说：

"啊！我绝不能让关娜薇为我而死！不管是对是错，她永远是我的爱、我心目中的女神、我眼中的光！我一定要维护她的周全，即使我必须因此而战死沙场！只希望在我为她而死的那一刻，心中可以获得一丝安慰。那就是她将亲眼看见：虽然她玩弄了我的感情，我仍愿意为她奋战，死也无憾！"

于是，亚利欧唐买了新盔甲、新武器、马匹等，以无名骑士的身份向弟弟勒坎尼欧挑战。现在，他在众人的催促下，现出了真实的身份来。

国王看到亚利欧唐又惊又喜，他心里明白，这个世界上再也找不到一个比他更真诚、更忠实的爱人了。在场的人，尤其是里纳尔多，都希望能见到亚利欧唐与公主结为连理。

国王原本就十分赏识亚利欧唐，于是当下就将公主许配给他，并且将帕里内斯的公爵头衔以及领地也赏赐给他，作为公主的陪嫁。在场众人皆拍手叫好！

里纳尔多也为德玲达所犯的过错求情，国王大赦，宽恕了她的罪。但德玲达觉得自己罪孽深重，决定发愿成为上帝的仆人。不久，她离开苏格兰，进入丹麦的一所修道院，成为修女。

他借私下的信任制造伤害，
让罪恶一直被遮住，但是，
尽管人会保持沉默，
大地的起伏会展示真实，
空气会把消息传到世界的四方，
可是他搞错了一件事，
上帝会揭露他的罪。

Miser chi mal oprando si confida
ch'ognor star debbia il maleficio occulto;
che quando ogn'altro taccia, intorno grida
l'aria e la terra istessa in ch'è sepulto:
e Dio fa spesso che 'l peccato guidail
peccator, poi ch'alcun dì gli ha indulto,
che sé medesmo, senza altrui richiesta,
innavedutamente manifesta.

桃金娘

现在,让我们暂别里纳尔多,回到罗吉耶洛这边来吧。

骑在鹫面马身的怪物背上,罗吉耶洛心下惴惴,但英勇如他,脸上十分镇静,毫无惧色。飞马载着他,速度有如飞箭,一刻不停,很快就远离欧洲大陆,来到印度附近。最后,飞马顺着气流逐渐盘旋飞低,降落在一座海岛上。

飞马降落之处,山脊平整,丘陵绵延;柔软的草坪上,凉荫处处,各种美丽的花朵盛开:月桂、棕榈,还有最可爱的桃金娘;枝叶茂密的树丛里,清澈见底的泉水边,有小鹿、野兔漫步、跳跃其间——世界上真是再也找不到比这里更令人心旷神怡的地方了!

罗吉耶洛从马背上跳下来,把缰绳牢牢地系在一棵桃金娘的枝干上,然后把身上沉重的盔甲和武器卸下。就在他低着头啜饮泉水解渴时,绑在不远处的飞马不知受到什么东西惊吓,竟然扯断了桃金娘的枝干,四蹄在枝叶中乱踩着。缰绳绑得太紧了,飞马无法脱身,最后前蹄扬起,不断踢在树身上,摇下了一地的绿叶。桃金娘饱受苦楚,竟然发出呻吟之声,哀泣起来:

"如果你的为人像你的外表看起来那般善良仁慈,请你把这匹马的缰绳解开了吧。我的不幸已经让我受够折磨了,为何还让这头畜牲在我身上再加

罗吉耶洛骑马或飞行的所见，都没有眼前的迷人

更多的痛苦呢？"

罗吉耶洛忽然听到人声，连忙转过头，跳了起来——发现是桃金娘在说话，更是惊讶！他赶紧奔过去，把飞马的缰绳解开了。

"不管你是精灵还是森林之神，"他很抱歉地说，"请你原谅！方才的伤害不是有意造成的，因为我事先并不知道这树身里藏住着精灵。请你告诉我你的姓名和身份，将来若有机会，我一定会好好弥补你。"

"你的善意令我感动，我要告诉你我的故事。我的名字叫作艾斯多弗，是查理曼大帝麾下的十二勇士之一。罗兰和里纳尔多都是我的族兄，他们声名远播，想必你早已听过他们的大名。我也是英格兰国王奥托的王位继承人，天生英俊潇洒，一向受到佳人淑女的青睐。唉！只是没想到最后竟然落此下场……"

◎ 阿琪娜

"当时，我与罗兰、里纳尔多以及许多属下正要从印度回到西方来。一路上，北风无情地吹，迷离了我们的方向，直到某天早晨，我们才在一片美丽的沙滩上岸。

"沙滩上耸立着一座辉煌的城堡，妖娆美艳的女堡主阿琪娜正从里面走出来。她走到海边，然后既不用渔网，也没有用鱼钩，就把鱼儿一条一条从海里引到岸上来。其中有一头鲸鱼，身躯十分庞大，宛如一座小岛，动也不动地伏在海边。

"阿琪娜看中了我，于是想出一条诡计要将我诱离我的同伴。她笑容可掬地走过来，亲切地与我们寒暄说：

"'诸位英雄，欢迎大驾光临！今天请各位赏光留下来，我会请大家欣赏各种鱼儿，种类之多有如天上繁星。你们若想听美人鱼唱歌，也请跟我来，她们通常在这个时候出现。'

"说着，她抬起手，指向那一头宛若小岛的鲸鱼。

阿琪娜诱惑艾斯多弗去到一个小岛

"我的个性向来鲁莽冲动,听她这么说,马上跃跃欲试,爬上了鱼背。里纳尔多劝我不要去,但我不听。阿琪娜没理他们,笑眯眯地跟在我后面,也上了鱼背。鲸鱼听话地开始游向大海,我随即为自己的愚蠢感到后悔,但那时,我们已经离岸边很远了。里纳尔多跃进海里,想要帮我,但海上忽然狂风大作,卷起滔天巨浪,几乎把他溺毙——不晓得他后来可好。

"同时,阿琪娜不断地用好话安慰我。我们就这样待在鱼背上,过了一天一夜,最后来到这座美丽的岛屿。阿琪娜拥有这座岛的大部分领土,但全都是从她同父异母的妹妹洛琪斯蒂拉的手上抢来的。

"洛琪斯蒂拉是阿琪娜的父亲与元配妻子的合法继承人。阿琪娜生性歹毒，她的妹妹则刚好相反，是个有品格、有美德的佳人。阿琪娜招募了数支军队，抢走了几百座城池，还要将妹妹赶出这座岛屿。幸好，这座岛的地势一边是狭窄的海湾，另一边是人烟罕至的高山峻岭，暂时分隔了双方的势力。

"现在我要告诉你，我是怎么变成了一棵树。那时，阿琪娜对我深情款款，而我也热烈地爱着她。她是那么美丽、纵情，我在她身上享受到前所未有的欢愉。阿琪娜也对我宠爱有加，为了我，她抛弃了之前所有的爱人，并且封我为她的参谋大臣。

"就在我志得意满、自以为是阿琪娜的最爱时，她竟然夺回了曾经给我的一切，投入了一个新的激情。当我发现她的本性时，为时已晚：原来她有不断恋爱的癖好，我得宠才不过两个月，她就又有了新欢。

"阿琪娜对我不屑一顾，把我赶了出来。后来我才知道，在我之前早就有成千上百个男子曾经遭受同样的对待。她不愿这些人将她荒淫的行径传布出去，于是随心所欲地将他们变成一棵棵的树，或是月桂，或是杉木，或是棕榈，然后种在肥沃的土地里。"

现在，我相信因为你的到来，又有一个男人要被打入冷宫了。你会享受到不同凡响的爱情和快乐，但一段时间后，你就会被另外一个男人取代。我对你的警告不见得有用，但希望你心里有数。或许你可以想到办法，以避开最后那个痛苦、难堪的下场！"

◎ 群妖挡路

罗吉耶洛曾听过布拉达曼特提到表兄艾斯多弗，看到他现在竟然变成了一棵细瘦的树，心里替他感到很难过，但他爱莫能助，只能尽量安慰他。

罗吉耶洛问艾斯多弗是否有较安全的路通向洛琪斯蒂拉的领土，他回答说有：只要爬上山脊，然后靠右，往较陡峭的那边行走。但是，那里也有一群怪物盘踞——阿琪娜命他们镇守该处，以防有人想从她的领域逃跑。

罗吉耶洛谢过桃金娘所提供的讯息，然后拉起飞马的缰绳，徒步而行：

他不想骑上飞马，怕它自有主意。走不到两里路，他远远就望见阿琪娜金碧辉煌的城堡。快到城门外时，罗吉耶洛离开大路，要往右边那条较安全的小径爬上山顶。然而没有多久，他的去路就被一群奇形怪状的恶棍给堵住了。

罗吉耶洛大开眼界，一辈子没看过这么多长相怪异、形状可怕的怪物：有些猫头或猴头人身，有些人头马身或牛身；有些年幼活泼，有些老迈迟钝；有的浑身赤裸，有的奇装异服；有的骑着驴或鹤，有的骑着老鹰或鸵鸟；有的是公的，有的是母的，有的是雌雄同体。

这群怪物的首领手脚像人，但头、颈、耳却像狗，一张肥脸配上一个几乎拖地的大肚腩，骑在一只慢吞吞的乌龟上。他醉醺醺地对着罗吉耶洛吠叫，命令他走回阿琪娜的城堡。

"你管不着！"罗吉耶洛叫道，"小心我手上的剑！"

那怪物用枪攻击他，罗吉耶洛闪身避过，然后一剑刺穿他的大肚腩。轰然一声，所有的怪物一拥而上，将罗吉耶洛团团围在中间，对他或捏或挠或挤。罗吉耶洛奋力挥剑抵抗，怪物一个个倒地不起，但更多的怪物拥上来，

阿琪娜魅力难挡

很快，罗吉耶洛的行程就被这堆恶棍的攻击打断

小仙女们看到罗吉耶洛，全都拥过来，对他表示热烈的欢迎之意

杀也杀不完！

这时，两位美丽的姑娘骑着两匹雪白的独角兽，从城堡的大门往这边奔过来。她们对罗吉耶洛伸出手，他赶紧抓住，接着身体凌空而起，脱离了怪物的包围。罗吉耶洛红着脸向两位姑娘道谢，在不好意思婉拒她们盛意的情况下，与她们一起回到了城堡。

城堡的廊柱嵌满了宝石，墙面也镶饰着各类玛瑙、翡翠。门槛廊檐间，身穿绿衣、头戴花冠的小仙女嬉戏玩闹着；她们看到罗吉耶洛，全都拥过来，对他表达热烈的欢迎之意。

这里简直像天堂，是青春少男少女悠游的好地方：清澈的泉水旁，有人在甜美地唱歌；树荫下，一些恋人在跳舞、追逐；还有一对一对的情侣，早已各自带开、躲到隐秘之处，低低地讲着甜言蜜语；高高的树梢上，许多小爱神在枝叶间盘旋、飞舞。

解救罗吉耶洛的姑娘对他说："我们等一下要穿过一个沼泽。横跨沼泽的长桥被一个叫作艾瑞菲拉的女妖所盘踞，女妖高如巨人、青面獠牙，会企图杀害想要过桥的人。"

罗吉耶洛回答道："我很乐意为姑娘打前锋；我身穿盔甲不是为了替自己赢得财富或土地，而是为了保护他人——尤其是像你们这样可爱的姑娘！"

不久，他们来到沼泽附近。

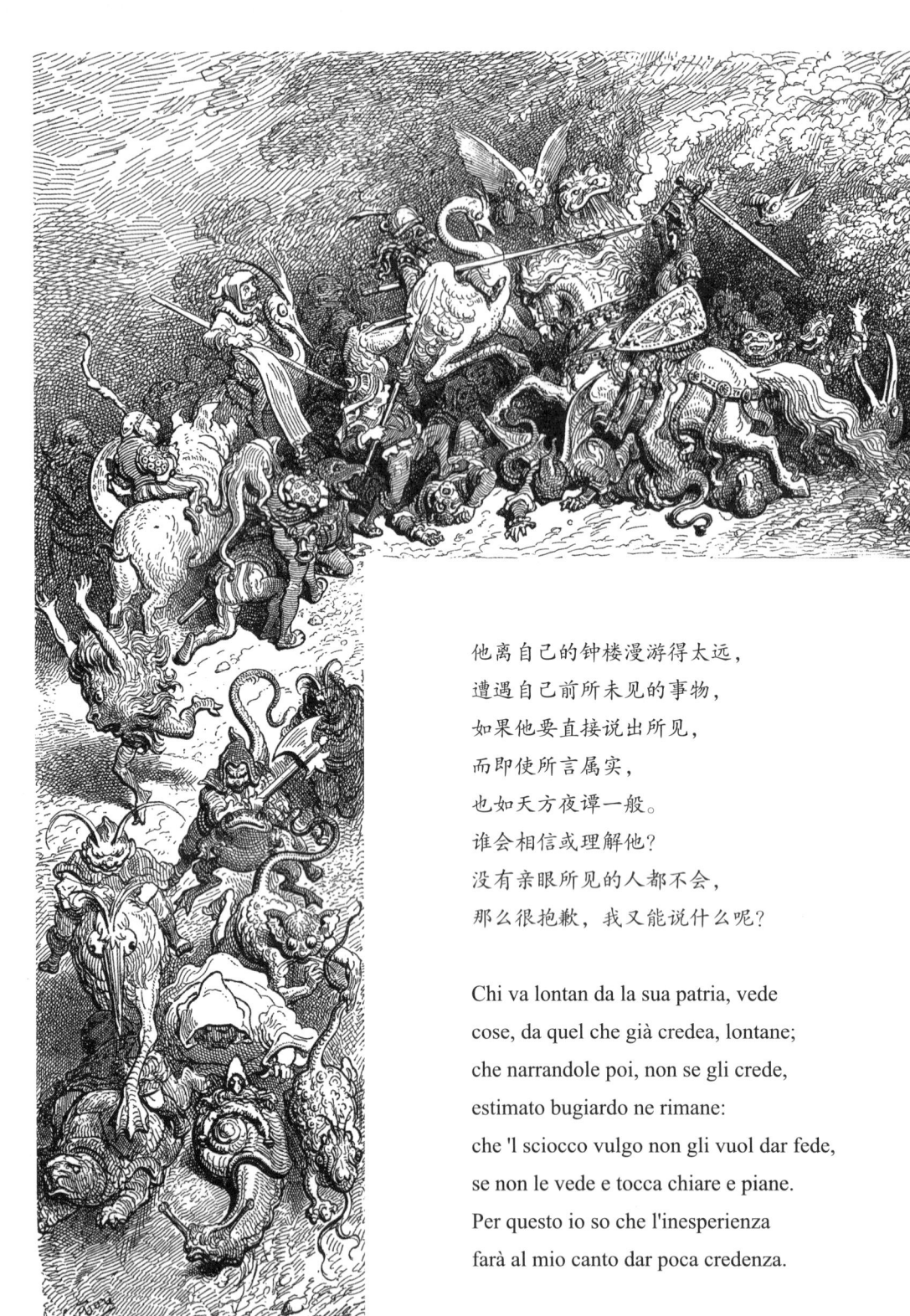

他离自己的钟楼漫游得太远,
遭遇自己前所未见的事物,
如果他要直接说出所见,
而即使所言属实,
也如天方夜谭一般。
谁会相信或理解他?
没有亲眼所见的人都不会,
那么很抱歉,我又能说什么呢?

Chi va lontan da la sua patria, vede
cose, da quel che già credea, lontane;
che narrandole poi, non se gli crede,
estimato bugiardo ne rimane:
che 'l sciocco vulgo non gli vuol dar fede,
se non le vede e tocca chiare e piane.
Per questo io so che l'inesperienza
farà al mio canto dar poca credenza.

爱的陷阱

女妖艾瑞菲拉全副武装守在桥旁,她的双臂由黄金打造,上面镶饰着各种翡翠、宝石,胯下骑的不是马,而是一匹比牛还大的狼,巨狼露出尖尖的獠牙,低吼着。

艾瑞菲拉吆喝一声,对着罗吉耶洛冲过来,他也不客气地给予迎头痛击。罗吉耶洛刺中了女妖的喉咙,把她挑了起来,摔出一丈多远,然后拔出刀来,准备砍下她的头。但两位姑娘喊住了他:"留给她全尸吧!免得玷污了阁下的手!"

接着,他们穿过森林,往一面斜坡爬,越爬越陡,终于来到山顶,进入一大片平整的草原。一座精雕细琢的宫殿矗立在他们眼前,美丽的阿琪娜正从宫门走出来。她在侍仆的簇拥下,对罗吉耶洛伸出手来,表达最诚挚的欢迎。

这里的人儿个个美丽俊秀,罗吉耶洛看得目不暇给。尤其是阿琪娜,再杰出的画家也不可能画出这么完美的作品:金色的秀发在脑后绾成一个髻;粉嫩的双颊白里透红,有如玫瑰、白梅的融合;比例完美的额头,仿佛打磨过的象牙;两道细细弯弯的秀眉下,是一双形状妩媚、眼神温柔的眼睛;鼻子、嘴唇的线条优美动人;还有雪白的肌肤、细致修长的手足——阿琪娜

阿琪娜艳光四射

真是上帝最细腻的杰作！她的美与丰姿让罗吉耶洛看得目不转睛，把之前桃金娘给他的警告完全抛诸脑后。

罗吉耶洛并不是见异思迁的人，他对布拉达曼特的爱也忠贞不二，阿琪娜之所以能够迷惑他，完全是因为对他施展了法术。但阿琪娜仍然不遗余力地取悦他：佳肴美酒一道一道送上来，美妙的乐音不绝于耳。享受完佳酿珍馐后，筵席撤去，所有的人围坐一圈，玩一项有趣的游戏：每一个人都将嘴附在其邻座的人的耳朵上问一个秘密——任何秘密；这个游戏让恋人们没有阻碍地倾诉内心的热情。

夜深了，游戏结束，仆人们点燃火炬，护送罗吉耶洛到他休息的卧室去，那是全宫殿里装饰最华丽、最梦幻的房间。罗吉耶洛躺在温暖舒适的床上，竖耳倾听阿琪娜前来的脚步声。室外稍有动静，他就立即抬起头来，心里渴望着她的到来；即使毫无声响，他也仿佛听到了什么声音，他痴痴地盼望，心里叹息着！

终于，在全屋子的人都安息后，阿琪娜从一个秘密的甬道进入罗吉耶洛的房间。她全身香气迷人，身上仅穿着一件透明的薄纱睡袍，纤细柔美的身体一览无余。

罗吉耶洛的心早已在希望与绝望之间转了好几回，看到阿琪娜翩然出现，在朦胧的灯影中美得如梦如幻，连忙上前将她拥入怀里。两人紧紧抱在一起，即使是常春藤的枝叶也没他俩缠得那么紧；四片嘴唇更是黏在一起，分也分不开。

罗吉耶洛深陷温柔乡，不可自拔。阿琪娜的体贴呵护，仆人的殷勤伺候，日日享受不尽的奇珍异果，在繁花盛开的草原上比武、游戏，在两岸风光明媚的小河里划船、钓鱼，在山涧水湄旁吟诗、唱歌——日子这么惬意、生活这么安适，罗吉耶洛除了自己的名字外，什么都忘记了！

查理曼大帝与非洲国王阿格拉曼的征旅生涯，和罗吉耶洛纵情安逸的日子不能比。当然，还有布拉达曼特，我们也不应该忘了她的遭遇。

自从眼睁睁看着爱人被飞马载走后，布拉达曼特日夜找寻着他的下落：

即使那些侍女和随从再美丽，阿琪娜也胜过她们，就像白昼的太阳胜过夜晚的星星

罗吉耶洛深陷温柔乡，不可自拔

罗吉耶洛和阿琪娜在两岸风光明媚的小河里划船、钓鱼

山林、野店、城镇、草原,到处都有她的足迹;她叹息、落泪,终日奔走,不愿休息。最后,她决定去找魔法师梅林,请他指点迷津。

◎ 梅莉莎的教诲

布拉达曼特在梅林古墓里认识的女巫师(名字叫作梅莉莎),也一直关心着这一对情侣的状况。罗吉耶洛被飞马载往印度,过着什么样荒逸的日子,她也都了如指掌。她也明白,罗吉耶洛的沉沦完全是他的义父亚特拉斯搞的鬼。亚特拉斯宁愿他过着安逸的生活,也不愿他出生入死、成为命丧沙场的英雄。

但梅莉莎知道如何唤醒他的自觉,激励他重拾曾有的英雄气概。她去找布拉达曼特,告诉她罗吉耶洛的下落。布拉达曼特听说罗吉耶洛远在印度,几乎昏厥过去;想到他们之间的爱情竟受到阿琪娜这般的破坏,更是五脏俱焚,坐立难安。梅莉莎安慰她道:

"你手上拥有能破除一切法术的魔戒,把它交给我吧!我会用它救回罗吉耶洛。今天傍晚,我就会出发;明天此时,我应该已经到达印度了。"

布拉达曼特立即从手指拔下魔戒来,交给梅莉莎。不要说是戒指,即使要她把生命交出去,只要能救回她心爱的罗吉耶洛,她都愿意。她也请梅莉莎在见到罗吉耶洛时,代她转达最诚挚的爱。

两人道别后,梅莉莎从地狱召来一只鬼灵,将它变成一匹全身乌黑、四蹄猩红的骏马,然后快马加鞭,奔腾在空中。第二天早晨时,她果真到达了阿琪娜的岛屿。梅莉莎先化身成为亚特拉斯的模样,躲在一旁静候时机,因为阿琪娜日夜守着罗吉耶洛,难得片刻远离他。

终于,在绿草丰厚的丘陵上,梅莉莎看到罗吉耶洛坐在一条潺潺流水旁,独自一人正享受着早晨的宁静和清新。他身上穿着轻柔细致的袍子,充满了慵懒浪漫的情调;颈上围着一条金光闪闪的项链,坠子在胸前晃荡着;两条曾经杀敌无数的臂膀,则各戴着一只亮晶晶的手镯;两只耳垂挂着细工打造的金耳环，上面各镶嵌着一颗晶莹剔透的大珍珠；卷曲的黑发散发着浓郁的香气；举止也变得矫揉造作，毫无男子气概。

梅莉莎化成亚特拉斯的样子出现在罗吉耶洛的面前，脸上带着一股威仪以及他从小就害怕的怒容，"难道这就是我辛勤耕种的结果吗？"

她大声质问他："从你幼年时，我就喂你吃熊心豹胆，教导你如何与毒蛇猛兽搏斗，难道这些训练只是为了让你成为阿琪娜的男宠？这就是你自孩童以来一直给我的'一定会成为男子汉'的承诺？你可知世人期待你成为另一个亚历山大、另一个恺撒吗？呜呼哀哉！你竟然辜负上天赋予的使命，成为阿琪娜的爱奴！你唯恐天下不知，还在颈上、手上戴着象征受她奴役的锁链？

"命运注定你会在战场上叱咤风云，就算你不在乎自己的名誉或上天的期许，但你怎可剥夺你那一脉相传的子孙来到人世的机会？他们是充塞在这宇宙大地之间的灵气，必须在特定的时间降生为人。这个世界要因他们而风起云涌；意大利要靠他们重现往日雄风，再建古时盛世。

"他们之中又以希普利塔斯和他的弟弟最为杰出；他们两人可是百年罕见的圣主明君，品格操守连古圣贤都不能与之相比。我经常对你提起这两人；我记得每当我谈到他们时，你总是特别地注意听。我看得出来，你对子孙中能出这样的能人是感到多么欣慰！

"如今，你却迷恋着阿琪娜——那个女人，人尽可夫！你自己想想看，她配当你子子孙孙的祖先吗？现在，我要让你见识见识她到底长什么样子！戴上这个戒指，回到她身边去，你会看清楚她到底有多美丽！"

◎ 破除幻术

罗吉耶洛满脸通红瞪视着地上，不知道该说些什么。梅莉莎将戒指戴在他的手指上，法术一解除，他随即恢复了清醒。罗吉耶洛看到自己的蠢相，觉得羞愧难当，真想找个地洞钻进去。

梅莉莎见事情已经成功了一半，不需再借助亚特拉斯的形貌了，于是恢复了自己原来的样子。她告诉罗吉耶洛她的身份还有此行的任务："一位尊贵的郡主派我前来，"她热诚地解释，"你应该还记得她曾经帮你恢复自由。她请我给你这个戒指，以解除加诸在你身上的幻术和魔咒。"

梅莉莎也转达了布拉达曼特对他的爱，以及盼望他平安归来。

罗吉耶洛听从了梅莉莎的指示，什么事也没发生似的回到阿琪娜的宫殿。戴着戒指，他看清楚了阿琪娜的美貌原来只是假象，从头到脚她的美没有一处是真的：她的肤色焦黄，满脸皱纹，双颊凹陷；她的头发稀疏花白，嘴里一颗牙也没有；她的身高不足四尺，而且那么老，恐怕有几百岁了。

阿琪娜现出丑陋的原貌

罗吉耶洛不动声色地穿上铠甲，背上挂着亚特拉斯眩目夺魂的盾牌，然后到马厩选了一匹黑马。梅莉莎提醒他不要骑飞马，因为它不好控制，等将来有机会，她会逐步教他骑飞马的技巧。

准备妥当，罗吉耶洛悄悄离开阿琪娜的宫殿，来到群妖镇守的关卡。他呐喊一声向它们冲过去，宝剑在手，妖群纷纷倒下，有的没了头，有的被切成两半，有的遭开肠剖肚。

罗吉耶洛很快就杀出一条血路冲过去。在阿琪娜起疑前，他早已远离她的地盘，准备进入洛琪斯蒂拉的领域了。

平日在我们身边,
并没有巫师或者女巫,
我们没有发现他们,
难道是因为他们没有通过法术
而只是用谎言和欺骗
不断误导我们?
以老于世故的技艺打造锁链,
他们困住我们单纯的心。

Oh quante sono incantatrici, oh quanti
incantator tra noi, che non si sanno!
che con lor arti uomini e donne amanti
di sé, cangiando i visi lor, fatto hanno.
Non con spirti costretti tali incanti,
né con osservazion di stelle fanno;
ma con simulazion, menzogne e frodi
legano i cor d'indissolubil nodi.

逃离险境

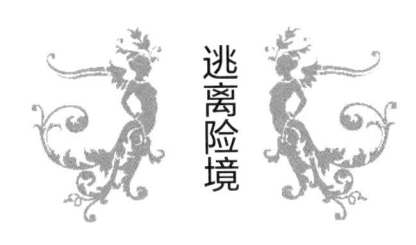

罗吉耶洛过桥之后，往树林方向急奔，但不久，迎面就又遇到了一个阿琪娜的爪牙。此人手腕上停着一只凶猛的猎鹰，脚旁守着一只忠心耿耿的猎犬，胯下骑着一匹看起来并不起眼的马。他看到罗吉耶洛策马狂奔，大喝一声，并且傲慢地问："这么急，去哪里？"

罗吉耶洛觉得没必要回答他，继续快奔。那人大叫道："看你往哪里跑？"

说着，放出手上的鹰，并且跃下马来。鹰飞得很快，一眨眼已盘旋在罗吉耶洛的头顶。而那匹不起眼的马，竟忽然像箭一般激射出去，凶猛地对罗吉耶洛又踢又咬。猎犬也不甘落后，好像追捕猎物般，与主人双双奔到罗吉耶洛后方。

罗吉耶洛看那人手上只拿着一根打狗棒，不屑拔刀与之对抗，没想到对方一棒下来，威力无比。而猎犬则紧紧咬住他的腿不放；同时，马儿扬起后蹄猛踢他的肚子；本来盘旋在空中的鹰则伺机俯冲下来，用利爪抓他。

罗吉耶洛若再不使出杀手锏，后果恐怕不堪设想，因为所有的山谷都已回响着报讯用的钟声和号角声。当然，他不需拔刀砍杀，他有更好的方法来解决这批蛮干难缠的敌人。

罗吉耶洛从背上解下亚特拉斯的盾牌,掀开红丝巾。果然,人与兽一瞬间全部昏厥在地,有如死了一般!

这时,阿琪娜已获知罗吉耶洛逃跑的消息,她一边捶胸顿足,一边咒骂自己愚蠢。她立即召集所有的部属,将他们分为两组人马,一组追往罗吉耶洛逃跑的方向,另一组则乘船出海。

阿琪娜派出的船只如此众多,海上黑压压一片都是帆。她乘着其中一艘船,要亲自去追捕罗吉耶洛。众人倾巢而出,整个岛反而空了,宫殿里也无

罗吉耶洛来到炙热的海边

人看守。梅莉莎见机不可失，立即释放所有被拘禁的人，并且破获了一切与法术有关的器具和书本。接着，她又赶往乡间、海边，将之前被阿琪娜抛弃后变成各种树木的男子变回人形。这些人重获自由后，也连忙追随罗吉耶洛的脚步，逃往洛琪斯蒂拉的领土。

梅莉莎第一个解救的当然是艾斯多弗，因为布拉达曼特的关系，他也算是罗吉耶洛的亲人了。梅莉莎也替他取回了被阿琪娜夺走的由黄金打造的长枪，这长枪只要碰到敌人的身体，就可以不费吹灰之力，把对方挑下马来。然后，他们两人骑上飞马，直飞洛琪斯蒂拉的领域，并且比罗吉耶洛早一小时抵达。

同时，罗吉耶洛持续往洛琪斯蒂拉的疆界迈进。他翻山越岭，走在一条布满荆棘的小径上，地势险要，渺无人烟。最后，他进入一条狭小的海滩。

此时刚过正午，炎热的太阳威力无比，海滩上冒着炙人的热气。罗吉耶洛又热又渴，但他不敢休息，撑着精神继续赶路。

不知道走了多久，他来到一座突出水面的高塔前，高塔的阴影里坐着三位姑娘，从她们的穿着打扮，罗吉耶洛知道她们是阿琪娜的人。

三位姑娘倚坐在埃及毯子上，享受着各种瓜果、美酒。离她们不远的海边，停着一艘船，在波浪里摇摆、晃动。姑娘们见罗吉耶洛干裂的嘴唇，知道他一定又饥又渴，于是招手邀请他过来喝酒休息。

罗吉耶洛不予理睬，他可不想耽搁时间，让阿琪娜有机会追上来。三个姑娘见他没有反应，竟然生起气来，其中一个对他尖叫、咒骂说："你算是哪门子好汉！你身上的盔甲根本是偷来的，那匹马也是！我看你简直该死！下流的贼！应该把你吊起来杀死！"

那姑娘不断地咒骂他，罗吉耶洛不想跟她浪费唇舌，继续往前走。三名女子赶紧上了船，沿着海岸拼命地划着；她们紧跟着罗吉耶洛，肮脏污秽的话从那个女人嘴里不断宣泄出来。

终于，罗吉耶洛来到一条河边，渡过河就是洛琪斯蒂拉的领土了。河岸停着一艘船，船夫对罗吉耶洛招手，好像早已在等候他的到来。

罗吉耶洛的魔盾击退阿琪娜的手下

罗吉耶洛上了船，船夫开始迅速划着，往对岸前进。但不久，阿琪娜的船队追到了。密密麻麻的船只布满海面，木桨"嘭！嘭！"奋力拍打海面的声音，好像杀气腾腾的战鼓。船夫对罗吉耶洛说："使用你的盾牌吧，否则你就死定了！不死，恐怕你就要成为阶下囚！"

罗吉耶洛正有此意。他亮出盾牌，对着海上的船只照过去；眩目的光芒射出，一瞬间，阿琪娜的部属纷纷倒下，靠近船首、船尾的那些人，甚至跌落海面。

阿琪娜没事，但落荒而逃；她不但未能捉回逃跑的爱人，甚至丧失了所有的船只、手下。接下来的日子只有痛苦和悔恨，如果能以死解脱，她早就自我了结了！只是，仙子是死不了的。

◎ 回乡之路

罗吉耶洛上了岸，有四名姑娘过来迎接他，他随着她们往不远处的一座城堡走过去。罗吉耶洛从未看过如此别致的建筑：墙面镶满了水晶宝石，闪闪发亮，宛如镜子一般。这么堂皇的宫殿，只有天堂才有吧！罗吉耶洛赞叹不已。

这些像镜子般反光的宝石有一种神奇的力量：它们能反射出一个人灵魂的最深处，让他看见自己的美德与缺点；从此他不需要听别人不实的赞美，也不再怨恨他人恶意的毁谤——只要观看镜中的自己，一个人就能学到人生的智慧！

洛琪斯蒂拉很高兴能接待像罗吉耶洛这么杰出的勇士，她命令属下，要他们恭谨伺候。艾斯多弗在一个小时前已先到达，他与罗吉耶洛招呼相认，两人都十分开心。

休息了一两天后，罗吉耶洛与艾斯多弗在梅莉莎的陪伴下去找洛琪斯蒂拉。他们请求她的协助，以便返回故乡祖国。洛琪斯蒂拉仔细考虑后，建议罗吉耶洛骑飞马回家。当然，他得先学习如何操控飞马。经过了几日的练

当一位高贵的骑士到达，洛琪斯蒂拉明显表露出喜悦

习，罗吉耶洛很快就学会了驾驭飞马的技巧：或上升，或降落，或盘旋，或快速飞翔，他都能随心所欲。

不久，罗吉耶洛离开洛琪斯蒂拉的岛屿，准备返回欧洲。但他不打算循原路回去，他希望借回家之便，顺道游历世界，增长见闻。于是他由北飞越喜马拉雅山、天山、西伯利亚、北极等地；经过了一个多月的旅行，终于在某天的早晨来到了布里多尼附近。

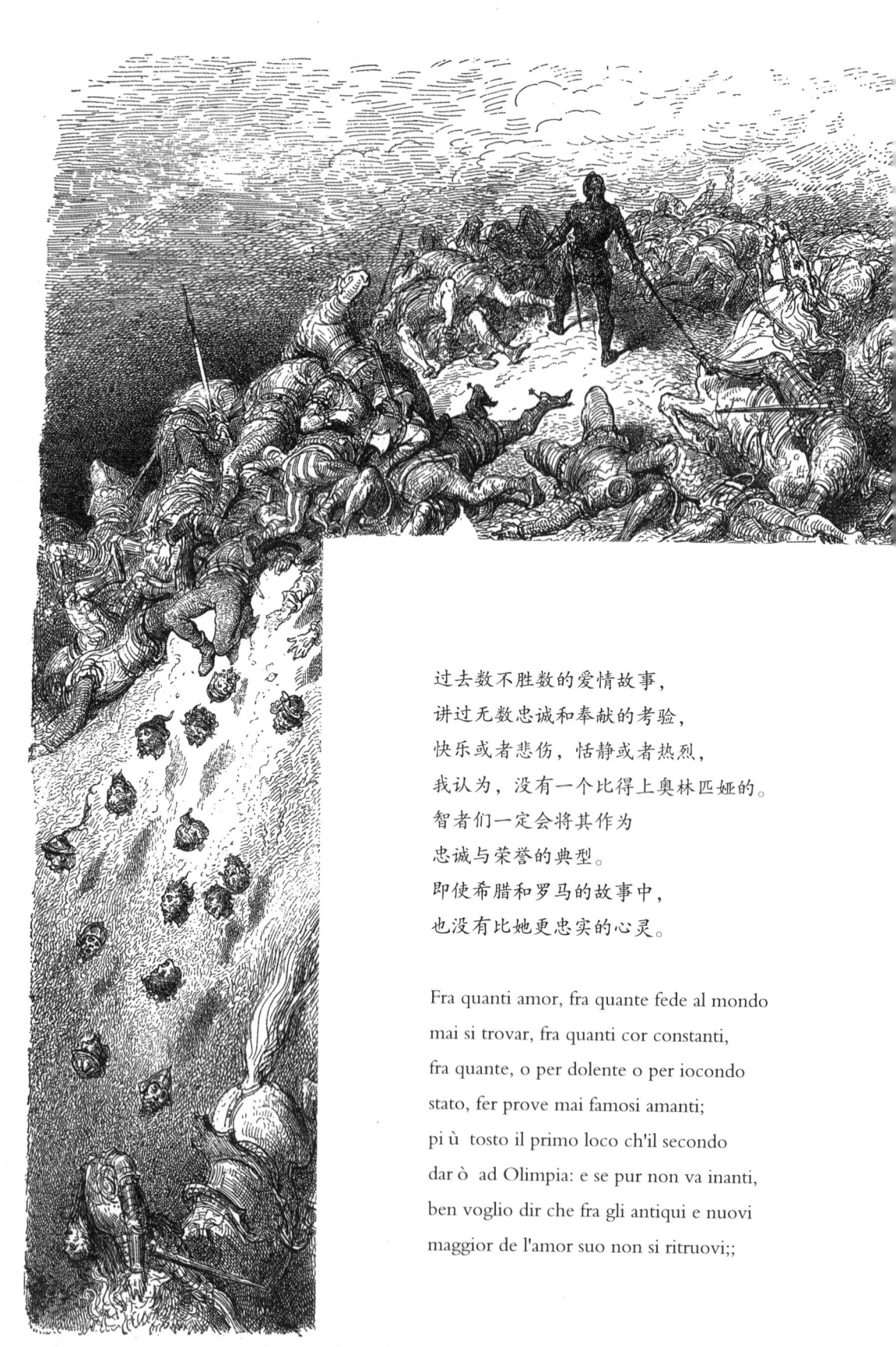

过去数不胜数的爱情故事，
讲过无数忠诚和奉献的考验，
快乐或者悲伤，恬静或者热烈，
我认为，没有一个比得上奥林匹娅的。
智者们一定会将其作为
忠诚与荣誉的典型。
即使希腊和罗马的故事中，
也没有比她更忠实的心灵。

Fra quanti amor, fra quante fede al mondo
mai si trovar, fra quanti cor constanti,
fra quante, o per dolente o per iocondo
stato, fer prove mai famosi amanti;
più tosto il primo loco ch'il secondo
darò ad Olimpia: e se pur non va inanti,
ben voglio dir che fra gli antiqui e nuovi
maggior de l'amor suo non si ritruovi;;

爱的追求

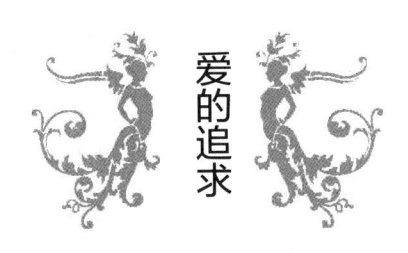

里纳尔多解救了公主关娜薇后,受到国王、公主以及全体人民的爱戴。于是,在一个恰当的时机,他对国王提起他来到苏格兰的目的——他是奉查理曼大帝之命,前来请求英格兰以及苏格兰两国的军事协助。国王立即答应了他的请求,承诺将尽全力提供军援。

之后,里纳尔多继续前往英格兰寻求更多的援助。英格兰的摄政王也立即响应了他的请求:即日就会派军渡海,去帮助法国打这场圣战。

里纳尔多此行招兵买马的任务可说圆满达成。

在此同时,非洲国王阿格拉曼的军队已经层层包围了巴黎,若不是上天垂怜,适时下起一场空前大雨,淹没了城外四周的平原,巴黎恐怕早已被阿格拉曼攻陷,整个法国也落入他的手里了。

那个晚上,罗兰在自己的床上辗转难眠,他对安洁莉卡的思念日甚;想到她千里迢迢来到西方,自己却不能守候她、保护她,他的内心痛苦不已。

"我当时怎可如此懦弱呢?我的爱!"他悲吟,"查理曼命人将你带走时,我应该抵死不从啊!我若反抗,谁能抵挡我呢?我应该把你留在身边;除了我,还有谁能够保护你的周全!如今,你在何处呢?可怜的小宝贝!你还在四处流浪吗?或者,没有忠心耿耿的罗兰的保护,你早已落入歹人之

罗吉耶洛看到里纳尔多的军队在英国汇合

手，而你的贞洁——我渴望却从不敢冒犯的贞洁——已经被糟蹋了？噢，老天！果真如此，我一定要用这双手结束自己，一死了之——"

在这万物沉睡的深夜里，罗兰不断地哀叹流泪。朦胧之中，他仿佛看到繁花盛开的河边，出现了一张姣美的容颜，闪闪发亮的双眸凝视着他，唤醒了他灵魂深处最大的快乐和幸福。忽然间，轰隆声大作，雷电劈倒了大树，压坏了花草。罗兰看到自己在原野上跑来跑去，到处寻找着心爱的人，一下子在林深处，一下子在水泽边，声声呼唤着她的芳名。他仿佛听到她在求救的声音，他往声音来处奔去，绝望地到处搜寻着，想象不能再看到她美丽的容颜，真是痛不欲生！这时，另外一个声音远远传来，大声地对他喊道："你这辈子再也看不到她了！"

罗兰被这个声音惊醒过来，发现自己满脸泪水。虽然只是做梦，他却五内俱焚，觉得一定是爱人遭遇了不测，正在某处呼唤着他、需要他。他倏地从床上跃起来，穿戴上盔甲武器，然后跨上骏马，没有留下只字片语，就奔离了军营。

天才刚亮，查理曼大帝已经获知罗兰出走的消息。国家正需要他，他竟然不告而别！查理曼怒不可遏，咆哮着说，罗兰若不尽速归营，他对如此玩忽职守的行为绝不宽贷！

罗兰原本是个深谋远虑、尽忠职守又信仰虔诚的男子汉，如今，在爱神的捉弄下，他竟然忘了自己的身份、责任，疯狂地要去寻找所爱。

罗兰出了城门，往敌军的阵营奔去。由于大雨，那些非洲军人三五成群地瑟缩在树下、檐下，打着盹儿。他尽可趁敌人睡觉时大开杀戒，但他生性正直，是个胸襟高贵的男子，当然不会伤害沉浸梦乡的人。他在非洲人的营区里走了三天三夜，到处打听有无安洁莉卡的消息，好在他的非洲语讲得十分流利，全身又穿着黑色盔甲，没人识破他原来是个法国人。

三天后，罗兰开始在附近的城镇、乡村里寻找。到了最后，他几乎走遍整个法国。这个爱的追寻从黄叶飘零的十月底开始，经过大雪冰封的寒冬，一直到次年春暖花开时。

◎ 奥林匹娅的故事

在这大半年的流浪里，有一日，罗兰来到布里多尼与诺曼底的边界。一条河划分两地，汩汩往大海流去；高山的融雪使得河水高涨，冲断了桥墩。罗兰四下张望，想找个渡河的方法。

这时，一艘船正巧从上游划过来，船首坐着一位姑娘。罗兰对姑娘招手，问她可否让他搭船渡河。

"你若想渡河，"姑娘回答，"就必须答应我先去参加一场战争。爱尔兰外海有一座岛叫作埃布达，那座岛的居民派出船只，四处去劫掠、诱拐女子——越美丽的越好，然后每日一个，把她们送到海边去给海怪吃。你可以想象有多少姑娘已经因此丧命！所以，你若也有一点恻隐之心，就请你去找海伯尼亚国王，然后与他招募的军队一起去摧毁埃布达岛吧。"

罗兰未等她说完，已迫不及待地说他一定要当这个队伍的前锋。他内心隐隐有一股恐惧，害怕他心爱的安洁莉卡早已落入这些恶人之手。第二天黎明时，他赶到圣马洛港，雇了一艘船，就往北行。但不知为何，南风不再吹拂，由西北方向吹来的大风迫使他的船只一直往东南走，到第五天时，船才在比利时北部的安特魏普河口靠岸。

罗兰才一上岸，就有一名老者迎上来与他寒暄。老者请他去见一位姑娘，他若不方便，姑娘来见他也行。"到底是什么事？"罗兰问。老者回答说，经过这里的勇士只要听说姑娘的困境，没有一个人愿意帮助她。罗兰听老者这么说，天生的仁慈与后天的教养，让他马上催促老者带路去找姑娘。老者很欣慰，带他来到附近的一个大屋，屋内坐着一位全身黑衣的女子。女子客气地谢谢罗兰，请他上座，然后将自己的故事娓娓道来：

"我的名字叫作奥林匹娅，是荷兰王的女儿，虽然不是独生的孩子——我还有两位兄长，父亲却视我如掌上明珠，宠爱有加。在那段幸福快乐、无忧无虑的日子里，我认识了丹麦泽兰岛的公爵——比雷诺。他年轻英俊、潇洒大方，我与他很快陷入热恋，并互定终生。后来，比雷诺要带兵去攻打非洲摩尔人，于是我们约好在他胜利回来后，再举行盛大的结婚典礼。

"比雷诺走后不久，荷兰北部弗里西亚城邦的国王就派人来提亲，要求我的父亲将我许配给他的独生子阿尔邦堤。我告诉父亲说，我已心有所属，不可能嫁给阿尔邦堤。父亲爱我，不忍见我伤心难过，不惜取消已经进行一半的婚约协谈。弗里西亚国王觉得受辱，大怒之下，竟带兵攻打荷兰，几乎杀害了我所有的族人。

"这个弗里西亚国王有一把杀伤力极强的武器：一条铁制长管，长约两尺，内装有火药、铁球，铁管尾端有一小孔，只要在小孔点火，轰然一声，铁球立即射出——那威力简直像电击雷劈一般，将射中的东西打得粉碎！
"他用这武器两度打败了我方的军队，并且杀死了我的两个哥哥。有一次，父亲正在巡视军营，弗里西亚国王从远处瞄准他，铁球正中父亲的双眉之间，令他当场丧了命。父亲死后，我成了荷兰唯一的继承人。弗里西亚国王派遣使者来告知我以及我的子民说，只要我嫁给他的儿子阿尔邦堤，他就不再攻打荷兰。

"我怎么可能答应他这个婚事呢？他杀害了我挚爱的父亲和两个哥哥，我恨他、诅咒他都还不能消我心头之恨，更何况我与比雷诺之间还有爱的约定！我回答他说：'我宁愿被杀死、烧死，我宁愿承受比现在多一百倍的痛苦，也不可能嫁给他儿子！'

"我的子民想尽办法要我屈服，免得我害死所有的人；他们求我、威胁我，但我不为所动。最后，他们狠下心把我交给弗里西亚国王，任由他处置。
"弗里西亚国王并未虐待我，他对我保证说，只要我同意婚事，我和我的子民就能获得安全和自由。事情走到这个地步，死亡是唯一的解脱，但父兄之仇未报，我不甘心就死，否则所有的苦都白受了。于是，我假装屈服，并同意尽快办理婚事。

"之前，我在荷兰第一次战败时，就写了求救信函给比雷诺，他也很快地招募了军队要来解救荷兰。弗里西亚国王听闻此事后，把筹备婚礼的一切

爱的追求 085

事宜交给儿子，就带着军队去迎战了。不久，他强大的火力击溃了比雷诺的舰队；比雷诺落在他手里，成了俘虏。

"阿尔邦堤与我成婚的当天晚上，就被我藏在窗帘后的仆人用斧头砍成了两半。第二天，弗里西亚国王凯旋时，我们早已逃之夭夭。他的震惊和伤痛毋庸置疑！他扬言逮到我后，要好好折磨我，再置我于死地。

"弗里西亚国王本来要杀害比雷诺来伤我的心，但后来他心生一计：他要我去交换比雷诺回来。

"比雷诺若能获得释放，我甘愿一死，但我害怕担心的是，我把自己交出来只是自投罗网而已。像弗里西亚国王那般心狠手辣又毫无骑士精神的人，真的会守信用把比雷诺放了吗？也许我受尽折磨、死了之后，他仍然会对比雷诺下毒手。

"我将这个故事的始末解释给许多经过这里的武士听，是因为我希望能找到一位有能力见证这个约定的人——也就是说，在我把自己交给弗里西亚国王时，他能帮我确定比雷诺会获得释放。

"但到目前为止，没有一个人敢冒这个险，他们都害怕弗里西亚国王手中的那把长管武器。然而，你的勇气若与你威武的外貌不相违背，可否请你陪我去？让我在死之前，不用担心我的爱人是否能平安脱险。"

◎ 手刃劲敌

罗兰是个话不多的男人，但天生急公好义，最爱帮助人。听完奥林匹娅的叙述后，他简短地回答她说，他绝不会让她落入敌人之手，以交换比雷诺回来——他打算同时解救他们两个。

当天，他们就乘船出海了，技巧熟练的船夫载着他们穿梭在礁湖之间，经过一座又一座的小岛，于第三天时到达了荷兰。罗兰请奥林匹娅在船上等候消息，他自己一人上岸。

这时，另外一个消息传来：比雷诺的表兄也带着一支舰队前来援救，并且已经上岸了。于是，罗兰请他们派一个人去通知弗里西亚国王，告诉他说有一名骑士要向他挑战，胜负的条件是：国王若打败了挑战者，那么他可以立即获得杀害他儿子的凶手；反之，国王若失败了，就必须无条件将比雷诺交出来。

弗里西亚国王听到使者的报告后，心下另有打算。他想，只要能抓到罗兰，他也就可以找到那个伤他至深的女人了。于是，他调派了三十名人手，团团围住罗兰，然后再带领另外三十名手下从大门冲出。弗里西亚国王对自己的安排深具信心，觉得要活捉罗兰有如瓮中捉鳖，因此并未携带他那把威力惊人的武器。

罗兰岂是省油的灯，他放低了手中的长枪，往敌人最多的方向冲过去，然后一瞬间就刺穿了一个、两个、三个……他的长枪一口气刺穿了六个人的胸膛，把他们全串在一起。接着，他并未抽出长枪；手一推，他甩掉那六个死人，然后拔剑在手，冲向另一堆人，或劈，或砍，或削，剑无虚发，敌人纷纷倒地不起。

弗里西亚国王懊恼不已，大声吼叫着，要属下赶紧去把他的长管武器

罗兰以长枪刺穿多人胸膛

罗兰追捕弗里西亚国王

拿来。但众人东逃西窜，无暇顾他，他只好也先保命要紧，往城门跑去，并且急忙要拉起吊桥。

但罗兰的身手很快，才一瞬间，就已经赶到。弗里西亚国王只好丢下吊桥不管，骑上一匹快马，仓皇往城内错综复杂的街道逃去。罗兰对街道不熟，一下子失去了敌人的踪迹。

弗里西亚国王先是躲在某个转弯的隐秘处，然后派人赶快去把他的武器取来；他守株待兔，要伺机射死罗兰。

不久，罗兰出现了，弗里西亚国王瞄准了他的头，火花一闪，轰然一声，铁球激射出去。但不知是紧张，还是太过匆忙，铁球失去了准头，射在马腹上。马儿四蹄一软，跌倒在地。

罗兰身手敏捷地跃起来，毫发无伤。弗里西亚国王来不及发射第二个铁球，转身想逃，但他手脚发软，使不上力，因为罗兰凶神恶煞奔过来的样子，不要说他，连战神玛尔斯看了都忍不住颤抖！

罗兰几个箭步就奔到了弗里西亚国王的面前，他高举宝剑，对着敌人的头，用力一劈。这一劈，力道之大，把弗里西亚国王的头连同头盔从中间劈成了两半！

这时，从城门那边传来骚动的声音，原来比雷诺的表兄也已经带领军队攻入这个城市了。罗兰打开关闭俘虏的大牢，放出了比雷诺等人，然后把比雷诺带到船上与奥林匹娅相会。奥林匹娅的欢喜和感激无法形容。只要比雷诺能平安归来，她已经心满意

弗里西亚国王开枪

足了，真是做梦也没想到，罗兰竟然帮她这么大的忙：敌人已死，连她父兄之仇都报了！

比雷诺与奥林匹娅重逢，自是喜出望外；两人甜蜜相拥，互道别来种种，对罗兰更是感激不尽，谢了又谢！

奥林匹娅是荷兰王位唯一的继承人，但比雷诺想带她回祖国，于是他们计划在举行婚礼后，就将荷兰的国务交由比雷诺的表兄全权处理，然后尽快乘船回泽兰岛。

罗兰劈开国王的头

罗兰也在同一天扬帆出海，他对分享战利品没有兴趣，只要求取走弗里西亚国王的那把长管武器。但他并不是想靠这可怕的武器来杀敌——依赖优势来赢得胜利是他最不屑的事——他是打算将这把武器投入大海，免得它落入恶人之手，继续造成可怕的伤害。于是，当船来到四周望不见陆地之处时，罗兰取出武器说："啊！邪恶的武器，这里就是你的葬身之地！下沉吧！"说罢，罗兰掷出武器，让它落入海水最深处。接下来，他的船乘风破浪，全速往他原先欲去的目的地前进。

途中，他不曾在英格兰或爱尔兰靠岸，免得再有其他冒险耽搁。

但让我们暂时回到比雷诺与奥林匹娅这边吧。我们怎能不见证他们的婚礼呢！这场婚礼的排场十分豪华盛大。然而，新的事端很快会再起，把这美好的一切都破坏了。

◎ 负心的人

弗里西亚国王死时，手下一哄而散，逃的逃、藏的藏，弗里西亚城邦的姑娘则都沦为女奴。女奴中有一个长得特别美丽可爱，是弗里西亚国王的女儿。比雷诺第一次看到她时,她正泪眼汪汪地伏在父亲的尸身上哭着,那楚楚可怜的样子打动了他。比雷诺新的爱火一点燃,对奥林匹娅的旧爱相对地也就熄灭了。因为他与奥林匹娅的爱已经圆满,就好像饥渴很久的人终于吃饱喝足般,所有的海誓山盟、温柔缠绵全都抛诸脑后,化为云烟。

比雷诺在带着奥林匹娅回泽兰岛的航程中,遇到了暴风雨,船只偏离航道漂流了三天,最后在一座荒岛靠岸。奥林匹娅很开心地上了岸,与比雷诺共进晚餐,然后进入帐篷休息。其他的人则都回到船上过夜。几天的劳累、晕船,奥林匹娅很快就进入梦乡,有心爱的人躺在身边陪伴,她的脸上还带着微笑。

比雷诺看奥林匹娅睡熟了,悄悄地起身,衣服也没穿好,随便卷成个包袱,就赶紧溜回船上去,然后把所有的船员叫醒,要他们安静地把船划出外海。

奥林匹娅一觉到天亮。半睡半醒间,她甜蜜地伸出手去拥抱爱人,但身边空空如也;她把手收回来,伸向另一边,仍然空无一人。她这一惊,非同小可,整个人都清醒过来了。她心里笼罩着不祥的预感,倏地起身,冲出帐外,直奔到海边。只见一抹苍白的月,低悬在西边,而除了浪花滔滔,海边什么也没有!

"比雷诺!"奥林匹娅大声地呼唤。她不知哪来的力气,手脚并用,很快地爬上了临海凸出的巨岩,远远望去,她看见那负心汉的船正逐渐消失在天边。她跌坐在岩石上,浑身发抖,脸色比雪还冷、还白。好一会儿,她站

比雷诺在某个荒岛靠岸

了起来，对着几乎消失的船凄厉地叫着。

奥林匹娅不断地痛哭，一边扯着自己的头发，指甲划破了原本娇美的脸颊。她凝望着海水，想纵身一跃，结束自己的生命，但最后她站了起来，麻木地走回帐篷去。

躺在前夜缠绵的床上，奥林匹娅忍不住又哀哭起来："噢！狠心的比雷诺！你为何如此待我？我现在该怎么办呢？这里杳无人迹，我要去向谁求助呢？即使有船只经过，我又能请他们带我到哪里去？回荷兰吗？那里已布满了你的手下。去弗里西亚吗？那里是不堪回首之地啊！我为你牺牲那么多，你为何如此回报我？——"

奥林匹娅又害怕又绝望，不停哀哭着。不一会儿，她忽然发了疯般，又冲出了帐篷，沿着海滩拼命地跑，一边跑，一边往后望，好像背后有一群恶魔在追赶似的。她又爬上了岩石，双眼茫茫然凝视着大海。海风吹乱了她的秀发，但她一动也不动，仿佛化成了一尊巨石。

奥林匹娅看起来成了疯狂的牺牲品

残酷的、背信弃义的爱情!
看看一旦征服了一颗心,
它将能做出什么!
它能使罗兰忘记对君主的忠诚,
他曾经拥有正确的判断,
对责任的警惕,是圣殿真正的守护者。
现在呢,感谢软弱的爱情,
他的舅舅[1],灵魂,上帝却无足轻重。

Che non può far d'un cor ch'abbia suggetto
questo crudele e traditore Amore,
poi ch'ad Orlando può levar del petto
la tanta fe' che debbe al suo Signore?
Già savio e pieno fu d'ogni rispetto,
e de la santa Chiesa difensore;
or per un vano amor, poco del zio,
e di sé poco, e men cura di Dio.

注释

[1] 查理曼。

红颜薄命

现在，让我们回到安洁莉卡这边吧。之前，她逃离了里纳尔多的追逐，遇上了一位隐士，结果如何呢？

安洁莉卡希望能尽速离开法国，离里纳尔多越远越好，但隐士并不想告诉她港口往哪一条路去。他好整以暇地骑在驴子上，慢慢走着，有佳人相伴，他不急着赶路。安洁莉卡的娇美让他乐到骨子里，他决定想个法子染指于她。

安洁莉卡没提防到隐士的歹心，时而骑在前，时而骑在后，一路张望着。隐士趁她不注意时，暗中召来一只鬼灵，然后命令它进入安洁莉卡的坐骑，把她载到某处去。

着魔的马儿走在崎岖的山路，接着进入一个海滩，安洁莉卡拉着缰绳要马儿走在岸边较干硬的地上，但马儿不听使唤，径自往水里走去，最后竟然游进了海里。

安洁莉卡吓得不知如何是好，只能紧紧抓住缰绳、缩起双脚，免得弄湿了，但泪水已沾满了她的衣襟。马儿在海里游了一个大圈后，才上了另一个岸，岸上尽是黑色的礁石和阴森森的洞穴。

夜幕逐渐低垂，四周变得更加幽暗可怕，安洁莉卡麻木地站在海边，动也不动，宛如一座雕像。她的头发披散在肩上，双手紧握；她咬着嘴唇，疲累的双眼绝望地望向穹苍。就这样，她失了魂般不知站了多久。终于泪水溃堤，她将满腹的委屈化为悲切的呐喊：

"残酷的命运！你把我折磨得还不够吗？你到底要怎样才肯罢休？你为何不干脆让我死？你是要我在死前受更多的痛苦，你才满足吗？然而，你还能怎样伤害我？我远离祖国，无望回归家园；我到处流浪，被怀疑已失去贞节。我的哥哥已经为了保护我而命丧沙场，我的父亲也为了我而遭鞑靼王率兵杀害。如今，我只剩下一条命了，你还要对我怎样呢？你何不让我死了？淹死在海上也好，遭野兽生吞活剥也行；只要能让我一死解脱，我谢谢你！"

就在安洁莉卡对天呐喊，泪水流个不停时，隐士化身成为一个神甫的

安洁莉卡被遗弃在海边

样子出现了。其实，他早已躲在礁岩的顶端，观察安洁莉卡的举动好一会儿了。这时，他一脸庄严地走近安洁莉卡。

"噢，神甫！请可怜可怜我吧！"她哽咽地跟隐士叙述她不幸的遭遇。隐士很慈祥地安慰她，但他一边说话时，一边伸手抚摸她沾满泪水的脸颊，甚至将手放在安洁莉卡起伏不定的胸口。

安洁莉卡生气地把他推开了。隐士从口袋里掏出了一只小瓶子，然后轻轻地在她的眼睛上洒了一滴。安洁莉卡倒下来，仰躺在沙滩上，陷入了沉睡。

隐士紧紧拥抱着毫无抵抗能力的安洁莉卡，在她的唇上、胸口上狂吻着。很不幸地，在紧要关头时，这个老色鬼却力不从心；不管他怎么试，他那匹老马就是欲振乏力，抬不起头来。最后他累了，倒头睡在安洁莉卡的身旁。

安洁莉卡的厄运可还没过去，天妒红颜，有一件更悲惨的遭遇在等着她。到底是什么呢？这我得先从另外一个故事说起——

◎ 埃布达岛的传说

在爱尔兰以北的海域里，有一座小岛叫作埃布达，岛上的居民已经不多，因为大部分的岛民都被海神波罗图斯派来的海怪吃掉了。岛上流传着一则古老的传说：

很久很久以前，一位强势的国王统治着这座岛。国王有一个容貌出众的女儿，她的美据说连海神也为之倾倒。有一天，她独自走在海边，海神趁机抱住了她，并且让她怀了身孕。

国王生性严酷，得知此事时，怒不可遏，下令将公主斩首示众，完全不顾念她有孕在身，也不顾念他那无辜的、未出世的外孙。海神在深海里听说了公主的遭遇，愤怒地掀起狂风巨浪，将岛上大部分的城镇、建筑都淹没了；数以万计的海怪上岸来，吃掉了所有的牛只、羊群。

逃过最初劫数的岛民前往神庙求助，获得了海神这样的指示：岛民必须找来一个跟公主一样美丽的姑娘，把她送到海边来，献给海神，以弥补他失去公主的损失。海神若对姑娘的美感到满意，就会将她留下来，从此不再肆虐岛民；但海神若拒绝了姑娘，岛民就必须另外再送一个，直到他满意为止。

这个可怕的要求让岛上稍具姿色的姑娘陷入了绝境。第一个送出去的姑娘死了，接下来的每一个也都丧了命——她们全都成了海怪的食物。久而久之，这个岛上竟然出现了这样一条律法：岛民每天要送一个女子到海边，给聚集在沙滩上的海怪吃。为了避免岛上的姑娘被吃光，岛民转而掠劫他处的姑娘充数。

就在这座岛的船只巡航附近岛屿、伺机劫持女子时，正巧来到了安洁莉卡昏睡的海滩上。船员们看到一个如花似玉的美人被一个老家伙紧紧抱在怀里，连忙用铁链锁住她的双脚，把她载回埃布达岛。

姑娘一个个被送到海边去，这天轮到安洁莉卡了。她被带到海边，锁在

海神侵犯国王的女儿

岩石上，准备给海怪吃。

◎ 大战海怪

这时，罗吉耶洛骑着飞马正巧经过，他往下一看，刚好看到安洁莉卡。她浑身赤裸，连一张遮脸的面纱也没有，全身白里透红的肌肤暴露在寒冷的海风里。罗吉耶洛起初误以为是一座临海矗立的白色大理石雕像，但他清楚地看到滚滚而落的泪水，以及随风飘飞的金色秀发。罗吉耶洛想起了心爱的布拉达曼特，恻隐之心油然而生。他飞近安洁莉卡，温柔地问安洁莉卡："可爱的姑娘，是谁这么狠心将你锁在这里？"

安洁莉卡听到罗吉耶洛的问话，想到自己浑身赤裸，忍不住羞得满脸通红；她想用手遮着自己的脸，无奈双手被绑，只能尽量低垂着头，泪水则流个不停。

这时，海上传来震耳欲聋、可怕的声音——海怪出现了！巨大的身躯半浸在海水里，缓缓游向它的食物。安洁莉卡已经吓得半昏过去。

罗吉耶洛见状，举起手中的长枪往海怪的额头刺下去；海怪的皮坚韧无比，这一枪简直跟刺在石头上没两样。罗吉耶洛随即又刺了第二次。海怪看到头顶盘旋着一团影子，丢开原本要吃的食物，爬上岸去追那影子。

罗吉耶洛一次又一次从空中往下俯冲，长枪不断在海怪身上各处击刺，但海怪毫发无伤，只是更加愤怒。一会儿后，海怪游回海里，尾巴在海水里用力左右摆荡，激起了滔天浪花。罗吉耶洛飞腾在空中，被当头罩下的海水淋得浑身湿透。他心想，再这样下去，连飞马的翅膀都要因吸饱海水而拍不动了！

罗吉耶洛只好再度利用那张眩目的盾牌。他先飞到安洁莉卡身边，把魔戒套在她的手指上，然后飞向海怪，将盾牌照向它暴凸的眼睛。刹时，海怪昏厥过去，一动也不动。罗吉耶洛在海怪身上到处乱刺，但就是找不到一个柔软之处可以刺进去。

安洁莉卡看他徒劳无功，开口求他说："大人，请你先把我放了吧！海

罗吉耶洛骑着飞马正巧经过，他往下一看，刚好看到安洁莉卡

魔法的闪光顿时刺入了怪物的眼睛，像往常一样产生了效果

怪恐怕就要醒过来了！"

罗吉耶洛赶紧把安洁莉卡的锁链斩断，把她抱到飞马上，然后两人骑着飞马冉冉上升，飞离了海怪。

一路上，罗吉耶洛不断回头看着安洁莉卡，她的美丽让他不禁春心大动。

不久，他们降落在附近的一个海岸。

◎ 失去芳踪

飞马一着地，罗吉耶洛跃下来，就忙不迭地去脱他的盔甲。但欲速则不达，他越是猴急，盔甲越不听使唤，其中两条绳索硬是解不开。

安洁莉卡羞赧地垂下头来，看到自己小指头上套的魔戒，不禁又惊又喜。这魔戒原本就是她的，非洲国王阿格拉曼垂涎它神奇的力量，派人潜入她的城堡，把它给偷走了。这魔戒曾帮她逃过许多劫难，如今物归原主，她简直无法相信自己的双眼！她悄悄把它脱下来，塞到嘴里去，一眨眼间，她从罗吉耶洛的眼前消失得无影无踪。

罗吉耶洛往每个方向仔细地看，发狂似的到处找，忽然间，他想起了魔戒，他觉得心脏好像被重击了一下，连呼吸都困难起来。他咒骂自己的疏忽，也咒骂安洁莉卡忘恩负义，竟然用这样的方式回报他的救命大恩！

"狠心的姑娘！"他大声地抱怨，"这就是你给我的回报吗？你为何偷走了我的戒指？为何不让我把它当礼物送给你？不只这个戒指，还有我的盔甲、武器、马，我整个人都可以送给你，只求你不要躲起来！"

他一边说，一边张开双手到处拥抱，企图抱到隐形的安洁莉卡。

安洁莉卡早走远了，她不停地往前走，直来到一个宽敞的洞穴。洞穴里有一些食物和衣服，是一个牧马人的居处，马儿就在洞外吃着嫩草。安洁莉卡躲在洞穴里，好好地休息了一天，没有被人发现。夜晚降临时，她已吃饱睡足，于是悄悄起来，找了几件农人的服装穿上。接着，她在马儿中挑了一匹温驯的，打算骑着它回到东方的家乡。

罗吉耶洛在原地逗留了一会儿，想等等看安洁莉卡是否会再度现身，但不久他就明白，等待只是浪费时间。于是转头去找飞马，没想到飞马咬断了马勒，自由自在往空中飞去了。

失去飞马的打击不下于安洁莉卡的不告而别，但最让罗吉耶洛难过的是失去了魔戒——倒不是因为它拥有神力，而是因为它是爱人布拉达曼特所予的礼物。罗吉耶洛懊恼地穿回盔甲，然后往海边的方向走去。不久，穿越广阔的海滩，来到一条峡谷，渡过峡谷后，进入一片茂密的森林。

这时，从森林右侧忽然传来武器相击的声音。罗吉耶洛连忙往声音来处奔过去，在林地空旷处，他看到两个人正打得不可开交。其中一个，长得凶神恶煞的，是个巨人；另外一个则是英勇无比的骑士。巨人双手抓着一根狼牙棒，对着骑士迎头痛击，骑士以盾牌和剑奋力抵抗。

罗吉耶洛在旁观战，不想插手，但他暗暗希望骑士会赢。终于，巨人高举狼牙棒往骑士的头盔猛力一敲；骑士倒地，昏了过去。巨人为了结束骑士的生命，把他的头盔拉了下来。

罗吉耶洛远远看到骑士的脸，吓了一跳，原来那骑士正是他心爱的布拉达曼特。他暴喝一声，对巨人发出了挑战。但巨人并不想再战，他抓起布拉达曼特，往肩上一甩，大踏步往森林深处奔去。

罗吉耶洛追在后面，但距离越拉越远，他连视线都跟不上巨人的步伐。最后，他失去了他们的踪影。

罗吉耶洛尽自己最快的速度追赶巨人

即使是最轻微的勒缰，
　您训练有素的坐骑
也会从飞奔中停下或转弯。
　但是理性的缰绳却不能
驾驭粗野难驯的欲望。
就像一头熊，在嗅到或尝到
　罐子中的一滴蜂蜜后，
就没有什么能让它分心。

Quantunque debil freno a mezzo il corso
animoso destrier spesso raccolga,
raro è però che di ragione il morso
libidinosa furia a dietro volga,
quando il piacere ha in pronto; a guisa d'orso
che dal mel non sì tosto si distolga,
poi che gli n'è venuto odore al naso,
o qualche stilla ne gustò sul vaso.

铲除海怪

罗兰的船在海里走了几天,终于来到埃布达岛。上岸前,他对船长说:"请把最粗的铁链和最大的锚给我。你们在船上静待消息。等一会儿,你们就会知道我要如何对付那只海怪。"

说完,他脱下盔甲,只带着宝剑和向船长要求的装备就出发了。这时,天才蒙蒙亮,罗兰划着小船往岸上去,离岸边约莫一箭之遥处,他隐隐约约听到有啜泣的声音,他转头往左边的海面放眼搜寻,远远地看到一个全身赤裸的姑娘被绑在树干上,双脚受海浪拍打着。因为有一段距离,姑娘又垂着头,罗兰看不出她是谁,但他急忙划靠过去。

就在这时,大海震动起来,浪涛汹涌,拍向海边,海怪冒出来了。罗兰的船在海水里左右摆荡,但他脸上毫无惧色。他将船划到海怪与姑娘之间,然后拿起了那支沉重的锚和铁链,胸有成竹地等待。

海怪看罗兰距离不远,张开血盆大口游过来。然后,就在海怪准备连人带船全部吞下去时,罗兰举起锚将它插在海怪的上下颚之间。从此,它的嘴巴再也合不起来,不能吃人了!

罗兰并没有马上从海怪的嘴里跳出来,他拔出剑来,往海怪又深又暗的喉咙走进去,一边走,一边挥利剑猛砍猛刺。海怪痛苦不堪,不断抽搐、翻

罗兰毫无惧色地操纵着他灵活的小船，借着海浪的势头驶到怪物的口中，当时机一来就将利锚刺进怪物的嘴里

滚。罗兰借涌进海怪嘴里的水游了出来，手里抓着与锚相连的铁链，迅速地往岸边游过去。

罗兰双脚一上岸，就使出神力将海怪往岸上拉。锚钩陷在肉里，海怪不由自主地被铁链扯着走；它不停扭曲、翻滚，甚至上下跳动，但就是摆脱不了插在嘴里的锚。大量的血从它的嘴里涌出来，染红了大海。

海怪终于被拖上岸，但经过方才的挣扎和痛苦，已经不能再肆虐人类了。罗兰与海怪搏斗的声音震动了山林、大海，在埃布达岛四周回响着，海神波罗图斯在深海里也听到了，于是游到水面来一探究竟。他亲眼目睹罗兰进出海怪的嘴，最后还把海怪拖上岸，简直吓坏了，慌忙带着虾兵蟹将、鱼子鱼孙往大海最深之处逃之夭夭。

海怪死了，但岛民并没有欢欣庆祝，相反的，他们害怕海神会因愤怒而派遣更多的海怪来伤害岛民。因此，他们决定要捉住罗兰，把他丢到大海去喂鱼，以平息海神的怒气。

罗兰看岛民拿棍、拿枪，对着他围拢过来，内心非常震惊。他原以为他们会感谢他帮忙铲除海怪呢，没想到这些人这么迷信，这么不知感恩！

罗兰当然没把这些村夫野人看在眼里。他们以为罗兰没穿盔甲、没有盾牌，一定会乖乖就擒，哪里想到他的剑"咻！咻！咻！"没几下就砍倒了三十几人，其他的人也很快一一被摆平了。

◎ 再救奥林匹娅

这时，从海岸的另一端传来震天动地的骚动声，原来，爱尔兰军队已在埃布达岛四周的据点上岸了，岛民措手不及，男女老少皆遭宰杀，岛上财物也被搜刮一空，屋宇房舍也都被放火烧了——总而言之，爱尔兰军队才上岸没多久，整座岛就已经被碾为平地。

罗兰转头去解救被绑的姑娘。他看着她，觉得眼熟，等走近时，不禁吃了一惊——这不是奥林匹娅吗？

没错！是她！可怜的奥林匹娅受到命运的捉弄，先是被负心的爱人抛弃在荒岛上，最后又落在海盗的手里，被卖到埃布达岛来。

奥林匹娅也认出罗兰了，但她全身赤裸，只好羞赧地垂着头。她不敢开口，也不好意思抬眼看他。罗兰问她到底发生了什么事，他离开时，她不是与比雷诺幸福快乐地在一起吗？

"我不晓得该谢谢你，还是该怨你！"奥林匹娅回答道，"你救了我的命，但我刚才若给海怪吃了，我的痛苦也就了结了。请你让我死，我衷心谢谢你！"

奥林匹娅泪流满面，将被弃荒岛又受海盗劫持的经过说给罗兰听，她一边说着，一边尽量转过身去，试图遮掩她裸露的胸腹。

这时，海伯尼亚[1]国王休伯特来了，他听人说有一勇士将船锚架在海怪嘴里，然后把它拖上岸，杀死了它，特地过来确定此事是真是假。

罗兰浑身湿淋淋的，又沾满海怪的血，模样有点吓人，但休伯特仍然一眼就认出了他。原来休伯特年少未登基时，曾在法国宫廷实习过，与罗兰十分相熟。其实，当他听到海怪被杀的事时，马上就想到：这么英勇的行为除了罗兰，再无别人！

休伯特脱下头盔，快步走上前去拥抱罗兰。罗兰看到他，欣喜不已，也用力拥抱他。罗兰对他叙述奥林匹娅的遭遇。

◎ 寻得真爱

奥林匹娅听着自己的故事，泪水忍不住从美丽的眼眶不断涌出来。休伯特听着、看着，心动了。爱神丘比特的箭冷不防射中了他的心房，他只觉得胸口一紧，自己也不明白所以。

奥林匹娅的美是大自然的杰作：肤白胜过初雪，滑腻有如象牙，从额头到脚趾无一处不细致完美。特洛伊的帕里斯王子如果先见识到她的美，也许就不会把金苹果给维纳斯了；他可能会说："让海伦好好守着她的丈夫吧！这位姑娘才是我真正想要的女人！"

总之，休伯特一见钟情，热烈地爱上了奥林匹娅。他温柔地安慰她说，会带她回荷兰，帮她恢复王位，并且替她向那负心汉讨回公道。他派人先找了一些衣服来给奥林匹娅穿上，只恨不能马上让她穿金戴银，把她打扮得华丽高贵。

罗兰对这新萌芽的恋情当然举双手赞成。诚然，他今天并非为奥林匹娅而来，但他已确定心爱的安洁莉卡不在岛上——至于她是否来过埃布达岛，他已无从问起，因为所有的岛民都被杀死了。

第二天，罗兰与大家一起返回爱尔兰，但他在爱尔兰停留不到一天就离开了。他将奥林匹娅托付给休伯特，提醒他要珍惜她，不要忘了之前的承诺。

休伯特所完成的比罗兰期许的还多，他不但率领大军逼迫比雷诺让出荷兰王位以及弗里西亚的统治权，甚至攻打比雷诺的祖国泽兰岛，然后杀死比雷诺为奥林匹娅报仇。当然，他也娶奥林匹娅为妻，封她为皇后。

罗兰离开爱尔兰后，在欧洲流浪了一段时间，到处找寻安洁莉卡的下落。那个冬天就这么过去了。春暖花开时，他浪迹在原野、山林、海边；有一天，他骑马要穿过一片森林，忽然间，一声凄厉的尖叫声划破长空传来。

注释

[1] 爱尔兰的拉丁名。

当刻瑞斯[1]从库柏勒[2]那里回来时，
　　来到埃特纳阴影下的美丽山谷，
　　她寻找，就像传说中讲的，
　　她的女儿，普罗塞耳皮娜[3]。
搜索了所有的草地，她越来越紧张，
可以想得到，而且非常悲伤，
到底在哪儿？她边嚎哭边捶打着胸口。
　　但是我想您记得后面的事情。

Cerere, poi che da la madre Idea
tornando in fretta alla solinga valle,
là dove calca la montagna Etnea
al fulminato Encelado le spalle,
la figlia non trovò dove l'avea
lasciata fuor d'ogni segnato calle;
fatto ch'ebbe alle guance, al petto, ai crini
e agli occhi danno, al fin svelse duo pini;

注释

[1]希腊神话中的得墨忒尔。[2]盖亚。[3]其父为朱庇特。

魔幻城堡

罗兰听到尖叫声,马刺一踢,往前窜去,就在前面不远处,他看到一名骑士骑着一匹高大的骏马,马鞍上绑着一位姑娘。姑娘看见罗兰,一边尖叫、挣扎,一边大声向他求救。

罗兰看那姑娘好像安洁莉卡,又急又气,对骑士发出一声可怕的怒吼,并且快马加鞭追上去。骑士没有响应罗兰的挑战,风一样穿越森林往前飞奔。一个追,一个跑,不久,两匹马穿过森林,奔上一片广大的草原。

一座壮丽的城堡耸立在草原正中央,劫持姑娘的骑士穿过黄金打造的城门后,转眼消失无踪。

罗兰满脸怒气紧追而至,但进入城堡后,他放眼望去,却看不到任何踪迹。他跃下马来,到每个房间、走廊去找;楼下找遍了,他奔上二楼,也是每个房间、角落仔细地找。但楼上、楼下都没有安洁莉卡或骑士的踪影。就在他找得团团转,焦急不已时,迎面来了费拉乌、布兰蒂玛、葛拉达索、赛克利彭等知名骑士。他们跟罗兰一样,也是上上下下到处找着——只是每个人找的东西不一样:有的抱怨马被偷走了,有的生气说爱人不见了。但不管找的是什么,他们就是找不到,也离不开这座城堡。有的才找了几个星期,有的已经找了好几个月了。

一个跑，一个追，悲叹穿透森林传了出来

罗兰楼上、楼下找了五六遍，都徒劳无功，于是对自己说："再找下去只是白费力气和时间。那个歹徒可能带着安洁莉卡从别的门逃走了。"

想到这里，他冲出大门，在草原上仔细找寻可能的足迹，就在这时，他仿佛听到安洁莉卡的声音从城堡的某扇窗户传来，声声呼唤着他："救我！请救救我！我把比生命更重要的贞洁托付给你，难道要我在最亲爱的罗兰面前受到糟蹋吗？我宁愿你亲手杀了我，也不要承受这样的侮辱啊！"

听到这些话，罗兰又冲回城堡去，把每个房间、角落又仔细找了几遍。每当他感到绝望想要放弃时，安洁莉卡的声音就响起，可怜兮兮地求他快来解救。但不管他找到哪里，声音总是从另一个地方传来，而他怎么找也找不到声音的来处。

不久，罗吉耶洛也出现在草坪上了。他追着抓走布拉达曼特的巨人，直追到这座城堡来，这时，眼睁睁地看着他们消失在城门之后。

罗吉耶洛紧追进去，但他跟其他人一样，楼上、楼下，每个房间、角落都找遍了，就是找不到要找的人。这可怪了！巨人抓着布拉达曼特在一瞬间能躲到哪里去呢？他又楼上、楼下仔细找了五遍，连地毯都翻了起来，阶梯下都伸头进去看。最后，他放弃了，跑到外面草坪去，想到附近森林找找看。但这时，一个熟悉的声音凄凄地呼唤着他，求他快来救命，于是他又心急如焚地奔回城堡去，继续寻找。

同样的声音，罗兰听起来像是安洁莉卡，罗吉耶洛则觉得是布拉达曼特，其他的骑士听了，当然以为是他们要找的人或遗失的物。这是魔法师亚特拉斯新设计的法术，为的是要把罗吉耶洛留在城堡内，免得他英年早逝、命丧沙场。铜墙铁壁的古堡被布拉达曼特破坏了，阿琪娜的魅惑也失败了，但他不死心。他不只把罗吉耶洛引来此处，其他头角峥嵘、想在法非战争里求得光荣的勇士也都被他用法术一一陷在城堡内。

安洁莉卡在归乡的路上也经过了这座城堡。回东方的路千里迢迢，有人随行护送就好了，罗兰或赛克利彭都行，因此，她一路上也在寻访着他们的下落。命运巧安排，这时，她也来到了这座城堡。

魔幻城堡　113

四处寻找，到处探索，每个人都和罗兰一样毫无所获

安洁莉卡有魔戒护身，不受亚特拉斯的魔法影响，她隐形走入城堡，碰巧看到罗兰和赛克利彭在魔法的驱使下，正急急惶惶地到处在找她。她一时不晓得该选谁好。艺高胆大的罗兰，在面对危险时最能守护她的安全，但选他当护从，她也就非嫁他不可了，因为罗兰可不是个好打发的人。相对之下，赛克利彭就比较好对付了。基于这点考虑，她决定选他当护花使者。

于是，安洁莉卡把魔戒从嘴里拿出来，她以为她只现身在赛克利彭面前，没想到，罗兰与费拉乌刚好也在此时出现。这三个人在城堡里里外外找安洁莉卡已经找了无数遍了，这时看到她，全部对着她跑过来。其中，罗兰和赛克利彭全副武装，他们从进入城堡到现在还没把盔甲脱下来过。至于费拉乌，他虽穿着盔甲，却没有戴头盔——还记得吗？他曾发誓一定要夺得罗兰的头盔才要戴！

安洁莉卡可不想同时对付三个追求者，她骑上马，赶紧逃走。罗兰等三人也急忙翻身上马，追着佳人的身影而去。一直到离城堡很远了，安洁莉卡觉得他们都不用再怕亚特拉斯的法术了，才把魔戒从手指头拿下，放进嘴里。只一瞬间，她就从三位勇士的面前消失不见。

安洁莉卡原本希望找罗兰或赛克利彭当护从，但现在，她改变了主意：她可以利用魔戒帮助她平安回家，她不需要欠任何男人的情！

◎ 头盔之争

三位勇士见美人忽然凭空消失，都错愕不已，安洁莉卡隐身在旁，看他们慌忙地在树丛下、洞穴边仔细搜寻着，有如猎犬忽然追丢了猎物般，忍不住掩嘴直笑。

森林里只有一条路，三人猜想安洁莉卡一定是跑在前头了，罗兰一马当先，往前直冲；费拉乌与赛克利彭也不甘落后，快马加鞭向前奔。安洁莉卡将马儿拉到一旁，等三人全部过了，才好整以暇地跟在后头上路。

很快，三人奔出森林，来到一片大草原，三人都同时停下来，仔细找寻着安洁莉卡的足迹。

这时，傲慢的费拉乌终于忍不住了，对其他两人咆哮说："你们在这里干吗？若想活命的话，就赶快滚吧！别以为我会容忍你们打我爱人的主意！"

罗兰听了，对赛克利彭说："这个家伙大概以为你我只是会织布的小姑娘吧！"接着，转头对费拉乌道："真是个莽夫！以为我看不出来你没戴头盔吗？讲话不知分寸，看我怎么教训你！"

"没戴头盔又怎样？"费拉乌回答，"用不着你瞎操心！我不需要头盔也能把你们两个摆平！"

"这位壮士，"罗兰回头问赛克利彭，"可否请你把头盔借给这个老粗？我要让他见识见识我的厉害。真是没见过这么愚蠢的家伙！"

"说得没错！"赛克利彭回答道，"但我对惩罚一个白痴没有兴趣——你何不把自己的头盔借给他呢？"

"两个笨蛋！"费拉乌插进来说道，"我若想戴头盔，你们的早就被我抢来了。老实告诉你们，我没戴头盔，是因为我曾发过誓，除了罗兰的头盔外，其他人的我都不要戴！"

"你说什么？"罗兰大叫，心里忍不住好笑，"你以为你抢得了罗兰的头盔？门儿都没有！你若碰到罗兰，包准你吓得浑身发抖！不要说抢他的头盔了，你会把身上的每一寸铁器乖乖地剥下来给他！"

"我早已跟罗兰交手过许多次，"费拉乌吹嘘说，"每次都打得他大声求饶。要抢走他的头盔是轻而易举的事，我之前没抢，那是因为我以前没看上眼。不过，现在我想要了；只要让我再遇到他，他的头盔一定会落在我手里！"

"这是什么话！"罗兰忍不住咆哮说，"你这个满嘴谎言、下流的异教徒！你何时何地曾与我交过手？还打得我大声求饶？我就是罗兰！现在，我倒要瞧瞧你是否抢得了我的头盔！我不会占你一丝一毫的便宜！"

说罢，罗兰脱下头盔，把它挂在树枝上，接着，"呼"的一声，宝剑有如闪电般出鞘，往费拉乌砍过去。费拉乌毫不胆怯，眼睛眨都不眨，立即拔刀相向。两人骑在马上，绕着对方转圈，看准了对方盔甲的弱点，就毫不客气地予以痛击。双方势均力敌，武功、勇气不相上下，可说是棋逢对手。

两人厮杀呐喊，打得难分难解。费拉乌又刺又砍，每一击都是要置对方于死地。罗兰不遑多让，他武功盖世，撞、劈、砍、击，刀无虚发，把费拉乌的盾牌、盔甲打得粉碎。

安洁莉卡隐身在旁，目不转睛地看着这惊心动魄的一幕。她是唯一目睹这一场生死搏斗的人，因为赛克利彭挂心她的去向，早在搏斗开始时，就选了一条路追她去了。

忽然，安洁莉卡注意到挂在树枝上的头盔。罗兰与费拉乌发现头盔不知去向时，会有什么反应呢？她顽皮地想。于是，她悄悄地把头盔从树枝上拿下来——当然，她并非想据为己有；她只是要捉弄他们，等一下就会把头盔归还。

安洁莉卡手拿头盔，继续观战，过了一会儿，才悄悄地离开。是费拉乌先发现头盔不见的，他大叫说："这下可好了！我们被刚刚那位骑士耍了！没了战利品，我们还打什么？"

罗兰转头，发现树枝上的头盔果然不见了。他大怒，心里同意费拉乌的想法：一定是刚刚也在场的那名骑士偷走了！他翻身上马，立即要去追赛克利彭。费拉乌拉转马头，也跟着追去。

不久，他们来到足迹鲜明的地方，罗兰选了左边一条路——没错，赛克利彭刚好走这一条路。费拉乌则循着草原上的另一条痕迹走——他运气好！安洁莉卡刚刚就是从这里经过。

有魔戒护身，安洁莉卡愉快地走着。不久，她来到一条河边。她想要休息一下，喝喝水，于是把头盔挂在一根树枝上，然后把马绳系好，让马儿也吃吃草。

就在这时，费拉乌也到了，他远远看到安洁莉卡，开心地策马过来。但安洁莉卡看到他，连忙就将戒指塞到嘴里，然后骑着马跑了；她一心想逃，竟忘了挂在树枝上的头盔。

费拉乌眼睁睁看着安洁莉卡消失不见，十分纳闷儿，他仔细在树林里搜

魔幻城堡 117

寻着，就是不见佳人芳踪。他一边咒骂诸神，一边往河边走去。头盔就挂在临河的一棵树上，费拉乌一眼就认出了那是罗兰的。他欣然把它戴在头上，然后往林深处继续找寻安洁莉卡，但足迹杳然，最后他不得不放弃希望，回头往巴黎西班牙驻军的地方走。找不到安洁莉卡让费拉乌很难过，但获得罗兰的头盔令他稍感安慰。

安洁莉卡隐身逃离了费拉乌，但对匆忙上路而把罗兰的头盔留在河边，懊恼不已。"我真不应该拿走头盔！我本来只是想借此让他们停止搏斗。这下可好了！如今头盔落在那丑陋的西班牙国王手里，我的无心之过，竟然称了他的意！我真是对不起罗兰！教我如何补偿他呢？"

她一边责怪自己，一边往东行走。大部分时候，她隐身前进，偶尔，她也会现身出来，视情况而定。一路上，她经过了一片又一片广袤的土地，或是一望无际的草原。有一天，她经过一片森林，在林边，她看到一个身受重伤的年轻人，身旁躺卧着两个已断气的伙伴。

◎ 一夫当关

为了心中的一股渴望，罗兰不管刮风下雨，还是白天黑夜，一刻不停地寻访着安洁莉卡的下落。某一天早晨，他途经巴黎市郊，迎面遇到了两支强大的骑兵队伍。其中一支由诺芮吉亚国王曼尼拉尔领军；另外一支则由特莱姆森国王艾尔吉都率领。

两支军队都是受到非洲国王阿格拉曼的征召，前来攻打法国的。整个冬天，他们到处突袭、掠夺，除了巴黎，法国大部分城市都已沦陷在他们手里了。现在，趁着春暖花开、结冰的河水逐渐融化之际，阿格拉曼计划，要将所有来投靠他的军队整合起来。这次，无论如何要把围攻已久的巴黎打下来。

罗兰经过巴黎近郊时，正巧遇到这两支队伍踏步前进。他的身躯高大威猛，两眼炯炯有神，神情不怒而威。这般威风凛凛的模样立即吸引了艾尔吉都的注意，年轻气盛的他忍不住向罗兰挑战。艾尔吉都力大无穷，向来以胆

两支军队被罗兰打得溃不成军

识著称,这时,他吆喝一声,举起长枪向罗兰冲过来。他还是留在自己人身边比较安全,因为罗兰沉着以对,等他跑近了,长枪才出,一刺就穿心而过,把他撂了下来。

艾尔吉都的坐骑落荒而逃,他的部下看到国王倒地不起,鲜血不断从胸口涌出来,愤怒地一拥而上,嘴里呐喊着:"杀!杀!"

罗兰脸上毫无惧色,根本没把这群乌合之众看在眼里,他的宝剑"嗡"的一声如闪电般出鞘,接着左挥右砍、前劈后击,没多久,地上已叠满了尸体,被他削下的头、手、脚,不时激射向空中。

两支队伍很快就溃不成军。他们本想以多取胜,没想到罗兰以一抵百,把拥过来的那些士兵杀得片甲不留;其他的人看了,连跑带跌,仓皇逃命。

年长的曼尼拉尔宁愿光荣战死,也不愿逃命苟活;他举起长枪往罗兰的胸甲刺去,罗兰躲都没躲,只听"啪"的一声,曼尼拉尔的长枪断成数截。罗兰随手一挥,宝剑向曼尼拉尔当头砍下,曼尼拉尔侥幸护住要害,但重心不稳,跌下马来,震昏了过去。罗兰并没有回头解决曼尼拉尔,他往前继续砍杀,直到原野上再不见活口。

罗兰一夫当关,击溃了两队敌军,但他并不想回巴黎。他穿过森林,越过原野,继续找寻安洁莉卡的下落。一天晚上,他来到某山脚下,远远地,

魔幻城堡 119

他看到山坳处有摇曳的光透出来，他连忙赶往查看——他从不放过任何可能找到安洁莉卡的机会。

罗兰往灯火阑珊处奔去，发现山坳里有一个十分隐秘的洞穴，洞口长满了荆棘、树丛。罗兰将马绳系好后，悄悄地穿过树丛，进入洞穴。洞内正中央摆着一盆火，将室内照得通明，火盆旁坐着一位美丽的姑娘，年纪约莫十五六岁。姑娘气质高贵，容貌出众，但满脸泪水，正与一位年长的妇人争论着。她们一看到罗兰进来，立即缄默不语。

罗兰很有礼貌地跟两位女子问好；她们也很客气地回礼。罗兰问她们，到底是谁这么残酷、蛮横，竟然将一位如此娇美的姑娘困在这个洞穴里？姑娘听了罗兰的询问，泪水滚滚而下，哽咽地将自己的遭遇说给他听。

正如我说的，一个骑士在那些古昔的岁月
是幸福的，不论行至何处，随意在哪里，
山谷、洞穴、熊窝、城市中的窄巷，
都有一些女士以她们让人无法按捺的
令人惊愕的美丽使他们发疯，
这些女士总是比在宫殿或者城堡中
所能期待见到的更加美好。
为何如此呢？请随我来了解。

Ben furo aventurosi i cavallieri
ch'erano a quella età, che nei valloni,
ne le scure spelonche e boschi fieri,
tane di serpi, d'orsi e di leoni,
trovavan quel che nei palazzi altieri
a pena or trovar puon giudici buoni:
donne, che ne la lor più fresca etade
sien degne d'aver titol di beltade.

私奔

"先生，"姑娘哽咽着说道，"我若将事情的始末说给您听，这位妇人一定会出卖我，让我不好过。但我的人生已失去意义，今天，我即使得付出生命的代价，我也要把整件事情告诉您：

"我的名字叫作伊莎贝尔，是加利西亚国王的女儿。约莫十个月前，我父王举办了一场比武大赛；听到这个消息，各地的英雄好汉都赶来参加。在这些勇士当中，苏格兰王子泽比诺最得我的青睐；他英勇的表现和俊俏的外表令我着迷不已。泽比诺也深爱着我。比武大赛结束后，泽比诺返回苏格兰，我们只好靠着鱼雁往返来维系这一段感情。

"如果您也曾陷入情网，一定能体会我日思夜念的痛苦。泽比诺对我的想念也与日俱增。他想尽各种办法要与我结为连理，但是，我们的宗教不同——他是基督徒，我是伊斯兰教徒——他无法直接向我的父王求婚。于是，他想要用绑架的方式把我带走。

"我的寝宫外面有一座美丽的花园，一边靠山，一边面海；泽比诺认为这样的地势正好方便他来把我劫走。他先写信告诉我这个计划，但他奉苏格兰国王的命令要带军队去法国打仗，因此派遣了他的心腹大将欧多里克率领属下来替他执行计划。

"到了我们约定的那天,我刻意在花园逗留。欧多里克与他的手下将船划到附近的河口,然后潜入花园假装绑架了我。等伺候我的宫女惊醒时,我已经被带走,到了船上了。我就这样离开了故乡和亲人,但我的心里充满喜悦,因为我以为很快就可以与泽比诺相聚,永远在一起了。

"然而,天意难测!就在我们经过曼吉亚时,忽然狂风大作、巨浪滔天,我们的船只在大海里被抛上抛下,桅杆断了,帆也破了,眼看就要被大海吞没。这时,欧多里克放下小船,然后带着我和两名手下上了船;其他的船员也想跟来,但欧多里克砍断了缆绳,没给他们机会。我们的小船很快就被冲走了,大船以及其他船员则全部葬身大海。

"小船最后被冲上了一个荒凉的海岸,虽然我所携带的珠宝衣物全都遭大海吞噬,但能逃过一劫,我仍然心存感激。只是这一丝安慰很快就被痛苦所取代:欧多里克竟然想背叛泽比诺的托付,意欲染指于我!与我们同行的那两名手下这时成了他的障碍。

"于是,欧多里克交代其中一个先行到前面市镇去寻找马匹,然后再把他想占有我的计划告诉另外一个叫作柯芮布的。他原以为柯芮布会帮他完成心愿,因为他们是一起长大的好朋友;没想到柯芮布听了他的话后大怒,责怪他不忠不诚。两人为此大吵一架,最后甚至拔刀相向。我则趁他们搏斗时,赶快往森林的方向逃跑了。

"但欧多里克剑术高明,没几下就占了上风,他杀了柯芮布后,在森林里追上了我。他对我甜言蜜语,连哄带骗想要赢得我的心,但我早已下定决心,宁死不屈。

"欧多里克见无计可施,最后竟然想诉诸暴力,强占我。我看他饿虎扑羊的样子,心里害怕,不断地尖叫呼救,并且对他拳打脚踢。这时一群人出现了,欧多里克见情势不妙,丢下我仓皇逃走。

"先生!这一群人虽然把我从欧多里克的手上救了下来,却不是要保护我的周全;他们不敢冒犯我,是因为保住了我的贞操可以把我卖个好价钱。八个月过去了,他们一直把我关在这里,而我早就放弃了与泽比诺再度相聚

私奔 123

欧多里克跳下救生船,然后把伊莎贝尔接到船上

的希望。从那些人片片断断的交谈中,我知道他们已经把我卖给一个富有的商人了,很快就会把我带到东方去。"

◎ 行侠仗义

姑娘哽咽地叙述自己的遭遇,泪水不断从娇美的双颊滚滚而下,罗兰不禁动容。

这时,约莫有二十来名汉子披甲带枪地走进来。带头的那一个一脸蛮横的表情,只有一只眼睛,另外一只眼睛上覆有一道宽深的疤痕,横过鼻梁直到下巴。他看到罗兰,故作大惊小怪地对同伴说:"我正需要一副精良的武器呢!嘿!这个人大概听说了,专程替我送上门来!"

"我会把盔甲卖给你,"罗兰站了起来,嘴角带着一抹嘲弄的微笑,"就怕你付不起!"说罢,他倏地从火盆里拉出一根烧得正旺的木头,往那恶徒的鼻梁戳过去;这一戳不但戳瞎了恶棍原本看得见的那一只眼睛,甚至要了他的命!

接着,罗兰举起了室内的一张大桌子,往那一群乌合之众撂过去,只听到惨叫声此起彼伏,有的被撞到了胸口,有的碰伤了头,有的震昏了过去,有的立即毙了命。那受伤较轻的则连滚带爬,仓皇往洞口逃去。

但罗兰一个箭步就堵住了洞口,三两下就将那几个人全部制伏,然后随手从地上捡起了一条粗绳子,把他们绑在一起,拖出洞穴去。在洞外,他一剑一个,把那些人渣都解决了。

看守姑娘的老妇人见状,吓得尖声哭叫,跌跌撞撞往洞外林深处逃命去了。姑娘见罗兰如此神勇,请求他千万不要弃她于不顾,天涯海角她都愿意追随他。

罗兰最懂得怜香惜玉了,当然不会丢下她不管。天色大亮时,他们休息够了,于是一起出发上路。走了几天后,他们遇见了一个被俘虏的骑士。

接下来会发生什么事呢?容我稍后再述。现在,我想先讲讲布拉达曼特的故事。

◎ 奇幻魔咒

此时，布拉达曼特在马赛等着罗吉耶洛回来，但他音讯全无。在等待的同时，布拉达曼特率领法军抵抗非洲来侵的异教徒；她不但领军有方，在战场上更是攻无不克，胜利连连，是法军这边人人称颂、景仰的女英雄。

然而，布拉达曼特内心里为罗吉耶洛的迟归忧虑不已，不时流下相思和痛苦的眼泪。一日，当她又孤独一人沉浸在这样的悲伤中时，女巫师梅莉莎出现了。

布拉达曼特看她并未带着罗吉耶洛一起回来，以为爱人出事了，脸色不禁惨白，四肢无力到几乎站不住。

梅莉莎连忙安慰布拉达曼特说："你不要担心！罗吉耶洛一切安好，只是又失去自由了。"接着，她把罗吉耶洛受控于亚特拉斯的魔咒，以致不停地在城堡里搜寻的事说给布拉达曼特听，并且催促她赶紧去救人。

"当你来到城堡附近时，"梅莉莎跟她提示说，"亚特拉斯会化身成罗吉耶洛的样子，出现在你眼前；你会看到他身陷险境、大声呼救。然而，你若焦急地追过去救他，你会跟其他受控于魔咒的人一样，在城堡里上上下下到处寻找，但就是找不到要找的人，也离不开那个地方。

"因此，你若不想跟其他人一样被困城堡里，你要小心了！当你看到罗吉耶洛求救时，不要焦急；相反的，你要一剑取了他的命。千万不要手软，害怕自己是在杀害心爱的人，因为那不是他，不要让双眼所见的景象给蒙蔽了。"

布拉达曼特相信梅莉莎所说的一切，她穿好盔甲，带上武器，就跟女巫师一起出发了。一路上梅莉莎不断提醒布拉达曼特，鼓励她一定要坚强谨慎。快到亚特拉斯的城堡时，梅莉莎先行离开，让布拉达曼特去解决自己的问题。

布拉达曼特骑着马往城堡的方向前进，走了约莫两里路时，她远远看到一个骑士被两个巨人追杀着——那骑士正是罗吉耶洛，眼看就要命丧巨人的

巨人追逐罗吉耶洛

刀下了!

布拉达曼特心下惊疑不定，教她眼睁睁看着爱人惨死，简直心如刀割，于是把梅莉莎提醒的事情都抛诸脑后了。她甚至怀疑梅莉莎与罗吉耶洛是否有过激烈争执，或最近才结下什么深仇大恨，以致要设计他命丧爱人之手。

"这可能不是罗吉耶洛吗？"她问自己，"眼见为凭，难道我不相信自己的眼睛，反倒盲从他人所告诉我的？"就在她犹豫不决时，罗吉耶洛的呼救声不断传来，然后她看到他翻身上马，往一条路急奔而去，两个巨人则紧追不舍，跟在后面。

布拉达曼特焦急不已，也策马追了过去，直来到城堡外。当她一脚踏进大门后，她也跟其他人一样受到了魔咒的控制：她楼上楼下、里里外外，不停地找；她经常看到罗吉耶洛，也跟他谈话，但受制于魔咒，两人都认不出彼此来。

在非洲和西班牙联军与法国之间多年的战争中，无数人战死沙场，留在大地上等待着游荡的狼群，或者永远用锐利目光寻找腐肉的乌鸦和秃鹫。法国失去了大量土地，但撒拉森人付出得更多。

Nei molti assalti e nei crudel conflitti,
ch'avuti avea con Francia, Africa e Spagna,
morti erano infiniti, e derelitti
al lupo, al corvo, all'aquila griffagna;
e ben che i Franchi fossero più afflitti,
che tutta avean perduta la campagna;
più si doleano i Saracin, per molti
principi e gran baron ch'eran lor tolti.

曼迪卡尔多

非洲国王阿格拉曼与西班牙国王马西里斯结盟后，从非洲以及欧洲各国招募了数百支军队，经过严冬的养精蓄锐，准备在气温回升的春天对法国展开攻击。

这天，阿格拉曼举行阅兵大典，一支又一支的队伍雄赳赳、气昂昂地从他面前踏步走过。所有的军队都依约前来了，除了两支：诺芮吉亚以及崔米参。他们既没有任何旗帜出现，也音讯全无。

阿格拉曼心生不悦，觉得这两支队伍军纪松弛，不配参战。就在要将他们除名时，崔米参的一名侍仆被带了进来。

侍仆告诉阿格拉曼说，艾尔吉都国王和曼尼拉尔国王都已被一个黑甲骑士杀死了；两支队伍也溃不成军，被杀得片甲不留！

就在数日前，鞑靼王子曼迪卡尔多也带军前来投效。阿格拉曼给了他非常隆重的礼遇，因为从东方到西方，再也找不到比他更具胆识、更骁勇善战的武士了。曼迪卡尔多在战场上的辉煌事迹，不计其数，其中最令人津津乐道的，就是在叙利亚之役中夺得了一件千锤百炼的铠甲——此铠甲是一千多年前特洛伊英雄赫克托耳作战时所穿的。

崔米参的侍仆描述黑甲骑士如何把他们杀得哀鸿遍野、血流成河时，曼迪卡尔多就坐在阿格拉曼的右边。他听了后忍不住高傲地抬起下巴，当下决定立即去找那黑甲骑士，要跟他一较高下。他仔细问侍仆黑甲骑士的形貌，侍仆回答道："他全身穿着黑色盔甲，盾牌也是黑色的，但上面没有家族徽记。"

侍仆说得没错，罗兰不想被认出身份，因此取下了徽记；再者，他因内心哀伤，所以全身黑色装束。

曼迪卡尔多随即骑上一匹阿格拉曼所赠的宝马，飞奔而去；他对自己发誓说，不找到黑甲骑士，绝不回营。一路上，他听到不少有关黑甲骑士的事迹，终于，他来到艾尔吉都和曼尼拉尔以及两队人马丧命的地方。

曼迪卡尔多骑着马穿过尸体横陈的战场，不时停下来，用手测量尸身上伤口的宽与深，他不禁对黑甲骑士又妒又羡：这个人竟然能一口气杀戮这么多人！

曼迪卡尔多走了两天，到处打听黑甲骑士可能的去向。第二天黄昏时，他在一条溪边遇见了一群全副武装的骑士。曼迪卡尔多问其中一个队长说："你们为何在此聚集？要往何处去？"

那队长见他外表威武、穿戴华贵，恭谨地回答说："我们来自格拉纳达，奉命护送公主到国王那里去——国王现在与西班牙军队在一起。国王已经把公主许配给萨西亚国王罗多蒙特了，但消息尚未发布。"

曼迪卡尔多生性傲慢，向来不把任何人看在眼里，听队长这么说，马上想试试他们有多少本事，是否能不负所托。

"据我所知，"他说道，"这位公主是个美人儿，我很想看看她的容貌，你们现在就带我去见她，或者带她来让我瞧瞧。快去，我还得赶路呢！"

"你这个大白痴！"那队长说。但他没机会说别的话，因为曼迪卡尔多长枪一沉，就刺穿了他的胸甲。那队长不堪一击，"砰"的一声，摔下马来，死了。

曼迪卡尔多把长枪往后一抽，收了回来——这可是他唯一的武器。除了长枪外，他既不用剑，也不用槌。因为，在夺得赫克托耳曾穿过的盔甲时，他并未同时获得他使用过的剑。因此他发誓，他这辈子不会再用剑，除非他能夺

曼迪卡尔多杀死骑士

得罗兰手上的那把"迪朗达尔"——也就是原属赫克托耳的剑。

曼迪卡尔多果真胆识过人,竟然敢向这么一大群骑士宣战。"挡我者死!"他大声呐喊,举枪冲向他们。这一群骑士有的拔剑,有的拿枪,立即将他团团围在中间。

但曼迪卡尔多的枪术威猛无比,没一会儿,就将那群骑士打得脑浆迸裂、断手去脚。"啪"的一声,曼迪卡尔多的枪忽地断成两截。只见他双手举着有枪头的那一截,仍然耍得虎虎生风,好像参孙随手捡起驴颚骨也能横扫千军一般。不多久,众骑士纷纷倒下,哀号声此起彼落。

◎ 多洛丽丝

曼迪卡尔多见那些骑士死的死、逃的逃,再无人敢挡他,于是骑马去

曼迪卡尔多横扫全军

找那芳名叫作多洛丽丝的公主。他在河边找到了她。公主瑟缩在一棵树旁，害怕地掩泣着，看到曼迪卡尔多走近，她惊惧交加，尖叫声几乎划破长空。

曼迪卡尔多浑身浴血，样子十分可怖，但他脸上凶恶的神情在看到多洛丽丝梨花带泪的容颜时，不禁柔和下来——他一辈子未曾看过比这更娇美、更楚楚可怜的脸庞。他恍然间不知身在何处：是在人间？还是在天堂？真是做梦也没想到，曼迪卡尔多刚刚的胜利竟然一瞬间就让他成为他的俘虏的俘虏！

曼迪卡尔多将多洛丽丝放在一匹白马上，要带她一起走。在公主身旁伺候的数十名男女仆人眼巴巴地看着主人，无可奈何。曼迪卡尔多对他们说："公主有我陪伴就足够了！我会守护她、教导她、伺候她，请诸位放心。再会了！"

曼迪卡尔多这么说，把他们打发了。这些人一边叹息、哭泣，一边想："噢！国王不知会有多伤心呢！还有公主的未婚夫——他听到消息时会有多

曼迪卡尔多　133

终于，在一座山坡上，曼迪卡尔多他们遇见了一个牧羊人

愤怒、多痛苦！"

曼迪卡尔多对他的战利品十分满意，有美人儿陪伴，他放慢脚步，没那么急着要找黑甲骑士了。一路上，他用尽好话哄慰多洛丽丝，他说他在家乡听到她的美名时，就已经爱上她了；说他来到西班牙并不是为了从军，而是要来欣赏她举世无双的美貌。

"想要爱你的男人若必须出身高贵，"他滔滔不绝地说道，"谁能比我更高贵？论财富，除了上帝的国度，谁能比我更富有？论英勇，我相信我今天的表现，你都已经亲眼目睹了。你说，谁能比我更值得你的爱？"

听到这些话，多洛丽丝逐渐卸下心防，没那么害怕了；她的态度柔顺下来，脸色也温和了许多。曼迪卡尔多对女人经验老到，从多洛丽丝的神情判断，他知道这个可爱的姑娘早晚会接受他，成为他的人！

不久，天色暗下来，寒意四起，曼迪卡尔多稍微加紧脚步，以便找到可以过夜的地方。终于，在一座山坡上，他们遇见了一个牧羊人。乡下人的小屋很简陋，但牧羊人对两位娇客表达诚挚的欢迎，拿出最好的食物来招待。

曼迪卡尔多与多洛丽丝如何度过这一夜，我不好多说，但第二天早晨他们醒来时，幸福洋溢在他们的脸庞。离开牧羊人的小屋后，他们同游了一些地方。这天，他们来到一条清澈的小河旁，河水静静地流着，清可见底。在河边，他们遇见了两名骑士和一位姑娘。

◎ 两军备战

我们暂时先回到非洲国王阿格拉曼这边来。他正在举行阅兵大典。在这里，战鼓喧天，呐喊声响彻云霄，阿格拉曼直接向罗马帝国下战书，骁勇善战的罗德孟（多洛丽丝的未婚夫）则宣誓要焚毁巴黎，将罗马夷为平地。

摩尔人齐聚，准备攻打巴黎

阿格拉曼早已获报，有数十支军队已经从英格兰出发，要渡海前来援助法军。为此，他召见了西班牙国王马里西斯以及嘎波国王萨布里诺，三方会商后，决定立即对巴黎展开攻击，因为，等法国的援军一到，他们可能就没有攻下巴黎的胜算了。

开战前一天，查理曼大帝命令全巴黎的教堂要举行弥撒，每一个人都要前往教堂聆听教诲，并真诚忏悔。他自己也带着王公、贵族、大臣、勇士等，前往教堂参加仪式。

在教堂里，查理曼双手合十，虔诚地对天祝祷："主啊！虽然我性格卑劣、满身罪孽，请不要让我的臣民因我而受苦、受罪。他们若非受磨难不可，也请不要让您的敌人——那些异教野蛮人来执行这样的惩罚——"

查理曼大帝虔诚的祈祷获得了上苍的垂听。天堂的圣者、天使都满怀慈悲，认为基督徒在人间呼唤求救，天主岂有坐视的道理？于是，上帝派遣大天使米迦勒说："去吧！去找赛忍思（缄默）以及蒂丝蔻（纷争）。你们三个各有职责；赶紧去把事情办好，再来回报！"

米迦勒衔命而去，从天堂翩然降临人间，到处寻找着赛忍思的下落。这个不喜欢讲话的人，到底会躲在哪里呢？教堂、僧院、苦修院，这些地方禁止闲言多语，他最有可能在这几处逗留。

于是，米迦勒拍动金色的翅膀，迅速来到一所修道院。在这里，除了赛忍思外，他还以为会遇到比司（平安）、桧厄特（宁静）以及俏芮缇（慈善）。然而没想到，他不但遍寻不着赛忍思，其他的也没见到！

"他们早就不住在这里了！"修道院的人告诉他，"他们早就被葛拉特尼（好吃）、阿浮锐私（贪婪）、锐嘶（愤怒）、普莱德（骄傲）、湮飞（嫉妒）以及克鲁握堤（残酷）赶出去了。"

米迦勒听了，大吃一惊！没料到事情竟然这么糟。不过，他在修道院里倒遇见了蒂丝蔻；他原本以为得去冥府找她呢，没想到她现在喜欢与神职人员为伍、喜欢在灵修的圣地出入了！

米迦勒将蒂丝蔻召唤过来，命令她马上到伊斯兰教徒的阵营去，在他们

米迦勒拍动金色的翅膀，迅速来到一所修道院

的元帅、队长之间制造争端,并询问她是否知道赛忍思的去向。

"我很久没看到他了,"蒂丝蔻说道,"不过,我有一个好姐妹,叫作芙络(欺骗),她跟他还有些来往。喏,她在那里!"蒂丝蔻举起手,指着一个方向,"也许她可以给你一些讯息!"

芙络笑容可掬,举止优雅,穿着打扮也很得体,讲话轻声细语的,简直像个报佳音的天使。然而,她的长相却十分丑陋,身体更是扭曲变形,不过,她穿着一件宽长的袍子,把难看的地方都遮盖起来了。

米迦勒问芙络到哪里可以找到赛忍思。她回答道:"他以前喜欢跟弗尔区(美德)、贝那迪(沉默与劳动)那些人在一起。不过最近,他变得有些狡猾、难以捉摸!每到半夜时,他先是与谈恋爱的人们在一起,接着就去跟小偷、盗贼厮混。我看,不管什么犯罪的勾当,他都会掺一脚!总之,他有很多朋友,可惜都是一些不三不四的人!现在,他八成是在史滥伯(昏睡)家里睡大觉。"

米迦勒飞离了修道院,往史滥伯家里去;他知道这个大睡神住哪里。

在阿拉伯,有一道很深的溪谷,谷里长满了高大的枞树、杉木,长年不见天日。在树林深处,有一个大洞穴,穴口爬满了长春藤以及蕨类植物——这里就是史滥伯的住处。

米迦勒站在洞门口,看到赛忍思穿着睡衣、拖鞋,随意躺卧着,旁边还有胖嘟嘟的史陋司(懒惰)和漫不经心的欧布里维恩(遗忘)。他走近赛忍思,在他耳边轻轻地说:"天主要你引领里纳尔多以及他所率领的军队回到巴黎。这项任务必须安静地完成,不能让伊斯兰教徒听到任何消息。"

赛忍思没讲话,只是点点头,顺从地跟在米迦勒后面走。他们分工合作:米迦勒缩短了里纳尔多及其所率军队的路程,让他们一日之内就到达了巴黎;而赛忍思则将他们笼罩在一层厚厚的云雾中,战鼓声和号角声也都被他消音了。

这时,非洲国王阿格拉曼正在巴黎近郊部署军队,准备展开强力的攻击,但他以及他的属下都没听到任何法国援军已经抵达的消息。

米迦勒在修道院里碰巧遇到了蒂丝蔻

米迦勒发现赛忍思等人的踪迹

阿格拉曼的军队数目之多，有如天上繁星，数之不尽。巴黎城内，钟声疯狂地敲着，每一座教堂、圣殿都挤满了双手向天、嘴唇嚅嚅而动不断祈祷的人们。君王、勇士、公、侯、伯、子、男，各等爵士，以及军人、武夫等，全都严阵以待，准备为护卫基督的精神而战。

◎ 战况惨烈

巴黎的城墙又高又厚，里外各有一条护城河，绵延几里长。阿格拉曼可由数个据点攻入巴黎，但他不打算这么做。他计划集中火力由西南边攻入，这样，在他后方的所有城镇一路到西班牙，就全部纳入他的版图。他的左锋元帅为西班牙国王马西里斯，手下有费拉乌、伊索里耶洛、萨本廷、葛兰都尼欧等主将所率领的军队。右锋元帅为萨布里诺，手下率军的有普利恩、达丁尼尔、欧朗国王以及萨西亚国王罗德孟等。欧朗国王身高足足有十二尺，简直是个巨人！罗德孟威风凛凛，无人能挡，直如战神下凡！

非洲摩尔人与伊斯兰教徒展开第一波攻击，战鼓声、呐喊声撼动大地，响彻云霄。

巴黎人不但奋勇抗敌，且有战略，一桶又一桶沸腾的热水往企图爬墙的敌人当头泼下，接着是迷蒙的石灰有如云雾般笼罩，再来是滚烫的热油、硫黄以及沥青像瀑布般冲下来。当然，还有支支瞄准敌人的火箭，从城墙的圆孔像阵雨般飞射出去。

这时，罗德孟已发动第二波攻击。他的旗帜上绘着一头张着血盆大口的雄狮，由一位美丽的姑娘驾驭着——那姑娘的容貌正是模拟多洛丽丝的容颜画的。在这头雄狮的率领下，数千条长梯靠墙斜立，每一阶梯上都至少挤着两名伊斯兰教徒，每一个人都卖力地往上爬，没有人回头，也不敢落后，因为逼在后面的罗德孟对手脚稍慢的士兵一律斩杀！

罗德孟身上穿的盔甲是用一条巨龙的鳞片打造而成，手上的剑与盾牌也是流传数百年的宝器；拥有这些装备，他不惧任何危险，更不怕眼前这一

巴黎最大的战役

罗德孟仿佛双肩长有翅膀，抬起他庞大的身形，一下就跃过了深沟——他还穿着全套盔甲

条又深又宽的护城河。

罗德孟带头冲向河里，全身被污水和烂泥泡得湿透，但他一上了对岸的地，立即奋不顾身攀梯而上。他身手敏捷，一边攀爬，一边以盾牌挡住漫天的石灰、热油和沥青。

罗德孟一站上墙头，立即丢开盾牌，然后双手握住宝剑大开杀戒——只见一颗颗头颅滚落在地，断手断脚飞向空中，汇流的血水沿着高墙流入护城河。法军首领损失惨重，有的身首异处，有的从脑袋到胸膛被劈开，有的被直接从墙头掷入护城河。

罗德孟摧毁了巴黎的建筑

罗德孟锐不可当，他的手下也跟着他一波一波拥上来。当然，法军也有万全准备。在外墙与内墙之间有一条极深的沟，防守内墙的法国士兵万箭齐发，对着已占领外墙的伊斯兰教徒射过去。

罗德孟不准他的手下窜逃，谁敢回头，他就要谁的命！他在后头催逼属下往前，或鼓励，或咆哮，对跟在后面的，则或是拖着他们的手臂，或是拉扯他们的头发——就这样，一波又一波的伊斯兰教徒往内外墙之间的深沟跳下去；罗德孟随手抓起来掷下去的更不在少数。不多久，深沟已几乎填满了伊斯兰教徒，但更多的伊斯兰教徒拥过来，踩着填在深沟里的人堆颠踬着往前冲。而罗德孟自己——哇！只见他奋力一跃，两脚在空中划了几下，简直像长了翅膀一般，他竟然跃过了那宽约三十尺的沟——他身上还穿着笨重的盔甲呢！

　　罗德孟宛如捷豹，轻巧地落在内墙上，双脚才一着地，立即砍杀起来，他手中的宝剑削铁如泥，加上天生神力，根本无人能挡。

　　法军在深沟里早设有陷阱：成千上万束的柴薪堆在沟底，内外墙里则隐藏了数以千计的大锅，锅里装满了油、硫黄以及各类燃料。这时，法军指挥一声令下，相隔不远的各个据点同时放油、放火，刹那间，浓烟烈火四起。

　　这些伊斯兰教徒的下场惨不忍睹！那些填在最底部的也好，踩在他们身上过沟、正攀墙而上的也罢，全都陷在一片火海里。哀号惨叫声中夹杂着阵阵巨大的爆炸声，整个深沟被浓烟烈火密盖，宛如人间炼狱。

上帝的公正，在我们的罪
超越宽恕的可能时，便给
我们一个暴君和他的桎梏。
因为他们会给我们强加
忏悔的痛苦，把我们投入
比热爱他的人更悲惨的处境，
所以我们有了苏拉和马略，
提比略和尼禄，疯狂的卡里左拉。

Il giusto Dio, quando i peccati nostri
hanno di remission passato il segno,
acciò che la giustizia sua dimostri
uguale alla pietà, spesso dà regno
a tiranni atrocissimi ed a mostri,
e dà lor forza e di mal fare ingegno.
Per questo Mario e Silla pose al mondo,
e duo Neroni e Caio furibondo,

艾斯多弗回乡

现在，我要把故事的描述转到一位许久没有音讯的公爵——艾斯多弗身上。

自从洛琪斯蒂拉打败阿琪娜后，艾斯多弗就希望尽速返回祖国英格兰。洛琪斯蒂拉为他准备了一艘大帆船，并派遣两名能干的侍女陪他上路。临别前，她殷殷叮嘱，教他路上要如何保护自己，并告诉他许多做人的道理。为了让艾斯多弗不再受困于魔咒，洛琪斯蒂拉还送给他一本魔法书以及一支法螺：魔法书里写满了各种解除魔咒的方法，而法螺一吹，会发出可怕的声音，任何野兽怪物听了，无不掩耳奔逃。

艾斯多弗欣然接受了这两件礼物，对洛琪斯蒂拉的帮忙和爱护更是不胜感激，第二天一早，在两位忠心能干的侍女陪伴下，扬帆出海，往西航行。数日后，他们来到波斯外海，沿着海湾又航行数日，最后抵达了红海口。在这里，艾斯多弗与两位侍女道别，自己上岸继续未完的旅程。一路上，他穿过原野丘陵，涉过大川小河，翻过高山峻岭，不管黑夜白日，经常受到盗贼的追赶抢夺；他也遇见野狮，以及各种怪物、猛兽，但只要他把法螺放在唇边一吹，无论人、兽都马上吓得逃逸无踪。

在特洛伊的运河畔，艾斯多弗有幸获得一匹神驹，名字叫作拉比冈。

怪兽齐聚在艾斯多弗经过的路上

此神驹是风与火结合而生的宝物，不食人间烟火，只吸取大地间的灵气，但脚下之快，远胜过疾风、闪电或飞箭。艾斯多弗骑着拉比冈，沿着红河直上，最后来到尼罗河口。

离河口不远处，艾斯多弗看到一艘船往他这边快速划过来。船首站着一位神甫，留着一把长及胸口的大胡子。神甫对艾斯多弗招手，大声道："孩子！你若不想命丧此地，就赶紧搭我的船到对岸去吧。你现在走这一条路很危险，因为往前约莫六里处，有一个大沼泽，住着一个可怕的巨人，他在这条路上布着一张专门抓人的网，经过这里的男女老少只要落入他的网里，就会被他拖回家生吞活吃，无一幸免。所以，赶快跟我到对岸去吧。"

艾斯多弗吹法螺吓退怪兽

"谢谢您的好心，老神甫！"艾斯多弗回答道，"但面对危险时，一个骑士的荣誉比他的生命更重要。我并非胆小怕死之辈，走上这一条路，我最糟也不过跟其他人一样，赔上一条命；但上帝若护佑我，让我杀了那巨人，那么，这一条路从此平静，以后络绎不绝的旅客就可以安心地走在这条路上了。"

"祝你平安，孩子！"神甫祝福艾斯多弗，"愿上帝派遣天使米迦勒助你一臂之力！"

◎ 降伏巨人

尼罗河与沼泽之间蜿蜒着一条小路，艾斯多弗沿着这条小路继续走。不久，他看到一座古怪的屋子盖在沼泽边，挡住了去路。残酷、嗜血的巨人就

艾斯多弗遇见巨人

坐在门槛上。

巨人远远看到艾斯多弗走过来，难掩内心喜悦，因为他已经整整两个月没吃到人肉了。他连忙往杂草丛生的沼泽绕过去，想要从艾斯多弗的背后突袭他，将他逼到他所设下的网里。

艾斯多弗看到巨人行动，拉住了马缰不再前进，他拿出法螺大声吹起来，巨人一听，吓得回头就跑。艾斯多弗一边吹法螺，一边小心脚下不要踩到陷阱，但巨人惊慌过度，到处乱窜，最后竟然跑到自己所设的天罗地网里。"嗖"的一声，一张大网迅速收了起来，一瞬间，巨人被自己设的网牢牢捆住，动弹不得。

艾斯多弗策马奔上前去，拔出剑来要将巨人杀死，但看他已无招架余地，觉得趁此取他性命，并非英雄好汉的行为。于是，他从网上抽出一条细丝，将巨人的双手反绑在后，然后命令他站起来。

巨人的这张网是由极细的钢丝织成，是数千年前火神伏尔冈的精心杰作，经过代代相传，最后供在阿奴比司神庙里。巨人为夺得这张网，不惜当时放火烧了神庙，并摧毁整座城池。如今，这张网落在艾斯多弗手里了。

艾斯多弗看那巨人十分顺从，就把收好的网挂在他身上，盾牌和剑也由他背着，然后用一条铁链牵着他走。接下来数日，他们经过许多城镇，所到之处，皆引起阵阵骚动和惊奇。这天，他们进入拥挤的开罗，群众早已据报成群结队围过来观看。

"天哪！"许多人惊呼，"这个人是怎么降伏比他大两倍不止的巨人的？"

蜂拥过来看热闹的人这么多，艾斯多弗与巨人几乎难以前进。这些人啧啧称奇，都赞叹说艾斯多弗真是个了不起的勇士！

艾斯多弗牵着巨人往尼罗河出海的方向走，因为他听说有一个叫作欧芮骆的恶人盘踞在海口，经常荼毒过往的商旅。他也听说欧芮骆有魔法护身，即使将他千刀万剐，也不可能取他性命。艾斯多弗打算到海口去找这个恶人，为地方除害。不久，他远远看到一座高塔耸立在海边，正是欧芮骆的巢穴。

◎ 欧芮骆的头发

艾斯多弗牵着巨人走近高塔，看到塔前的草原上正在进行一场恶斗：欧芮骆一人对抗两名骑士——一个穿着白盔甲，一个穿着黑盔甲——他们正打得不可开交。

艾斯多弗立刻认出了那两名骑士的身份，他们是人称黑白两兄弟的葛里风与亚魁朗，也是查理曼麾下十二勇士之一的奥利佛的儿子。

艾斯多弗看他们剑术高明、合作无间，却怎么都杀不了欧芮骆。因为他们虽然多次砍下了欧芮骆的手或脚，欧芮骆只是哈哈大笑地把手、脚捡起来接回去，即使把他的头砍下来丢进河里，他也能像鱼儿般跃进河里去找他的头，然后，不一会儿，只见他又完好如初地爬上岸来。

不久，天色暗下来，欧芮骆回到他的巢穴去，打算明日再出来应战。艾斯多弗走近黑白两兄弟，与他们相认寒暄。亚魁朗与葛里风盛情邀请艾斯多

大批的人跑来一睹庞大的巨人

弗到他们附近的居处休息。三人回到住处时，仆人早就准备好晚餐了，但他们对食物没多大兴趣，只是专注地讨论欧芮骆的一切。

艾斯多弗查询洛琪斯蒂拉送他的那本魔法书，知道欧芮骆的头上长着一根具有魔力的头发，这根头发不拔除，任何人休想取他的命。于是，他对两兄弟建议，第二天由他自己一人来迎战欧芮骆。

亚魁朗与葛里风认为他只是白费力气，但同意了。

第二天黎明时，艾斯多弗前往高塔叫阵，欧芮骆拿了一根狼牙棒，大踏步走出来。艾斯多弗舞动长剑往欧芮骆身上、头上猛砍，一下子砍裂他的头颅，一下子刺穿他的胸甲，有时砍下他的手，有时将他剁成好几块，但不管怎样砍杀，欧芮骆捡起被切开的四肢接回去后，总是瞬间就完好如初。

终于，艾斯多弗一剑挥出，不偏不倚砍中欧芮骆的脖子，咔嚓一声，他的头颅滚落在地。艾斯多弗立即跃下马来，抢在欧芮骆之前捡起了头，然后迅速跃上马，往尼罗河那边奔过去。

欧芮骆先是在地上摸索着自己的头，忽然听到马蹄嗒嗒声，才恍然大悟发生了什么事。他连忙骑上自己的马去追，但艾斯多弗骑着神驹拉比冈，四蹄快如闪电，他如何追得上？

艾斯多弗拿着欧芮骆的头，仔细翻他的头发，但到底要拔哪一根才能要他的命呢？所有的头发都一样长、一样卷，没有一根看起来跟其他的不同。

艾斯多弗决定把所有的头发都剃掉，一根不留；他抓紧欧芮骆的鼻子，把他的头固定，然后用手中的剑将头发全部刮下来。忽然，欧芮骆的脸色变得铁青，两眼翻白，一副死人的样子；骑着马追在后面的身体也从马上摔了下来，抽搐几下后，不再动弹。

艾斯多弗拖着欧芮骆的头回到亚魁朗与葛里风的住处，然后描述事情发生的经过。兄弟俩很客气地听着，虽然心里有点不是滋味。

艾斯多弗回到女士和骑士身边，手中的头颅已没有了生命的迹象

◎ 不告而别

艾斯多弗鼓励两兄弟回法国去从事圣战,两人也迫不及待要为护教出力,于是三人一起整装上路。他们由东边这条路出发,路上所需的补给品全部由巨人背着。走了六天后,他们爬上一座山脊,由山脊往下望,就是圣城耶路撒冷了。

艾斯多弗与黑白两兄弟一进入圣城,就遇见了一位朋友——圣城的统治者参孙奈特。参孙奈特年纪轻轻,却很睿智,并且生性仁慈,在圣城十分受到人民的尊重和爱戴。他诚挚地邀请艾斯多弗等三人到他的皇宫接受招待。为了答谢他,艾斯多弗将力大无穷的巨人以及火神铸编的网送给他做礼物。他也回送艾斯多弗一条华贵的剑带和一对纯金打造的马刺。

艾斯多弗和同伴来到耶路撒冷

第二天，他们参观圣城里的每一座圣殿、庙堂，并且在一座修道院里举行忏悔仪式，冥想基督受难的奥迹。就在他们虔诚礼拜时，一位来自希腊的朝圣者，也是葛里风的旧识，捎来了一则令葛里风心痛的消息。

原来葛里风在君士坦丁那堡有一个爱人，芳名叫作欧莉吉拉，长得非常娇俏美丽，只是性情十分放荡善变。葛里风一直很希望赶快回到她身边，与她续谱恋曲，但朝圣者却告诉他，欧莉吉拉已经移情别恋，跟着新爱人到安提阿克去了。

这个消息对葛里风打击甚大，令他茶饭不思，沉浸在哀伤叹息之中。亚魁朗不断安慰他，要他把欧莉吉拉这种女人忘了。但葛里风生性固执好强，不愿承认自己失意，甚至替欧莉吉拉的不忠辩护。

最后，葛里风没有留下只字片语，就悄悄离开了。他决定前往安提阿克去找欧莉吉拉，并且杀死勾引她的男人，为自己报仇！

在战场上，一般来说
胜利的一方是优秀的，
无论是靠本领还是运气，
尽少制造流血就更胜一筹；
损失少的胜利会赢得更多的
赞誉。我们发现，攻下一座
城市而不损失任何一个战力，
将摘得永恒的荣耀。

Fu il vincer sempremai laudabil cosa,
vincasi o per fortuna o per ingegno:
gli è ver che la vittoria sanguinosa
spesso far suole il capitan men degno;
e quella eternamente è gloriosa,
e dei divini onori arriva al segno,
quando servando i suoi senza alcun danno,
si fa che gl'inimici in rotta vanno.

援军到来

伊斯兰教徒低估了巴黎守军的力量,损兵折将,死伤惨重。从城墙射出的箭漫天笼罩,宛如冰风雹雨,激射向敌人,天地间充满了濒死的惨叫声,以及杀红眼的呐喊声。

罗德孟大开杀戒,见人就砍,巴黎市民一听到这个异教徒已经攻进来了,吓得把自己关在家里或教堂里,而只要被他看到的,他或砍,或劈,或切,没有留下任何活口。

罗德孟双手挥舞着宝剑直杀到圣米迦勒大桥,桥上挤满了人,他不分男女老少、身份高低,一律砍杀。这个异教徒,在这一役中所展现的已经不是英勇的行为,而是残酷的杀戮!

罗德孟除了杀人,还一路放火,美丽的建筑、神圣的殿堂,他所经之处,无一放过。即使众多房舍已陷在火海,这个伊斯兰教徒心中的愤恨仍未宣泄,他推倒许多石柱,拉垮一座又一座的屋宇,双手使出的神力,令人惊奇!

阿格拉曼国王若像罗德孟般也攻破了另一边的防守,那么,巴黎城当天就非沦陷不可了。

所幸,里纳尔多在大天使米迦勒以及赛忍思的守护下,率领英格兰、苏格兰的援军到来。他兵分三路,一路沿塞纳河而上,另一路由西侧进,第三

罗德孟猛烈地攻向通往圣米迦勒桥的街道

残酷的杀戮

路则由连接比卡迪海岸与巴黎市的唯一通路入城。三军在城里一会合，里纳尔多召集了各路元帅队长，对他们演说、喊话。他的鼓励激发了将士，每人心中都燃起一把为护教而战、而死的烈火。

这些受赛忍思守护的基督徒再也不能保持缄默，他们击起战鼓、吹起号角，呐喊之声响彻云霄，天上的主宰以及万千使者也扬声附和，这声音那般巨大骇人，从四面八方传出，令那些厮杀正酣的异教徒听了，不禁胆战心惊、背脊发凉！

里纳尔多一马当先，骑着拜亚德有如旋风般，扫向敌军。那些异教徒看他迅雷不及掩耳的身手，拿枪的双手忍不住颤抖，两脚踩不住马镫。只有普利恩国王脸上毫无惧色，因为他有眼不识泰山，不知道自己面对的是谁。他握紧长枪，猛踢马腹，低身往里纳尔多飙过去。

面对敌人，里纳尔多展现的不只是胆识，他的枪术高明，身手矫捷，比之战神有过之而无不及。两人都往对方的头盔刺过去，但双方的力道以及速度相差悬殊，因为里纳尔多毫发无伤，而普利恩一枪毙命，摔下马来。

接下来，里纳尔多刺穿了欧朗国王的胸甲，又挑翻了两名将领，手中的长枪才"啪"的一声断成数截。他抽出宝剑"弗斯贝塔"，左劈又砍，继续往前冲去，敌军望风披靡，无人能挡。

◎ 两军激战

另一支由苏格兰王子泽比诺率领的军队也已展开大反击，他们宛如一群狮子追捕着羊群般，把敌人杀得四下奔逃。这些伊斯兰教徒内心的惊惧比冰还冷，而苏格兰众将士杀红了眼，比火还热。

整个巴黎城已成了一个杀戮战场：战鼓声、呐喊声震耳欲聋，激射的箭密密麻麻遮蔽了天空，灰尘、烟雾、汗水、血水交织出一股让人窒息的气味，断手断脚的尸骸四处横陈。

就在伊斯兰教徒节节败退时，阿格拉曼国王紧急调派他手下的一半军力

两军交战

来攻打苏格兰军队。不久，胜负逆转，苏格兰士兵溃不成军。泽比诺的战马被围攻的三支长枪刺死，他紧急跃下马来，险些不能全身而退。勒坎尼欧与亚利欧唐骑马奔过来抢救，三人一起背靠背，奋战抗敌。但泽比诺失去坐骑，处于劣势，情况十分危急，幸好里纳尔多获报及时赶到。他对那些溃散的苏格兰士兵喊话道：

"你们能逃到哪里去？丢下你们的主子不管，你们有何面目苟活？有何荣誉可言？"

里纳尔多一边喊话，一边从侍仆手上接过一支长枪，向阿瓦拉克国王冲过去，眨眼间，阿瓦拉克国王就被扫下马来，气绝身亡。接着，他砍下亚格利寇的头，又刺死了班勃芮哥。

里纳尔多铲除了泽比诺周围的强敌，泽比诺稍得喘息，连忙拉住了一匹死了主人的战马，迅速翻身而上。

就在这惊险的一刻，阿格拉曼率领达丁尼尔、萨布里诺、巴拉斯特罗等将领及其所属士兵大举来到。

里纳尔多看到这个强横的入侵者，心中的愤恨有如沸腾的水，他瞄准了他，马刺一踢，奋力冲刺过去。阿格拉曼块头很大，手段又残暴厉害，但仍然被里纳尔多冲得连人带马往后摔倒在地。

◎ 残暴的罗德孟

罗德孟在巴黎市内继续滥杀无辜，放火烧毁教堂及各大建筑物。查理曼大帝驻守在城内另外一个区，对罗德孟的虐行尚未得报。就在他热烈欢迎英格兰军队到来、与将领们寒暄时，一个侍仆跑过来，脸色灰白地报告说："不得了了，陛下！不得了啊！"

侍仆上气不接下气地赶紧把罗德孟的暴行简单说明了。查理曼随着他手指的方向举目望去，果真！远远的，许多建筑物都在冒着浓烟。他立即率领精兵部队往这个伊斯兰教徒肆虐的大广场奔去。

查理曼训斥奔逃的属下

一路上，查理曼不断听见呼救惨叫声，放眼望去，尸体横陈、血肉模糊的景象惨不忍睹，许多美丽的建筑、教堂已烧成废墟。他看到士兵纷纷弃甲而逃，怒不可遏地大喊：

"你们跑什么？弃守这个地方，你们能逃到哪里去？你们当中就没有一个人能出来阻止这样的暴行？你们面对的敌人只有一个啊！他身陷巴黎城内，无法逃脱，你们竟任其宰杀，没有一个人试图与他对抗？难道在这个野蛮人这般屠杀之后，你们还能容许他毫发无伤地全身而退吗？"

罗德孟这时已几乎掌控了皇宫前的广场，他右手杀人，左手放火，一路肆虐直到皇宫大门。皇宫里挤满了逃难的民众，看到罗德孟杀气腾腾，把厚重的大门捶得咚咚响，仿佛要把它拆了，每一个人都觉得自己的末日到了，面临死亡的哀号声、哭叫声不绝于耳。罗德孟杀红了眼，双手似乎有用不完的劲儿，不！屠杀简直是他力气的来源，因为他杀得越多，身手越勇猛，下手越残暴！

查理曼一行人奔到广场时，目睹的正好是这一幕残忍的杀戮。他转头对身旁的勇士喊话："你们曾经与我东征西讨、杀敌无数，现在难道会害怕面对一个敌人？你们曾经拥有的勇气与荣耀，今天要沾上污点了吗？我要你们给这一条狗、这一条吃人的狗尝尝你们的厉害！勇敢的人无惧于死，只要死得其所！"

查理曼说完，长枪一沉，马刺一踢，身先士卒冲向罗德孟。欧吉尔、纳莫、奥利佛、艾维诺、阿弗利欧等勇士也同时冲出。他们杀向罗德孟，有的瞄准他的胸口，有的瞄准他的腹部，有的瞄准他的眉头。

但是罗德孟，这个残暴的摩尔人，身上所穿由龙鳞打造的盔甲竟然挡住了八名勇士所同时刺出的八支长枪！接着冲过来的还有盖度、拉尼东、李察、所罗门、安吉里耶洛、艾弗等，以及刚刚率军入城的英格兰王子爱德华。

如此排山倒海的力量已足够撼动山林、断墙毁城，然而比起罗德孟的狂暴、嗜血竟然微不足道！他的剑往离他最近的道度尼猛力一砍，立即将他的脑袋连同头盔砍成了两半。来自四面八方的枪、剑同时往罗德孟身上刺去，但就好像针撞在铁板上一样，却分毫伤不了这摩尔人！

人群开始拥回厮杀的广场，罗德孟已经被层层包围、插翅难飞。这时，他也已厌烦了杀戮所带来的痛快，多杀几千人，对巴黎的人口没什么影响，

罗德孟杀出一条血路

侏儒告知罗德孟多洛丽丝已被曼迪卡尔多带走

但若继续缠斗下去,等力气杀尽,要脱身就难了。

打定主意,罗德孟往爱德华与查理曼所率领的军队杀过去,只见他前劈后砍,围在他前面的士兵望风披靡,一个个倒下去:他所经之处,一颗颗的头颅滚落在地,断手断脚飞向空中,鲜血四下激射,少了肩膀、被劈成两半、没了胳膊的尸身沿路堆叠。

罗德孟就这样杀出了一条血路,直奔到塞纳河,然后从河畔纵身一跃,跳进了河里。虽然一身笨重的盔甲,他还是很快地、安全地游到对岸。

罗德孟一上了岸,回头望向仍然屹立不动的巴黎城,心里愤恨难消——

他只重创了这个城市，却未能摧毁它！他胸中涨满了傲怒，简直想再杀回城里去！

这时，一个侏儒沿着河岸走过来。这侏儒原来是多洛丽丝身边的侍仆之一，多洛丽丝落入曼迪卡尔多手里时，就交代他赶快去跟萨西亚国王罗德孟报讯，以便拯救她。

罗德孟一听到心爱的公主被劫走了，愤怒更胜没能将巴黎城夷为平地。他双手握拳，诅天咒地，恨不得曼迪卡尔多就在眼前，以便将他粉身碎骨。

他沉着嗓子对侏儒说："带我去找她！"然后，既没马，也没车，罗德孟像一条滑溜的蜥蜴般，跟着侏儒往路的一头窜去。

◎ 大获全胜

查理曼大帝见罗德孟往塞纳河一跃，并未派兵死追，他在城内指挥若定，兵分数路，由几个城门出城，再全部聚集到圣马契尔大门。从这里，他要对伊斯兰教徒展开全力反击。

这时，连人带马被里纳尔多击倒在地的非洲国王阿格拉曼也已经再度翻身上马，与苏格兰王子泽比诺对杀起来。另一边，勒坎尼欧与萨布里诺也正砍得不可开交，而里纳尔多一人则与一群将兵混战。

同时，查理曼指挥军将由敌人的后方开始发动猛烈攻击——眼看伊斯兰教徒就要溃散！

巴格鲁、萨本廷以及费拉乌连忙大声向摩尔士兵喊话，以稳定军心："勇士们！同志们！弟兄们！团结一致！我们今天若征服了敌人，数不尽的荣誉、财富会随之而来；反之，若被敌人征服了，耻辱、不幸将生生世世跟随我们。杀呀！"

费拉乌说完，抓起一根长枪对着贝伦杰冲刺过去，把他撞下马来，接着又连续刺杀了八个基督徒。

当然，达丁尼尔国王也不可小觑，死在他刀下的基督亡魂不计其数。他

尸体遍野成为野狼的食物

远远看到勒坎尼欧劈死了多尔钦、砍倒了加尔度，接着又刺死了他的心腹知己艾尔提欧，心里怒不可遏，他低吼一声，抓起长枪往勒坎尼欧奔过去。为友报仇的激愤给他惊人的力量，他这一击竟刺穿了苏格兰最勇猛的武士勒坎尼欧的肚子，将他钉死在地上！

亚利欧唐看见弟弟被刺身亡，悲愤交加，他奋力砍杀，试图杀出一条血路，以便靠近达丁尼尔，亲手为弟弟报仇。

但命运另有安排，里纳尔多先一步冲向达丁尼尔，一枪刺穿了他的喉咙，结束了他年轻气盛的生命。里纳尔多的枪往后一抽，达丁尼尔的鲜血从喉头喷出，他的部下眼睁睁看着他摔下马来，气绝身亡。

刹时，原本受到他感召而生死相随的部属开始四下奔逃。里纳尔多、泽比诺、亚利欧唐等趁势追杀，直杀到夜幕低垂，终于大获全胜。

摩尔人要全身而退是不可能了，西班牙国王马里西斯开始计划要如何撤退，才能保住最多士兵的生命。他也派人送信给非洲国王阿格拉曼，劝他尽速撤兵，以免造成更多损失。

初步估计，伊斯兰教兵将已折损了三分之二的人数，巴黎城外早已血流成河，八万具尸体到处横陈、堆叠。深夜时，出来觅食的狼群嗷叫声此起彼伏；乡下人则在尸堆里寻找着值钱的东西：戒指、徽章、武器等，准备好好发一笔死难财。

故事而已，但让我告诉你
　　故事不只是捏造，真实
生活的片段，痛苦的事实，
才是我们拿捏的。你不得不
　用到剪刀和浆糊，但这不
　　　意味着揶揄和吹嘘。
　　极度的痛苦只有恋人才能
感觉到，就像我说的，真实。

Gravi pene in amor si provan molte,
di che patito io n'ho la maggior parte,
e quelle in danno mio sì ben raccolte,
ch'io ne posso parlar come per arte.
Però s'io dico e s'ho detto altre volte,
e quando in voce e quando in vive carte,
ch'un mal sia lieve, un altro acerbo e fier
date credenza al mio giudicio vero.

俊美的麦多曼

夜幕低垂时，查理曼并未率军回巴黎城内，他在城外扎营，以备第二日继续攻击，把伊斯兰教徒彻底赶出法国的领土。

摩尔人的营区只能用凄惨两字形容，许多没有死的，也受了重伤，痛苦的呻吟声不绝于耳；有些则低泣着：为死去的亲友，为自己未知的命运，为必须面对死亡的恐惧。

有两名出身低微的摩尔人，一个叫作克罗里登，另外一个叫作麦多曼，是达丁尼尔最忠诚的追随者。克罗里登原来是个猎人，身手十分敏捷；麦多曼则天生一头金色鬈发，雪白的皮肤，粉红色的双颊，样子宛如降落人间的天使。

自从达丁尼尔死后，麦多曼的眼泪就没有断过，想到主人暴尸荒野，任野狼、乌鸦啃噬啄食，简直心痛如绞。他想要偷偷回到战场去，寻找主人的尸首，加以掩埋。克罗里登得知他的想法，决定与他一同前往。

当晚没有月光，只有营区的点点灯火，两人悄悄往法军扎营的方向出发。法军可能觉得伊斯兰教徒一时无力反击，竟然守卫松散，人人陷入沉睡中。克罗里登与麦多曼趁机杀死了不少基督徒。一阵报仇的痛快后，他们才往战场去寻找达丁尼尔的尸体。没有月光的夜晚，四下一片漆黑，要从何处找起呢？麦多曼心里呼唤着月神黛安娜，对她虔诚地祈祷："噢！美丽的女神，露出你庄严的光芒，为我照出主人尸首的所在，他在生前对你的崇仰与祭祀从不遗余力——"

月亮果真从乌云后探出头来，皎洁的光芒笼罩大地，巴黎城看得见了，山丘、草原也一目了然，而达丁尼尔陈尸之处仿佛照得特别明亮。

麦多曼认出了主人的尸体，难过得泣不成声，一番祝祷后，他与克罗里登一起把达丁尼尔的尸身扛在肩膀上，然后迅速地往伊斯兰教徒的阵营走去。

这时，天已经蒙蒙亮了，泽比诺刚好带领着一小队人马，在野外寻捕漏网的摩尔人。他们远远看到两个人扛着一具尸体快速走着，马上往四周散开去，堵住了各个去路，准备逮捕这两人。

麦多曼与克罗里登发现有人围过来，连忙往一树丛、荆棘密布的方向跑过去。克罗里登劝麦多曼把达丁尼尔的尸体丢下，以便脱逃，但麦多曼不肯。泽比诺很快带人围了上来，两人一下躲这里，一下躲那里，被追得团团转。克罗里登不甘如此被逮，要死也要拉几个基督徒陪葬，于是弯弓搭箭，"咻"的一声，射中了泽比诺的一个手下。众人大怒，奔向前要取他性命，只听"咻"的一声，又一个人倒了下来。

泽比诺赶到，长枪迅速刺出，克罗里登立即倒在血泊中，接着，他拔出剑转向麦多曼要杀死他。但麦多曼的俊美刹时攫住了他的目光，要杀死造物者这么美丽的杰作，他忽然间下不了手。

就在泽比诺迟疑时，他身旁一个鲁莽的骑士迫不及待用长枪刺向麦多曼，麦多曼胸口鲜血喷出，昏死过去。泽比诺回头怒视骑士，咆哮道："你眼中还有我吗？"说完愤怒地骑着马走了，众人连忙跟上去。

◎ 安洁莉卡的爱

麦多曼奄奄一息，躺在达丁尼尔以及克罗里登两具尸首旁，眼看是活不了了。但上天垂怜！这时，一位穿着简朴、容貌姣好，但神态十分高傲的公主经过这里。

许久没有这位公主的消息了，大家还记得她吧？自从取回原属于她的魔戒后，她时而隐形，时而现身，正逍遥自在地要返回东方的祖国。没错！是安洁莉卡。有了魔戒护身，她不再需要任何男子的保护，罗兰、里纳尔多、赛克利彭、费拉乌等，这些为她拼死拼活的追求者，她全不看在眼里。如今的她，心高气傲，绝对不会纡尊降贵，再看任何男子一眼。但这么骄矜的姑娘引起了爱神的注意，他拿着弓、搭好了箭，坐在麦多曼旁边等待着。

当安洁莉卡看到奄奄一息的麦多曼时，一股说不出来的感觉在她心头滋生。她在皇宫学过基本医术，知道如何止血疗伤，于是她到山坡上寻找草药，决定照顾麦多曼直到他完全康复。

安洁莉卡在找草药时，遇见一个牧羊人，她请牧羊人帮忙，用石头磨碎药草、挤出汁来，然后把药汁涂在麦多曼的伤口上。伤口的血止住后，麦多曼逐渐恢复了体力。安洁莉卡请牧羊人收留他们，但麦多曼坚持要将达丁尼尔与克罗里登的尸首掩埋了，才跟他们走。

安洁莉卡对麦多曼的同情、怜悯，随着日子过去，逐渐转成了爱慕与依恋。麦多曼的伤口逐日康复，她心口的伤则渐趋严重；他一天一天地强壮起来，她则一日一日地憔悴下去。但安洁莉卡不愧是位敢爱敢恨、勇于追求幸福的姑娘，她对麦多曼倾诉了内心的渴慕，而麦多曼当然受宠若惊地接受了。

噢！罗兰、赛克利彭、里纳尔多、费拉乌，还有已丧命的鞑靼国王亚格利坎，你们可曾获得安洁莉卡一丝丝的青睐与善意？你们若看到她忘却自己高贵的身份，躺在这个出身卑微的金发男孩的怀里，你们心里要承受多大的打击，要觉得多苦涩啊？

为了让他们的结合更具神圣与合法性，安洁莉卡和麦多曼在牧羊人夫妇的见证下，举行了结婚仪式。两人的欢喜不可言喻，尤其是安洁莉卡，她不管走到哪里，都要看得见心爱的他——早晨的散步、黄昏的冥思、小桥边、流水旁，俪影双双。

但形影不离还不够，安洁莉卡在许多大树、石头上刻下两人的名字，或

安洁莉卡与麦多曼结婚

是以一个心形围起来，或是以一支爱神的箭穿过、刻一个蝴蝶结绑住，以宣誓两人的爱情至死不渝。

在牧羊人的小屋住了一段时间后，安洁莉卡决定带麦多曼返回东方。她从手上拔下一只珍贵的镯子——这原是罗兰赠予的礼物，请牧羊人夫妇收下了，以答谢他们的照顾。然后他们起程，沿着法、西边界的山脉往巴塞罗那的方向出发。他们计划在巴塞罗那停留几天，以便等待往东方出航的船只。

每走到一棵树干平整的树前,他们就用小刀刻上那交织的名字——安洁莉卡和麦多曼

安洁莉卡和麦多曼俪影双双

二人想到瓦伦西亚或巴塞罗那停留数日,等到有合适的船,就启程到黎凡特

最宽宏大量的主，我的赞美会与您相称，如果词汇更加优美，您受人赞颂的温和的智慧，一定会透过词语看到诗节的实质。我恭顺的心知道所有居民都受您恩宠。您给每个寻求慰藉的人听觉，而不是草率的办法。

Magnanimo Signore, ogni vostro atto
ho sempre con ragion laudato e laudo:
ben che col rozzo stil duro e mal atto
gran parte de la gloria vi defraudo.
Ma più de l'altre una virtù m'ha tratto,
a cui col core e con la lingua applaudo;
che s'ognun truova in voi ben grata udienza,
non vi truova per ò facil credenza.

巧遇爱人

葛里风明知自己爱的是个不贞、邪佞的女人，却受爱神的愚弄，非要跟她苦苦纠缠。这天深夜，他悄悄出了城，往西直奔，几天后来到了大马士革：由大马士革往南就是安提阿克了。但就在大马士革城外，他竟然遇见了欧莉吉拉和她的新爱人。

欧莉吉拉穿着蓝色镶金边的衣裳，她的爱人则全副武装，他们带着两个侍仆，正要去参加大马士革国王举办的比武大赛。

欧莉吉拉看到葛里风，心里很害怕，不知道会受到什么样的责骂和羞辱。她深知身边的爱人绝不是葛里风的对手，但她诡计多端，立即想到了一个自保的良策，并且告知了爱人。她策马奔向葛里风，脸上装出欣喜若狂的样子，两条手臂紧紧抱住他，嘴里甜蜜热烈地说："亲爱的！"

泪水涌出了她的眼眶："你为何如此待我？我等了你整整一年！难道你都不想念我？你去叙利亚时，我高烧生病，差点儿就死了。幸好，命运之神比你仁慈，没有丢下我不管！她派我哥哥来保护我，让我在找寻你的路上，免于歹徒的抢夺、侵犯。现在，天可怜见！我终于找到你了！"

欧莉吉拉的狡猾连狐狸也比不上，葛里风听她说了这一番话后，不但没对她的爱人动手，甚至亲切客气地与他寒暄招呼。于是三人同行一起进入大马士革城。

大马士革是叙利亚的古都，在当时号称是全世界最富庶、最美丽的城市之一：两条清澈的河流穿过全城，灌溉了无数的花园、绿地；走在街上，只闻处处花香、鸟鸣；每一户人家的窗台、门口都挂着织纹繁复的毡毯；欢乐飨宴的乐音从许多屋子里传出来；走在街上的女子穿金戴银，出现在街头的王公贵族则打扮得华丽高贵，身上佩戴着来自印度的珍珠、宝石。

葛里风三人看得目不暇接，心情十分愉悦。这时，迎面走来一位骑士，跟他们问候招呼。大马士革人民的热诚好客果然名不虚传，虽是初识，骑士立即邀请他们三人到他的宅院去做客。

三人接受了骑士的盛情款待，饮宴时，骑士告诉他们说，大马士革国王诺伦丁要举行一场比武大赛，已经广发英雄帖，邀请全世界的武士前来共襄盛举。葛里风来大马士革的目的并不是为比武，但有机会与各地英雄好汉切磋武艺，他岂愿错过！他很高兴地接受了骑士的邀请，并探问比武大赛的举行是为庆祝何事？多久举行一次？

◎ 比武大赛的缘由

"比武大赛预定每四个月举行一次。"骑士回答道，"不过，这是第一次，之前从未举办过。比武是为了纪念国王不久前的一次经历：足足有四个月的时间，国王多次与死神擦身而过，其间充满了悲伤和泪水。让我告诉你们这个故事吧：

"我们的国王诺伦丁多年来一直爱恋着塞浦路斯岛的公主露琴娜，经过几年锲而不舍的追求，他终于赢得佳人芳心。国王带着我们这些王公、仕女前往塞浦路斯迎亲，却在回程的路上遇上了一股怪风，将船只吹离了航道。我们在海上漂流了三天三夜后，才在一座不知名的小岛靠岸。上岸后，我们忙着立帐篷、炊煮食物、伺候公主，国王则带了两名部下到邻近的森林里去打猎。

"就在我们开心地进食、休息，一边等待国王回来时，一只巨大的怪物

沿着海边对我们狂奔过来。但愿你们一辈子都不要看到这么可怕的东西!那怪物有如一座山,两块棕黑色的骨头由眉眼部凸出,嘴里长着两根尖长的獠牙,往外暴突的嘴不断地滴着口水,十分恶心!

"这怪物没有眼睛,一边奔跑,一边在地上嗅着,好像一只猎犬在搜寻猎物的踪迹。众人尖声惊叫,往四下逃窜,但怪物的速度比风还快,一下子就抓住了好多人,大概只有十个左右的人跳海游向船只,而逃过一劫。

"怪物将我们抓回他的巢穴。洞穴很大,里面有一位愁容满面的妇人以及许多年纪不等的女子。这个洞穴的附近还有另外一个大洞,是怪物用来关他的羊群的。但怪物好像比较喜欢吃人肉,因为在把我们与羊群关在一起前,他就先吃了我们之中的三个人。

"国王打猎回来后,发现营地一片混乱,所有的人都不见了。他不晓得到底发生了什么事,急忙跑到海边去。逃到船上的人这时正要起锚扬帆,他们看到国王回到海边,赶紧放下小船去接他,然后跟他描述了事情发生的经过。国王听了之后,十分焦急难过,当下决定回岸上去找怪物,救回公主。

"国王循着怪物的足迹,找到了他的巢穴。当时怪物不在洞里,而在另一个洞口外的草地上放羊、吹笛子。妇人见到国王,警告他赶快离开:

"'欧克司(怪物的名字)发现你在这里,你就死定了!'

"'我不怕!'国王回答,'我是来寻找我的爱妻的;我不能丢她一个人

在这里不管。要死也要跟她死在一块儿！'

"妇人告诉国王说，怪物从来不吃女人，只要她们乖乖地留在洞穴里，就不会有事，但若有女子企图逃跑，怪物就会把她活埋，或绑在悬崖上，全身赤裸任阳光暴晒。妇人告诉国王说欧克司会闻出男女之别，教他别担心，但他自己要赶快逃，因为怪物的嗅觉十分敏锐，洞穴里跑进来一只小老鼠，他都闻得出来。但国王回答说，若没看到露琴娜，他死也不会离开。妇人见他这么坚持，决定帮助他。

怪物吃人

"洞穴的内外挂满了羊肉、羊皮，以供众女子食用、取暖。老妇人叫国王把一只肥羊的肚肠、脂肪涂在身上，盖住了人的气味，然后拿了一张羊皮给他披上。

"国王乔装成一只羊的样子后，四肢着地，模仿羊的样子跟着妇人爬到另外一个洞口，也就是我们和露琴娜被关的地方。国王在洞口等着，直到怪物欧克司赶羊回来，把塞住洞口的巨石移开，他才偷偷混在羊群中进入洞里。欧克司把我们每个人都闻了一回后，选了两个，然后活生生地把他们吞食了——那一幕恐怖骇人的景象，现在回想起来仍然令人不寒而栗！

◎ 苦命鸳鸯

"欧克司吃饱离开了，洞口当然又被堵了起来。这时，国王脱下羊皮，紧紧拥着爱妻露琴娜。看到国王突然出现在洞穴里，露琴娜忍不住喜极而泣，但她的喜悦随即被悲伤取代，因为国王来了并不能救她，只是白白赔上一条命。

"'夫君,'露琴娜难过地说,'我们被抓时,唯一感到欣慰的就是你因去打猎而逃过一劫。如今,我迟早得眼睁睁地看你被怪物吃掉,实在令我更添伤痛!'

"'我来就是为了解救你与其他人,'国王安慰她道,'因为没了你,我的爱,我也不想苟活。我怎么进来,我们就可以怎么出去,只要你们也愿意像我一样,乔装成一只臭烘烘的羊。'

"众人同意国王的建议,当下我们宰杀了与我们人数相等的羊,把羊的肚肠、内脏、脂肪涂在身上,再披上毛茸茸的羊皮。这时,天也差不多亮了,欧克司把堵住洞口的大石头移开,吹着笛子要羊儿出外吃草。他坐在洞口,摸着每一只经过他身边的羊,以防我们逃跑,但我们身上披的羊皮蒙骗了他,一个接一个,我们混在羊群中,成功逃出了洞。然而,轮到露琴娜时,却出了意外。不知她是无法忍受模仿羊的样子走路,还是过度惊惧,失去冷静,总之,当欧克司摸到她时,她竟尖叫了一声!

"我们每个人都专注在自己的脱逃上,无暇也不可能彼此照顾。听到露琴娜的叫声,我回头一望,刚好看到欧克司抓住了她,把她身上的羊皮脱下来,然后一起丢回洞里去。

"我们这些逃出来的人跟着羊群爬到草坪上,等待进一步脱逃的时机。终于,欧克司在树荫下睡着了,我们连忙悄悄四下逃散,有的往海边去,有的往森林里,但国王拒绝与我们一起逃走。没救出露琴娜,他绝不离开,他太爱她了!

"就这样,国王又跟着羊群回到洞里。欧克司的鼻子告诉他,人类已经逃跑了,没有人肉当晚餐,他把气都出在露琴娜身上。第二天一早,他把她用铁链锁在岩石上,让她受骄阳暴晒、风吹雨打。

"国王看爱妻受苦,心痛不已,但却救不了她。每天早晨、黄昏,他随着羊群爬进爬出,经过露琴娜身边时,看着她悲伤的容颜,只能叹息。

"这般的折磨持续了一个多月,直到鞑靼王子曼迪卡尔多以及葛拉达索国王无意中经过才结束。他们趁欧克司不在时,斩断了铁链,救走了露琴娜,然后把她送回她父亲身边。

"隔天早上,国王发现爱妻不见了,十分惊慌。后来,老妇人告诉他露琴娜被救走的经过。那天,等怪物睡着后,国王也脱逃了,走了一天一夜,他到达赛特利港,从那里他才雇船回到大马士革来。

"国王回来已经三个月了,这段期间,他派人到处寻找露琴娜的下落,但一直到数日前才获报说,她与父亲塞浦路斯国王的船被暴风吹到了尼可夏岛。

"得知爱妻平安无事,国王欣喜若狂,于是决定举行比武大赛,来纪念这一段永生难忘的经历。"

◎ 力战群雄

骑士详述了比武大赛举办的原因给众人听,四人热烈地讨论整个事件,直到深夜才就寝。第二天一早,街上就响着鼓号声、喇叭声,提醒民众去观赛。

葛里风穿上闪闪发亮的白盔甲,欧莉吉拉的"哥哥"(名字叫作马它诺)也有模有样地全副武装。他们来到比武场,赛前的游行已经开始了——参赛的武士或是单枪匹马,或二人同行,或三四人一组,由侍仆举着代表他们的旗帜绕场接受群众欢呼。

这次比武的奖品是一套盔甲,此盔甲是一位商人在回大马士革的路上捡到的。国王命人在盔甲四周镶上许多珍贵的宝石,使得盔甲的价值非凡。然而国王若知道这盔甲的出处,绝对会视若至宝,不会这么大方地把它当奖品送出去。这盔甲究竟有什么来历,容我稍后再述。

比武场上有八位防守的武士,都是诺伦丁国王麾下出身最高贵也最训练有素的冠军。他们将轮番上阵,迎战前来比武的骑士。葛里风与欧莉吉拉的"哥哥"马它诺先在场边观战。

这时,有两个武士已经酣战好几回合,观众不时发出惊呼赞叹声。挑战的那位叫作翁布鲁诺,为人英勇又大方,深受人们的喜爱、敬重。忽然众人发出一阵惋惜声,原来翁布鲁诺脸上中刀,脑袋几乎被劈成两半,摔下马来死了。

马它诺看到这景象，心生胆怯，他可不想要有这样的下场，于是两脚退了一步，打算开溜。但葛里风就在旁边，他之前听马它诺吹嘘自己的武艺有多高超，现在正好看看他到底有多大本事。

这时，刚好有一位武士对着他们这个方向冲过来，于是葛里风用力把马它诺一推，送他出去应战。胆小如鼠的马它诺不敢正面迎敌，拉着马头直往右边躲，他手上虽也握着剑，却不敢与挑战者互击，只是一味躲闪，最后，他干脆逃到场外去了！这一战戛然而止，观众忍不住哈哈大笑，对逃跑的人发出嘘声。

葛里风懊恼不已，满脸涨得通红，好像丢脸的人是他。在场的人看他之前与马它诺站在一起，以为两人是同样货色，都等着看好戏。

葛里风知道自己的表现不能有任何差池，否则无法扭转众人先入为主的坏印象。他放低长枪，策马急奔，快到对手面前时忽地将枪举高，全力刺出——葛里风应敌时极少失去准头，更不要说这全力以赴的一击。他的对手赛顿男爵还没看清他是怎么出手的，就已经被他刺下马来，趴在地上。所有的观众惊呼一声，全都站了起来。

葛里风接着冲向劳迪夏爵士，他第二击力道更猛，长枪"啪"的一声断成三截。劳迪夏被这一击撞得倒向马臀，几乎往后翻下马来，但他稳住了；拉转马头，拔出剑来，他再度攻向葛里风。

葛里风心想："好小子！长枪没把你撞下马来，让你尝尝我宝剑的厉害！"果真，他举剑一挥，仿佛空中闪下的雷电，劈中了劳迪夏的脑门儿，接着左砍一剑，右砍一剑，再砍一剑。劳迪夏终于摔下马来，昏死过去。

接替劳迪夏之后奔过来的是一对兄弟档，托斯以及柯伦坡；他们在战场上合作无间，几乎没吃过败仗，但这次不到两回合就双双被击下马来。至此，在场众人都认定今天夺魁的当属葛里风了。

但萨林坦此时上场了。此人大有来头，不但是数届的比武冠军，也是宫里的掌礼大臣兼国王殿前侍卫长。他不甘奖品落入外邦人之手，一声怒吼，

葛里风和萨林坦决斗

向葛里风发出了挑战,举枪杀了过来。

　　葛里风反应沉着,挑了一支沉重的枪,也策马往萨林坦奔过去。只听到"咔嚓"一声巨响,两枪对击的声音震得众人耳朵嗡嗡响,葛里风的长枪刺透萨林坦的盔甲,穿心而过,由他背后刺出约莫一尺长。

　　刺死了萨林坦后,葛里风接着又打败了贺蒙菲勒司以及卡尔蒙。现在只

巧遇爱人　185

剩下这八人的队长赛路夏了。赛路夏既身为队长，枪术、胆识当然更胜他人一筹。但葛里风刺中了他的头盔，使得他左脚一滑，险些摔下马来。接着两人都丢开手上已经碎裂的长枪，同时拔剑相向。葛里风力贯右臂往赛路夏的盾牌劈下去，这一劈力道之大足以砍裂一块铁砧板，若不是赛路夏的盾牌由双层精铁铸造，他早已被开肠剖肚了。

葛里风精力过人，每一砍、每一劈都在赛路夏的盔甲留下痕迹。旁观众人都看得出来，赛路夏已经处于挨打局面，国王再不下令停战，他恐怕也要没命了！国王终于下令停战，葛里风与赛路夏各被一小队人马带往场边休息，所有的人都松了一口气。

国王手下的八人小队原本要轮流迎战前来参加比武的人。这下可好！不到一个小时，他们就统统被葛里风一个人打败了。

比赛这么快就结束，大出众人意料。但国王希望这个活动能够持续一整天，于是把所有来参加的人分成左右两队，重新开始一个赛程。

葛里风回到场边休息时，内心仍然激动不已。他所赢得的荣誉仍不足以抵消马它诺之前替他所招致的耻辱。为了不让马它诺惹来更多的讪笑，葛里风建议三人立即离开会场。

他们由后门悄悄走掉，并且很快出了城。在离城约莫两里处，他们看到一家客栈。连战八人，葛里风实在太累了，他决定先在这家客栈休息。脱下沉重的盔甲、头盔后，他一言不发地进入房间，倒头就睡。

◎ 冒名顶替

趁着葛里风沉睡时，马它诺与欧莉吉拉在花园里商量对策。马它诺建议，由他乔装成葛里风去国王面前邀功，欧莉吉拉拍手称好。于是，马它诺穿上葛里风刚刚脱下的白色盔甲、武器，骑上他的白马，然后带着欧莉吉拉回到了城内的比武现场。他们到达时，新赛程刚好结束，国王命人去请之前穿着白色盔甲、表现杰出的骑士，要颁奖给他。

这里有叙利亚的国王、领主、贵族，和这片土地上的美女

马它诺穿着葛里风的盔甲，好像披着狼皮的狐狸，出现在众人面前。国王热切地与他握手、拥抱，并请他坐在自己的右边，接着又命属下吹起号角对在场的人宣布他的大名。于是，马它诺这个杂碎的名字响遍会场的每个角落，而不知情的民众不断地赞叹、欢呼。

体力透支的葛里风直睡到傍晚时分才醒过来，他没料到自己会睡那么久，连忙走出房门去找欧莉吉拉和她的"哥哥"。但店家告诉他说，他的同伴穿着白色盔甲、骑着白马，带着姑娘回城里去了。葛里风发现自己的盔甲、武器果真都不见了，而马它诺的盔甲则弃置在他原来放盔甲的地方。

葛里风回想这两天来的点点滴滴，心下渐渐明白了马它诺根本就是欧莉吉拉的新爱人，不是她的"哥哥"！其实他早就该明白了；在耶路撒冷时，朝圣者不是已经告诉他实情了吗？他为何还是让欧莉吉拉用几句话就蒙骗了呢？

此仇不报非君子！葛里风握紧拳头对自己发誓。但那两个坏蛋早就跑了，更糟的是，还穿走了他名贵的盔甲，把一件不值钱的丢给他。葛里风不想穿上马它诺的废铁，但为了赶紧去追那无耻的杂碎和那不要脸的女人，他别无选择。

葛里风入城的时候，太阳虽已西下，天色还很亮。入城门后，往西望去就是雄伟壮丽的皇宫；皇宫有一个突出的阳台，可以瞭望到城外的原野以及通往城内的各条大马路。

这时，国王与王公贵族、骑士淑女等正在阳台上饮宴欢谈，并观赏四周景色。因此，当葛里风穿着那象征耻辱的盔甲走进城门时，远远的就被在阳台上的国王及其周遭的人看到了。当然，众人以为他就是那不顾荣誉脱逃的骑士，想起他挨打的丑样，全都又捧腹大笑。卑鄙的马它诺就坐在国王旁边，也跟着众人一起讪笑。国王转头对他说：

"阁下如此骁勇善战，怎么会与这种人为伍呢？若不是看在阁下面子上，我可能会给他一点教训，让他知道懦弱是多么可耻！"

马它诺厚颜无耻地回答道："陛下！我也不清楚这人到底是谁。我是来大马士革的路上才遇到他的，认识不过两天。早上看到他那么没有荣誉感的表现，我恨不得亲手教训他呢！请国王不要因为我而对他客气，否则就太对不起所有穿盔甲的人了！"

"嗯！我就给他尝尝苦头，逗众人笑笑吧！"

国王召来一名爵士，给他下达了一些指示，爵士带领一队侍卫到路上突袭葛里风，把他逮住了，然后将他关在地牢里。

马它诺怕事情迟早会败露，第二天一早就跟国王道别，要离开大马士革。国王赐赠他大批礼物，并给他风风光光送行。

葛里风被关了一夜后，也在第二天早上被放出来。他先手镣脚铐地被带到广场上，受众人侮辱谩骂。接着，他们把他放在一辆小车上，拉着他游街示众，任市民欺负糟蹋。最后，他们把他的手镣脚铐解开，准备用石头砸他，把他赶出城外去。

但就在葛里风的手脚获得自由时，他随手就抢下了一个侍卫的剑和盾牌来。

稳稳坐在命运之轮的顶端，
他不会知道谁是真正的友人
或者辨别出伪装的觊觎者，
只有命运之轮旋转，将他重重
摔下，变化的处境会揭露
那些混杂、吵闹的声音中，
哪个是真切，哪个是吹嘘。
在生前和死后都是如此。

Alcun non può saper da chi sia amato,
quando felice in su la ruota siede:
però c'ha i veri e i finti amici a lato,
che mostran tutti una medesma fede.
Se poi si cangia in tristo il lieto stato,
volta la turba adulatrice il piede;
e quel che di cor ama riman forte,
ed ama il suo signor dopo la morte.

化干戈为玉帛

诺伦丁国王若是个深思熟虑的人，就不会这般对待葛里风，当然也就不会造成后来这么多人民的死伤了。

葛里风遭此奇耻大辱，心里愤恨难消，夺下侍卫的剑就对着周遭嘲弄他的民众连砍了十刀，一下子夺走了三十条人命。其余未遭殃的吓得尖叫乱跑：有的往东、有的往西、有的争先恐后往城门奔去，结果全都撞在一起。

葛里风不发一语，也没有一丝怜悯，对那些手无寸铁、戏侮他的群众疯狂地追杀。

没多久，葛里风已经在城里的这个角落造成暴乱。国王听到消息，连忙率领千名精兵赶到现场，远远望去，只见一名孔武有力的狂汉一手抓住一个人，其中一个被掼向一颗大石头，顿时脑浆迸裂，另外一个被抛向空中，摔得手断脚折，地上则是死伤枕藉，凌乱一片。

国王下令精兵部队进攻。葛里风迅速观察四周，要为自己找一个有利的地形，他跑

葛里风展开报复行动

到一座庙堂前，站在大门左右的两根石柱间——这样，他不用担心后面被包围。

国王的士兵发出可怕的呐喊，分批对他冲过来。葛里风双手握剑奔出去迎敌，杀得差不多时，就退回石柱之间；几次下来，尸体横陈，堆叠起来，在不远处指挥的国王几乎看不到他。

葛里风横扫千军

但猛虎难敌猴群，千名精兵分批一波接着一波涌过来，葛里风即使不被杀死，恐怕也要被汇流的血水淹没了。他的肩膀和左腿也已经受了伤。

国王看死伤这么惨重，尸体堆积如山，不得不反省自己所屈辱的恐怕不是一个临阵脱逃的懦夫，而是一个武艺高强、毅力过人的骑士。看到葛里风一夫当关的气概，他也不禁感到深深佩服。为了挽回王者的尊严，也为了弥补这急转直下的局面，国王召回他的部下，停止了攻击。他对葛里风高举右手，表示手里没有武器，大声对他说：

"我想这整件事情都是我的错，我很抱歉！我缺乏判断，又受到旁人的怂恿，以至于对你这么英勇的骑士做出了侮辱的行为。我愿尽全力弥补你——财富、土地、城堡，甚至我统治权的一半，我都乐意奉送。请把你的手给我吧！让我们给予彼此爱与信任的承诺！"

国王说完，跃下马来，举着右手走向葛里风。看到国王诚恳地走过来，葛里风丢开手中的剑，放下心中的愤恨，与国王拥抱。国王看到葛里风的伤口不断流出血来，立即命人替他包扎处理，然后带他回皇宫好好照顾。

倒下的敌人已堆成山，但还有更多人赶来

◎ 法网难逃

亚魁朗在葛里风不告而别后，着急地在巴勒斯坦境内找了他好几天。有一天，他与希腊来的朝圣者谈话，才恍然大悟地想到，葛里风一定是跑到安提阿克，去找勾引欧莉吉拉的那个野男人报仇了。他请求艾斯多弗在耶路撒冷多待几天，等他回来，然后独自出发去找葛里风。

日夜兼程，海陆交替，数日后亚魁朗终于来到安提阿克。他在城内四处打听马它诺的下落，得知他早已带着欧莉吉拉到大马士革去参加比武大赛了。亚魁朗一刻不多停，当天就离开安提阿克前往大马士革。他经过利迪亚、拉芮撒等城镇，然后在离马木卡不到三里远的地方——老天有眼！竟然让他遇到了要回安提阿克的马它诺与欧莉吉拉！

马它诺抬头挺胸、扬扬得意，他后面拉的车上则展示着诺伦丁国王赐赠给他的礼物、奖品。亚魁朗远远一看，还以为是葛里风，因为马它诺身上穿的白色盔甲以及所骑的白马正是葛里风的。

他欣喜若狂，"噢"的一声，赶紧策马奔上前，但他脸色忽地一沉，因为等他靠近时，他发现那人根本不是葛里风。这一对男女是不是设计把葛里风给杀了？他又惊又怒："你！你这个恶人！"亚魁朗怒吼道，"你为何穿着这套盔甲？你为何骑着我弟弟的马？你是不是杀了他？说！"

欧莉吉拉听到这么狂暴的声音，吓得拉转马头要逃，但亚魁朗身手极快，迅速拉住了她的缰绳。马它诺没料到半路会杀出这个程咬金，吓得浑身打战，支支吾吾，一下子说不出话来。

亚魁朗暴喝一声，拔出剑来抵着马它诺的喉咙怒吼道：

"说！不然我砍下你们两个人的头！"

马它诺努力吞了几口口水，好不容易发出声音来："大人！这位姑娘是我的妹妹，她可是好人家的女儿，但葛里风却让她背上了污名。我对付不了葛里风，但为了把妹妹带回家，只好趁他睡觉时跟妹妹偷偷走了。为免葛里风追上来,我们也顺手带走了他的盔甲和马。"

马它诺讲得很简单,听起来不像刻意编排的谎言,但是亚魁朗在安提阿克时听过几个人说,欧莉吉拉是马它诺的情妇,不是他的妹妹。这一点让马它诺其他的话都不可信。

亚魁朗咆哮道:"你这恶贼!满口谎言!"说着,他在马它诺的脸上狠狠揍了一拳,然后用一条粗绳把他与欧莉吉拉捆绑在一起。

亚魁朗就这样拖着他们一路走到大马士革。一入城,他就听到人们在传论着葛里风有多英勇、马它诺有多可恶!当人们看到马它诺被绑入城,都纷纷围过来,指着他与欧莉吉拉骂道:"这不是那个无耻的骗徒吗?下流胚子!还有那个不要脸的女人!把他们吊死、烧死,丢给狗吃!"

国王听到消息后,带了几名贴身侍卫,亲自赶到市民广场来。他热烈欢迎亚魁朗,并在他的同意下,先把两个坏蛋囚禁起来。然后他们一起去探视葛里风。

葛里风还在疗伤,看到亚魁朗,心想哥哥一定都知道事情的始末了,脸上不禁一红。亚魁朗当然没饶他,好好嘲弄了他一番。

兄弟二人与国王讨论如何处置马它诺与欧莉吉拉。葛里风请求国王饶了他们(他不敢只为欧莉吉拉求赦),但国王以及亚魁朗都不同意,他们认为这两人都应该受到最严厉的惩罚。双方折中,最后决定把马它诺处以鞭刑,而欧莉吉拉则继续关着,等皇后露琴娜回来,再交给她管教。

事情的收场令人欣慰,但并不圆满。国王仍然为葛里风所受到的屈辱感到抱歉,为了弥补他的委屈,国王决定一个月后再举办一次更盛大的比武大赛,然后在精英聚集时,以最隆重的仪式将葛里风应得的奖品颁赠给他。

◎ 女英豪玛菲莎

比武的消息很快就传出去,在耶路撒冷的艾斯多弗也得知了。这么重要的场合,他怎能错过呢?他与参孙奈特收拾了行装,决定前往大马士革共襄盛举。

这日，他们走到了一条双岔路口，迎面来了一名也是全副武装的骑士。这名骑士其实是个女子，名字叫作玛菲莎，她的枪术、剑术都很高明，曾经在比武的场合把罗兰、里纳尔多打得几无招架之力。

玛菲莎和艾斯多弗原是旧识，他们在东方时曾经并肩作战，攻下许多城池。真巧，他们竟然在这里又遇见了！玛菲莎高声喊着艾斯多弗的名字，一边策马奔过去，一边脱下她的护面甲。艾斯多弗看到她，也十分惊喜。两人彼此拥抱，互相问好。

艾斯多弗告诉玛菲莎他正要去参加比武大赛；原来玛菲莎也是。于是三人结伴同行，在比武前一天到达了大马士革。

第二天，他们很早就来到比武场。国王更早就到了，正高坐在王位上，接受参赛者的敬礼。这次比武的奖品是一把短剑、一支钉头槌，以及一匹纯种骏马；剑与槌都镶满了宝石。

国王深信今天的冠军一定又非葛里风莫属，因此准备了这三样礼物；因为再加上前一次比武的盔甲，今天要颁给葛里风的就是一名完美的骑士所需要的成套装备了。

所有的奖品都公开展示着，但玛菲莎一看到盔甲，马上就认了出来——那正是她遗失的盔甲！有一天，她在追捕坏人时，把盔甲留在路边，结果竟被捡走了。现在，盔甲虽然成了比武的奖品，她可不认为需要靠比赛来赢得它。她不客气地走上前去，伸出手就把盔甲取了过来。

现场忽然大乱，国王看到奖品公然被夺，怒不可遏，旁边的武士不需令下，全部拔剑举枪冲了出去。

这样的阵仗对玛菲莎来说不算什么，她惊人的力气、矫捷的身手马上令这些在她看来不过是乌合之众的士兵大吃苦头。她的枪一下子刺中这个的脖子，一下子刺穿那个的胸膛，一下子就把三五个扫下马来或把六七个撞成一堆。接着，她拔出剑来骁猛地攻向一群士兵，"刷！刷！刷！"三声，一个人头落地、一个腹部中剑、另一个断了一只手臂。

诺伦丁主持比武竞赛

艾斯多弗和参孙奈特也急忙加入这一场激战，虽然他们来到大马士革不是为了这个目的，但看到同伴被围，当然没有坐视不管的道理。其他来比武的骑士没料到会有这一团混乱，有的不分青红皂白就加入围攻夺走奖品的人，有的则先作壁上观，要等弄清楚状况再说。

葛里风与亚魁朗知道奖品被夺后，也连忙拿起枪来冲入战场，尤其是葛里风，这盔甲原本是要颁给他的奖品，如今被夺，等于侮辱了他，他岂能不为自己的荣誉而战？但他冲出来时，艾斯多弗刚好骑着拉比冈迎面奔过来。

艾斯多弗的长枪是由纯金打造，并有魔法护持，只要碰到人，就可立即将对方挑下马来。他举枪先击中葛里风，然后撞向亚魁朗，两人都跌下马来，摔在地上。

参孙奈特在历史上素享盛名，他的表现当然也毫不逊色。不久，三个人就杀出一条路来，往城外奔去。

葛里风与亚魁朗第一次被击下马来，气得面红耳赤，看敌人跑了，连忙翻身上马，追了上去。

国王率领部下也跟着追，一大群人嘴里不断喊着："杀！杀！"

玛菲莎三人一直跑到一座桥前才停下来，然后守在桥头，等待追兵。葛里风很快就追上来了，但他奔到桥前时，认出了艾斯多弗；之前混战时，他并没认出他。

葛里风策马上前与艾斯多弗打招呼，并问他们为何对国王如此不敬，公然抢走比武的奖品？艾斯多弗跟他介绍玛菲莎，但至于她为何要抢走盔甲，他坦承并不知情，只是他们是一道来的，他与参孙奈特都觉得有责任支持她。

亚魁朗接着也追到了，他听到艾斯多弗与弟弟谈话的声音，也马上认出他来。国王的部下都不敢靠得太近，但看到敌我双方竟然交谈起来，都竖起耳朵听。其中一个听到玛菲莎三个字，连忙掉转马头去报告国王。

原来玛菲莎在地中海沿岸以及叙利亚、巴勒斯坦一带是个无人不知、无人不晓，令人闻风丧胆的女勇士。国王听了当然不愿冒犯这样的女英雄，白白损兵折将而已，于是下令撤兵。

◎ 圆满的结局

葛里风、亚魁朗、艾斯多弗以及参孙奈特四人见国王已释出善意，都力劝玛菲莎与国王握手言和，不要再制造争端。

玛菲莎走向国王，高傲地对他说：

"陛下！我不知道你凭什么将这不属于你的盔甲当作奖品送人？这盔甲是我的。请看，这上面有我的徽记！"玛菲莎指着盔甲上蚀刻的皇冠说道。

"没错！这盔甲是一个商人在回大马士革的路上捡到的。你不用指出徽记来证明；像你这么了不起的女英雄，一句话就够了。我相信葛里风很乐意将盔甲还给你，请你不要再生气。我会为葛里风准备一份更贵重的礼物！"

玛菲莎对葛里风露出一个胜利的微笑，开口跟他要这副盔甲，于是葛里风接过盔甲，再诚恳地用双手将盔甲奉还玛菲莎，让这个比武前的冲突圆满落幕。

众人开开心心地回到比武场，举行开幕仪式。这次的比赛由参孙奈特赢得冠军，因为葛里风、亚魁朗以及玛菲莎都觉得不适合参赛，再者，他们也都希望让好朋友参孙奈特夺魁。

五个人在大马士革与诺伦丁国王饮宴庆祝，整整停留了十天，之后，他们跟国王告别，要起程回欧洲去。他们在崔波里的海边找到一艘正要往西航行的货船，天气十分晴朗，看来可以顺利航行几天，于是五个人骑上各自的马匹浩浩荡荡出发了。

头几天的航行十分愉悦，蓝天白云，和风徐徐，他们甚至在塞浦路斯岛停留了几天，船家上岸买卖货物，他们则游山玩水，欣赏岛上的旖旎风光。

然而，天有不测风云，离开塞浦路斯岛后，他们遇上了暴风雨，船只在汹涌的波涛里几乎翻覆，船家最后放弃了操帆，任船只在暴风雨里决定自己的命运和方向。

化干戈为玉帛

在久远的岁月，凭借他们的卓越
女人可以做出惊人的事情，
给世人留下深刻的印象。
在这些名字中，我要提到两个，
投掷长矛和挥舞宝剑的
卡米拉和哈耳帕吕刻，
还有一些像萨福和科琳娜一样，
展开书卷，点亮永恒的光辉。

Le donne antique hanno mirabil cose
fatto ne l'arme e ne le sacre muse;
e di lor opre belle e gloriose
Gran lume in tutto il mondo si diffuse.
Arpalice e Camilla son famose,
perché in battaglia erano esperte ed use;
Safo e Corinna, perché furon dotte,
splendono illustri, e mai non veggon notte.

荒诞的风俗

玛菲莎、艾斯多弗、亚魁朗与葛里风四人在船上度过了惊恐的三天。狂风巨浪、乌云盖天,他们的船几乎被大海淹没。桅断了,帆破了,船家以及其他船员把船上重要的物资全往海里丢,以减轻船只的负担。在战场上从不退缩的四人在生命里第一次尝到了恐惧的滋味。

整整三天后,风浪才平静下来,船只被吹进了离叙利亚不远的海湾。船只受到风浪的推进,渐渐往岸边靠过去,不久,岸上的风光已历历可见。

船家明白船只前进的方向是何处时,怕得脸都白了。然而要逃却不可能,因为船早就没了桅杆和帆,只能任风浪推动前进。

艾斯多弗见船家脸色惨白,问他怕什么,为何还踌躇不下锚?船家告诉他,岸上住的是"女杀人族",外来的陌生人上岸后,只有两个下场——不是被杀,就是永远成为奴隶。

"没有例外吗?"艾斯多弗问。

"只有一个方法可以逃过一劫,"船家回答道,"你必须一次打败十个同时进攻的武士,然后在当天晚上陪伴十个女人,满足她们在床上的需求。如果你通过了第一个考验,却过不了晚上那一关,那么你就会被处死,而你的同伴则全都沦为干粗活的奴隶。如果你两次考验都过关了,你的同伴就可

女子武装攻击海上船只

获得自由,但你必须留下来,挑选十个女子为妻。"

艾斯多弗听了,忍不住大笑——哪有这般荒唐的习俗!其他三人走过来,船家又将情况说了一遍。然而,经过了海上惊魂,四人都觉得岸上还是比海上安全。船家与船员可不这么想,双方于是激烈地争执起来。但争执于事无补,因为岸上的居民已经派船围过来了。破船被拖进港里,船上众人往岸上望去——不得了!至少有上万名的女子蜂拥在海边,全都武装,弯弓搭箭瞄准了他们。

不久,一名老妇人走过来,对船上众人宣布这个国家的习俗。但她很惊讶地发现,船上的四名骑士不但毫无惧色,甚至还跃跃欲试,充满兴奋之情。

四人牵着各自的坐骑,从甲板上了岸。一路上,他们发现女人都抬头挺胸,神情骄傲,男人则穿着及踝的长裙,忙着纺纱、刺绣,或套着锁链在田里耕作、放羊。据说男女的人口比例很悬殊,约为一比十。

艾斯多弗、亚魁朗、葛里风三人决定抽签，看由谁来完成考验。他们并没把玛菲莎算进去，因为她在第二关无用武之地。但玛菲莎坚持跟大家一起抽，而无巧不成书，她抽中了！

"我会搏命为你们赢得自由，"玛菲莎说道，"而且，我要解决的不只是今天的难题，我要以后经过这港口的旅客都不再担心害怕。"

这是上天给玛菲莎的考验，谁都不能阻止她。艾斯多弗三人不再多话，只有将下半辈子能否自由的命运完全交给她。

◎ 势均力敌

玛菲莎穿戴完毕，来到了比武场。她骑着诺伦丁国王送给她的骏马，由南边的门进入。北边的方向已经有十位武士一字排开在等待，带头的那个骑着一匹黑马，全身的盔甲也是黑色的，看起来十分勇猛。

号角响起，有九位武士立即放低了长枪，准备开战。但带头的那个好像不屑占这人多势众的便宜，他退向一边，打算先看看一支枪如何对付九支枪。

玛菲莎所选的长枪十分沉重，四个男人都不见得抬得动，她举着枪快马冲向对手。骏马的速度、奔雷般的蹄声震撼了全场，众人被这威猛的阵仗惊骇得脸色发白，心几乎都忘了跳。

尘土飞扬中，玛菲莎呐喊一声，长枪刺出，第一个倒霉鬼身上立即多了一个窟窿——长枪由他背后穿出约莫两尺长，把他钉在地上。接着她冲向骑在一起的几个人，"锵！嚓！"猛烈的撞击声中，三个人瞬间被撞下马来，全都跌碎了背脊，当场气绝身亡。数支长枪同时也无情地往玛菲莎身上刺过来，但无济于事，伤不了她——她的盔甲可是在冥府打造、冥河淬炼的宝物。

玛菲莎这一冲直冲到场边，她猛地拉住了马缰，转过马头来，然后停了两秒钟，环视全场，忽地，她马刺一踢，再度冲了出去。这一次，她拔剑在手，杀进了剩下的几个对手中，只听"嚓！嚓！嚓！"几声，一颗人头飞向空中，断手断脚四下飞散；其中一个被她由腰部斩开，上半身摔落在地、下半身还骑在马上。最后一个想逃，玛菲莎快马追上，双手握剑从后面一劈，将那个人由脑袋到腰际劈成了两半。

在一旁观战的黑甲骑士看玛菲莎连杀九人后，并没有出手加入战局；他不是害怕，而是觉得对方已经消耗了体力，此时挑战未免乘人之危。他举起右手，表示有话要说，然后骑着马慢跑到玛菲莎前面。看玛菲莎惊人的表现，以及雄赳赳、气昂昂的外表，他并不知道对方是一位女子。

"阁下！"黑甲骑士对玛菲莎道，"连战九人，想必你已疲累。我若现在出手，实在对你不敬；即使侥幸赢了你，我也没什么光彩。请你先好好休息，我们明日再战！"

"多谢阁下的好意！"玛菲莎回答道，"这样的场面对我来说不是第一遭，我一点都不觉得累。离天黑还久，现在就休息岂不可耻？我还没让你尝尝苦头呢！"

"啊！既然如此，那就恭敬不如从命。你若看不到天黑，可别怪我！"

黑甲骑士命人取了两根沉重的长枪进来，客气地让玛菲莎先选。选毕，两人各自退向场边，等待开战的号角声。不久，号角响起，两人的坐骑都像飞箭般奔射出去。惊天动地的马蹄声，连附近的海域都震得波涛汹涌。在场众人屏息凝神，眼睛眨都不敢眨，就怕错过了最精彩的一刻。

玛菲莎瞄准了黑甲骑士的胸口，准备把他击下马让他永远爬不起来。黑甲骑士十分沉着，也打算一刺就结束对手的性命。两人铆足全力向彼此冲过去，"咔嚓"一声，长枪互击的力道霎时把枪身震得粉碎，在场的人全张大了嘴，只觉得耳膜嗡嗡响。

玛菲莎与黑甲骑士都未摔下马来，但两人的坐骑竟双双跌倒，跪了下去，好像四只脚忽然被切断了般。两人都在未着地前就敏捷地跃起身来。

玛菲莎征战无数，总是一刺就将对手击落马，从未失败过，这一次竟然随着坐骑跌倒而差点儿落马，连自己都十分震惊。黑甲骑士也从未吃过败仗，对这全新的体验，同样感到惊愕。

两人跳跃起来后，立即拔刀相向，展开近距离决斗。玛菲莎的腕力足有十个男人加起来那么大，黑甲骑士也不遑多让，每一砍、每一劈都与空气摩擦出嘶嘶作响的声音。两人直打到太阳西落，仍分不出胜负，就算不打死，也该累死了。在场所有女子都对两人惊人的体力发出衷心的赞叹。

天终于暗了，黑甲骑士开口对玛菲莎说道：

"明日再战吧，阁下！怪只怪这些女人定出的法律，我对你以及你的同伴并无任何恶意。今晚，请你先在舍下休息，其他地方都不安全。因为你今天杀死的九名武士各有十个妻子，这九十个女人都会想尽办法替她们的丈夫报仇。"

玛菲莎接受了他的建议和邀请，同时朗声说隔日何时再战，她随时奉陪。于是搏斗暂时停止，玛菲莎与艾斯多弗等随着黑甲骑士，在侍仆引领下回到他气派堂皇的住处。当他们各自把头盔脱下时，彼此都吃了一惊。因为那黑甲骑士看起来顶多不过十八岁，玛菲莎没想到这么一个少年郎竟有如此杰出的武艺；而黑甲骑士看他鏖战半天的对手竟然是一名女子，也惊讶得说不出话来！

两人好奇地请教彼此的大名。

"我叫玛菲莎。"这三个字就够了！因为她的名声如雷贯耳，谁人不知？

但黑甲骑士却用了一个很长的前文来介绍自己：

"我的家族姓氏闻名全世界，想必你们都听说过；克莱孟一族能人辈出，罗兰、里纳尔多等勇士，相信你们都不陌生。没错，我的身体里流着跟他们相同的血！我的父亲艾蒙公爵在达努比流域以及黑海一带旅行时，与我母亲相恋生下了我。约莫一年前，我告别母亲要前往法国认祖归宗，很不幸，一阵暴风将我吹到这里来。

"我的名字叫作吉东·赛法吉欧，目前只是个藉藉无名的小子，但我杀死了这里的十个武士，也在当晚通过了十个姑娘的考验，因此她们将权柄交给我，让我来统治这里。"

◎ 风俗的由来

众人问他为何这岛上的男子这么少，又都臣服于女子跟前？吉东回答道：

"你们若有兴趣听，让我慢慢道来。很久以前，有一位俊美的少年郎，叫作法朗徒司，他在希腊号召了一百名跟他差不多年纪的男孩，一起在海上当海盗、劫掠船只。后来，克里特岛用重金聘请他们守护城池。法朗徒司与手下一到岛上，就受到当地女子的热情欢迎，因为他们个个年少英勇，又高大俊美，很快掳获了她们的芳心。

"不久，护城的任务结束，法朗徒司与手下赚饱了钱，要离开了。岛上的女子万般不舍，决定携带珠宝首饰与他们私奔。这些女子有的抛家弃子，有的隐瞒父兄，有的移情别恋，全都受了爱神的愚弄而失去了理智。

"他们的船在黑夜里悄悄出发，航行了几天后，无意中在这座岛靠岸。当时这里尚无人烟居住，这一群男女在岛上开心地住了十几天，享受爱恋、欢愉的生活。

"但人总是容易厌倦的，尤其是逸乐、没有意义的日子。法朗徒司与手下都想再回到海上去过劫掠冒险的生活，于是不顾那些女子的哀求，拿走了所有的珠宝财物，丢下她们在这个岛上不管，就走了！

"你们可以想象这是多大的打击！那些女子有的呆若木鸡，站在海边一动也不动；有的则对着渐去渐远的船只哀号尖叫；有的疯了般沿着海岸狂奔乱跑，想要追上弃她们而去的船。

"当她们终于恢复理智、面对事实时，她们开始讨论如何解决难题。有的建议说不如回克里特岛去接受惩罚，总比在这里饿死好；有的说她们做了丢脸的事，只有跳海自杀，才能挽救一点尊严。就在众人争论不休时，最年轻也最聪明的欧兰缇雅站起来大声说道：

"'我们不离开这里！这里地势平坦，土壤肥沃；我们可以在这里定居下来，开创新生活。只要有船只来到这里，我们就抢他们的财物，然后放火烧

船，不留任何活口——我们要对所有的男性复仇！'

"这一番话说服了众女子，她们甚至将之立为开国法律。从此，只要听到风呼呼地吹，她们就在欧兰缇雅的率领下，拿起武器，奔到海边守候。一看到有船只被风吹进了港湾，她们就杀人、抢夺财物，然后放火烧船。

"但是过了几年后，这些女子发现她们面对了一个难题：那就是，她们若不生养下一代，她们报复男人的法律根本不可能世世代代传下去。于是，她们修订法律，使其不再那么严苛。

"接下来的四年，她们精挑细选了十个英俊、威猛的男子，让他们与一百个女子婚配，也就是一个男子配十个女子。其他不能达到十个女子要求的男子则一律处死；当然，为了不让男子的数量超过女子，她们规定每一个女子只能有一个儿子，其他的必须处死或卖到外地去。

"从此，这个国家可以繁衍下一代了。她们对之后来到这里的男子也不再立即杀死，她们建立了一座庙堂，供奉复仇女神，把外来的男子先关在大牢里，然后每天一个，送到庙里祭神。

"许多年后，一个叫作艾巴尼欧的男子无意中来到此地，他与手下因误触陷阱而被捕，但他不甘死在复仇女神的祭台上，于是大胆要求以比武的方式来决定他的命运。

"欧兰缇雅的女儿雅丽山卓十分欣赏他的勇敢，于是召开了会议来讨论这件事情，那些当家统治的女人同意了，但条件是艾巴尼欧必须一次打败十个武士，并且在当晚满足十个女人，否则没有资格活下来。

"艾巴尼欧顺利通过了白天和晚上的考验；之后，她们随他自己喜欢挑选了十个女子为妻，并且把治理国家的权柄交给他。

"这个女人国在这里已经存在两千年了，这两千年来除了艾巴尼欧，没有几个男子能通过白天、晚上的双重考验。最后的一次就是我，而这也已经是十个月前的事了。在这里，我虽享有权柄与女人的爱，但我并不开心，因为困在这里，我没有自由，这样的利益对我来说是耻辱，不是荣誉！"吉东气愤地做了结论。

驶到她们海岸的船都被掠夺一空，然后烧掉，没有一个男人逃出来把事情告诉别人

◎ 逃离女人国

艾斯多弗在旁默默地听着,他仔细观察吉东的长相、举止,终于开口说道:"我是英国公爵艾斯多弗,也是你的表兄。"两人相拥,高兴得流下泪来,"你的英勇已经足以证明你是这家族的一员。"

但认亲对吉东来说,一则以喜,一则以忧,因为第二天的比赛他若赢了,艾斯多弗等人全部都得沦为奴隶,而让他们获得自由的唯一方法是牺牲他自己的生命。

玛菲莎对吉东说:"跟我们一起走吧!我们一起杀出去!"

吉东回答道:"杀出去是不可能的,她们的海防与弓箭手有上万人,而且,只有女人可以搭船出海。但我曾经想过一个计划,你们听听看:

"我的妻子中有一个特别的爱我、听我的话,她曾经说要找船助我逃亡,只希望我带她一起走。今晚,我可以请她先安排好一艘船,明天到达竞技场时,我们全部的人紧靠在一起,然后从容地往码头的路挤出去。我想,团结一致加上手上的刀枪,我们应该有逃离的胜算。只要能到达码头,一上了船,我们就安全了。"

"随你怎么安排,"玛菲莎说道,"若只有我自己,要离开这里是易如反掌的事!"

当晚,吉东的妻子替他安排了船只,并准备了武器。第二天凌晨,天色未亮时,所有的女人已经蜂拥至竞技场等待观赏比赛的结局。往码头去只有一条路,而且必须穿过整个竞技场。不久,吉东率领众人由北门缓缓进入,然后从容往码头的方向走去。在场观众先是一愣,但随即猜到他们是想逃走。一瞬间,全体女人都动员起来,近的拔刀举枪,远的弯弓搭箭,手中没有武器的则堵住了去路。吉东、玛菲莎等人也立即采取武力试图杀出去,但射过来的箭漫天罩下,有几个船员已经中箭身亡,参孙奈特与玛菲莎的坐骑也中箭倒地不起。

荒诞的风俗

艾斯多弗的号角吓跑敌人

在呐喊厮杀声中，艾斯多弗心想："我现在不吹法螺，更待何时？"他拿出洛琪斯蒂拉送他的法螺，放在唇边吹起来。霎那间，恐怖骇人的声音响彻云霄，所有的人都吓得脸色苍白、手脚打战，慌忙掩耳窜逃。许多人被混乱奔逃的人踩死，更多的人从观众席摔落而死，尖叫声、哀号声不绝于耳。俄而，竞技场宛如失火般乱成一团。

诸位不要以为只有那些乌合之众才吓得胆战心慌，亚魁朗与葛里风、玛菲莎、吉东以及参孙奈特这些英雄好汉，一样抵挡不住法螺骇人的声音。他们一个跟着一个，有如胆小的动物急着逃离猎犬的追捕般，没命地逃；艾斯多弗不但赶走了敌人，连朋友也吓跑了。

玛菲莎、吉东等人往码头一直奔去，只想赶快逃离那可怕的声音。吉东的妻子阿蕾莉雅的船早已在岸边等待，他们奔上船后，就拼命地往外海划。艾斯多弗在竞技场目睹众人惊慌地逃，有的往森林，有的往山顶，有的无处可逃竟跳入海里，淹死了。没多久，整个竞技场空无一人。他跑到码头，以为同伴们会在那里等他，但岸边、码头上一个人也没有，举目望去，一艘大船乘风而行，逐渐消失在天边。这下可好！他得独自一人另想回乡的办法了。

等船离岸边很远了，再也听不到法螺可怕的声音时，吉东、玛菲莎等人都觉得羞赧不已：战场、比武场上血淋淋的厮杀从不曾令他们退缩害怕，想不到他们竟然会被声音吓成那样！每一个人的脸都红红的，垂着眼帘不好意思对看。

船家、水手经历这次难忘的冒险，都急着回到亲人身边。接下来的几天，天气晴朗，风向适宜，他们很快经过意大利、西西里、路那，最后，终于抵达法国的马赛港。

盘绕在包里上的麻绳或者
敲进木板的钉子或铁扣，
都没有一颗正直的心与信仰
拥抱得更牢固、更恒久。
古时的人似乎只有一种方法
表现神圣的忠诚，从头到脚
裹上纯洁白纱，一个斑点、
一个瑕疵，都是罪的污损。

Né fune intorto crederò che stringa
soma così, né così legno chiodo,
come la fé ch'una bella alma cinga
del suo tenace indissolubil nodo.
Né dagli antiqui par che si dipinga
la santa Fé vestita in altro modo,
che d'un vel bianco che la cuopra tutta:
ch'un sol punto, un sol neo la può far brutt

最丑的战利品

玛菲莎认为一群人走在一起，闯不出什么名堂，于是与其他人分道扬镳。她一路漫游，穿过许多原野、流域，这日来到一座山脚下。一条湍急的河沿着山势奔流，河旁有一名老妇人徘徊着。

老妇人看到玛菲莎，问她能不能载她过河。玛菲莎答应了，让老妇人坐在她后面。这个老妇人，诸位还有印象的话，就是之前在洞穴里看守伊莎贝尔的那一个（名字叫作加布里娜）。伊莎贝尔被罗兰救走时，她慌忙逃跑，在路上胡乱走了几天，直到这时遇上玛菲莎。

过河后是一大片沼泽，善良的玛菲莎让老妇人继续与她共乘一骑。走了一段路后，迎面来了一名骑士和一位漂亮但神情高傲的女子。英勇的骑士当然要配美丽的姑娘，但玛菲莎身后坐的却是一个又老又丑的妇人，那位漂亮的姑娘忍不住哈哈大笑，开口嘲弄。

玛菲莎生气地对那傲慢的姑娘说，老妇人比她美多了，她可以用武艺证明。接着她向骑士挑战说，如果她赢了，那么，傲慢的姑娘必须将身上华丽的衣服、首饰，以及所骑的母马送给老妇人。

骑士有架可打，十分乐意，他拉转马头跑了一段距离，然后回头对玛菲莎冲过来。玛菲莎以静制动，等骑士跑近了，才举枪往他脸上的护面甲刺过去。"砰"的一声，骑士趴在地上，摔得头昏脑涨，眼冒金星。

玛菲莎命令傲慢的姑娘与老妇人交换衣物，并把坐骑让给老妇人骑。老妇人穿上华丽的衣服、首饰，更显荒谬丑陋。两人又同行了三天。

第四天时，她们遇上了另一位骑士。这骑士正是因部下手快、伤了麦多曼（安洁莉卡的丈夫）而怒气冲冲的泽比诺。泽比诺虽然满肚子气，但看到衣着年轻亮丽的老妇人时，也不禁捧腹大笑。他对玛菲莎说道：

"阁下！你真是精明会打算，带着这么一位'姑娘'，不用怕有人来跟你抢！"

"在森林里遇见这么美丽的姑娘，"玛菲莎回答道，"谁都乐意当她的护从。你不愿承认她年轻貌美，那是因为你要掩饰自己的愚蠢及缺乏运气。"

"她与你倒很速配，"泽比诺开心地说道，"放心！我不会破坏你们之间美好的情谊。你可以找别的理由向我挑战，但请不要说是为了争夺这位'姑娘'。不过，我猜你的武艺跟她的美丽应该不相上下。"

"见到这么美丽的姑娘竟然不愿抢夺，"玛菲莎不屑地说道，"是可忍，孰不可忍！你非把她从我的身边抢走不可！"

泽比诺不禁失笑："我为何要与你争夺她？这样的奖品让输的人痛快、赢的人尴尬！"

"这样好了，"玛菲莎说道，"我有另外一个建议：如果我输了，这位姑娘就继续跟着我；若是你输了，我无论如何要把她献给你，你得当她的护从，天涯海角陪她去。让我们瞧瞧，谁有本事摆脱她！"

"好！就这样！"泽比诺说完，拉转马头跑出一段距离，然后回头冲向玛菲莎。

泽比诺跟前一位骑士一样，脸部中枪，摔下马来。他身经百战、杀敌无数，一枪就被刺下马来，这可是头一遭。他十分震惊，久久回不过神来。

玛菲莎走到他身边，笑嘻嘻地说道："阁下！我将这一位年轻貌美的姑娘献给你，请你不要忘了刚才的承诺。"说完，她骑着马轻快地走了。

◎ 恶意欺骗

泽比诺问老妇人刚刚那位骑士到底是谁。老妇人告诉他道:"方才将你挑下马来的是一位年轻的姑娘。她才从东方回来,正要去找查理曼麾下的勇士一较高下。"

泽比诺听到打败自己的竟是一位女子,不禁尴尬得面红耳赤。老妇人看他垂头丧气的样子,哧哧地笑,提醒他必须当她护从的义务。

泽比诺仰天叹息,喃喃自语道:"残酷的命运!为何我心爱的伊莎贝尔年纪轻轻的就淹死于大海,不能与我团聚?为何这丑陋的老太婆却活得好好的,丢都丢不开?"

老妇人从他的话里推断,他就是伊莎贝尔经常提起的爱人泽比诺,而且显然他以为心爱的姑娘已经葬身大海了。老妇人心肠歹毒,又气泽比诺先前嘲笑侮辱她,因而不愿告诉他伊莎贝尔已经获救的实情。不但如此,她还故意折磨他:"嘿!你这傲慢的家伙,我知道你的姑娘在哪里。你刚刚若对我厚道些,我也许会告诉你。现在嘛!哼——"

泽比诺一听伊莎贝尔没死,连忙换上笑脸,请老妇人告诉他爱人的消息。老妇人回答道:

"我若告诉你,你只会更痛苦。你的姑娘是还活着,但恐怕生不如死;因为不久前,她才落在二十个盗匪手里。所以,你即使把她找回来,也别妄想她还是完璧之身!"

噢!恶毒的老太婆!满嘴谎言!伊莎贝尔虽曾经落入二十个盗贼手里,但为了待价而沽,她从未受到侵犯,而且,她也已经被救走了。但泽比诺听信了老妇人的话,心里痛苦不已,恨不得马上去找伊莎贝尔。然而,他哪里也去不了;他早已被约定绑住了,只能听从老妇人的指挥,走她要走的路。

一路上,泽比诺不跟老妇人说话。两人默默地从早上走到黄昏。天色逐渐暗下来,泽比诺准备找个落脚的地方。

泽比诺每日都在心里诅咒老妇人

这时，前面的森林里发出打斗之声，泽比诺连忙策马过去查看，加布里娜也紧跟在后。但进入森林后，他们并没有目睹到厮杀的场面，只在一山坳处发现一具尸体。尸体的肚子、胸口、手臂、腿上起码被刺了一百刀，血还在不断地涌出来。这死人是谁，我必须从另一段故事说回来。

◎ 破除魔咒

艾斯多弗用法螺吓走了所有的人，包括他的同伴后，独自踏上了归途。骑着快如闪电的拉比冈，不到二十天的工夫，他就穿过整个欧洲，回到了法国。这天，他正要经过一座茂密的森林，天气很炎热，他又累又渴，于是在一条清澈的小河旁停马休息。就在他脱下头盔准备捧水解渴时，忽然，邻近的草丛里蹿出了一个农夫，一溜烟就翻身上马，将拉比冈骑走了。

艾斯多弗眼看爱驹被抢，水也来不及喝了，连忙快跑追上去。农夫并没有一下就失去踪影，他跑一段路，就慢下步伐，看艾斯多弗快追上了，就又猛踢马刺，骑快一点。

艾斯多弗一路追出了森林，远远看到农夫将马骑入了一座雄伟的宫殿。艾斯多弗赶快追了进去，室内室外、楼上楼下、每个房间不停地找，但一整天下来，就是找不到那个农夫。

没错！艾斯多弗跟其他骑士一样，也被引进了亚特拉斯的宫殿里，不停地搜寻着他要找的东西。找了一整天，又累又茫然，艾斯多弗忽然想到这座宫殿一定有什么蹊跷。他拿出洛琪斯蒂拉送他的魔法书，果然里面有详细记载。

原来这整座宫殿都是幻象，他只要撬开门槛下的一具石栓，宫殿就会化为烟尘，消失于无形。就在他要行动时，亚特拉斯立即施展魔法阻止。他将艾斯多弗幻化成各种面貌，使得每个骑士看到他，都以为他就是抢劫他们的人。刹时间，所有的骑士——罗吉耶洛、葛拉达索、布拉达曼特、艾洛度等都蜂拥过来要打杀他。

艾斯多弗再不吹法螺，非当场丧命不可了，他赶紧将法螺放到唇边

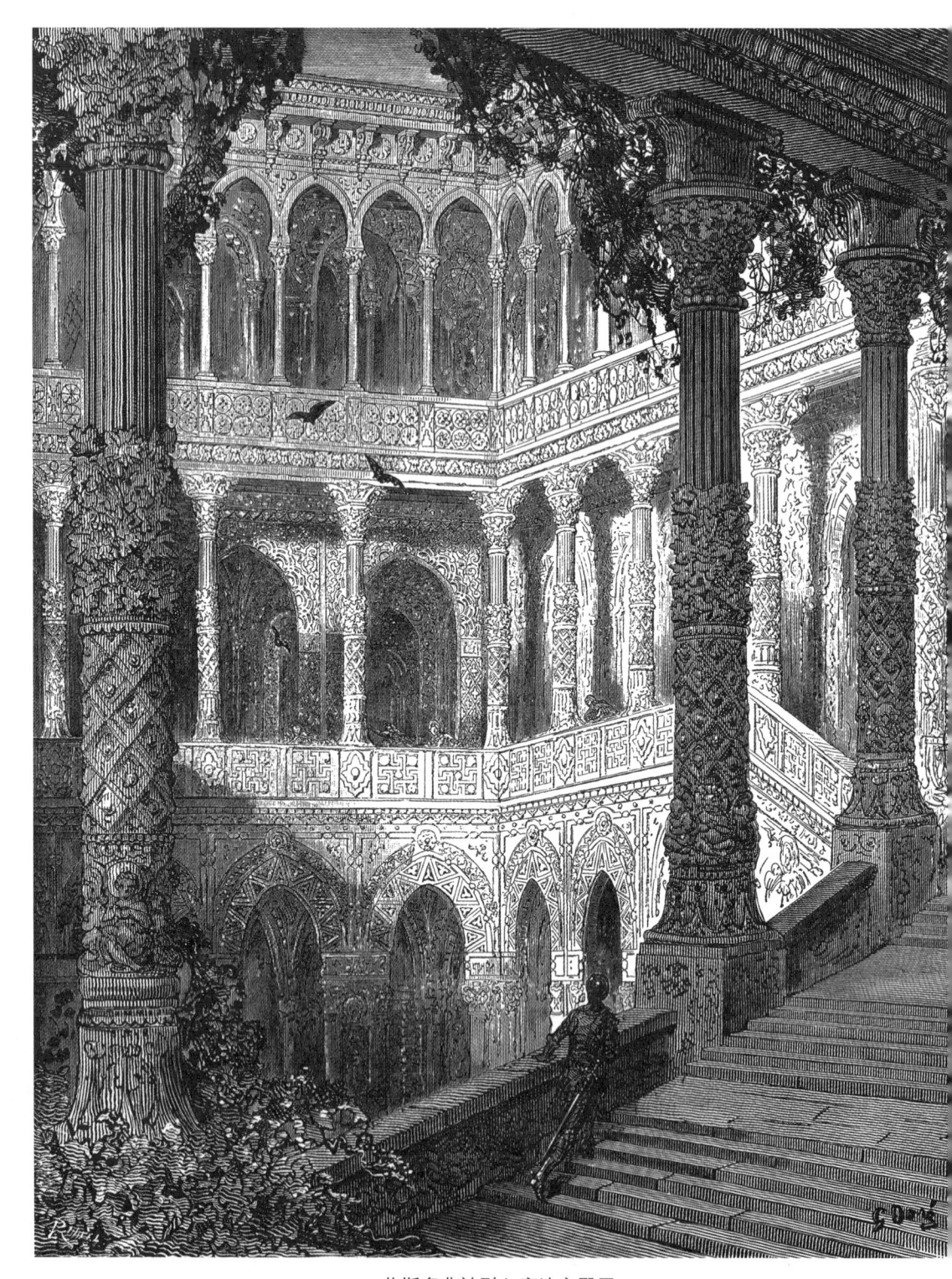

艾斯多弗被引入魔法宫殿里

"呜！呜！"吹起来。只见所有的骑士都吓得掩耳奔逃，仿佛一群听到枪声的鸽子般，哄然而散。连亚特拉斯这个老巫师也不例外，他脸色发白、四肢打战，没命似的往森林跑去。

不只人逃，连马厩里的畜牲也跟着往外冲，拉比冈若不是刚好奔过艾斯多弗身边，被他拉住，恐怕也要跑丢了。艾斯多弗见宫殿里外都没人了，找到门槛下的石栓，用力一拉，眨眼间，整座宫殿消失不见，好像从来不曾存在过。

艾斯多弗看到罗吉耶洛骑过的飞马，被一条粗大的金链锁住，飞马也受到法螺的惊吓，只是拍着翅膀飞不了。艾斯多弗喜获飞马，十分兴奋，在洛琪斯蒂拉的岛上，他也有跟着罗吉耶洛学习如何驾驭飞马。如今有了新坐骑，拉比冈要找谁代管呢？等一下会有一个很好的人选出现，究竟是谁，容我稍后再说。

法螺一吹时，罗吉耶洛与布拉达曼特等人都拼命往外跑，直跑到听不见声音时，才停下来。这时，他们看着彼此，诧异地张大了嘴——没想到过去几天，他们都没有认出对方来！两个人深情拥抱，心里充满了说不出的幸福、喜悦。"再也不要分开了，"他们给予彼此最诚挚的承诺，"要永永远远在一起！"

布拉达曼特建议罗吉耶洛去跟她的父亲艾蒙公爵提亲，并且受洗成为基督徒。

"不要说把头放在水里，"罗吉耶洛回答道，"就是放在火里，我也愿意！"

于是，两人决定前往华伦布罗沙修道院；罗吉耶洛要在修道院受洗，以便与布拉达曼特结为夫妻。他们一路上游山玩水，欣赏风光；两人相爱以来，从未如此开心快活！然而，他们在爱情路上仍有一些坎坷、崎岖——

◎ 报仇雪恨

在一座森林里，两人遇见一位愁容满面的姑娘。罗吉耶洛对女人向来殷勤，尤其是美丽的女人，看那姑娘梨花带雨，他心生怜悯，开口问她为何哭泣。

原来这位姑娘是西班牙国王马西里斯的女儿，她的情人为了接近她，不惜穿着裙子、戴着面纱，乔装成宫女。然而纸包不住火，他们夜夜相会的秘密还是败露了。国王下令将两人抓起来，公主遭禁闭，她的爱人则被判处以火刑。

"他今天就要被烧死了，"公主哭泣道，"我无法面对这样的痛苦，因此逃了出来——"

热恋中的罗吉耶洛与布拉达曼特不能想象，竟然有人因为相爱而被判处死刑！他们决定马上去救公主的爱人。与森林相连的草原上耸立着一座雄伟的城堡，三人奔出森林、经过城堡时，宾那贝罗带了几个骑士出来向他们挑战。

诸位还记得宾那贝罗吧？没错！他就是设计陷害布拉达曼特，骗她坠落悬崖的那个坏胚！

"恶棍！今天绝不饶你！"

布拉达曼特大叫，拔出剑对着宾那贝罗杀过去。宾那贝罗以为她早就摔死在谷底了，没想到冤家路窄，竟然会在此让她遇上。他心一虚，拉转马头就跑。布拉达曼特立即追了上去，两人一前一后奔进了森林。

罗吉耶洛不晓得布拉达曼特与那骑士之间有何过节，他也没机会问，因为另外几个骑士已经对着他冲过来了。罗吉耶洛艺高胆大，同时对付几个敌人是小事一桩。第一个骑士冲过来时，他瞄准了对方的护面甲刺过去，对方中枪落马，但对方的枪也挑到了他盾牌上的红纱巾——刹间，一旁观战的公主以及另两位骑士全被盾牌发出的眩光照昏在地。

罗吉耶洛十分懊恼，他只有在万分危急时才愿使用盾牌的眩光，作战时不凭自己的本事，岂是英雄好汉的行径？不小心亮出盾牌，他觉得羞赧不已，但敌人毕竟解决了，他把红纱巾盖回盾牌，然后扶起不省人事的公主。

两人等了很久，不见布拉达曼特回来，罗吉耶洛决定与公主先赶去救人。一路上，他仍然对使用盾牌的眩光去征服敌人的事耿耿于怀，在一井边

宾纳贝罗逃到森林中，布拉达曼特紧追其后

喝水休息时，他取下盾牌说道：

"我要把你沉入井底，免得你再度羞辱我！"

说完，他捡了一块大石头与盾牌绑在一起，沉入了井底。

话分两头。布拉达曼特追着宾那贝罗进入森林后，很快就赶上了他。宾那贝罗一直大声呼救求饶，但布拉达曼特差点儿被他害死，岂能饶他！她的剑从他的腰间穿进去，把他整个人挑起来，摔在地上，接下来，她一剑刺穿他的胸膛，一剑刺透他的肚子，一剑又一剑。布拉达曼特在这个祸害乡里的人渣身上足足刺了一百剑！

布拉达曼特报了仇后，要回到草原上的城堡前，与罗吉耶洛会合。但她迷失了方向，上坡、下坡、穿过森林、越过流域，就是找不到原来的路。好不容易与罗吉耶洛相聚，谁知才没几天，就又失散了。布拉达曼特心里觉得好悲凄，她茫茫然走着，不知不觉回到不久前亚特拉斯用幻术困住许多骑士的宫殿所在地。

布拉达曼特远远看到艾斯多弗，连忙挥手喊他的名字。艾斯多弗也很高兴看到她，两人紧紧拥抱了三次，互相问好。

艾斯多弗有了飞马后，正愁没人替他照顾拉比冈，布拉达曼特来得正好，没有人比她更值得信任了。

"你帮我把马与盔甲送回孟托邦（家族的城堡），"艾斯多弗说道，"等我回来，再把它们还给我。现在，我要骑着飞马去游历一些地方。"说罢，他骑上飞马，冉冉升空，飞走了。

◎ 希波佳的任务

布拉达曼特对艾斯多弗挥挥手，一下子不知何去何从。她不想回孟托邦，母亲好不容易盼她回去，一定不会再让她离开；再者，她心系罗吉耶洛，渴望尽快找到他。就在她踌躇不决时，一个骑士朝她的方向走过来，竟是她的哥哥亚拉冈。兄妹见面，分外高兴，布拉达曼特没有借口离去，只好乖乖跟着哥哥回家。

孟托邦的主母比阿特丽丝因思念女儿，日日以泪洗面，看到女儿回来，怎么样都不愿再让她出门远游。布拉达曼特不能到华伦布罗沙与罗吉耶洛会合，担心他会以为她忘了两人之间的约定和承诺，于是派遣她的心腹侍女希波佳，替她带口信到修道院，向罗吉耶洛解释她不能赴约的原因。除了报讯，希波佳还有一项任务，那就是送还罗吉耶洛的爱驹法兰堤诺。罗吉耶洛被飞马劫走的那一天，留下了心爱的坐骑，布拉达曼特将它送回孟托邦请专人照顾至今。

主仆两人连夜赶制了一件华贵的丝毯，盖在法兰堤诺身上。希波佳出发前，布拉达曼特交代她说："路上要是有人胆敢抢这匹马，你就报出马儿的主人是谁。我相信没人这么大胆，敢抢罗吉耶洛的马！"

希波佳一一记住女主人要她转达的讯息后，带着马儿上路了。开始的十里路很顺利，路况平坦，也无闲杂人等问她往何处去，但到了快中午时，她却遇上了快步急奔的罗德孟。

这个残暴的摩尔人在听到心爱的女人多洛丽丝被劫后，连马匹都来不及准备，就命令侏儒带路找人。但双脚的速度怎比得上马儿的四蹄？他打算路上有机会再抢夺他人的马，而希波佳正好给他提供了这样的机会。

罗德孟远远看到法兰堤诺身上披的丝毯，心里不禁狐疑："这样昂贵的马怎么会由一位女子看管？"他四下张望，找寻着马儿的主人，因为他不想从一个女人的手上抢东西。他一边迟疑着，一边喃喃："这马儿的主人在就好了！"

"没错！他在就好了！"希波佳看罗德孟两眼直盯着马，知道他意图不轨，"他若在此，你就不敢轻举妄动。这马儿的主人是个人中豪杰，再骁勇善战的骑士看到他都得俯首称臣。"

"哦！请问这人中豪杰是谁，能把我们这些骁勇善战的骑士都踩在脚下？"罗德孟语带嘲讽地问。

"他的大名是罗吉耶洛！"希波佳朗声答道。

"既然是他，"罗德孟说道，"那这匹马我就非要不可了！罗吉耶洛若真像你所说的那么厉害，我不但会把马还给他，还会双手奉上租马的钱。他若不乐意，你告诉他我的名字叫作罗德孟，他随时可以来向我挑战！"

说罢，罗德孟抢过希波佳手中的马缰，然后翻身上马，"驾"一声，跑走了。希波佳一边哭，一边咒骂，但罗德孟渐去渐远，很快不见了踪影。

可爱的、高贵的、忠贞的女士们，	Cortesi donne e grate al vostro amante,
你们拥有不止一位伴侣，听我讲，	voi che d'un solo amor sète contente,
我写的关于加布里娜的事情，	come che certo sia, fra tante e tante,
并不是想以任何方式督促你们，	che rarissime siate in questa mente;
因为你们之中少有人如她一样，	non vi dispiaccia quel ch'io dissi inante,
我并不想使你不快，但如我可以，	quando contra Gabrina fui sì ardente,
我想先放下刚刚的苛责，	e s'ancor son per spendervi alcun verso,
让我们回到她的故事。	di lei biasmando l'animo perverso.

喜相逢

故事该回到泽比诺这边了。他与加布里娜看到的尸体，正是被布拉达曼特杀了百刀的宾那贝罗。人已经死了，他们帮不上忙，于是继续前进，不久，他们来到耸立在草原上的一座城堡求宿。

城堡里愁云惨雾，充满着哀号哭泣的声音，原来堡主宾那贝罗的尸体刚刚被找到了。宾那贝罗的父亲安士伦爵爷大声咒骂，发誓要找凶手报仇，给予最残酷的惩罚。

泽比诺见那尸体正是他与加布里娜在山坳处看到的那一具，但他不想多事，因此只是垂着眼，不发一语。但这事给了加布里娜作怪的机会。她一直不满泽比诺态度傲慢，而且嘲弄、鄙视她，于是，趁泽比诺熟睡时，她偷偷跑去向安士伦爵爷告状，说泽比诺正是杀害宾那贝罗的凶手。

爵爷大怒，立即召集了数百名卫士、家丁，去客房逮捕泽比诺。泽比诺从睡梦中惊醒，没有辩驳的机会就被锁上手铐脚镣，关到地牢里。安士伦决定要在第二天早晨时，于宾那贝罗陈尸地处决泽比诺，以祭爱子在天之灵。

所幸，泽比诺命不该绝，当他被拖出地牢、带往行刑地点时，罗兰正好带着伊莎贝尔经过。

数百人押着泽比诺，嘴里一边喊着："杀了他！杀了他！"

伊莎贝尔好奇地问罗兰："发生了什么事？"

"不知道！"罗兰回答，"我去问问看！"

说完，他策马走下山坡。罗兰阅人无数，看泽比诺宁死不屈的王者之姿，不觉动容。罗兰问泽比诺到底发生了什么事，泽比诺简单扼要说了。罗兰一听是安士伦爵爷要为子报仇，马上相信泽比诺的话句句属实，因为马冈札家族无恶不作，是地方恶霸。再者，马冈札与罗兰的家族克莱孟是世仇；两家族之间的仇杀争端，数百年来不曾间断。

"把这位骑士放了，否则我要你们的命！"罗兰对那一群恶人咆哮道。

"哪个大胆狂徒，竟敢在此放肆？"带头的那个大声质问，"当我们是纸老虎吗？"说完，对着罗兰冲过去。

罗兰长枪一沉，刺向他的护面甲，只听"咔嚓"一声，那人头颈断裂，摔下马来。接着，他拔出宝剑"都凌达那"；凌厉的剑术下，那一群乌合之众有的断手或断脚，有的被劈成上下或左右两半，有的身首异处或被腰斩。其余众人一哄而散，死命想逃往树林躲藏，但罗兰今天手下不留情，面对作恶多端的马冈札人，他非除之而后快！

泽比诺在旁看到罗兰磅礴的气势，心里忍不住震撼。那数百个原本要杀他的人，现在纷纷倒地不起，死亡人数至少达到三分之二。看到罗兰毫发无伤地走向他时，泽比诺心生崇仰，有如看到战神下凡一般。

罗兰替泽比诺解开绳索，并帮他穿上铠甲、头盔。这时，原本在山坡上观战的伊莎贝尔骑着马轻快地奔下山坡来。

泽比诺转头看到骑马过来的姑娘竟是他日思夜想的伊莎贝尔，惊喜得差点儿叫出声来。没叫出声来，是因为他的狂喜瞬间被悲伤取代——他以为罗兰是伊莎贝尔的护花使者！他如何跟他的救命恩人抢夺爱人呢？

看到伊莎贝尔有新的追求者比听到她死亡的消息更令泽比诺痛苦。三人默默地走了一段路，才在一泉水旁停下休息。罗兰取下了头盔，请泽比诺也取下头盔喝水。

伊莎贝尔看到罗兰所救的骑士竟是泽比诺，高兴得涨红了脸，她毫不犹

超过三分之二的人都已经死了，剩下的正被罗兰砍、削、刺、戳

疑地奔上前去，紧紧地抱住了爱人。伊莎贝尔喜极而泣，说不出话来，脸上的泪水沾湿了衣襟。

看到这亲密的一幕，善解人意的罗兰不用任何解释，就知道他所解救的人是谁了。稍后，伊莎贝尔的心情平复下来，她对泽比诺叙述罗兰解救她的过程。

泽比诺听了，对罗兰的感激无以复加，言语不足以表达，他跪下来对罗兰致上最崇高的敬意。

◎ 一较高下

就在三人谈着话时，远远传来马蹄声，罗兰与泽比诺立即戴上头盔以防万一。不久，出现了两匹马，马上骑士是曼迪卡尔多与多洛丽丝。

曼迪卡尔多在伊斯兰教营区听说罗兰的厉害时，就发誓一定要找他一较高下，并夺取他的宝剑"都凌达那"，来配自己身上的盔甲。现在，终于让他遇上了！曼迪卡尔多没见过罗兰，但他一路过来，眼睛一直盯在罗兰身上，好像泽比诺不存在似的，因为他第一眼看到罗兰，就知道他正是自己要找的人。

"我已经找了你十天了！"曼迪卡尔多停马对罗兰道，"我一听说你单枪匹马歼灭了诺芮吉亚以及崔米参两支军队，就很希望能亲眼目睹尊容，与你切磋武艺。阁下果然威风凛凛，高人一等，即使在千百人中，我也能一眼就认出你！"

"阁下也非泛泛之辈，"罗兰回答，"你高贵的期望岂能不获得满足？我会将铠甲、头盔取下，让你看个仔细。之后，我会再满足你的第二个期望，让你看看我的外表与我的本事是否相符合！"

"好极了！"曼迪卡尔多大声道，"我的第一项愿望已经达成。现在，请阁下赐教吧！"

罗兰仔细打量曼迪卡尔多，发现他除了长枪外，既没带剑，也没带槌，于是问他，长枪若折断了，他用什么武器取代？

"这一点不需阁下操心，"曼迪卡尔多回答，"我曾发誓，除非夺得罗兰手上的'都凌达那'，否则，我这辈子绝不用剑。我现在穿戴的盔甲、头盔皆是特洛伊英雄赫克托耳的遗物。我若能夺得'都凌达那'，那么，原属赫克托耳的一整套武器就都在我手上了。罗兰名震天下靠的无非就是这把剑，但今天，我会让你乖乖投降缴械！"

"阁下若真有本事，尽管来抢！"罗兰不屑地回答，"我不用靠这把剑也能让你尝尝我的厉害！现在，我就把'都凌达那'挂在树上，你若能杀了我或打败我，这把剑就是你的了！"

罗兰说完，把剑挂在一根树枝上。两人背道而驰了约莫一箭之遥，然后拉转马头，压低长枪，对着彼此冲刺过来。两人奋力一刺，都刺中了对方的护面甲，但双方都毫发未伤地端坐马上。两支长枪则碎成数千片，有如被击破的冰，向四下激射。接着，两人抓着枪托猛烈敲击对方，力道之猛，才四招枪托就受不住又碎裂成数片。

这时，两人手上都没有任何武器了，只有赤手空拳互殴搏斗。但拳头打在盔甲上，只是白白受痛，并不能立即决胜负，为自己的荣誉加分。

曼迪卡尔多暴躁难耐，大喝一声，双手箍住罗兰的盔甲前后晃动，想要把罗兰抓下马来。罗兰两腿紧紧夹住马鞍，他十分沉着，见曼迪卡尔多没拉着缰绳，趁机将他的马勒整个翻掉了。

曼迪卡尔多臂力惊人，他吃喝一声，力灌双臂，竟然将罗兰连人带马鞍提了起来。"哐啷"一声，罗兰高大的身躯摔在地上，双脚还钩着马镫。曼迪卡尔多的坐骑受到罗兰落地的巨响惊吓，忽地人立起来，前蹄凌空踢了几下，嘶鸣一声，发疯般往前狂奔而去。

没有马勒、缰绳，曼迪卡尔多控制不了马，他紧紧抓住马鬃，嘴里不断咆哮咒骂，威胁马儿若不立刻停下来就要对它不利，好像他骑的是一匹懂得人话的畜牲。

多洛丽丝见曼迪卡尔多被狂奔的马载走了，心里很害怕，赶紧骑着马跟上去。曼迪卡尔多随着受惊吓的马狂奔了三里多，才把它控制下来。

罗兰从地上站起来后，很快调整好身上的盔甲，然后绑紧马鞍，翻身上马。他等了一会儿，不见曼迪卡尔多回来，最后决定去找他，再跟他比个高下。

◎ 为爱疯狂

罗兰跟泽比诺、伊莎贝尔道别；三人依依不舍，互相拥抱祝福。罗兰从树上取下"都凌达那"，在腰边系紧了，然后往曼迪卡尔多被马载走的路上骑去。

罗兰在森林里找了两天，不见曼迪卡尔多的踪影。第三天中午时，他来到一条清澈的河边，微风徐徐，野花飘香，草地绿油油的，令人心旷神怡。罗兰驻马休息，想欣赏一下原野风光。然而命运捉弄，这里正是不久前，安洁莉卡与麦多曼甜蜜徜徉的地方！

罗兰看到石头上、树干上到处刻着安洁莉卡与麦多曼两人的名字，心里惊疑不定。"这是另外一个也叫作安洁莉卡的姑娘吧？"他努力安慰自己。但是那笔触却是他再熟悉不过的佳人的笔迹。"也许麦多曼是她给我取的化名？"他自欺欺人地想。但他越试图压抑心中的疑虑，那疑虑就像火焰般燃烧得越旺。

罗兰无法理性思考，茫茫地走到一个洞穴旁，洞口长满了爬藤、羊齿类植物，绿意盎然。这洞穴正是之前安洁莉卡、麦多曼这一对恋人白天时经常恩爱拥抱的地方。

罗兰走入洞穴里，见那洞内的墙上也都是安洁莉卡与麦多曼的名字，有的用木炭，有的用粉笔，更多是用刀刻。在洞口一块较平坦的石头上，麦多曼还刻下了几行文字，描述两人之间的甜蜜欢愉：

"幸福的草地、清澈的源泉，以及日月山川、大地万物，在你们的见证下，安洁莉卡公主裸裎的胴体躺在我——麦多曼的怀抱里，成为我的妻。我

罗兰接近安洁莉卡度蜜月之处

无以回报，只能祝祷：愿天下有情人皆成眷属；愿他们甜蜜恩爱时，日月星辰皆来守护，不被打扰！"

这一段文字是以阿拉伯文写成，但罗兰精通欧非多国语言。熟习阿拉伯文曾多次解救他于困局、险境，然而今天，他但愿从未学过这文字；因为麦多曼的爱情宣言有如一把利刃，刀刀刺在他的胸口。

罗兰把那一段文字读了六七遍，心头不断淌着血，整个胸口纠结扭曲，几乎不能呼吸。他垂着头，低着眉，原有的英姿、气概都不见了，有如一只斗败的公鸡。他只觉得心里的痛苦有如汹涌的波涛，猛烈撞击着他的胸腔。

罗兰就这样在洞穴里待着，大脑一片空白；他的心里好痛好痛，但他嘴里发不出呻吟，眼里流不出泪水，所有的痛苦困在他的身体里，找不到出口。

一直到月亮高升时，罗兰才仿如行尸走肉般走出洞穴，他骑上马，漫无目的地奔，最后在一所茅屋前停下求宿。屋主牧羊人夫妇帮他脱下盔甲、武器，替他准备晚餐，但罗兰婉拒了食物，只要求一张床——他吃不下东西，他浑身痛苦，只想休息。

何其不幸！罗兰休息的房间正是安洁莉卡与麦多曼蜜月的新房。只见窗台、门板、墙上，到处写着两人的名字，罗兰想向牧羊人探问，但他双唇紧闭，张不开口。

好客的牧羊人见客人愁眉深锁，想要讲些见闻逗他开心，于是把安洁莉卡如何救治麦多曼，最后结为夫妻的故事说给罗兰听，讲完后还把安洁莉卡答谢他的手镯拿出来给他看。

罗兰见到手镯，仿佛执刑的斧头终于劈下他的脑袋般，失去了呼吸，不能动弹。他躺在床上辗转，觉得心里的伤痛非找个出口不可；他终于开始悲吟，泪水狂泄不止。当他想到他睡的床也是安洁莉卡与麦多曼夜夜缠绵的地方时，一股寒意忽然蹿过全身。他倏地跳起来，奔出了茅屋。

罗兰拿起盔甲、武器，骑上马就往森林最深处狂奔而去，来到四周无人处，他张开口开始咆哮吼叫，仿佛只有这样才能将胸中排山倒海般的痛苦宣泄出来，一整夜，他掏心掏肺地哭喊、哀号，片刻不让自己休息。

附近的牧羊人听到怪声，纷纷跑过来查看

天亮时，罗兰游魂般走出森林，不知不觉又来到小河边，看到石头上、树干上到处是安洁莉卡与麦多曼的名字，他的胸中再度涨满怨恨、愤怒、暴躁等五味杂陈的悲苦。他拔出剑来，疯狂地砍击石头、大树，然后把石头、树枝丢入清澈的河里。

附近的牧羊人听到怪声，纷纷跑过来查看，但一走近，又连忙抱头鼠窜，深怕遭受无妄之灾。

一整天，罗兰不停地砍、不停地丢掷，直到夜幕低垂。终于，他四肢一摊，筋疲力尽地倒在草地上。

罗兰不言不语、不饮不食，在草地上躺了三天三夜。他不知如何叹息，也流不出眼泪，只是直直地瞪视着天空，两眼眨也不眨；但他内心的痛苦持续在加剧。

第四天早晨时，罗兰的双眼已布满红丝，大脑一片混沌。忽然，他把身上的盔甲用力脱下来，随手乱掷，衣服也全部被扯破，然后脱下来，到处乱丢。

罗兰终于承受不住情伤的打击，疯了。

当牧羊人靠近那疯狂的人，看到他非凡的武艺和惊人的力气，便立刻转身逃跑，根本顾不上方向

我们应当尽力行善，大多数时候
美德总是会有回报；在任何情况，
　　当犯下严重错误的时候，对它
　　　做出补偿并不会让人难堪。
谚语中说，即使是在错误中漫步，
　　人也会追寻崇高，而山峰只在
原地，一动不动。美德不像恶习，
它不会使你混乱，也不会伤害你。

Studisi ognun giovare altrui; che rade
volte il ben far senza il suo premio fia:
e se pur senza, almen non te ne accade
morte né danno né ignominia ria.
Chi nuoce altrui, tardi o per tempo cade
il debito a scontar, che non s'oblia.
Dice il proverbio, ch'a trovar si vanno
gli uomini spesso, e i monti fermi stanno.

痛不欲生

罗兰神功盖世，胆识过人，但他惊人的力气从未如此发挥过：没有刀剑，没有枪槌，他以双臂之力将树木一棵棵连根拔起；森林里的飞禽鸟兽走避不及，纷纷惨死在他掌下，原野上的牛羊也遭波及，或扭断颈骨，或折断四肢，或勒毙，或捶死。这些可怜的畜牲，全在癫狂的罗兰手下莫名其妙丧了命。饥渴难耐时，他就将惨死的动物直接生吞下咽；有时他闯入农家，看到什么就抢什么来吃，不管是给人吃的面包、奶酪，还是给牲口吃的燕麦、橡实，他通通塞进嘴巴里。

就这样，英勇的罗兰变成了一个疯汉，到处浪游嬉虐；由东到西，由南到北，几乎走遍了整个法国。

泽比诺、伊莎贝尔与罗兰分别后，往巴黎的方向前进，走了三天后，他们来到一条河边，只见四周一片混乱，仿佛经过一场浩劫，原来这里正是罗兰为爱发狂的地方。这时，耳边传来一声嘶鸣，泽比诺转头看见罗兰的骏马正在不远处吃着草，马鞍歪在一边，半挂下来，他心下疑惑，放慢脚步走过去，却见草丛里、石缝边、洞穴旁凌乱地丢着罗兰的盔甲、武器、头盔，宝剑"都凌达那"也随意弃置在一棵连根拔起的树干旁。

泽比诺与伊莎贝尔不明白到底发生了什么事，地上若有血迹，他们会以

发疯的罗兰害死众多的牲畜

为罗兰已遭遇不测，但地上并无任何血迹。他们向邻近的牧羊人打听，其中一个告诉他们说："我站在一颗大石头上，亲眼目睹他砍倒了大树，击碎了岩石，行径怪异暴戾。你们要找的人已经发疯了！"

泽比诺无法置信，但散置的盔甲、武器却是明证。他把罗兰的东西收集起来，放置在一棵大松树下。这时，曼迪卡尔多与多洛丽丝刚好骑着马过来。

曼迪卡尔多看到罗兰的盔甲、武器叠成一堆，立刻追问泽比诺到底是怎么一回事。泽比诺将自己所知的情况告诉他。曼迪卡尔多听了，仰首哈哈大笑说："罗兰一定是怕我，不敢再与我决斗，因此装疯把剑丢在这里。"说罢，他把"都凌达那"从那堆武器中抽了出来。

泽比诺看他不告自取，大叫道："别碰！你们之前说好要一决胜负，看谁有能力拥有这把宝剑。如今你想擅自取走，这岂是英雄好汉的行为？"

泽比诺敬重罗兰，将守护他的武器视为己任，但曼迪卡尔多认为不需向他交代。两人一言不合，立即打了起来。泽比诺身手了得，骑着马一下跃这里、一下跃那里，曼迪卡尔多挥舞着"都凌达那"，砍不到他。

双方一来一往，约莫数百回合，终于，曼迪卡尔多双手握剑由上而下对着泽比诺的头劈下去。泽比诺拉高马头，往后一仰，"都凌达那"没碰到他的头盔，但劈开了他的胸甲，刀势往下，连马头都切成了左右两半。

泽比诺的腹部被切开了约莫一个拳头宽，鲜血汨汨涌出，从盔甲渗了出来，但他十分英勇，双手握剑继续与曼迪卡尔多缠斗。

伊莎贝尔在旁观战，不时紧张冒汗，泽比诺的腹部中剑时，她的心扭成一团，几乎不能呼吸。她看泽比诺失去战马，处于劣势，却仍不放弃，忍不住走近多洛丽丝，请求她看在老天的份儿上，赶快阻止这场恶斗。

多洛丽丝天性善良，她看泽比诺没命似的蛮斗，也怕曼迪卡尔多会受到伤害，于是骑着马奔入两人之中。伊莎贝尔也大声呼求泽比诺住手，然后冲上前去拥住他，扶他到旁边休息。

泽比诺对自己不能替罗兰留住"都凌达那"深觉愧疚，但激愤渐消后，伤口的疼痛逐渐加剧。他的伤口流血不止，伊莎贝尔不知如何施救，只能不停地哭："残酷的命运！你为何不让我淹死在大海里？你让我苟活到今天，就是为了让我面对更大的痛苦吗？"

泽比诺虚弱地看着伊莎贝尔，觉得又心痛，又不舍。

"亲爱的！"他奄奄一息地说，"请永远记得我。把你丢在荒郊野外，没有人照顾，真教我死不瞑目。我若有幸能死在一个安全的地方，躺在你温暖的怀抱里，与世长辞，即使死我也会感到幸福满足！"

伊莎贝尔将双唇紧贴在泽比诺的唇上，满脸泪水地说：

"吾爱！我绝对不会让你孤单地走。不要怕！不管是上天堂，还是下地狱，我都会紧紧跟着你！"

"噢！不！我的爱！"泽比诺已气若游丝，"你若爱我，就要好好地活着，你答应我——"

泽比诺脸色苍白，身体逐渐冰冷。伊莎贝尔抱着他，心如刀割，她仰头对着穹苍不停地发出骇人的哭喊声："啊——啊——啊——"她凄厉地哀号

隐士安慰痛失爱人的伊莎贝尔

隐士和伊莎贝尔带走泽比诺的尸体

着,仿佛要把五脏六腑都哭出来。

这时,住在附近的一位隐士刚好来河边取水,他看伊莎贝尔抱着一具尸体,哭得痛不欲生,赶紧趋前安慰。若不是隐士适时出现,伊莎贝尔已经要自刎,追随泽比诺的脚步而去。但隐士以圣经的教诲开示她,并建议她先处理泽比诺的尸体再说。于是,在隐士的帮助下,伊莎贝尔把泽比诺的尸体搬到马背上,带着他离开伤心地。

◎ 夺爱之仇

曼迪卡尔多夺得"都凌达那"后，带着多洛丽丝到附近的一处泉水旁解渴休息。他们坐在草地上吹着微风，享受片刻的悠闲，但这么愉悦的时光很快就被怒气冲冲、骑着马飞奔而来的罗德孟破坏。

多洛丽丝举起纤纤玉手，指着远方说："骄傲的罗德孟来了！我与他有婚约，你把我抢走了，他绝对咽不下这口气。他一定是来找你报仇的！"

曼迪卡尔多充满自信地骑上马，仿如老鹰看着麻雀或鸽子飞过来般沉着等待，他相信不用几个回合，就能让罗德孟尝尝他的厉害。

罗德孟很快就奔近了，他开口咆哮挑衅："大胆狂徒！竟敢夺我所爱！看我打得你跪地求饶，悔不当初！"

"哼！你的话只能吓吓三岁小孩。废话少说！放马过来吧，我随时奉陪！"

两人你来我往，一边叫嚣谩骂，一边打了起来。罗德孟身上有龙鳞打造的盔甲，曼迪卡尔多则有赫克托耳穿过的战袍以及宝剑"都凌达那"。两人都是骁勇善战的武士，天性也都粗蛮暴戾，只听武器相击的声音响彻山林，马蹄落地的杂沓声连大地都震撼了。

双方交手数百回合，曼迪卡尔多终于劈中罗德孟的头盔，罗德孟往后倒向马臀，霎时眼冒金星，分不清东西南北，一只脚也滑出马镫，差点儿在心爱的多洛丽丝面前摔下马来。但罗德孟不愧是身经百战的勇士，他借力使力，上半身往前一弹，不但马上坐立起来，还双手握刀也往对方的头砍下去，砍了一刀后，他迅雷不及掩耳又挥出第二刀。

曼迪卡尔多若不是戴着赫克托耳的头盔，恐怕脑袋已被切成两半了，但他仍觉眼前一黑，一时之间分不清是白天还是黑夜。罗德孟的第二刀还是往曼迪卡尔多的头盔劈下去，曼迪卡尔多的马听到刀风嘶嘶作响，惊慌地扬起前蹄，头往后仰，结果替主人挨了这一刀，"咔"的一声，整个马头被砍了下来。

"他冲下来是要与你决斗,你现在要为自己竭尽全力。"

两个国王展开了一场激烈、持久的战斗，连停下来喘气的间隙都没有

罗德孟趁势拉起马头，往曼迪卡尔多踢过去，曼迪卡尔多握着"都凌达那"毫不畏缩地往罗德孟的马蹄挥砍。马儿受惊，直往后退，罗德孟只好跃下马来，与曼迪卡尔多展开近身搏斗。两人杀得昏天暗地，仍分不出胜负。多洛丽丝在旁捶胸顿足，不知如何是好。

这时，一个由伊斯兰教阵营派来的使者骑着马奔过来。他是非洲国王阿格拉曼派出的众多使者之一，奉命到欧非各地，去征召离营的将帅尽速回营助阵。使者看罗德孟与曼迪卡尔多打得不可开交，招招凶险，不敢介入，于是走向多洛丽丝，向她说明来意，并请她协助。

刀剑不长眼，但多洛丽丝勇敢地走入两人中间；罗德孟、曼迪卡尔多倏地撤剑，各自往后退了一步。多洛丽丝恳求两人说："你们若真的爱我，就请住手吧！把你们宝贵的力气用在更重要、更紧急的事情上！"

使者接下多洛丽丝的话，把伊斯兰教阵营节节败退的事情扼要说了，并把阿格拉曼的信呈给罗德孟与曼迪卡尔多。两人决定先停战休兵，等战争的危机解除后，再做较量，到时谁的本事大，谁就有权利拥有多洛丽丝。

如果你的脚踩到了丘比特的粘鸟胶，
那就尝试把它拉开，小心别让翅膀
碰到它；爱情，有智慧的人都认为，
　　　除了疯狂它什么也不是。
尽管不是每个人都会像罗兰一样
　　发疯，但爱情的傻瓜各有不同。
　　　　丢掉自我去渴望另一个，
　　还有更明显的愚蠢的标志吗？

Chi mette il piè su l'amorosa pania,
cerchi ritrarlo, e non v'inveschi l'ale;
che non è in somma amor, se non insania,
a giudizio de' savi universale:
e se ben come Orlando ognun non smania,
suo furor mostra a qualch'altro segnale.
E quale è di pazzia segno più espresso
che, per altri voler, perder se stesso?

孪生兄妹

盾牌沉入井后，罗吉耶洛与西班牙公主继续赶路，走不到一里远，迎面来了一位使者。这使者也是阿格拉曼派出去征召欧非众将帅的使者之一，罗吉耶洛听了使者的报告后，斟酌了一会儿，最后把使者打发了，他决定先救公主的爱人再说。

两人在黄昏前赶回公主的城堡，在公主的陪伴下，罗吉耶洛顺利进入，并直接来到执刑的广场。但罗吉耶洛看到公主的爱人时，不禁大吃一惊，以为看到布拉达曼特："难道她迫不及待，先行赶来救人，却被捉住了吗？所幸我及时赶到！"

罗吉耶洛拔出剑来，冲入准备行刑的那一队士兵中，为了解救心爱的人，他不惜大开杀戒，不多时，只见众士兵有的断手，有的去脚，有的被开肠剖肚，有的脑浆迸射。

那一群乌合之众没料到会有人劫囚，且是个武艺高强的人，抵挡不了多久就东奔西跑、抱头鼠窜。罗吉耶洛剑无虚发，有时一招就砍下两个脑袋来，才一会儿，广场上已东倒西歪躺了两三百人。

太阳未下山时，罗吉耶洛已经顺利将囚犯救出来，离开了城堡。年轻俊美的囚犯对罗吉耶洛谢了又谢，并请教他尊姓大名。罗吉耶洛看那囚犯貌似布拉达曼特，声音却不是甜美的女声，觉得十分疑惑，于是旁敲侧击地回答说：

"我觉得你很面熟，但想不起来在哪里见过你，可否赐告尊姓大名，好让我知道我方才卖力解救的是谁？"

"我的名字叫作理查德，你看过的可能是我的妹妹，她的名字叫作布拉达曼特。我们两个是双胞胎，长得几乎一模一样，从小连我们的父母、兄弟都经常弄错，唯一能辨识我们身份的就是头发：我的是短而松的男性发式，妹妹的则是长及腰际的辫子。我们因为长得一模一样，还发生过一件趣事——若不是你及时出现，倒差点儿酿成灾祸——你若不嫌啰唆，我可说给你听。"

还有什么故事比自己爱人的故事更有趣、更令人想听呢？罗吉耶洛对布拉达曼特的一切都感兴趣。于是理查德娓娓道来：

"我妹妹在不久前被一群伊斯兰教徒围攻，头部受到重创，为了疗伤，医师将她的头发剪短了，使得我们两个看起来真的一模一样。有一天，她经过一片森林，因为疲累，她在一处泉水旁休息时，睡着了。这时，西班牙公主费欧蒂丝品娜凑巧在森林里打猎游乐；当她看到布拉达曼特时，她以为自己看到的是一位俊美的骑士。爱神捉弄，费欧蒂丝品娜在刹那间爱上了布拉达曼特！

"公主邀布拉达曼特一起打猎，并请她到城堡做客，就在四下无人时，公主对布拉达曼特表达了爱慕之意，且偷偷吻了她一下。布拉达曼特觉得十分尴尬，但解除公主相思最好的方法，就是告诉她自己真正的性别。

"公主明白了实情后，难过不已，爱已在她内心生根，她不知如何解脱。当晚，她们同睡一张床，但一个熟睡了，另外一个却哽咽到天明。

"第二天黎明时，布拉达曼特就与公主告辞。公主十分悲伤，送她一匹骏马以及一件亲手缝制的外套作为临别赠礼，然后就掩面哭着跑回城堡里去了。

"布拉达曼特当天就回到孟托邦，她一夜未归，全家都很着急。布拉达曼特向大家报告了行踪，并将她与费欧蒂丝品娜的邂逅说给大家听。公主的痴情令众人唏嘘不已，但除了怜悯，我内心里却仿佛点亮了一盏灯。

"我在法国以及萨拉葛沙贝见过费欧蒂丝品娜几次，她明亮的眼眸、柔

理查德想出伪装布拉达曼特的伎俩

公主爱上女扮男装的布拉达曼特

美的双颊令我深深着迷,但我一直不敢对她存有幻想,因为单相思到头来总是一场空。然而,布拉达曼特与她的缘分重燃我内心深处曾有的渴望,只要捏造一些细节,就能遂我所愿,我何不放手去追求真爱?

◎ 男扮女装

"于是,在夜深人静时,我偷偷穿上布拉达曼特的盔甲,骑着她的马出发了。爱神为我指引了方向,让我在第二天黎明时,顺利来到了公主的古堡。

怪兽掳走美丽的公主

"公主听说布拉达曼特来了,急忙奔到大门迎接;她热情地抱住我的脖子,在我唇上亲了一下,然后拉着我的手,带我到她的寝宫去。公主不愿假手他人,坚持亲手替我脱下盔甲,又命宫女从她的衣柜里取来一件美丽的衣裳,亲自为我穿上。

"我就这样男扮女装与公主一起到大厅会客饮宴。许多爵爷还为我着迷,色眯眯地打量我呢!宴会进行了一整天,深夜结束时,公主不等我开口,就要求我当晚一定得跟她同床睡。当侍候的仆妇、宫娥退下后,我对公主说:

"'公主陛下,我这么快就又回来,你一定很惊讶吧?昨天我不得不离去,是因为我不愿见你为爱我而痛苦。然而,命运巧安排!在我穿过森林时,我无意中听到呼救之声;循着声音走到一个湖边,我看到一只半人半羊兽从水里钓出一个美丽的水妖,正准备将她生吞活吃。

"我急忙跑过去,拔出剑来把那怪兽杀了,水妖一脱离魔掌,立刻跳进水里,但她把头探出水面对我说:'谢谢你救我一命!我是住在这湖里的水精,你有什么愿望尽管说,我会帮你完成,以报答你的救命之恩。

"'我没有向她要求财富、名声或战场上伟大的功迹,我心里想的只是,要如何才能满足你对我的爱的需求。我还未说出心中的愿望,那水精就往水里潜了下去,然后把水从湖里喷了出来,洒在我身上。忽然之间,我觉

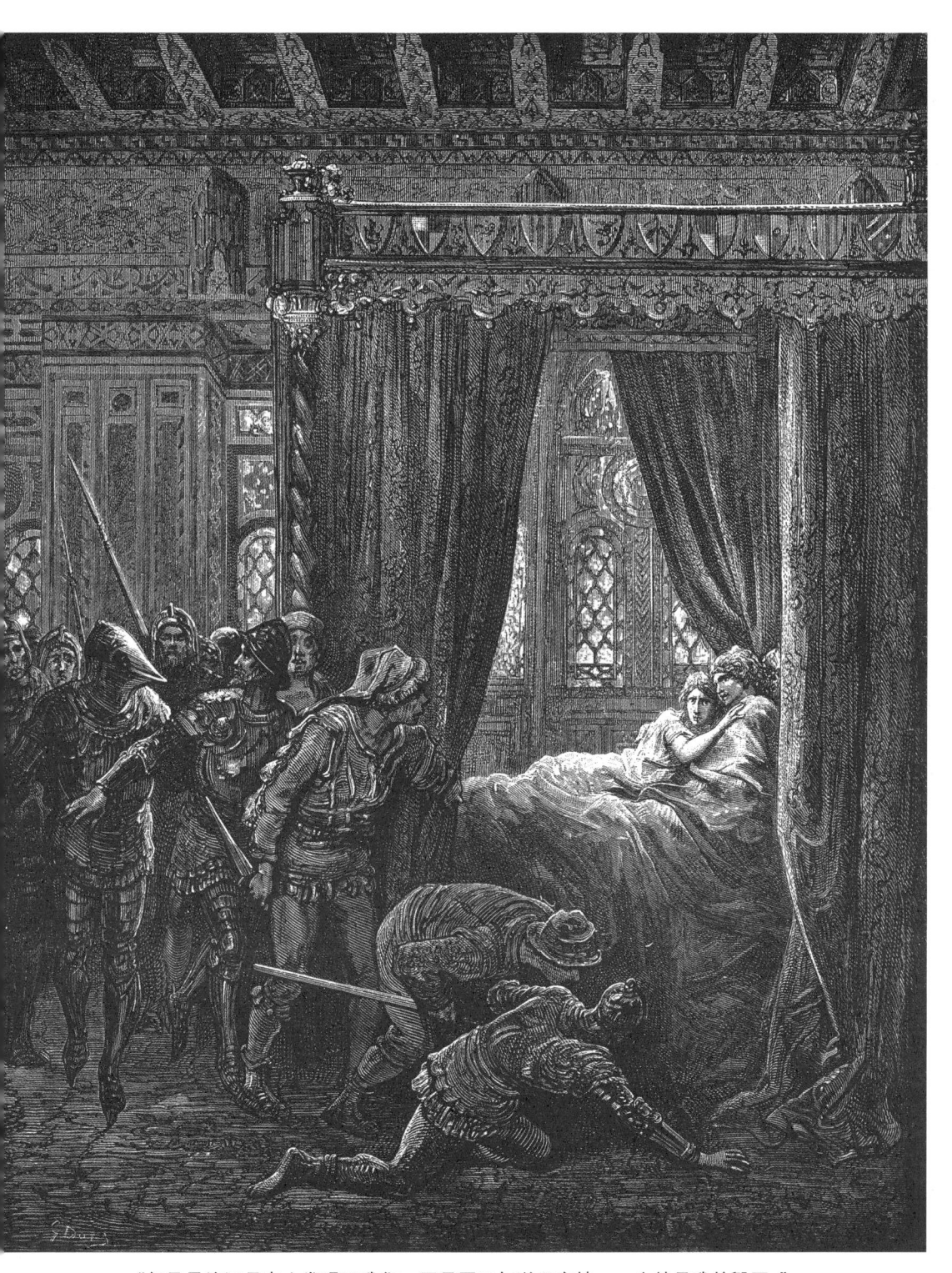

"但是最终还是有人发现了我们,于是国王知道了实情——也就是我的毁灭。"

理查德把事情讲给罗吉耶洛，让漫长的夜路不那么乏味

得浑身起了一种变化，是怎么变的，我说不上来，但我感觉得到也看得到。真是令人不可置信：我竟然从一个女人变成了一个男人！'

"公主听了我的话，惊喜不已地叹道：'噢，我的天！我是在做梦吗？如果是，但愿我永远都不要醒过来！'

"之后，我继续男扮女装陪在公主身边，夜夜与她享受爱情的甜蜜与欢愉。然而几个月后，纸包不住火，我真正的性别还是被识破了。国王派士兵来抓我，准备将我处死。还好你及时出现，否则，我早已被烧成一堆灰烬，一命呜呼了！"

◎ 相见不相识

理查德的故事确实有趣，两人连夜赶路，说说笑笑的，也就不觉得那么疲劳、困顿了。他们要去的地方叫作亚格利斯蒙，是克莱孟家的成员艾尔迪格的城堡。两人到达时，受到热烈的欢迎，但艾尔迪格告诉理查德一个坏消息：

"我今早获报，我们的兄弟莫吉斯和威维昂已落在伊斯兰教徒手里，明天就要被押解处死。我已经派人送信给里纳尔多，但远水救不了近火，你说怎么办呢？"

罗吉耶洛听了，大声说道："不用担心！我可以助你们一臂之力。凭我们三个人的力量，一定能救回你们的兄弟。"

艾尔迪格对罗吉耶洛的大胆和自信有点诧异，理查德连忙将他拉到一边，然后把罗吉耶洛单枪匹马从数百人手中将他救出的经过说给他听。艾尔迪格没想到年轻俊俏的罗吉耶洛竟有这样大的本事，不禁对他刮目相看。

第二天早晨，三人整装出发，走到一片广阔的草原时，迎面来了一位雄赳赳、气昂昂的骑士。骑士的盔甲镶着金边，胸口上的徽记是一只昂首欲飞的凤凰。

骑士一见罗吉耶洛三人，很想试试他们有多少能耐，于是开口挑战道："你们当中有谁敢跟我较量较量？用枪、用剑都行！"

艾尔迪格回答道："阁下想比武，我们很乐意奉陪，但眼前我们有一件更重要的事待办。等一会儿会有数百个人经过这里，我们必须打败他们以救回我们的兄弟。等任务完成，我们再陪阁下玩玩吧！

"骑士一听，心中大乐，要求道："可否让我加入你们？我保证不会让各位失望！"

这个一听有架可打就乐不思蜀的人到底是谁？玛菲莎是也！但罗吉耶洛三人可不知道，这位准备与他们并肩作战的骑士是位美娇娘。

不久，一队人马出现了。艾尔迪格与理查德看那带头的是个马冈札人，忍不住放低长枪就先冲了出去。罗吉耶洛与玛菲莎也很快加入战局。

作战时，玛菲莎不时转头去看同伴的表现，三人的英勇都让她称许，但她对罗吉耶洛的武艺、胆识特别激赏。四人联手将那一群人打得落花流水、逃之夭夭。

艾尔迪格与理查德兴奋不已，赶紧去替莫吉斯和威维昂松绑。他们的侍仆也忙不迭在河边铺开毯子，准备食物水酒让他们进食、休息。

几个人开心地坐下来，纷纷取下他们的头盔，当他们发现骑士竟是位姑娘时，都十分讶异。众人回想她刚才杰出的表现，都忍不住肃然起敬、赞赏有加。

但玛菲莎只喜欢跟罗吉耶洛说话，其他人她全不看在眼里。他们两人其实有很亲的血缘关系，只是初次见面，都不知道。

◎ 夺马之恨

就在众人休息谈笑时，一位姑娘骑着马过来，原来是希波佳。自从法兰堤诺（罗吉耶洛的马）被罗德孟抢走后，她一路又哭又骂，眼睛还红红的呢！她不知如何得知罗吉耶洛等人在此，骑着马就找过来了。

希波佳很老练，并没有直接走向罗吉耶洛，她奔到理查德面前跟他哭诉道：

"布拉达曼特交代我将一匹叫作法兰堤诺的马送到马赛去，谁知我才走了三里路，马儿就被一个伊斯兰教徒抢走了。虽然我告诉那伊斯兰教徒，马儿是里纳尔多的妹妹所拥有的，他竟不怕，硬是把马骑走了！"

罗吉耶洛听了，自告奋勇说要与希波佳去把马儿找回来。理查德认为这是家务事，应该由他自己来解决，但罗吉耶洛很坚持，理查德只好同意了。

希波佳带路，两人骑了一段路后，她才停下来对罗吉耶洛说道：

"布拉达曼特要我向你致意，法兰堤诺是要送去给你的，刚才在众人面前我不方便说。抢走马儿的那个人叫作罗德孟，他一听说马儿是罗吉耶洛的，竟然更张狂地说，他非要那匹马不可，并说你若不高兴，尽管去找他算账。"

罗吉耶洛听了，怒不可遏，一来他十分珍爱法兰堤诺；二来，罗德孟知道马是他的，还非抢不可，摆明是要羞辱他。是可忍，孰不可忍？他要希波佳立即带他去找那个抢马贼。

哦，荣誉的渴望，爱情的冲动， 你们能在年轻人的头脑 引起怎样的冲突啊！ 两个想法有时这个强一些， 有时另一个占据优势。 对两位勇士来说，职责与荣誉 分量更重，所以他们打断了 爱情的决斗，去支援他们的阵营。	Oh gran contrasto in giovenil pensiero, desir di laude ed impeto d'amore! né chi più vaglia, ancor si trova il vero; che resta or questo or quel superiore. Ne l'uno ebbe e ne l'altro cavalliero quivi gran forza il debito e l'onore; che l'amorosa lite s'intermesse, fin che soccorso il campo lor s'avesse..

再生事端

罗德孟与曼迪卡尔多暂时休兵后，带着多洛丽丝往巴黎的方向赶路。无巧不成书，他们走的路正好通向艾尔迪格、理查德等人休息谈笑的地方。

玛菲莎在众人的要求下，这时已穿回了姑娘的装束，众星拱月下，俨然是受到呵护的一朵温室小花。曼迪卡尔多不认得玛菲莎，看她容貌娇美高贵，竟然打起一个如意算盘：他想把她抢来了，送给罗德孟，作为他失去多洛丽丝的补偿。

主意打定，曼迪卡尔多向玛菲莎身旁的四位武士挑战，艾尔迪格、理查德、莫吉斯、威维昂立即上马迎战，但曼迪卡尔多很快就把四人打败了。曼迪卡尔多认为打败了护花使者，就有资格带走他看中的姑娘，于是骑着马到玛菲莎面前说道：

"姑娘，已经没有其他人能挺身而出保护你，根据比武的规定，你现在已属于我们，必须跟我们走。"

"你大错特错！我不属于任何人。你若要我跟你走，就必须先过我这一关！"

玛菲莎命侍仆帮她换上盔甲，然后敏捷地翻身上马；她挑衅地拉高马头，马儿立起来，发出蓬勃的嘶鸣声，往左右跳跃了三四次。示威完毕，玛菲莎向前奔了一段距离，然后回头向曼迪卡尔多冲过来，她的长枪刺在曼迪卡尔多的盔甲上，宛如击碎的冰一般，四下飞射。

玛菲莎看曼迪卡尔多竟然还端坐马上，十分震惊，但她反应很快，立即拔出宝剑往对方的头盔砍下去。曼迪卡尔多也很惊讶，他原本想借力使力，在玛菲莎出招时，将她弹下马来，没想到她双腿这么稳，仍然好好地高坐马上。两人你来我往，不多久已互砍了数百招，若不是罗德孟出手干预，恐怕再战个两天两夜，也分不出胜负。

"你若这么想打架，"罗德孟对曼迪卡尔多咆哮道，"就先把我们之间的架打完了再说。我们刚才已有约定，要先前往巴黎救助受困的阿格拉曼国王，你为何不守承诺，擅自跟别人打起来，耽误大家的时间？"

罗德孟说完，转头客气地问玛菲莎说，她是否可以暂停这一战，并跟他们一同前往巴黎帮助阿格拉曼国王，凭她的武艺，她一定能扬名立万。

玛菲莎欣然接受了罗德孟的邀请，因为她早就想试试查理曼麾下的勇士到底有多厉害。

这时，罗吉耶洛往这个方向来了。没多久之前，他与希波佳去找罗德孟，为了走快捷方式，反而一直追不上这个伊斯兰教徒。后来，罗吉耶洛叫希波佳先回孟托邦，抢回法兰堤诺的事情由他自行处理。

罗吉耶洛出现时，玛菲莎与曼迪卡尔多刚协议停战，他远远就认出了法兰堤诺，当然也就知道了谁是罗德孟。罗吉耶洛弓起了背，放低长枪，大声向那抢马贼挑战。

但罗德孟拒绝了！像他这么粗暴嗜血的野蛮人，怎么愿意错过与享誉欧亚的大英雄交锋的机会？他跟罗吉耶洛解释说，救助阿格拉曼国王的事非常紧急，等打败了查理曼，他们会有充裕的时间解决两人之间的争端，他并邀请罗吉耶洛一同前往巴黎，但罗吉耶洛正在气头上，根本听不进他的解释。

"只要你把马还给我，"罗吉耶洛大吼道，"我立刻与你们一起到巴黎去。你从一个女人的手上抢走我的马，算什么英雄好汉？你这样的行径与偷窃无异！"

◎ 打成一团

就在罗德孟拒绝应战也拒绝归还法兰堤诺时，曼迪卡尔多又生事端。他看到罗吉耶洛盔甲上的徽记——一只翱翔在蓝空的白色老鹰——竟然与自己盔甲上的徽记一模一样，不禁又惊又怒。

曼迪卡尔多身上的盔甲是特洛伊英雄赫克托耳的遗物，但罗吉耶洛的祖先正是赫克托耳，因此他在盔甲上镌刻祖先的徽记以示一脉相传。然而曼迪卡尔多不知这一点，只知不能容忍任何人跟他使用一样的徽记。

"我向你挑战！"曼迪卡尔多对罗吉耶洛大吼道，"你竟敢使用我的徽记！"

曼迪卡尔多的话激怒了罗吉耶洛，"你这个大白痴！这是我的家族代代相传的徽记。你只是抢走了赫克托耳的盔甲，我才有权利使用这个徽记！"

曼迪卡尔多不再多说，拔出了都凌达那，准备作战。罗吉耶洛不愿用长枪占他便宜，把长枪一丢，也拔出剑来。

罗德孟看曼迪卡尔多又要打架，十分气愤，这是他第二次违背他们之前的停战协议，他到底有没有把阿格拉曼国王的紧急需要看在眼里？

"你既然这么好战，"罗德孟对曼迪卡尔多怒道，"那就先打我们之间该打的那一架，等我把你干掉了，我再去跟他解决这匹马的归属问题。到时，你若还活着，你再去跟他抢夺徽记——"

"你们两个同时放马过来吧！"曼迪卡尔多嚣张地挑衅，"一次解决比较痛快！"

"要打就先跟我打，"罗吉耶洛对罗德孟怒吼，"我现在就要我的马！"

"我可不想走到巴黎去！"罗德孟回答道，"你若耽误大家去抢救阿格拉曼国王，我一定会跟你算这一笔账！"

罗吉耶洛怒不可遏，举起剑来就向罗德孟头上砍下去，罗德孟没准备跟他比武，结果被他打得失去平衡，一只脚滑出了马镫，差点儿跌下马来。

曼迪卡尔多见罗吉耶洛对罗德孟动手，大叫道："你要打就得先跟我打！"说罢，他高举都凌达那，从罗吉耶洛后面向他的头盔砍下去。

罗吉耶洛未料曼迪卡尔多竟会从背后偷袭，被他砍得晕头转向，趴向马颈，双手也一松，缰绳与宝剑同时掉落。玛菲莎看罗吉耶洛吃亏，立即冲上前去架开曼迪卡尔多。罗德孟则趁机反击，举起剑要砍罗吉耶洛。理查德看情况危急，赶紧把自己的剑丢给罗吉耶洛，威维昂则力抗罗德孟，以便罗吉耶洛能渡过危急。罗吉耶洛一接到剑，立即冲向罗德孟杀起来。

奉米迦勒之命引起争端的蒂丝蔻及普莱德在旁观战，两人对自己的杰作沾沾自喜：这些本来准备去救助阿格拉曼国王的伊斯兰教徒，已经自家人先打成一团了。

就在这五六个人打得不可开交时，多洛丽丝的马忽然受到惊吓，往前冲了出去，求助的尖叫声引起罗德孟及曼迪卡尔多的注意，两人架也不打了，丢下对手，赶紧去追心爱的女人。

罗吉耶洛还没抢回法兰堤诺，玛菲莎与曼迪卡尔多也尚未分出胜负，于是罗吉耶洛和玛菲莎决定一起去追罗德孟及曼迪卡尔多，以便把纷争彻底解决。

在旁观战的蒂丝蔻和普莱德

在过去的岁月,淑女们往往
珍重道德而不是财富。
在我们的时日,很难找到一个
女人没有接受后者的好处。
但是她们远离真正的良善,
避开常理,变得贪得无厌,
只是想要终生感到快乐,
死后再享受不朽的光荣。

Cortesi donne ebbe l'antiqua etade,
che le virtù, non le ricchezze, amaro:
al tempo nostro si ritrovan rade
a cui, più del guadagno, altro sia caro.
Ma quelle che per lor vera bontade
non seguon de le più lo stile avaro,
vivendo, degne son d'esser contente;
gloriose e immortal poi che fian spente.

内讧

　　多洛丽丝的小母马载着多洛丽丝往巴黎的方向狂奔，罗德孟与曼迪卡尔多追着她，罗吉耶洛、玛菲莎又追着罗德孟及曼迪卡尔多。进入巴黎后，多洛丽丝平安回到父亲葛拉那达国王身边，受到妥善的呵护与照顾。另外四人则差半小时，一前一后也抵达了巴黎。这结果对查理曼大大不利，因为加入阿格拉曼的这四名生力军非同小可，才一天的时间，伊斯兰教徒就反败为胜，将查理曼的军队打得落花流水、节节败退。

　　大天使米迦勒看蒂丝蔻弄巧成拙，气冲冲地去找她，把她痛殴一顿。

　　"你好好给我待在伊斯兰教阵营，"米迦勒语带威胁地说，"你再到处乱跑，看我怎么处置你！"

　　蒂丝蔻带着伤去找普莱德，两人飞往伊斯兰教阵营，继续未完成的任务。

　　击退敌兵后，战事趋缓，罗德孟、曼迪卡尔多、罗吉耶洛、玛菲莎前往阿格拉曼麾前，要求他主持公道。阿格拉曼分头安抚各人，但四个人吵成一团，谁也不让谁，每一个人都坚持立即与对手决斗。

　　最后，阿格拉曼决定以抽签的方式替四人安排比武的顺序。他命人准备了四张纸，上面分别写着：曼迪卡尔多与罗德孟，罗吉耶洛与曼迪卡尔多，罗德孟与罗吉耶洛，玛菲莎与曼迪卡尔多。第一组抽出的是罗德孟与曼迪卡

大天使米迦勒禁足蒂丝蔻

尔多。罗吉耶洛与玛菲莎对这个结果很不满意,但命运如此安排,也只好接受了。

巴黎城外有一片广阔的草原,四周隆起的山丘正好形成景观良好的看台,阿格拉曼决定在此举行比武大赛。当天一早,伊斯兰教士兵就蜂拥而至,要来观赏四位冠军勇士的精彩决斗。未料,就在大家等待时,罗德孟与赛克利彭也爆出了冲突。

原来,神驹法兰堤诺真正的主人是赛克利彭,布鲁奈洛用计偷了马,再把它献给罗吉耶洛。失去爱驹后,赛克利彭伤心了许久,发誓要把偷马贼碎尸万段。此时，他看到罗德孟骑的正是自己被偷的马，岂会默不作声？两人彼此咆哮、叫骂，眼看就要动手。

另一方面，曼迪卡尔多与葛拉达索也起了争执。原来葛拉达索看曼迪卡尔多手上的剑正是自己想方设法、求之不得的"都凌达那"，忍不住问他如何获得此剑，曼迪卡尔多傲慢地说，罗兰怕与他决斗，于是装疯把它丢在路边给他。罗兰是何许人，怎会用装疯的方式逃避挑战？葛拉达索当然不信，于是大声向曼迪卡尔多挑战，要用比武的方式看谁有资格成为宝剑的新主人。

第一场比武还未开始，就又有两个人吵着要加入战局，阿格拉曼国王十分头痛，要摆平这些顽强的武士之间的冲突，实在比率领千军万马还难。

最后，阿格拉曼决定一桩一桩地来解决这些错综复杂的纷争。第一桩是罗德孟与曼迪卡尔多抢夺多洛丽丝为妻的争端。阿格拉曼裁定由多洛丽丝自己来选择谁才是她要的夫君，罗德孟与曼迪卡尔多都同意这个方式，因为两个人都认为自己会中选。

罗德孟和多洛丽丝订婚已久，情谊深厚，他在比武场上、战场上为她所赢得的荣誉不计其数，在伊斯兰教世界无人不知。他有自信多洛丽丝对他曾有的坚贞一定经得起考验。

然而，有自信的不止罗德孟一人。曼迪卡尔多与多洛丽丝已同枕共眠了一段时日，他知道女人的选择在哪里。

两人将手放在阿格拉曼的手上，宣誓遵守这个协议，然后走到多洛丽丝的面前，等她做出选择。多洛丽丝垂着双眼，娇羞地说，她比较喜欢鞑靼王子曼迪卡尔多。

众人听到这个答案，都吃了一惊。而罗德孟有如五雷轰顶，久久回不过神来；他两眼盯着地上，一时不知如何反应，只觉众目睽睽下，一秒都无法多待。终于，他手一挥，带着随从很快离开了比武场。

内讧　267

◎ 女人的忠贞

罗德孟垂头丧气地往森林深处奔去，心里痛苦万分，嘴里苦涩不已。"噢，善变的女人！如何让男人信任呢？上帝创造你们就是要给男人苦头吃——"

罗德孟一边哀叹，一边捶打自己的胸膛，不知如何才能发泄满腔的悲伤愤懑。他在森林里走了一天一夜，没有合眼休息，一直来到普罗旺斯的海边。罗德孟心灰意懒，对战争也失去了兴致，只想渡海回到非洲的家乡。

这天，罗德孟来到了萨翁河畔，河里挤满了大小船只，卸货、送货的人络绎不绝。离河畔不远处有一家客栈，生意兴隆，罗德孟应店家招呼，进入客栈休息。

店家阅人无数，看罗德孟的穿戴，料他身份不凡，忙不迭命仆役送酒上菜。罗德孟眉头深锁，不发一语，令人望之生畏。他默默吃菜喝酒，脸上的神情透露出内心的悲愤。忽然，他抬起头来，问店家及在场的仆役说："你们都结婚了吗？你们的老婆都是忠贞的女人吗？"

除了店家外，其他的仆役都认为自己的老婆是忠贞的女人。店家不可置信地叫道："你们这些自欺欺人的笨蛋！全天下没戴过绿帽的男人有几许？这位爵爷一定同意我的话！"

店家接着转头对罗德孟说："这位大人，我也曾经愚蠢地认为，只要男人对女人好，她就会听话、忠诚。但一位在敝店住过的客人，替我擦亮了被蒙蔽的双眼；他对女人的手段、心机可说了如指掌，对历史上许多女人不贞的事迹也知之甚详。他跟我说了一个故事，令我印象深刻、终生难忘。爵爷若不嫌弃，不妨让我说给您听。"

"哦！有这样的故事？那就说来听听吧！过来坐在我的对面，好让我听得仔细些。"

女人往往在冲动时比
冲突时更能做好决定。
上天赐予的无数官能，
　只数这个最为特殊。
　　男人的决定，尽管
常常不好，但是花费
　　时间缜密地思考，
可以沉着和冷静弥补。

Molti consigli de le donne sono
meglio improviso, ch'a pensarvi, usciti;
che questo è speziale e proprio dono
fra tanti e tanti lor dal ciel largiti.
Ma può mal quel degli uomini esser buono,
che maturo discorso non aiti,
ove non s'abbia a ruminarvi sopra
speso alcun tempo e molto studio ed opra.

痛苦的别离

店家在罗德孟的对面坐下来,清清喉咙,准备再说一次他已经讲过许多遍的故事:

"伦巴兹国王年轻的时候长得十分俊美,因此很自恋,最喜欢听别人赞美他的外表。有一天,当着几个朝臣的面,他又自吹自擂起来,一下子说自己的脸庞有多完美,又说自己的手指有多修长,说着不禁感叹:'你们当中有谁看过像我这么俊俏的人物呢?'

"朝臣中有一位来自罗马的骑士,叫作拉迪尼,他的回答令国王大感意外。他说:'是啊!除了舍弟乔康多,我确实没有看过能与国王媲美的男子。'

"国王觉得不可置信,除了太阳神阿波罗,这世界上竟然有人跟他一样英俊?他非常希望能见乔康多一面,于是要求拉迪尼带他的弟弟来皇宫做客。

"乔康多继承家业,生活十分优渥,从来没有离开过罗马。拉迪尼回到家乡,请弟弟跟他一起去见伦巴兹国王。乔康多一开始并不愿意,一来,他舒服的日子过惯了,不喜欢舟车劳顿的旅程;二来,他与妻子非常恩爱,舍不得长时间离开她。但国王答应送他的礼物十分丰厚;再者,哥哥拉迪尼身为朝臣,不能对国王食言。乔康多难以拒绝,终于选定日子,与哥哥一起前往伦巴兹。

"乔康多的妻子从未与丈夫分开过,白天做伴,夜晚同眠,如今要分别两个月,不禁伤心难过得日日以泪洗面。乔康多出发的前一晚,妻子不停地哭泣,几乎整夜未睡。天快亮时,她从颈上取下一条项链,要丈夫戴在身上;这条项链的坠子不但珍贵,且装有父母的骨灰,妻子视为至宝,从不离身。乔康多要远行,妻子给他戴着项链以慰思念,让他感动不已!

"'亲爱的!别再哭泣。'乔康多安慰妻子道,'我两个月内一定回来,即使伦巴兹国王要给我一半的领土,我也不会多待一日。'

"说完,他与妻子吻别,自己内心其实也在哭泣。妻子送行后,继续回房去睡。

"兄弟两人在仆人准备完毕后,带着侍卫、家丁出发了。但走不到三里路,乔康多忽然想起他把妻子的项链放在枕头下,忘记带出门。妻子若发现了,他要怎么解释呢?她会以为他不在乎她的爱!乔康多十分着急,决定赶紧回家去拿项链。他告诉哥哥说,他忘了重要的东西,得回家去拿,请他与家仆先到前面不远处的客栈休息,他很快就会赶上他们。说完,乔康多拉转马头,往回家的方向骑去。

"乔康多回到家时,天才刚亮,他悄悄地进入卧房,心里想,妻子若醒来了,知道他忘了项链,他要怎么说呢?但显然他是多虑了。乔康多靠近大床时,妻子唇边带着一朵微笑,沉睡着……在一个男人的怀里!

"乔康多就着窗帘缝射入的晨曦,认出了与妻子同眠的,竟是家里一个出身低微的侍仆;他先是大吃一惊,接着是怒不可遏,立即想拔出剑来把两人给杀了。但转念一想,妻子若被自己抓奸在床,一定痛苦不已。他忽然心生怜悯,不愿惊醒两人,悄悄地又走出了房门。

"拉迪尼还未到达客栈前,乔康多就追上他们了。他没告诉哥哥发生了什么事,但众人都看得出来,他心情骤变,闷闷不乐。一路上,乔康多不言不语,沉浸在悲伤中,他食不下咽,也睡不好,果真半路上就生了病。

"拉迪尼不知如何是好,一方面担心弟弟的健康,一方面烦恼该怎么向国王交代，因为一番折腾下来，乔康多形销骨蚀，已不复往日的俊美潇洒——他可要犯了欺君大罪呀！

"拉迪尼为人诚恳谨慎，决定先写一封信给国王，说明弟弟因生病而形容俱毁，希望国王见谅。

"国王知道后，并不生气，因为没了竞争对手，更显出他超越常人的美。国王仍然欢迎乔康多的到来，并安排他住在皇宫里，接受照顾治疗。

"皇宫里侍仆如云，乔康多在仔细的照料下，逐渐康复，但他身体的病虽好了，心里的伤却无法痊愈。乔康多温文有礼，进退合宜，然而眉宇间的一抹愁总是消退不了。国王不时为他举行宴会、嬉游、打猎、踏青等各种活动，也经常探望他，与他谈天说地，但就是无法让他开朗起来。

◎ 豁然开朗

"乔康多的卧室在皇宫的阁楼，走廊的尽头是一间暗暗的房间，平时无人使用。乔康多不喜与人接触，经常躲在阁楼里，游魂般到处走动，默默咀嚼内心的悲哀。这一日，他又在走廊闲荡，走到暗暗的房间前，他一时好奇，开门进去。房间里堆着一些杂物，无啥奇特之处，但其中一面墙，有一条拳头宽的缝，透出光来。乔康多走过去，凑眼往缝中看去，墙的另外一边原来是皇后最隐秘的起居室，平时只有招待最亲近的朋友时才用。这不足为奇，教乔康多大吃一惊的是，他看到皇后和一个侏儒赤裸裸地缠在一起，在地上不断翻滚摆动。

"在那一刻，乔康多忽然解开了心中的结：原来女人是不会满足于只拥有一个男人的，即使是像伦巴兹国王这么英俊潇洒、这么风度翩翩，又这么高贵富有的丈夫，他的妻子还是要红杏出墙！乔康多之前一直想不通妻子为何要背叛他，为此痛苦不已，现在，他释怀了。女人若非出轨不可，他的妻子起码比皇后有品位，没有找一个怪胎！接下来的第二天、第三天、第四天，乔康多都看到皇后与侏儒在华丽的起居室里'奋战'。

"终于，乔康多的脸上又有了神采，他不但恢复了往日的俊美，且能与众人自在谈笑，享受生活里的各种乐趣。国王十分好奇，想知道他为何有此转变。乔康多愿意告诉国王，但他不想伤害皇后，于是要求国王对着《圣经》发誓：不管他听到什么，不管他有多愤怒，他都不能告知任何人，或伤害任何人。国王怎样也想不出这是怎么回事，很爽快地宣誓了。

"乔康多带国王到阁楼去，一路上，他跟国王解释他之前闷闷不乐的原因，国王知悉原来他是因为被戴绿帽而郁郁寡欢，为了不增加他的尴尬，只是颔首不语。两人终于来到走廊尽头，乔康多带国王进入暗暗的房间，然后走到墙缝前，请他看。国王伸过头去，清楚地看到侏儒正骑着皇后，上下用力冲刺；国王惊讶得说不出话来，立即拔剑要去杀死两人。

"乔康多拉住国王，提醒他发过的誓，并劝慰他道：

"'陛下！何必为这些没心肝的女人生气？既然别人寻我们的老婆开心，我们何不也去勾引别人的老婆，作为报复？让我们试试看，这世界上到底有没有禁得起诱惑、对丈夫忠贞不二的女人？'

"国王赞同了他的建议，并且决定尽快起程。一两个小时后，在两位仆人的随侍下，国王与乔康多出发了。

◎ 买个忠贞的女人

"他们化名浪游了许多国家，像是意大利、法国、英国等，只要看到青春貌美的小姐，他们就展开追求，有时花点钱买些小礼物，有时不费分文。像伦巴兹国王和乔康多这么俊美又出手大方的男子，哪个女人抗拒得了呢？许多仕女甚至主动示意，希望能跟他们共度春宵。

"这个国家住一个月，那个城市待两个星期，国王与乔康多终于获知这样的结论：不只他们的妻子不忠，这个世界上根本没有女人知道忠诚为何物！

"逐渐地，两人对这种爱情的斩获感到厌烦了。况且，老是勾引别人的老婆，迟早会惹祸上身，最好还是找一个两人都满意却又不会令他们彼此吃

醋的女人来共享吧！'

"'就这么办！'国王说道，'既然女人不能满足于只拥有一个男人，那么，若能同时拥有我们两个，她应该没什么好抱怨的了吧？我们有兴致的时候，就各自与她痛快一下，但不需要为她争风吃醋——如果女人就是不能忠诚，在这个世界上，有谁比你让我更愿意去分享一个女人呢？'

"乔康多觉得国王的建议合情合理，他完全同意，于是他们走过许多平原，穿越无数山川，终于在华伦夏的一间客栈里，找到了一个理想的对象。这位姑娘芳名叫作菲雅蜜达，是客栈老板的女儿，长得十分娇美，性情很温顺，又正是含苞待放的年华。老板子女众多，食指浩繁，很乐意把女儿送给有钱人；于是，国王致赠一笔钱财给老板，然后带着菲雅蜜达，与乔康多继续踏上旅程。他们计划游遍西班牙后，渡海到非洲。

"离开华伦夏后，国王和乔康多在贾堤瓦的一间客栈投宿。白天时，两人到处去参访圣堂、公共建筑、宫殿等，菲雅蜜达则与其他仆人留在客栈里。无巧不成书，在客栈服侍的一个仆役以前也在菲雅蜜达家的客栈工作过。这个青年一直爱着菲雅蜜达，只是家贫，无法娶她为妻，没想到竟然在贾堤瓦又遇见了。

"两人不停交换着暧昧的眼神，终于，趁着其他人不注意，找到了交谈的机会。青年问菲雅蜜达要前往何处？她侍候的是两位绅士中的哪一个？菲雅蜜达将三人的关系简单解释了一下。

◎ 巧计偷情

"'唉！'青年叹息道，'我当时离开就是为了多赚一点钱，以便回来娶你。没想到现在是这样的情况，教我情何以堪？'

"菲雅蜜达耸耸肩膀道：'谁教你当时要离开，如今为时已晚！'

"青年又叹息一声说：'你忍心看我为爱而死吗？'他哭丧着脸，努力挤出两滴眼泪，'要死也要死得开心！求你抱着我，让我在你怀里宣泄满腔的

热情吧！'

"'我也很想这么做，'菲雅蜜达回答道，'只是众目睽睽，我们哪有时间温存？'

"'晚上睡觉时，总可以找出一点时间，跟我乐一下吧？'青年建议道。

"'怎么可能呢？'菲雅蜜达反问，'我们都是三人同眠共枕；每天晚上，不是这位、就是那位大人要跟我亲热；我总是睡在他们其中一个的怀里。'

"'只要你真的想要我，你一定能想出办法；而且，你若真的在乎我，你就应该要我。'

"青年动之以情，苦苦哀求，菲雅蜜达想了一下后，告诉他该怎么做。到了夜深人静时，青年果真照着菲雅蜜达的指示，悄悄溜进了三人睡觉的房间。他摸黑爬到躺在中间的菲雅蜜达身上，两人脸贴脸，紧紧地相拥，开始动了起来。

"床摇得嘎吱嘎吱响，整夜未停，国王和乔康多都以为是对方在与菲雅蜜达亲热。一直到天快亮时，青年才尽兴，然后悄悄地，从来路又摸了回去。

"天亮后，国王和乔康多起床洗漱，两人一边整理衣装，一边互相开玩笑。

"'你骑马骑了一整夜，想必跑了很远的路途吧？今天应该好好休息了！'国王调侃乔康多道。

"'我也正想对你说同样的话呢！'乔康多反驳道，'该休息的人是你，因为你整夜马不停蹄，不晓得骑到哪里去了！'

"两人本来只是彼此调侃，没想到最后竟争得面红耳赤，因为谁都不愿意被视作笨蛋。昨晚跟菲雅蜜达玩了一整夜的人到底是谁，把她叫来问问看就知道。

"'你说，'国王板着脸问那小姑娘，'昨晚跟你亲热的人，究竟是我们当中的哪一个？'

"乔康多与国王都以为会听到对方的名字，但天真烂漫的菲雅蜜达则以为东窗事发，吓得'砰'的一声，跪倒在两人面前，颤抖着把昨夜的事情说了：

"'我看他那么爱我，那么可怜，实在于心不忍啊！'菲雅蜜达

痛苦的别离　275

一五一十，毫无隐瞒，'我原以为你们两位会误以为是对方在跟我亲热。'

"国王与乔康多目瞪口呆望着彼此：真是长耳朵都没听过这种偷情的方式！忽然，两人捧腹大笑起来，笑得倒在床上打滚，笑得眼泪都流出来，笑得岔了气。

"两人直笑得嘴酸脸麻、肚子痛，才逐渐停下来。如果一个女人睡在两个男人中间，她都还有本事跟第三个男人偷情，那么一个丈夫即使有一百只眼睛，也看不住他的妻子！

"国王与乔康多都认为，不需要再浪费时间去寻找一个所谓'忠诚'的妻子了；他们在旅程中已经玩过一千多个女人，再这样下去，结论还是一样：他们的妻子虽不坚贞，却也没比其他女人可恶！既然如此，国王建议：

"'让我们回家去吧！对我们的老婆尽力就是。没有了期待，也就不会有失望，从此海阔天空，再也没有女人能牵绊我们的心了。'

"想通了这道理后，他们叫菲雅蜜达把青年找来，然后当着众人的面把她送给他当妻子，并且赏给他们一笔钱财作为结婚贺礼。"

店家讲完故事后，罗德孟下了一个结论："的确！女人的邪恶无止无尽、罄竹难书！"

当晚，罗德孟就在同一家客栈投宿；虽然已经两天没睡，他仍然整夜辗转，无法合眼。悲伤有如千斤重担压在他的心头，店家讲的故事并未使他释怀。第二天早晨，他决定雇船沿河而下，让法兰提诺好好休息，过去这两天辛苦这匹神驹了。在船上，他望着滔滔流水，心里仍然悲伤难受：多洛丽丝的绝情、阿格拉曼未替他讨回公道等，实在令他痛苦难当；真是陆上也好，河上也罢，情感、尊严受挫的悲愤如影随形，无法摆脱。

罗德孟原本打算直航非洲，但船走了两天后，他在沿岸的一个村落里发现了驻屯的好地方，于是他改变主意，不回阿尔吉利亚了，先与随从在村庄里落脚。

长日漫漫，罗德孟经常坐在村口，想着心事，这是他最近养成的习惯。这天，他如往常般坐在村口，远远地，一位姑娘和一位神甫拉着一口棺材走过来。

女士们和她们的追求者们,
一定会蔑视接下来的故事。
旅店老板正准备把轻蔑与对你们
性别的污辱和谴责联系起来——
可不是普通的舌头能对
你们名声的玷污和润饰。
无知的人喜欢对一切吹毛求疵;
他们越是无知,话也就越多。

Donne, e voi che le donne avete in pregio,
per Dio, non date a questa istoria orecchia,
a questa che l'ostier dire in dispregio
e in vostra infamia e biasmo s'apparecchia;
ben che né macchia vi può dar né fregio
lingua sì vile, e sia l'usanza vecchia
che 'l volgare ignorante ognun riprenda,
e parli più di quel che meno intenda.

贞烈的伊莎贝尔

罗德孟看到的姑娘是谁，诸位应该猜得到吧？没错！正是伊莎贝尔。她在神甫的陪伴下，拉着装有泽比诺尸身的棺材，要到普罗旺斯去，那里有一座女修道院。神甫之前看伊莎贝尔死意甚坚，劝慰她说，要殉情，不如把下半生献给天主，成为上帝的仆人；伊莎贝尔听从了神甫的劝导。

这一段日子以来，罗德孟对所有的女性都充满愤懑，但看到伊莎贝尔时，他竟然动了情。伊莎贝尔脸色苍白，神情悲伤，但美丽的容颜、高贵的气质仍然显露无遗。罗德孟想要她，觉得她的条件足以取代多洛丽丝，成为他的新欢。

罗德孟不是基督徒，看两人走近，竟对着神甫大声咆哮，并骂伊莎贝尔浪费青春、生命。神甫见半途有人阻挠，义正词严地教训他；罗德孟暴喝一声，冲过去就抓着神甫的脖子前后摇晃，然后将他往空中一抛——神甫最后降落在何处，我不清楚，但想必摔得头破血流，活不了！

伊莎贝尔见神甫惨遭毒手，十分震惊错愕，知道自己恐怕也难逃魔掌。罗德孟走向伊莎贝尔，温柔地对她说，他对她一见钟情，要娶她为妻。伊莎贝尔坚决为泽比诺守贞，但不愿惹恼眼前这个野蛮人，以免招致暴力相向。她沉着地对罗德孟说：

"你若答应不侵犯我,我会教给你身为一个武士最渴求的神力。你意欲在我身上获得的快乐微不足道,这个世界上,多的是能够提供你这种快乐的女人。但我所能提供给你的力量,对像你这么英勇的男子来说,才是人间至喜。

"我认得一种药草,把它磨碎成汁,然后在身上涂三次,就能让一个人刀枪不入。药效可达一个月,因此只要每个月都涂,就永远不惧任何武器的伤害。

"我相信拥有这种力量比征服整个欧洲更令一个男人向往。只要你发誓不侵犯我,我马上帮你淬炼这种药汁。"

罗德孟忙不迭答应伊莎贝尔所求,虽然他心里另有盘算——他当然会先遵守诺言,暂时不侵犯她,但等他涂了药汁,他连上帝都不怕,还怕发过的誓吗?他若想破坏誓言,整个欧洲也得屈服于他!

伊莎贝尔上山下谷到处去收集药草,罗德孟怕她逃跑,寸步不离。晚上时,他们回到驻屯地,伊莎贝尔整夜磨取药汁,不眠不休;罗德孟与几个手下喝酒玩乐,也整夜陪伴。

天亮时,药汁终于淬炼完成。伊莎贝尔对喝得醉醺醺的罗德孟说:

"为了向你证明这药汁的神奇力量,我先涂在身上,试给你看,免得你以为我唬骗你。等一下,你用刀砍我的脖子,就知道我说的是不是真的。"

伊莎贝尔果然当着罗德孟的面,在自己的身上、脖子上涂了三次药汁;涂完后,她把长发盘在脑后,裸出细白的脖子,然后很开心地叫罗德孟砍她。

罗德孟是伊斯兰教徒,向来不喝酒,一夜的畅饮,他早已不胜酒

伊莎贝尔美丽的头利落地被砍下来

力,脑袋里像装着风车。听了伊莎贝尔的话,他信以为真,拿起刀来就往她的脖子砍下去。"嚓!"一声,伊莎贝尔美丽的头利落地被砍下来,掉到地上滚了三尺远。随着人头落地,三个字清晰可闻,从她的嘴里飘了出来:"泽——比——诺——"

◎ 纪念灵塔

罗德孟一惊,酒都醒了;他捶胸顿足,大声咒骂自己的愚蠢、轻忽。懊恼一阵后,他开始思索如何弥补这贞烈的女人,因为他虽然杀死了她的身体,他希望用某一种方式纪念她,让后世也能缅怀她的贞洁。

罗德孟决定建造一座灵寝,将伊莎贝尔和泽比诺这对苦命鸳鸯合葬。主意既定,他从附近的村落找来数百名工匠,在泰勒河畔盖了一座高两百尺、状似伊斯兰教圣堂的巨塔;接着又命工匠在河上铺造了一座宽仅两码、两旁没有围栏的桥。

窄桥完成后,罗德孟就在桥头强征过路费,然后把得来的战利品挂在塔上做纪念。才没几天,就有许多骑士往这条桥来,有的是无意中经过,有的则是慕名而至。不管对手是从哪一个方向来,罗德孟都全副武装,从桥的另外一头迎战。他当然战无不胜;那些手下败将,有的被他抢走了盔甲,大部分则连命都没有了!

这天,一个披头散发、形容枯槁、全身赤裸的疯子往桥这边跑过来。罗德孟远远看到了,大声喝道:"快滚!这里不是给疯汉走的路!"

这疯子是谁呢?罗兰是也!他恍若未闻,继续往桥面奔过去。

"大白痴!非给你一点教训不可!"罗德孟心想。但他不屑用武器对付一个莽汉,于是下马冲向罗兰,想要把他推下桥去。罗德孟没料到这疯子竟然会抵抗,而且力大无穷!他紧紧抱住对方,并且左右撼动,但罗兰的脚像长了根般,拔不起来。

两个人就这么扭打着,最后,罗兰往后一倒,跌落桥面,双手仍紧紧抓着罗德孟。两人落到河里后,被水冲开来,罗兰全身光溜溜的,像一条鱼般迅速地往岸边游去,一上了岸,他混沌的脑袋没想到要与对方分出胜负,就往另一个方向飞奔而去。身穿沉重盔甲的罗德孟则慢了几步才游上岸。

不管对手是从哪一个方向来，罗德孟都全副武装，从桥的另外一头迎战

哦，脆弱、易变的人的意志，
我们是如何准备着动摇的，
我们是如何准备着改变想法的，
尤其是那些爱人间的怨恨。
我看到罗德孟愤恨着与
他断绝关系的女人。
我不能想象他平息热情，
让孤独扑灭它的火焰。

O degli uomini inferma e instabil mente!
come siàn presti a variar disegno!
Tutti i pensier mutamo facilmente,
più quei che nascon d'amoroso sdegno.
Io vidi dianzi il Saracin sì ardente
contra le donne, e passar tanto il segno,
che non che spegner l'odio, ma pensai
che non dovesse intiepidirlo mai.

抽签决斗

随着安洁莉卡返回东方、贞洁的伊莎贝尔上了天堂,欧洲第一美女的荣衔非多洛丽丝莫属。鞑靼王子曼迪卡尔多赢得她的芳心,自是意气昂扬、喜不自胜;但这个胜利他还无暇充分享受,因为他跟罗吉耶洛、葛拉达索的冲突尚未解决。

非洲国王阿格拉曼、西班牙国王马西里斯分头劝说,但谁都不愿意屈服低头。罗吉耶洛誓死不放弃先祖的徽记,而葛拉达索认为他有权利争夺宝剑"都凌达那"。

"既然如此,"阿格拉曼建议,"就看命运怎么安排吧!你们用抽签的方式来决定比赛次序,抽到签的必须为两项争端而战,也就是说,出赛的人若赢了,他就同时赢得两项争端。不得再有异议,一切交由命运来决定吧!"

罗吉耶洛不再抗争,众人都同意,不管由谁抽到签,他都必须同时为另外一个人而战。阿格拉曼命人做了签条,放在一个瓮里,然后叫一个小孩来抽。签条一开,上面写的是罗吉耶洛的名字。罗吉耶洛的欣喜无法形容——葛拉达索的沮丧也是!但这是命运之神的安排,葛拉达索也只好认了。

一些睿智的参谋都觉得,阿格拉曼这样的安排只会造成伤害,因为不管谁输了，都是伊斯兰教阵营的损失。阿格拉曼觉得有理，再度恳求罗吉耶洛、曼迪卡尔多各让一步；但两人都不同意。阿格拉曼退而求其次，要他们延到大军胜利后——估计约莫要五六个月——再战；两人仍然态度强硬，不同意！

其实，对比武反对最强烈的不是阿格拉曼或任何有先见之明的参谋，而是多洛丽丝。她不断地悲伤痛哭，要求曼迪卡尔多放弃决斗。

"呜——"多洛丽丝哭道，"如果你一下子要跟这个打，一下子要跟那个斗，教我如何安心度日？你曾为我奋不顾身，我感到十分骄傲；但没想到，你为了微不足道的争端，也是同样拼命——想来你天性里的残暴远远胜过你对我的爱！你若对我还有一点情分，就求你不要再计较罗吉耶洛是否用了跟你同样的徽记。就算你赢了那只老鹰，那又怎样？但若不幸，命运捉弄了你，你教我该怎么办呢？呜……"

多洛丽丝动之以情，不断哭泣哀求，但曼迪卡尔多听不进妇人之言。与罗吉耶洛决斗当然不只是为了一只白色老鹰，其中的胜负成败关系到一个男人的荣耀与勇气。战争的奥妙，女人不懂！

但曼迪卡尔多仍然努力安慰爱人："不要害怕，亲爱的！我身上有赫克托耳的盔甲，手中有'都凌达那'，罗吉耶洛那小子如何伤得了我？你应该擦干眼泪，为我加油！"

多洛丽丝仍然不停哀求哭泣，她的眼泪胜过千军万马，曼迪卡尔多终于让了步。他答应她，阿格拉曼若再度跟他提起停战的要求，他会同意。

◎ 一决胜负

但第二天凌晨，朝阳未升，罗吉耶洛就已经全副武装，在比武场上向曼迪卡尔多叫阵。曼迪卡尔多一听到挑战的号角声，顾不得前晚给爱人的承诺，立即跳下床来，叫侍仆替他着装。他铁青着一张脸，浑身杀气腾腾的，多洛丽丝不敢再提停战的事。

多洛丽丝恳求曼迪卡尔多放弃决斗

曼迪卡尔多整装完毕，迫不及待翻身上马，直奔比武场。阿格拉曼国王以及众参谋、朝臣也在此时到达。双方没延迟多久，开战号角一吹，他们就立即压低长枪，对着彼此冲刺过来了。

在众人的惊呼声中，两枪猛力撞击，惊天动地的咔嚓声，几乎震聋了在场所有人的耳朵。但罗吉耶洛和曼迪卡尔多不动如山，背脊仍直挺挺地端坐马上，安稳有如浪花拍打的礁石。接着他们背道而驰，拉开了距离，然后转过马头，呐喊声中，只见两只白色的鹰对着彼此疾飞过来。众人屏息凝神，脸都白了，各自为自己支持的人悬着一颗心。这次，两枪撞裂成碎片，四下飞射，摩擦力如此之大，有的几乎冒出火花燃烧起来。

罗吉耶洛与曼迪卡尔多同时丢开长枪，拔出剑来。曼迪卡尔多的"都凌达那"是流传千年的旷世名器，罗吉耶洛的"搏力煞"也是众兵家觊觎的稀世珍宝。两人一手拿剑，一手拿盾，近身搏斗起来。两人都直接往对方的护面甲砍，一剑接着一剑，仿佛要摧毁花草乔木的冰雹，威力猛烈。两人也都十分精明谨慎，不但剑无虚发，且不让对方伤到自己要害。

曼迪卡尔多终于先砍出致命的一击，他高举"都凌达那"，劈裂了罗吉耶洛的盾牌，砍穿了他的胸甲，在他的肚子上切开了一个拳头宽的伤口。支持罗吉耶洛的人惊呼一声，心都凉了。

但受伤的野兽更狂暴，罗吉耶洛也是，他在盛怒中予以反击，"搏力煞"对着曼迪卡尔多当头劈下，劈得他七荤八素，松掉了手中的缰绳。曼迪卡尔多倒向马屁股，左右摇晃了三次，脚差点儿滑出马镫摔下来。但他不愧是沙场老将，虽然脑袋还一片混沌，仍然本能地拉高马头，让马立起来，踢向对方；他甚而睬着马镫站起来，右手抡起宝剑向罗吉耶洛当头砍下。曼迪卡尔多确信这一砍一定能将罗吉耶洛劈成两半，要了他的命。

但罗吉耶洛的身手比对方想象得要快，曼迪卡尔多的宝剑尚未砍下，他迅雷不及掩耳地将"搏力煞"刺出去，正中曼迪卡尔多腋下没有盔甲保护的缝隙。罗吉耶洛随即抽出宝剑，一道鲜血跟着喷出。

曼迪卡尔多腋下中剑，右手的力道大减，但他一剑砍下，仍然劈中罗吉耶洛的头盔。罗吉耶洛整个头隐隐作痛,当然他不会退缩,马刺一踢,他近身往曼迪卡尔多的右腹奋力一刺,终于在他的腹部也划出了一道极深的伤口。

曼迪卡尔多怒不可遏,嘴里发出狂暴的诅咒声,他把左手的盾牌一丢,两手握剑,准备用最后的力量做殊死战。

罗吉耶洛见曼迪卡尔多把盾牌丢开,大声嘲弄他道:"你已经告诉众人,你不配用赫克托耳的徽记:之前你不但用力砍击它,现在甚至把它丢在地上——你再也没有权利宣称你拥有这个徽记!"

曼迪卡尔多大怒,但没有回应,他双手高举"都凌达那"向罗吉耶洛的头盔劈下;这一劈,劈裂了罗吉耶洛的护面甲,然后往下划开他的胸甲,最后砍在他的大腿上。罗吉耶洛的脸、胸口都没有受伤,但大腿被劈出了一道几乎见骨的伤口。

曼迪卡尔多的死亡

罗吉耶洛的两处伤口血流不止，不但染红了盔甲，且顺着马腹滴下，在场许多人都觉得他已处于劣势。但罗吉耶洛岂是俎上鱼肉任人宰割？曼迪卡尔多砍中他的大腿时，他强忍剧痛，勠力刺出"搏力煞"，"嚓"的一声，剑尖刺穿盔甲，从曼迪卡尔多的左胸进入约一拳头深，直达心脏。

曼迪卡尔多震颤了一下，但随即强吸一口气，举剑再度向罗吉耶洛的头盔劈下去。若不是心脏中剑，耗尽了元气，曼迪卡尔多这一劈，恐怕要带着罗吉耶洛同上黄泉路了，因为"都凌达那"砍裂了罗吉耶洛的头盔，劈中他的脑壳，伤口有两寸深。

罗吉耶洛双眼一黑，摔下马来，一脸都是血。曼迪卡尔多跟着也摔下马。众人眼看罗吉耶洛先落马，都以为曼迪卡尔多赢了。多洛丽丝更是喜极而泣，双手朝天，感谢真神对结局的安排。

然而，悲喜双方很快交换了心情。罗吉耶洛勉强地爬了起来，曼迪卡尔多却一动不动，没了呼吸。阿格拉曼及其他国王、骑士纷纷拥抱罗吉耶洛，恭喜他赢得胜利。每个人的祝福都是诚挚的，只有葛拉达索；他暗地咬牙切齿，内心充满嫉妒，因为他虽然如愿可以获得"都凌达那"，但所有的欢呼、荣耀都没他的份儿！

阿格拉曼的欣喜无法言喻，诚然，若不是麾下有罗吉耶洛这名大将，当年他岂有信心率兵渡海来攻打查理曼？如今，罗吉耶洛发挥神勇，杀死了鞑靼王亚格利坎的继承人，阿格拉曼对他的珍视更胜以往。

宫廷御医已经检查过罗吉耶洛的伤口，宣布说无生命之忧，但至少得卧床休息一个月。阿格拉曼命手下将罗吉耶洛移到他的皇帐内，以便他亲自照料看顾。

抽签决斗　289

让你的理性被全然的愤怒征服,
不要做出抵抗,让盲目的狂怒
驱使你的双手中伤你的朋友;
然后再为这些行为哀伤,
错误怎么能够轻易纠正着!
唉!我为自己在上一篇诗中
那些愤怒的词语而悔恨,
并且诅咒自己,但这只是徒劳。

Quando vincer da l'impeto e da l'ira
si lascia la ragion, né si difende,
e che 'l cieco furor sì inanzi tira
o mano o lingua, che gli amici offende;
se ben dipoi si piange e si sospira,
non è per questo che l'error s'emende.
Lasso! io mi doglio e affliggo invan di quanto
dissi per ira al fin de l'altro canto.

相思难熬

布拉达曼特在孟托邦痴痴等着罗吉耶洛到来，希波佳回来后，已经一五一十把罗吉耶洛的事报告给她听。希波佳说，罗吉耶洛承诺，再过十五天，最多二十天，一定会来孟托邦提亲，并受洗成为基督徒。

布拉达曼特对这样的承诺悲伤不已：战事正紧，谁晓得会不会有其他变数呢？再者，罗吉耶洛为何忽视他们之间的约定，先去效忠阿格拉曼？

"噢！罗吉耶洛，"她哀叹，"阿格拉曼的父亲特洛郡国王是你的杀父仇人呀！你难道不知道吗？你为何还为他出生入死、为他在沙场上争取他不配享有的荣耀呢？"

希波佳极力安慰女主人，跟她保证罗吉耶洛绝对是个信守承诺的男子，要她在孟托邦安心等待。布拉达曼特经此安慰，终于不再以泪洗面，然而，等待的日子是多么难熬！每个夜晚，她辗转难眠，睁眼到天明；天亮起身后，又盼望着满天星斗的夜晚快快降临。

这样的日子才挨了几天，布拉达曼特就从哥哥理查德的口中得知了玛菲莎的存在。理查德不但描述玛菲莎的英勇，且大大称赞她的美丽，最后并下结论说，罗吉耶洛在效劳阿格拉曼的路上有玛菲莎陪伴，真是再好不过了。

布拉达曼特也高兴罗吉耶洛一路上有这么身手不凡的同伴相随，但她内心里隐隐有种焦虑：玛菲莎若真如传闻中所说的那般美丽，罗吉耶洛与她朝夕相处，难道不会动心吗？想到这个可能，布拉达曼特寝食难安。

就在这难耐的等待里，某日黄昏，一个人出现在孟托邦——不是罗吉耶洛，而是这城堡的主人，里纳尔多。原来，他获知莫吉斯和威维昂落在伊斯兰教徒手里后，就起程赶回；只是他到家前，这件事早已解决了。里纳尔多与母亲、妻子、儿女以及其他家人拥抱问好；在家待了两天后，他带着兄弟以及诸多亲众出发前往巴黎。

布拉达曼特称病没有同行，她确实病了——相思病！除了想念罗吉耶洛，她的内心也因嫉妒玛菲莎而痛苦、难过。就这样，分分秒秒都难熬的日子终于过了二十天，但罗吉耶洛并未信守承诺出现。

布拉达曼特经常爬上高塔，眺望远方，期待看到熟悉的身影；她也常常骑着马到路上等待一个惊喜，但她的想象、期望一次又一次落空。日子又过了三天、六天、八天、二十天。看不见爱人到来，布拉达曼特陷入绝望的深渊；她美丽的双眸经常蓄着泪水，心口总是说不出的痛。

"哦！"她捂着胸口呻吟，"我为何还苦苦思念那已不在乎我的人呢？傲慢的男人，你明知我爱你、仰慕你，却刻意避而不见！你害怕我对你倾诉相思、痛苦；怕我用情绑住你，才故意躲着我、不敢现身！

"然而怪他又有何用呢？是我自己的痴狂让我失去了理智，让我一步步堕入痛苦的深渊。哦！梅林、梅莉莎，你们在古墓里所开示给我的，难道只是假象？你们说我的身体将孕育出明君圣主，难道只是为了让我活在虚构的期望里，因为你们嫉妒我原有的平静？"

◎ 嫉妒难耐

这样悲伤、忐忑的日子又过了一个月，有一日，布拉达曼特如往常一样，骑着马在孟托邦对外的道路上漫游着，期待着一个忽然降临的惊喜。这时，迎面来了一个骑士。布拉达曼特赶紧上前与之攀谈。

这骑士来自葛世康郡,战争伊始即被伊斯兰教徒俘虏,最近才逃出来。布拉达曼特问他有关伊斯兰教阵营的事,他知之甚详。骑士告诉布拉达曼特罗吉耶洛如何打败曼迪卡尔多,以致身受重伤,必须卧床一个月的事。

布拉达曼特探知爱人爽约的原因,心头多日来的疑惑稍减,但骑士却继续描述说,有一位女勇士,名叫玛菲莎,与罗吉耶洛过从甚密。伊斯兰教阵营的人都相信他们是一对恋人,因为玛菲莎十分骄傲,从不把任何人看在眼里,但罗吉耶洛疗伤期间,她却日日前往

可恨的布鲁奈洛终于因为他的罪行受到了惩罚

他的帐篷慰问陪伴。众人都相信,等罗吉耶洛伤愈,他们就会宣布婚事——他们的结合一定会生出世世代代的英雄好汉,整个伊斯兰教阵营都深深盼望。

这个骑士所说的话并不是凭空想象,的确,整个伊斯兰教阵营都在这么谣传。布拉达曼特听了骑士的话,心中忍不住烧起一把妒火;她忘了道谢,忘了教养,忽地拉转马头就往孟托邦的方向奔走了。

布拉达曼特连盔甲都没来得及脱,就整个人摔到床上去,抱头痛哭,她怕引来母亲或侍女的关注,不敢出声号啕,硬把被子塞到嘴巴里,压住哭泣的声音。

"哦!"她埋在被子里,哽咽地对自己说,"我还能相信谁呢?如果连

相思难熬 293

罗吉耶洛这么优秀、杰出的男人都不晓得忠诚为何物，这世界上还有哪个男人值得信赖？噢！罗吉耶洛，你这么高贵、这么英俊、这么勇敢，为何竟没有忠贞这样的操守来衬托呢？忠贞是所有品德的源头啊！你若如此轻易就背叛诺言，怎么向自己的良知、正义感交代呢？

"你偷走了我的心，我要你把它还给我！我现在就可以结束自己的痛苦，只恨不能在拥有你的爱时离开人世。上天若能让我在爱的拥抱中死亡，死一百次我也无憾！呜——"

泣诉到此，布拉达曼特忽然从床上跳起来，拔出剑就往自己左边胸口刺下去。所幸，她仍穿着盔甲；她发现一剑未刺死自己，泄了气般坐回床上，寻死的冲动逐渐平息下来。

"噢！愚蠢的女人，"她喃喃自语，"你出身不凡，岂能用如此鄙陋的方式结束自己？光荣地战死沙场才配得上你的家世！"

布拉达曼特命人在盔甲上刻了一个视死如归的徽记，穿在身上提醒自己此次出门的目的。整装完毕，她连一个侍仆都没带，就骑上艾斯多弗之前交给她看管的神驹拉比冈，带着纯金打造、一触就能把对手挑下马来的长枪，一个人悄悄离开了孟托邦，前往巴黎。

◎ 奇特的待客之道

布拉达曼特兼程赶路，很快经过了几个城镇。这日，要进入克洛蒙郡时，她远远看到一列队伍在行进，带头的是一位高贵美丽的姑娘，姑娘的马鞍上悬挂着一副盾牌，左右有三名骑士并骑，后面随行的仆从、侍女有数十人。布拉达曼特在队伍经过她时，好奇地询问其中一个侍仆带头的姑娘是何人。侍仆回答道："她是冰岛女王的使者，奉命送一张盾牌给查理曼，再请查理曼把盾牌送给他认为最英勇的武士，而这名武士将有机会成为女王的夫君。冰岛女王十分美丽，又极有权势，她坚持未来的夫君无论在勇气或武艺方面，都必须有过人之处。女王希望能在法国查理曼大帝的麾下找到这样杰出的男子。

与大使并骑的三名骑士分别是瑞典国王、哥登堡国王以及挪威国王，他们都是冰岛女王的追求者，在武艺、战争上的成就少有人能及，但女王并不认为他们是全世界最英勇的武士。女王告诉他们说：'我现在派人送一张纯金打造的盾牌给查理曼大帝，请他转送给他心目中最有成就的武士。你们当中谁能以武艺取回这张盾牌，我就嫁给他。'

这三位国王就是因为女王的这番话，才千里迢迢渡海来法国。他们早就下定决心，拼了命也要将盾牌夺回。"

布拉达曼特仔细听完侍仆的话，心想，这张盾牌恐怕要在查理曼的勇士间引发不少的争端口角，实在不是件好事！除了担心此事，她内心里更被一件烦恼所占据，那就是她与罗吉耶洛之间剪不断、理还乱的感情。

布拉达曼特心里愁烦，不知不觉太阳已经西下。放眼望去，并没看到可供落脚的人家，她心里开始着急起来；因为乌云满天，恐怕要下雨了，露宿野外可不是明智之举。

这时，一个牧羊人赶着一群羊儿经过，布拉达曼特上前向他探问，附近可有供人过夜之处。牧羊人说离此不远有一座古堡，叫作崔士登堡，但不是每一个人都能求宿，因为后到的求宿者必须向先到的求宿者挑战，打赢了才能留下来。若先到的求宿者是姑娘，后到的求宿者也是姑娘，那么，比较美丽的那位才可留下，另外一个必须离开。

布拉达曼特问崔士登堡在何处，牧羊人跟她说明方向、距离后，她策马奔行，找到古堡时，天已经全暗了。布拉达曼特大声叫门，门房告诉她说已经有人求宿了，她回答道："我知道规矩。进去叫人吧，我可不想露宿外头！"

先到的求宿者原来就是布拉达曼特之前遇到的冰岛女使以及陪行的三位国王。他们因为专心赶路，所以先布拉达曼特一步到达崔士登堡，孰料，晚餐还未上桌，就有后到的求宿者挑战了。

三位国王懒洋洋地起身准备，他们在战场上有许多成就，因此没把偶遇的挑战者看在眼里。三人出来应战时，大雨开始下起来，天气又湿又冷，观

布拉达曼特进入崔士登堡接受欢迎

客人一边听着，晚餐就由管家准备好了

众全都挤在亮晃晃的阳台上。布拉达曼特速战速决，只听接连三次惊呼，三位国王一个接一个被她刺中，摔下马来，趴在泥水里。

堡主客气地将胜利者迎进去，失败的那三个，当然请他们留在室外了。灯火通明的大厅十分气派豪华，布拉达曼特脱下头盔，众人吃了一惊，没想到刚才瞬间将三名骑士刺下马的，竟是一位女子！堡主曾见过布拉达曼特，认出她后，态度更是恭谨。

不久，晚餐准备好了，堡主请布拉达曼特、冰岛女使进入餐厅。布拉达曼特见大厅的四周墙上画满了堂皇的壁画，画里都是圣经或神话的故事，颜色、人物、场景美不胜收，不禁徘徊仔细观赏。堡主催请客人用餐，忽然，他想到先来后到的规矩中有一项被忽略了，那就是，若有两位姑娘先后求宿，那么只有比较美丽的那一位可以留下。堡主立即召来管家、仆役，要他们裁判，哪一位姑娘有资格留下，哪一位必须离去。

管家、仆役数十人围靠过来，仔细品评布拉达曼特和冰岛女使的长相、丰姿。最后，众人都认为布拉达曼特比较美丽，冰岛女使必须离去。

冰岛女使臭着一张脸，站起来准备走出去，但布拉达曼特阻止了她。布拉达曼特对堡主说，她进入城堡时，众人并不知道她是女子；她是在被视为男子的情况下，打败三名骑士进来的，因此现在就不应该拿她与另外一位女子比较。再者，假若冰岛女使比她美丽，那么，她应该因打败三名骑士而留下，还是因为不如另外一位女子美丽，而必须离去呢？

堡主听布拉达曼特言之有理，不再坚持规矩，布拉达曼特也走到冰岛女使身边，牵起她的手回桌坐席。饮宴间，堡主为客人解释壁画的故事以及崔士登堡比武规矩的由来。

什么状态比相爱
更甜蜜、更喜悦？
谁的生活比爱的奴隶
更快乐、更美好？
除去那些猜疑的不安，
那些忧虑，那些折磨，
那些我们称之为
嫉妒的疯狂与热情。

Che dolce più, che più giocondo stato
saria di quel d'un amoroso core?
che viver più felice e più beato,
che ritrovarsi in servitù d'Amore?
se non fosse l'uom sempre stimulato
da quel sospetto rio, da quel timore,
da quel martìr, da quella frenesia,
da quella rabbia detta gelosia.

兄弟相认

里纳尔多率领兄弟、部下离开孟托邦后，兼程赶路回巴黎。一群人浩浩荡荡走了一天一夜，在第二天黄昏时遇到了一位骑士和一位姑娘。骑士的盔甲又黑又亮，宛如貂皮，中间刻着一道闪电。

里纳尔多的队伍由理查德带领，骑士看他威风凛凛的，料他身手不凡，遂开口向他挑战。理查德从不让挑战者失望，策马奔了一段距离后，拉转马头，对着骑士冲刺过来。里纳尔多等人驻马在一旁观战。

理查德本以为可以速战速决，以免耽误行程，想不到他的长枪失去准头，从骑士的盾牌滑过，而骑士的枪却不偏不倚刺中了他的护面甲，将他击下马来。

亚拉尔吆喝一声，跟着上场，但瞬间也被挑下马来，趴在地上。接下来，威维昂发出呐喊声要替两个兄弟报仇，里纳尔多见状大叫说："等等！第三个轮到我。"但他还没戴好头盔，威维昂已经冲出去了，结果也摔得四脚朝天。

莫吉斯、李察都想接着上场，里纳尔多只好对他们说道："我们还得赶路到巴黎呢！"他的意思是，没有时间让他们一个个被摔到地上去，否则整个行程都要被耽误了，但他很有大家长的风范，没有把话说得这么直白。

里纳尔多与骑士背道而驰了一段距离，然后拉转马头，压低长枪，对着彼此冲过来。两人力攒长枪，猛力刺出去，长枪互击，有如玻璃般震得粉碎，两匹马也撞在一起，两人往后跌坐在马屁股上。拜亚德身经百战，呼地就站了起来，但骑士的马却摔断了背脊，当场毙命。骑士身手敏捷地从地上跃了起来，毫发无伤，朗声对里纳尔多道：

"阁下！这匹马可是我的宝贝，我若不替它讨个公道，怎么对得起它？"

里纳尔多不温不火地对骑士道："你若只是为失去爱马而战，没别的理由，我可以送你一匹马，价值绝不输死去的这一匹。"

"阁下若以为我在乎的是这匹可怜的畜牲，那就太不上道了。要骑着马或下马来，随阁下高兴，我想试试阁下在剑术上的造诣。"

"那就恭敬不如从命，"里纳尔多回答道，"我会命同伴先行，到预定的驻扎地等我，阁下不用担心车轮战。"

里纳尔多只留下一名侍仆替他牵马，其他人都继续前进。等队伍的旗帜看不见了，里纳尔多跳下马来，与骑士开始以剑展开近身搏斗。森林里回荡着两剑互击互砍的巨响，令人惊心动魄。两人足足战了一个时辰，太阳都西沉了，仍分不出胜负。他们之间并无仇恨，也没愤怒，全力奋战都只是为了武士的荣誉。

很快，天色全部暗下来，里纳尔多与骑士在微弱的星光下继续鏖战，两人虽然使尽全力，但并不想伤害对方性命，因为两人都对彼此产生了惺惺相惜之情。

终于，里纳尔多先开口问骑士愿不愿意第二天再战，因为摸黑搏斗实在无趣，他并邀请骑士与他到驻扎地过夜，那样比较安全。骑士忙不迭地同意了，于是两人并肩而行，前往驻扎地与其他人会合。

在路上，两人彼此介绍姓名、身份。这个骑士原来就是吉东·赛法吉欧。大家还记得他吧？他是克莱孟家族流落在外的血脉，是里纳尔多同父异母的亲兄弟，此番千里迢迢从黑海来到法国，就是为了认祖归宗。

真是不打不相识！当吉东知道与他鏖战多时的对手就是里纳尔多时，简直惊喜交加！他解释了自己与克莱孟家族的关系，并恳切地对里纳尔多说：

"我来到法国就是为了给你荣耀，没想到反而差点儿对你造成伤害。请你告诉我，我该怎么做，才能弥补之前的莽撞？"

里纳尔多不断地与吉东拥抱，这个铁汉子高兴得眼眶都湿了。他对吉东说：

"千万别再提道歉的事！有你这样的兄弟，大家高兴都来不及。你若温顺和气，我们可能还不相信你所说的话呢！虎父无犬子，从你不凡的身手，就可确定你身上流的确是艾蒙（里纳尔多的父亲）的血。"

两人到达驻扎地，里纳尔多跟众人介绍吉东的身份，大家都觉得惊喜，轮流与他拥抱，并表达欢迎之意。吉东颇有人缘，很快就赢得所有人的好感。像他这么英勇的武士，任何时候都会受到欢迎，更何况巴黎战事正紧，查理曼正需要像他这样的生力军。

◎ 夜袭

第二天凌晨开拔，一行人走了一整天，终于来到离巴黎城约十里远的塞纳河畔。在这里，他们遇到了黑白兄弟葛里风和亚魁朗，以及圣城总督参孙奈特。吉东也一眼就认出了葛里风与亚魁朗，因为他们一人穿黑盔甲，另一人穿白盔甲，众人皆知。

这些英雄武士以及里纳尔多从孟托邦带来的七百名亲兵部属，当晚即驻扎在河畔的森林里。里纳尔多在军帐里运筹帷幄，决定当夜就对伊斯兰教徒展开突击。太阳西下后，众人先养精蓄锐，到了午夜时，里纳尔多率领葛里风、亚魁朗、威维昂、亚拉尔、吉东、参孙奈特等人摸黑潜往伊斯兰教驻军的前哨。满天星斗下，杀戮悄悄进行，不久，里纳尔多等人突破防卫，带领着跟在后面的部队神不知、鬼不觉地逼近伊斯兰教阵营。

这时，尖锐的号角声忽然划破夜空响起，被惊醒的伊斯兰教徒惊慌失措，他们来不及穿上盔甲、拿起武器，里纳尔多的军队已经攻到了。整个阵营回响着咚咚的战鼓声，一顶一顶的帐篷被扫倒，落单的伊斯兰教士兵遭战马践踏，慌乱奔逃中，惨叫声此起彼伏。更令伊斯兰教徒心惊胆战的是"里纳尔多""孟托邦"的呐喊声响彻云霄。

养兵千日，用在一时。里纳尔多的七百名家兵中有许多身手不凡的武士，他们的英勇与出身并不下于诸多著名的勇士，但他们视里纳尔多如兄如父，彼此早就培养出坚不可破的袍泽之情。今夜一战，证明了里纳尔多带人带心的成功，因为每一个人的英勇表现都可圈可点。

突袭展开时，阿格拉曼国王才刚入睡；战事吃紧，他已经许久没睡过一场好觉了。朦胧间，只听帐前侍卫喊他道："陛下！敌人大举来攻，您再不撤军，恐怕要落入敌手了！"

帐外马蹄杂沓，阿格拉曼看士兵死的死、逃的逃，乱成一团，一下子茫然不知如何做决定。这时，马西里斯、萨布里诺、费拉乌等也都赶到了。他们力劝阿格拉曼先撤军到阿勒斯，那里有天然屏障，进可攻、退可守，等休养生息后，再整军攻打基督徒，摧毁查理曼。

"不能再犹疑了！"他们说，"如果落在里纳尔多手里，大家只有死路一条！"

阿格拉曼心有不甘，但事情迫在眉睫，由不得他多想，在两万名士兵的保护下，撤退到阿勒斯。阿格拉曼没有忘记爱将罗吉耶洛，他命人准备了一辆舒适的马车，将罗吉耶洛载到较安全的地方，然后由船接驳，一路平安送到阿勒斯。

来不及撤退的伊斯兰教徒仍有十万之多，里纳尔多乘胜追击，痛宰敌人，山坡上、森林里、原野间，尸体处处横陈，鲜血染红了绿色大地。但伊斯兰教阵营中，有一人并不急着撤退，那就是葛拉达索，当他听到带兵来袭的是里纳尔多时，反而窃喜不已。

◎ 夺马之争

葛拉达索率一万大军来投效阿格拉曼，其实有两个野心：一是夺取罗兰的宝剑"都凌达那"；二是抢得里纳尔多的神驹拜亚德。罗吉耶洛打败曼迪卡尔多时，已顺便为他赢得"都凌达那"，如今里纳尔多自己送上门来，他在军帐里兴奋得坐不住，双掌不停互击，感谢真主提供给他这个大好机会。

葛拉达索穿好盔甲，带着"都凌达那"出帐去找里纳尔多，挡在他面前的，不管是基督徒还是伊斯兰教徒，他一律砍杀。他一面杀，一面喊着里纳尔多的名字，要他现身。终于，他远远地看到了里纳尔多。

"哈！"葛拉达索大叫一声，"总算让我逮到你了。看你往哪里跑？你乖乖地把拜亚德交给我，我可以饶你一命；否则，不管你是上山下海，还是躲到地狱去，我都会把你找出来——"

莫吉斯和威维昂在旁听到这么嚣狂的话，马上举起剑来，要向葛拉达索砍过去。但里纳尔多立即阻止了他们，大声说道："我自己来解决！"

里纳尔多转向葛拉达索，鹰一般的双眼凌厉地盯着他说："阁下想要拜亚德，是吗？有本事就来抢，跟我来吧！"说罢，他策马往附近的一片森林奔去。葛拉达索紧跟在后。

他们来到森林中的一片空地，里纳尔多跃下马来，将马缰系在一根树枝上，然后对葛拉达索道：

"这匹马就绑在这里。你若打败我，或杀了我，它就是你的了；但我若打败你，你就得把'都凌达那'交给我。"

葛拉达索同意，也跃下马来，两人决定不用长枪，直接用剑。里纳尔多身手矫捷，不断变换姿势，从最有利的角度出击，里纳尔多剑无虚发，招招砍中葛拉达索的头盔或盔甲的接合处，但葛拉达索的盔甲是由铁石所铸，里纳尔多的威猛力道虽砍得他七荤八素，却伤不了他。

葛拉达索的剑术比不上里纳尔多，但他使起削铁如泥的"都凌达那"，仍然剑风凌厉。两人斗得正酣时，旁边忽然有怪声发出，里纳尔多和葛拉达索不约而同往声音来处望去，惊讶地发现拜亚德也在奋战——一只长相怪异的巨鸟凌空扑下，锐利的爪子足足有一尺长，两张翅膀有如两张巨大的帆。

拜亚德驰骋沙场多年，充满爆发力，见巨鸟来袭，马上咬断了绑在树枝上的缰绳，然后扬起前蹄，向敌人踢去。巨鸟见马儿反击，倏地腾往空中，盘旋一阵后,又扑下攻击拜亚德。如此连续几次,拜亚德处于劣势,只好往林深处跑去,但巨鸟紧跟其后,锐利的双眼透过树梢追逐着它的身影。拜亚德往树木茂密处一直跑,最后躲进了一个洞穴,才摆脱了巨鸟的凌虐。

拜亚德失去踪影后,里纳尔多和葛拉达索同意暂停决斗,先把神驹找回来再说。两人约好了,不管谁先找到拜亚德,都要把它带回林中空地来;届时,他们再一决胜负,看谁有本事当拜亚德和"都凌达那"的主人。

葛拉达索骑上马,追着拜亚德的足迹而去;里纳尔多徒步,远远落在后面。找了半天后,里纳尔多返回林中空地,怕葛拉达索已经把马找回了,在等他。但他左等右等,不见人迹马踪;天黑时,他决定先返回军营。

葛拉达索的运气好多了,他在拜亚德藏身的洞穴附近刚好听到它的嘶鸣声,于是顺利找到了它。葛拉达索当然记得与里纳尔多的约定,但神驹已然到手,他也就不介意用这么"和平"的方式赢得奖品。他告诉自己说:

"我千里迢迢从印度群岛来到法国,就是为了获得这匹马。里纳尔多若真的爱它,为何不到印度群岛去找我要?到时,我再跟他一较高下也不迟!"

葛拉达索合理化了自己背信的行为,直接回到阿勒斯;不到两日,他率领自己的大军,带着"都凌达那"、拜亚德回乡去了。

虽然是同一阵营,阿格拉曼吃了败仗,葛拉达索却赢得了大胜利,因为他到法国打仗的两大目的都达到了。

我许诺过，但不小心忘记了，
我记起我因为疑心与你认识，
这疑心，激怒美丽的布拉达曼特，
与她的心上人罗吉耶洛对阵；
这疑心，进入她的胸膛，
吞噬了她的心，咬啮与钉刺着，
其中的不快与痛苦更甚于
从理查德那里得来的。

Soviemmi che cantar io vi dovea
(già lo promisi, e poi m'uscì di mente)
d'una sospizion che fatto avea
la bella donna di Ruggier dolente,
de l'altra più spiacevole e più rea,
e di più acuto e venenoso dente,
che per quel ch'ella udì da Ricciardetto,
a devorare il cor l'entrò nel petto.

怪物"哈皮"[1]

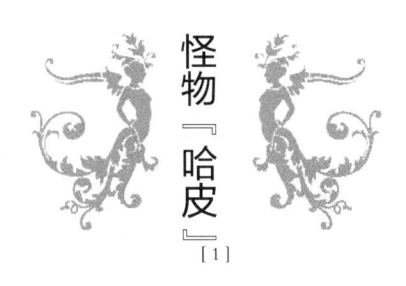

艾斯多弗将拉比冈以及黄金打造的长枪交给布拉达曼特看管后,骑着飞马腾空而去。他由东而西飞越了整个法国,接着由北往南,来到法、西边境;每一个城市、每一座山峰、每一条河川的景致,他都仔细欣赏。然后他由大西洋岸的非洲往东飞到埃及,中间经过了摩洛哥、欧朗、波汶、阿尔及利亚,以及尼罗河。越过了尼罗河后,他计划穿过依索比亚,然后往奴比亚去。

奴比亚国王仙纳波是一位虔诚的基督徒,在他的统治下,国家兴盛富强,全非洲属一属二。艾斯多弗决定暂停飞行,去拜访这位国王。

仙纳波虽然是非洲最富有的国王,却双眼失明,看不见自己堆积如山的财富和金碧辉煌的宫殿。除了眼盲,他还有一个更大的不幸,那就是他虽富有,想吃什么有什么,但他却长期处在饥饿中。原因是这样子的:

据说仙纳波国王年轻的时候,十分英俊潇洒,拥有许多娇妻美妾,并且武艺高强,在战场上成就非凡。他因而变得目中无人,妄自尊大,最后竟然异想天开,计划登天攻打上帝。他设定的第一个目标是伊甸园——亚当与夏娃曾经生活的地方;他想探知那里是否还有人居住,若有,他打算征服他们,将他们纳为自己的子民。

艾斯多弗骑马腾空飞行

计划确定，傲慢的仙纳波率领骆驼、大象以及一支勇猛的军队出发了。上帝派遣天使反击，一日之间歼灭了仙纳波的十万大军。仙纳波被罚失去了双眼，不仅如此，即使面对山珍海味，他也吃不到一顿饱饭，因为每当仆人将食物准备好时，一群来自地狱的怪物"哈皮"就蜂拥而至，用它们尖利的喙和爪子将食物抢食一空。桌上即使有碎屑残余，仙纳波也没办法吃，因为这些"哈皮"一边抢食的时候，也一边排泄，不但弄污了食物，粪便的恶臭更是充塞其间，令人作呕。

艾斯多弗骑马飞行

有一个先知告诉仙纳波说，他的困境只有一位骑着飞马来访的骑士才能解决。这个预言听起来简直是天方夜谭，仙纳波早就绝望了。

这日，艾斯多弗骑着飞马冉冉而降，惊诧的市民争走相告，仙纳波很快也得知了消息，多年前的预言在他脑海里一闪而过，于是在侍仆的搀扶下，他赶紧来到艾斯多弗降落的广场。

"啊！天使，"仙纳波伸出双手，嘶哑着声音祈求，"我已为自己侮慢的僭越深深忏悔，我不敢要求双眼复明，只求您赶走这些污臭的'哈皮'，让我有生之年能够吃一点东西。我一定会把这座宫殿改建成圣堂，奉献给您，并在墙上镌刻着您的圣名及圣迹。"

"我不是天使！"艾斯多弗回答，"我跟你一样，只是个满身罪孽的凡人。

艾斯多弗参观奴比亚国王仙纳波金碧辉煌的宫殿

怪兽"哈皮"抢夺国王的食物

艾斯多弗用法螺将"哈皮"赶走

但我会帮你赶走那些怪物,我若成功了,你就将它归诸天主的恩典吧!因为是它指引我飞到这里来的。"

仙纳波握着艾斯多弗的手,一起走进用餐的大厅,侍仆很快摆了满桌的菜,仙纳波以为终于可以好好吃一顿了,不料,众人的耳边忽然扇起一阵狂风,接着七只"哈皮"从空中俯冲而下。每一只"哈皮"的脸都满布皱纹,仿如老妇人,脸色死白瘦削、鼓胀的肚子、蛇一般的尾巴。众人才感到一阵风扇起,转眼一群"哈皮"已经狼吞虎咽起桌上的食物;它们一边吃,一边排泄,众人掩住鼻子无法呼吸——实在太臭了!

艾斯多弗拔出剑来,对着"哈皮"猛砍,他一下砍中这只怪兽的头,一下劈中那只怪兽的腿,但却像刀刀砍在棉花或软布上般,伤不了它们分毫。艾斯多弗想起了他的法螺,看来只能靠它了。

怪物跑进山洞里

他请仙纳波以及在场的爵爷、骑士用蜡封住了耳朵，免得被法螺吓到，然后请侍仆整理餐桌，再度把珍馐佳肴端上桌。"哈皮"闻到菜香，像之前一样又飞了进来。艾斯多弗连忙吹起法螺。果然，那些怪兽听到恐怖的法螺声，吓得惊慌失措，连滚带爬地往皇宫外飞出去。

艾斯多弗乘胜追击，赶紧骑上飞马追出去，一边继续吹着法螺，最后把那些"哈皮"赶到一座山脚下。山脚下有一个黑乌乌的大洞，几只"哈皮"争先恐后挤进洞里，消失不见了。艾斯多弗看旁边有许多石头、大树，于是就地取材，砍树搬石把洞穴封了起来。

◎ 人间乐土

解决了"哈皮"后，艾斯多弗骑上飞马，继续游历世界的旅程。下一站，他想飞越依索比亚境内最高的山峰，据说那里离月亮最近。飞马越飞越高，终于来到山顶，艾斯多弗放眼望去，只见山坡上闪闪发光，仿佛铺满了各种颜色的宝石：蓝宝石、红宝石、黄金、钻石、黄玉等。此外，到处繁花盛开、果实累累，微风徐徐吹来，夹杂着花香，教人心旷神怡。

原野中央耸立着一座辉煌的宫殿，艾斯多弗骑着飞马缓缓飞过去，一路仔细欣赏着一切，只觉得美不胜收。"世界有七大奇景，全部加起来也比不上这里！"他心里想。

艾斯多弗降落在一座长廊前，讶异地看着周遭的一切，这时，一位白发白须的老者走过来。艾斯多弗看那老者雍容庄严，宛如神仙，连忙恭敬地下马来。

"哦！爵爷，"老者招呼艾斯多弗，"欢迎大驾光临！你来到此人间乐土并非偶然，一切都是天主的圣意。你很快就会得知，如何帮助查理曼打赢这一场圣战。"

原来老者是基督的门徒圣约翰，"人间乐土"正是他以及其他圣者离开人世后居住的地方。"也许你不知道法国还发生了一件大事，"圣约翰接着

宫殿一周至少有三十里

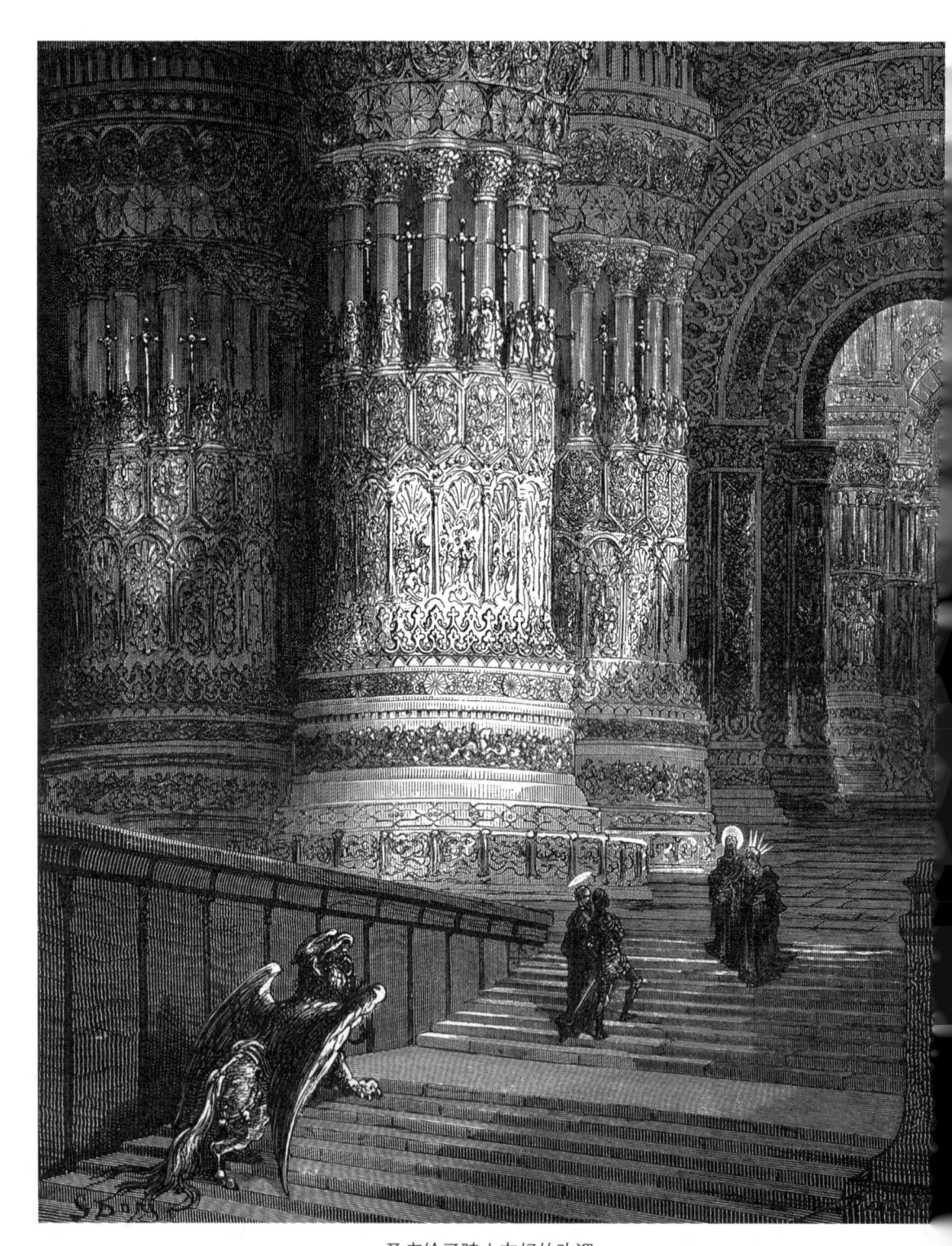

圣者给了骑士友好的欢迎

圣约翰和艾斯多弗寻找"理智"的解药

说道，"罗兰因逾越本分，已受到了天主的惩罚。罗兰天生神力，拥有刀枪不入的体魄；造物主赐给他这样的天赋，就是要他成为护教的先锋。孰知，他为了一个异教女子竟多次企图杀害族兄里纳尔多，甚至怠忽自己神圣的职守。"

如今，天主已剥夺了他的理性，让他认不得任何人——包括他自己。但天主恩慈！对他的惩罚只有三个月。你今天来也负有治愈他的责任；今天晚上，我要带你上月球去，因为治愈罗兰的秘方在那里。"

艾斯多弗听到这些，十分诧异，但不好多问。到了晚上月亮升起时，圣约翰准备好了马车，邀艾斯多弗同行。拉车的马全身火红，仿佛两团燃烧的火球，冉冉离地往月球奔去。

艾斯多弗惊奇地看着逐渐靠近的月亮，发现那里的山川湖泊与地球上的大同小异，但建筑屋宇的形状则十分奇特。不过，他没机会仔细欣赏，因为那不是他们此行的目的。

圣约翰带着艾斯多弗走进两座山脉之间的峡谷，那里储藏着所有在地球上被遗忘的东西：财富、名声、信念、贞操、希望、智慧等，各种有形的、无形的在地球上被遗失或遗忘的事物，在这里全都找得到。

艾斯多弗和圣约翰走过一堆又一堆奇形怪状的东西，最后来到一堆瓶子前，瓶子的形状各异，但排列整齐，其中有一瓶，上面写着"罗兰的理智"。艾斯多弗在圣约翰的指示下，小心翼翼地将那个瓶子取下来。然后两人回到了地球。

注释

[1] 即鹰身女妖。

在古时的岁月，像提玛戈拉斯、帕拉修斯、波留克列特斯、普罗图涅斯、提曼特斯、阿波罗多洛斯、阿佩利斯、宙克西斯这样的艺术家，他们的名声会流传永久，而只要有作家，就会有写作和阅读。

Timagora, Parrasio, Polignoto,
Protogene, Timante, Apollodoro,
Apelle, più di tutti questi noto,
e Zeusi, e gli altri ch'a quei tempi foro;
di quai la fama (mal grado di Cloto,
che spinse i corpi e dipoi l'opre loro)
sempre starà, fin che si legga e scriva,
mercé degli scrittori, al mondo viva:

大败罗德孟

布拉达曼特离开崔士登堡后，很快赶到了巴黎。在城外，她听说里纳尔多突袭成功，伊斯兰教阵营大败，已经撤退到阿勒斯，当下决定也前往阿勒斯。因为，一来查理曼已率大军往那里追，二来，她推断罗吉耶洛一定与阿格拉曼国王同时撤退了。

在往阿勒斯的路上，布拉达曼特巧经罗德孟镇守的窄桥。诸位还记得吧！罗德孟误杀伊莎贝尔后，命人建

罗德孟的巡查兵在窄桥上吹响
号角警示布拉达曼特的靠近

造了一座雄伟的伊斯兰教灵寝来纪念她。他守在墓旁，向所有经过的骑士挑战，到目前为止，除了和罗兰的搏斗未分出胜负外，他尚未吃过败战。被他

打败的骑士，或是当场丧了命，或是被他送回非洲，沦为囚犯。

这日，布拉达曼特远远看到一座壮丽的灵寝，她骑着马离桥还有一段距离，就听到有人吹号角向她挑战。罗德孟全副武装出现在桥的另一头，对布拉达曼特喝道："留下你的马和武器，然后回头，我可以饶你一命。你若想过桥，就得接受我的挑战。"

布拉达曼特来此之前，早就听说过伊莎贝尔的故事，她不屑地回答罗德孟道："你这野蛮的家伙！我知道你杀了无辜的伊莎贝尔，身为女人，我要杀你为她报仇！"

罗德孟知道对手是个女人，轻佻地说道："我若打败你，你得嫁给我！"

布拉达曼特生气地回答道："看你有没有这个本事再说！"

罗德孟一踢马腹，全力冲刺过来，马蹄"嗒啦！嗒啦！"敲在桥面的声音震得河岸的沙石纷纷滚落。布拉达曼特也冲过去，她的黄金长枪拥有魔力，"噗"的一声就将罗德孟挑了起来。罗德孟头下脚上摔在桥面，震得他分不清东西南北。他这辈子攻无不克，未料竟败在一个女人手里，内心十分震惊。

罗德孟和布拉达曼特在交战时摔下窄桥

拉比冈冲过罗德孟身边时，桥面狭窄，几乎没有落蹄之处，眼看马和人就要双双落入河里，所幸拉比冈十分敏捷——它可是风与火的结晶——千钧一发之际，它单蹄踩在桥面边缘，往前腾空一跃。拉比冈智勇双全，及时避开了危险。

布拉达曼特往前冲了一段距离后，回头慢慢踱到趴在地上的罗德孟面前。

"脱下你的盔甲、武器，它们才是纪念伊莎贝尔最好的祭品！"

罗德孟站了起来，默默脱下身上的盔甲。布拉达曼特并没杀他，她命他释放之前被他囚禁的骑士后，让他离去。

布拉达曼特将灵寝上挂的武器全部拿下来，然后只挂上罗德孟的。因为这一战，从此，所有的人都可自由经过伊莎贝尔灵寝前的那座桥。

罗德孟离开时，当然也留下了之前从希波佳手里抢来的法兰堤诺，因此，布拉达曼特不但为伊莎贝尔报了仇，同时也夺回罗吉耶洛心爱的坐骑。她在灵寝墙上刻下打败罗德孟的经过，然后继续往阿勒斯前进，走了三天后，终于来到阿格拉曼驻屯之地。

◎ 挑战爱人

布拉达曼特叫城门的岗哨把法兰堤诺送去给罗吉耶洛，并且替她传话说，她要向他挑战。

罗吉耶洛看到爱驹，十分惊喜，但不知道谁对他这么好，替他送回坐骑，却又向他挑战？难道是罗德孟？他百思不解，怎么样也想不到会是布拉达曼特。

消息传到阿格拉曼与马西里斯的帐内，刚好萨本廷也在场，他立即要求由他迎战，去教训这个不知天高地厚的挑战者。

听到有比武，阿勒斯城内的居民争走相告，没多久，民众携老扶幼，将比武场挤得水泄不通。

萨本廷全副武装，雄赳赳、气昂昂进入比武场，但才一个回合，他就

阿勒斯城居民挤入比武场

被布拉达曼特挑下马来。萨本廷的马像长了翅膀般往前直奔,布拉达曼特赶了上去,抓住马缰,把马牵回萨本廷身边。

"上马吧!"布拉达曼特对趴在地上的萨本廷道,"请你们国王派一位能打善战的骑士出来应战。"

阿格拉曼高坐在看台上,对布拉达曼特所展现的风度颇觉惊讶——她有权力将手下败将拘为俘虏,但她竟让他走了!

西班牙名将葛兰都尼欧接着奔进比武场,他可是著名的火暴浪子,不但脾气坏,而且目中无人。

"你的风度不足取!"他语带恐吓道,"你若落在我手上,非沦为阶下囚不可,但我不会给你这样的机会,因为我更乐意当场杀了你!"

"凭你也配评论我的风度?"布拉达曼特反问道,"回去告诉你们国王,我不是为你这种货色来的,请他派位像样的骑士出来应战!"

葛兰都尼欧听到这么尖锐的反驳,气得说不出话来。他拉转马头,跑出一段距离,布拉达曼特也拉转马头,然后双方猛踢马腹,对着彼此冲刺过来。布拉达曼特的黄金长枪刺中葛兰都尼欧的盔甲,把他挑得在半空中转了一圈,才重重"砰"的一声摔在地上。她奔向前抓住了葛兰都尼欧的马,然后把它送回他身边。

大败罗德孟

布拉达曼特将葛兰都尼欧摔下马背

"我刚刚不是已警告过你,你不是我的对手?"布拉达曼特对葛兰都尼欧说道,"请你转告阿格拉曼国王,请他派个骁勇善战的武士出来,不要再浪费我的时间和精力。"

在场的观众议论纷纷:到底是谁这么轻而易举就能连败两名冠军武士?难道是里纳尔多?还是罗兰?想到可能是这两个煞星,伊斯兰教士兵全冒出一身冷汗。

费拉乌是第三个应战的骑士,他骑着一匹强壮又敏捷的战马,慢慢奔入比武场。双方彼此行礼后,布拉达曼特问道:"阁下尊姓大名?"费拉乌说了自己的姓名。

布拉达曼特听了他的名字后,说道:"我不会拒绝你,"迟疑了一下,她脸红红地接着道,"虽然我以为是另外一个人。"

"谁?"费拉乌问。

"罗吉耶洛,"布拉达曼特回答,"我听说他武艺不凡,特来找他一较高下。"

"让我们先一较高下吧!"费拉乌说道,"我若跟之前两位一样败在你手上,我保证罗吉耶洛会出来替我们争回一点面子。"

布拉达曼特与费拉乌交谈时,护面甲是打开的。看着她美丽的双眸,费拉乌觉得自己几乎已经被打败了。两人拉转马头,各自跑出了一段距离,然后回头冲刺。跟之前两人一样,费拉乌一刺就被挑下马来。布拉达曼特追回了他的马,送还给他时说道:"你可以走了!请记得刚才的承诺。"

费拉乌满脸通红,讪讪地走向坐在阿格拉曼旁边的罗吉耶洛,跟他说挑战者指名要罗吉耶洛应战。终于轮到他，罗吉耶洛很兴奋，虽然挑战者已经连败三名骑士，他仍然充满必胜的勇气。

◎ 缠斗

就在罗吉耶洛穿戴盔甲时，阿格拉曼廷前的朝臣问费拉乌问他是否看出对手是谁。费拉乌回答道："你们都猜错了！挑战者不是大家以为的那几个人之一。我刚才与他交谈时，看得很清楚，那面貌是里纳尔多的弟弟理查德；但据我所知，理查德武艺平平，所以我推测应该是与理查德长得很像的孪生妹妹布拉达曼特。还听说这位姑娘的武艺不亚于她的兄长里纳尔多。"

罗吉耶洛听到布拉达曼特的名字，仿佛心事被拆穿了般，脸上不禁红红的，心头则如小鹿乱撞。同时他也十分迷惘，不知佳人为何事愠怒。她不再爱他了吗？为何来向他挑战？

就在罗吉耶洛犹豫时，玛菲莎已经迫不及待骑上马，奔进了比武场。她想要抢得先机为自己争取荣誉，因为罗吉耶洛若先上场应战，胜利就没她的份儿了。

布拉达曼特在比武场上望眼欲穿，心里盘算着要击中罗吉耶洛身上何处，才不会伤到他，又能俘虏他。这时，玛菲莎奔进比武场了，她的头盔上刻着一只耀眼的凤凰，象征她的骄傲和高洁。

布拉达曼特仔细看她的脸，问她叫什么名字。"玛菲莎。"对方回答。这三个字像利刃般刺进她的胸膛——这女子不就是罗吉耶洛的新欢吗？布拉达曼特心里燃起一股妒火——今天不是你死就是我亡，她一定要为她破碎的爱情报仇！"驾"一声，她拉转马头跑出一段距离，然后回头凶悍地展开攻击。

布拉达曼特的黄金长枪轻易地就将玛菲莎挑下马来。玛菲莎这辈子还未被击落马过，这个全新的经历震撼得她几乎失神；宛如被激怒的狮子般，她敏捷地从地上跃起来，然后拔剑在手，疯狂地扑向布拉达曼特。

布拉达曼特大声喝道："这算什么？你已经是我的手下败将，也是我的俘虏！我可以对别的骑士仁慈，但不需对你善良，因为我早就听说你除了傲慢外，别无长处！"

这一番话有如火上浇油，玛菲莎气坏了，她怒吼一声，举起剑来就往布拉达曼特和她的坐骑狂砍。布拉达曼特大怒，缰绳一抽，马儿训练有素地跳开，她举起长枪往玛菲莎胸口一刺。"砰"的一声，玛菲莎整个人趴在地上，但她立即弹跳起来，再度举剑猛砍。布拉达曼特又刺她一下，玛菲莎又被摆平在地。

◎ 爱恨情仇

这时，许多基督徒出现了。两军驻扎之地相距不到三里，每日数回，彼此叫阵，已经是这几日来司空见惯的作战模式。阿格拉曼见越来越多的基督徒围到场边来，连忙布军迎敌：未穿盔甲的，紧急披袍上挂；远离马匹的，赶紧上马；而全部的人通通回到自己所属的小队。

罗吉耶洛在阿格拉曼的指挥下，也动员了，但他十分忧心比武的结果。这两个女人他都在乎，虽然他真正爱的是布拉达曼特，但对玛菲莎他也有一份诚挚的关心。

不久，基督徒和伊斯兰教徒打起散兵战。布拉达曼特放眼翘望，到处寻觅罗吉耶洛的身影，终于，她看见一只闪闪发亮、昂首待飞的白色老鹰。布拉达曼特凝视着罗吉耶洛强壮的肩膀、宽阔的胸膛以及他整个威武的身躯，心里涨满了甜蜜的忧伤——忽然，她脑海闪过一幅画面：原属于她的怀抱却拥着另一个女人！

"难道我再也不能亲吻那甜蜜可爱的双唇了吗？我若不能，别的女人也休想！我要亲手杀了你。我有什么不忍心的呢？你曾多少次用爱与温存的剑剖开我的心？我要为已死了一千遍的心报仇！"布拉达曼特一踢马腹，全力奔向罗吉耶洛。

"罗吉耶洛，你这个负心汉！"她张口大喊，"我的心不是你的战利品！"

罗吉耶洛听到布拉达曼特的话，也体会到她话里的含意：她是在控诉他违背他们之间的诺言。罗吉耶洛做了一个意欲解释的手势，但布拉达曼特愤恨填心，不给他机会。她狠下心，压低长枪向罗吉耶洛刺过去。

罗吉耶洛不明白爱人为何如此愤怒，但他不动如山，准备挨她一击。布拉达曼特硬起心肠，要把罗吉耶洛刺死枪下，但就在她奔近目标时，她看罗吉耶洛不但不准备反击，甚至把长枪斜向一边，怕误伤她。布拉达曼特忽然心软，出不了手。

这一对恋人第一回合根本没有交锋，但却双双吃了败仗——败在爱神的枪下！

布拉达曼特对罗吉耶洛下不了手，转而将满怀愤恨发泄在周遭的伊斯兰教徒身上，不多久，她的黄金长枪就已挑翻了至少三百个敌人。布拉达曼特单枪匹马打了胜仗，整个伊斯兰教阵营为之震撼。

罗吉耶洛在距离布拉达曼特不远处转来转去，试图靠近她，但一直不得其门而入。终于，他开口大声道："亲爱的！你要我死吗？为何这般折磨我？为何一直避着我，不听我说话？看在老天的份上，听我说一句！"

听到罗吉耶洛如此温柔地哀求，布拉达曼特的心仿如太阳下的冰雪，逐渐融化了。她奔过罗吉耶洛身旁，对他做了一个要他跟上来的手势，然后策马奔向邻近的森林。森林里有一片空地，一座美丽的大理石灵寝拱立其中；布拉达曼特停在墓石前，但她心乱如麻，无心阅读刻在上面的碑文。罗吉耶洛很快也追到了。

玛菲莎远远看到罗吉耶洛跟着布拉达曼特，以为他是要追上去一较高下，完全没料到他是追随着爱。她翻身上马，立即紧跟着两人，也奔进了森林。

在这节骨眼儿，玛菲莎怎么会受欢迎呢？尤其是布拉达曼特，看到情敌到来，分外眼红。这时要是有人告诉她，玛菲莎绝不是因为爱罗吉耶洛而追过来，她如何能信？

"你这个负心汉！"布拉达曼特怒斥罗吉耶洛，"我从别人的嘴里得知你的不忠，这还不够吗？你非得在我的面前炫耀你的新欢？我知道你现在一心一意只想摆脱我，我会一死了之来满足你卑劣的愿望，但我不会白白地死去，要死我也要那伤我心的人一起陪葬——"

说罢，布拉达曼特举起长枪往玛菲莎胸口勠力一刺，玛菲莎整个人飞了起来，然后重重摔在地上，头盔几乎整个埋进土里。玛菲莎并非受到突袭，措手不及；不！她奋勇抵抗，但仍然被挑离了马鞍，头先着地。

布拉达曼特丢开长枪，拔出剑来准备将玛菲莎半埋在土里的头砍下来。但玛菲莎并未摔昏头，这么轻易就被刺下马来，把她气疯了，她敏捷地跃起身来，立即拔剑给予布拉达曼特迎头痛击。

玛菲莎和布拉达曼特很快砍成一团，任凭罗吉耶洛在旁咆哮、恳求，她们完全不听。两个女人都对彼此满怀怨恨，每一剑砍下去都杀气腾腾欲置对方于死地。罗吉耶洛看力劝不成，索性冲入两人中间，将两人的剑都抢夺下来，抛到远处。

玛菲莎和布拉达曼特没了武器，仍然继续缠斗，她们用拳头互捶，用脚互踢。罗吉耶洛没有放弃劝架，他一下拉开这个的手，一下推走那个的身体。玛菲莎傲视群雄，向来不把任何人看在眼里，罗吉耶洛劝架不成，反而惹恼了她，她不顾之前跟罗吉耶洛的深厚友谊，捡起剑来砍向他。

"罗吉耶洛！你这个不识好歹的蠢汉！竟敢干涉我决斗！看我这双手怎么打得你们两个同时告饶——"

罗吉耶洛试着抚平玛菲莎的愤怒，但他讲的话，她一句也听不进去，最后，罗吉耶洛也冒火了，不得不拔出刀来抵抗。对于这个结果，最高兴的人莫过于妒火中烧的布拉达曼特了。她捡起剑来，站在一旁观战：在她的眼里，罗吉耶洛的身手、武艺简直如战神下凡！

◎ 兄妹相认

但罗吉耶洛仍然心存厚道，他的宝剑"搏力煞"削铁如泥，即使有魔咒护持的盔甲、盾牌也无法抵挡，因此他尽量以刀身、刀背出招，以免伤到玛菲莎。然而玛菲莎刀刀不留情，尽是往他的要害猛挥猛砍。终于，致命的一击向罗吉耶洛当头劈下，他及时举起盾牌挡住这一剑；盾牌并没碎裂，但若不是这盾牌是赫克托耳的宝物，这一劈早就卸下他的手臂，直接劈在他的脑门儿上了。

　　罗吉耶洛的左手麻到失去知觉，几乎举不起那只闪闪发亮的白色老鹰，他真的发火了！他决定全力反击玛菲莎。这下你惨了！被罗吉耶洛砍中，你还有命吗？

　　这时，不知什么原因，忽然一阵天摇地动，罗吉耶洛挥出的一刀失去了准头，劈在旁边的一棵丝柏树上，刀锋陷入树身足足有一拳头深。同时，白色大理石灵寝中竟然传出一个巨大的声音：

　　"你们两个不要再打了！兄妹相残是何道理？你——我的罗吉耶洛；还有你，我的玛菲莎，相信我所说的话：你们是由一个子宫孕育，同时诞生的孪生兄妹。你们的父亲是罗吉耶洛二世，母亲是佳拉乔拉。佳拉乔拉的父兄杀害了你们的父亲后，不顾她已经怀有身孕，竟然将她放逐到海上去，任她自生自灭。所幸，她的船在塞尔堤斯安全靠岸，但产下你们后不久，她就死了。当时，我刚好在附近，我安葬了你们的母亲，然后将你们带回家乡卡芮那抚养。我找到一只刚产下子兽的母狮来提供乳汁——你们足足喝了二十个月的狮子奶呢！

　　"一天，我有事外出，一群阿拉伯人经过我们的住处时，把玛菲莎带走了，幸好罗吉耶洛跑得快，未落在他们手里。失去玛菲莎令我伤痛不已，也因此我特别细心照顾罗吉耶洛，怕他有闪失。罗吉耶洛，你深知义父亚特拉斯在世时是如何保护你的周全。我听说上天已注定，你将会因朋友背叛而死于非命，因此想方设法不让你上战场。然而，我的努力徒劳无功，终于悲伤过度而死。

　　"在我死前，我命人在此建造了这座灵寝，因为我早已预见，你们兄妹将会在此发生搏斗；我也要求冥府的守门人卡隆，在今天之前绝对不要将我的灵魂接走。这一阵子，我的灵魂就在这茂密的森林里等待你们的到来。

"布拉达曼特，不要再嫉妒了，好好地爱罗吉耶洛吧！

"现在，我得与这个尘世道别，去向冥府报到了！"

说到此，灵墓中不再发出任何声音。罗吉耶洛、布拉达曼特、玛菲莎都惊奇不已。

罗吉耶洛满心欢喜与玛菲莎相认，兄妹紧紧拥抱，逐渐记得小时候一起说过、做过、经历过的事；回忆涌现，两人更确认灵墓里所传出的话都是真的。罗吉耶洛接着跟玛菲莎解释他与布拉达曼特之间的关系，费了不少唇舌，终于让两个心高气傲的女人化干戈为玉帛，彼此温柔地拥抱。

玛菲莎问罗吉耶洛他们的父亲是如何被杀，母亲又是如何被放逐到海上；这些事情她年幼时应该略知一二，但现在都不记得了。

罗吉耶洛告诉她道："我们的祖先正是特洛伊的英雄，也是罗马帝国的建立者赫克托耳。在罗马，英明的君主、开疆辟土的伟大战士辈出，罗吉耶洛一世也是其中之一，之后有贝伦、布欧佛、欧伯兰德，然后是罗吉耶洛二世——我们的父亲。我们这个家族代代出英雄，将来的子子孙孙也会有数不尽的了不起人物，你等着看好了。"

罗吉耶洛接着告诉她，当年非洲国王阿格朗带着两个儿子阿尔蒙、特洛郡（现任非洲国王阿格拉曼的父亲）以及美丽的女儿佳拉乔拉来攻打罗马。佳拉乔拉武艺不凡，打败许多勇士，但最后她爱上了罗吉耶洛二世；为了嫁给所爱的人，她选择与阿格朗脱离父女关系，并受洗成为基督徒。但罗吉耶洛二世的弟弟博尔川也爱上了佳拉乔拉，为了横刀夺爱，他不惜出卖父亲、哥哥，并将世代相传的瑞吉欧城邦献给阿格朗。最后，罗吉耶洛二世惨遭毒手，而身怀六甲的佳拉乔拉则在严冬里被流放到海上去。

玛菲莎静静聆听罗吉耶洛的叙述，她十分欣喜自己出身这么不凡的家族，但听到杀害父亲、流放母亲的凶手竟是阿格拉曼国王的父亲、叔叔、祖父时，她激动地听不下去，忍不住插嘴道："哥哥，我不明白你为何没为我们的双亲报仇？虽然阿尔蒙、特洛郡都已作古多年，但你应该找他们的儿子算账！可是，阿格拉曼仍然活得好好的；不仅如此，你还当他的手下大将，为他在战场上出生入死……

"我在此对天发誓，我要跟我的父亲一样，成为护卫基督的战士；而且，只要我还有一口气在，我一定要为双亲报仇。你若继续效忠阿格拉曼或与其他伊斯兰教君王为伍，我将不惜与你划清界线……"

布拉达曼特听玛菲莎这么说，心里雀跃不已。她鼓励罗吉耶洛应该向妹妹看齐，不能再敌我不分了。查理曼一定会欢迎他们，因为他曾多次公开颂扬他们的父亲是位心胸坦荡的勇士，而罗吉耶洛则是举世无双的英雄。

罗吉耶洛连忙称颂妹妹的决定是正确的，但也解释说，当年是阿格拉曼亲手册封他为武士，又一直对他爱护有加，他若忽然弃他而去，恐怕会落下背叛者的污名。

布拉达曼特和玛菲莎商酌了一下，都同意罗吉耶洛应先回到阿格拉曼阵营，等时机成熟了，再弃暗投明。

"让他去吧！"玛菲莎说道，"再过几天，我保证他与阿格拉曼不会再有任何关系。"但她到底要做什么，她却卖关子不说。

啊，饥饿的、令人苦恼的"哈皮"！
你带来的神意的谴责多么无情，
迟钝的、任性的意大利的每张
餐桌都因为陈旧的错误而遭殃。
无辜的孩子和慈爱的母亲
只能看着邪恶的怪物如期到来，
吃掉餐桌上的每一样菜肴，
眼睁睁地屈服于饥饿。

Oh famelice, inique e fiere arpie
ch'all'accecata Italia e d'error piena,
per punir forse antique colpe rie,
in ogni mensa alto giudicio mena!
Innocenti fanciulli e madri pie
cascan di fame, e veggon ch'una cena
di questi mostri rei tutto divora
ciò che del viver lor sostegno fôra.

怨恨女人的马卡诺

罗吉耶洛与布拉达曼特、玛菲莎拥抱道别,然后拉转马头,准备回到阿格拉曼阵营。这时,附近忽然隐隐约约传来女子哭泣哀叹的声音,三人立即策马前行,看看是否有需要见义勇为的地方。他们越往前,哭泣的声音就越清楚,终于,在一个洞穴里,他们发现三个姑娘挤在一起,坐在地上不敢动弹。

布拉达曼特和玛菲莎看到那三个姑娘的衣服,不禁羞红了脸,心里则涨满了愤怒。原来三个姑娘的衣服都被剪去了大半,肚子以下的部分全都裸露在外;她们靠在一起不敢站起来,就是为了尽量遮住自己的私处。

布拉达曼特认得这三位姑娘,她们就是之前与她有一面之缘的冰岛女使乌兰妮雅和她的两名侍女。布拉达曼特气愤地问乌兰妮雅,到底是谁这么丧德,竟然用这样残酷的方式羞辱女人?

乌兰妮雅从布拉达曼特的声音和盔甲上的徽记也认出了她来。她告诉她说,她们一行人在附近遇到歹徒,那些恶人不只剪掉了她们的衣服,还把她们打得遍体鳞伤,护送她的那三位国王如今下落不明,她从冰岛带来的黄金盾牌也被抢走了。

乌兰妮雅不需开口要求,罗吉耶洛三人已经决定要去惩治这批恶人了。如此羞辱女人,实在令人发指!他们脱下斗篷,让三位姑娘披上,然后由她们带路去找坏人。太阳西下时，他们来到一个村落，四下望去，这个村里竟然看不见一张男人的脸孔，全部都是女人！他们找了一名女子来，问她这村里的男人都上哪儿去了？她说：

"你们可能觉得很奇怪，但这是我们领主对我们所施的酷行——他将所有的女人都关到这里来，不准靠近他；我们的丈夫、兄弟、儿子则都不准来探视我们，谁若敢违背他的命令，只有死路一条。这样的折磨已经有十几年了，但没有人能够推翻他，因为他不但体形魁梧有如巨人，而且天生神力，单手即可对付百人。

"我们的领主名字叫作马卡诺，他的恶行、嗜血连暴君尼罗都比不上——尤其是对女人！奉劝诸位，赶紧上路远离此地吧！马卡诺不只对自己领内的子民如此，对外来人更是残酷！"

罗吉耶洛很好奇，为何马卡诺如此痛恨女人？被他问话的女子告诉他们一个故事：

"我们领主并不是一个天生残酷无行的恶人，他的两个儿子——席兰德和达那卡更是慷慨好客。那时候，我们这块土地真可谓是礼仪之邦：进退合宜、风度翩翩是每一个人都具备的基本教养；而席兰德和达那卡不但是众人的典范，更是拥有皇族血统的英勇武士。

◎ 奸计夺爱

"然而，爱神捉弄！有一天，一位来自希腊宫廷的骑士带着他的新婚夫人来访，这位夫人不但出身高贵，且美若天仙，席兰德情不自禁爱上她。不久，骑士带着夫人要离去，席兰德内心燃烧着不可告人的欲望，竟然决定半路突袭他们，以劫走夫人。

"席兰德躲在古堡附近的森林里，等骑士与夫人经过时，他压低长枪冲了出来，以为一刺就能把骑士杀死，然后带走他的战利品。不料，骑士的枪术更高明，席兰德的胸甲不堪一击，宛如玻璃般被撞得粉碎。

"消息传回古堡,马卡诺悲伤不已,他命人用担架运回席兰德,然后将他葬在家墓里与祖先同眠。

"然而这件事并未影响此地对外来者的好客与热情,因为达那卡跟他的哥哥席兰德一样,具有绝佳的风度和教养。

"数个月后,有一位叫作欧林德的爵爷带着夫人来古堡做客。这位爵爷的身材十分魁梧,目光炯炯,气派令人震慑;而爵爷夫人卓希拉则是一位品格高洁的绝色女子。

"达那卡一见卓希拉,就惊为天人,疯狂地爱上她;为了横刀夺爱,他的心竟跟他的哥哥一样逐渐堕入罪恶的深渊。然而殷鉴不远,达那卡可不想重蹈席兰德的覆辙;他仔细筹划,召集了二十名卫士演练,然后,在欧林德爵爷离开的那一天,埋伏在古堡附近的路边。欧林德的武艺高明,但在二十名武士的围攻下,终究无法突围,最后惨死在乱枪下。

"卓希拉痛失爱侣,悲恸不已,她悍拒达那卡的求爱,为了明志,甚至不惜一死,从悬崖跳下去。但卓希拉没有摔死,她浑身淤血、挫伤,四肢骨折,连脑壳都摔裂了。达那卡命人用担架将她运回古堡,并请名医诊治——这么珍贵的"战利品"他怎会轻易放手呢?

"在等待卓希拉康复的同时,达那卡着手筹备婚礼,如此美丽贞洁的女子应该有一个正式的名分,而不只是当他的情妇。达那卡知道卓希拉对他有很深的芥蒂,于是想尽办法讨她欢心;但他越是努力,她越是厌恶他。

◎ 为夫报仇

"卓希拉不仅美丽高洁,事实证明她也很聪明、有谋略。为了替惨死的丈夫报仇,她推想过许多计划,最后决定采用跟达那卡同归于尽以免进行时引起猜疑的一个办法。

"卓希拉康复后,每日把自己打扮得光鲜靓丽,让人觉得她已忘怀死去的丈夫,并且渴望尽快拥有第二次婚姻。她告诉达那卡她唯一的要求,就是

卓希拉的奶娘制作毒药

婚礼必须以她家乡的传统方式进行。

"卓希拉说,在她的家乡,一个寡妇再醮时,她必须在婚礼上为前任亡夫举行赦罪仪式,以便他的灵魂能洁净升天、回归主怀。仪式完后,新郎再为新娘戴上戒指,然后共饮一杯由神甫祝祷过的酒,这时才算礼成。达那卡答应卓希拉的一切要求,只要婚礼能尽快举行。

"卓希拉有一个侍候她多年的奶娘,与她同时被带回,她交代奶娘准备一小瓶毒药,并跟她解释说,她已想到了杀死达那卡、主仆两人又可全身而退的办法。奶娘很快弄来了一瓶毒药,卓希拉将毒药倒入一瓶香甜的酒,留待婚礼时使用。

"结婚那天,贺客盈门,新郎的父亲马卡诺特别高兴。卓希拉将自己打扮得雍容华贵,与新郎达那卡站在神甫前为亡夫祈祷。欧林德的葬礼完成后,神甫接着祝福新人要喝的酒,然后倒入一只金杯交给卓希拉。卓希拉深深地饮了一口,再把酒递给达那卡,达那卡豪气干云,在众宾客前仰头干杯,将酒一饮而尽。

"饮完酒后,达那卡开心地张开双手要去拥抱新娘,这时,卓希拉忽然脸色一变,厌恶地将他推开;她的眼睛、她的神情燃烧着愤怒的火花。

"'不准碰我!'她凄厉地大喊,声音响彻整座教堂,'你这个叛徒!你以为在你带给我这么多的悲伤痛苦后,我还会愿意当你的妻?休想!现在我终于亲手杀了你,我只恨不能让你死得更痛苦些!'接着她举起双手,抬

眼向天,'欧林德,你看见了吗?我已经为你报仇了!'

"说到这里,卓希拉倒在圣坛前,嘴边带着一抹满足的微笑。

"马卡诺抱着也已断气的儿子,悲痛交集,恨不得与他一起死去;他原本有两个儿子,现在一个都没有了——都是女人!前一个女人造成了大儿子的死,这一个则亲手谋杀了老二。马卡诺将怒气发泄在来观礼的女人身上,不管是村人,还是来宾,他举起剑来看到女人就杀,尖叫呐喊声中,众人慌张奔逃,最后死伤不下三百人!

卓希拉毒死自己与达那卡

"从此,马卡诺转了性,他变得残暴、嗜血、狠毒;他恨天下所有的女人,也厌恶与女人为伍的男人。若有骑士带着姑娘经过这里,那姑娘不是遭杀害,就是被羞辱,而陪伴她们的骑士则一律下狱,除非他们愿意宣誓,从此与他同仇敌忾、视女人为死敌。"

◎ 为女人出气

罗吉耶洛三人听完女子的叙述,都愤慨不已,若不是天色已晚,他们恨不得立即出发去教训马卡诺。第二天黎明,三人整装待发,准备上马时,后方忽然传来马蹄杂沓的声音。三人连忙转身去看,只见约莫一箭之遥的山坡下有二十来个全副武装的卫士,有的骑马,有的走路,正劫持着一名女子,要赶赴刑场的样子。"又在欺负女人了!"罗吉耶洛、布拉达曼特、玛菲莎都气愤难当,决定抓到马卡诺后,一定要慢慢凌迟他,绝不让他痛快地死。

当务之急是先解救被劫的女子,"驾"一声,三人策马飞奔下坡。那一群乌合之众岂是他们的对手,霎时逃的逃、散的散,只留下四处丢弃的武器和那名差点儿送命的女子。

三人救了女子后继续前进,不久来到马卡诺的古堡。古堡并没有护城河围绕,但四周都有卫兵驻守。这时,马卡诺带着一群士兵出现了,他对他们精神地训话,重申此地凌虐女人的一切律法。听到这些下流的规定,脾气刚烈的玛菲莎用她的拳头来回答;她不屑用长枪或宝剑,一马当先往前冲,一拳就敲在马卡诺的头盔上。马卡诺猝不及防,中拳昏倒在马鞍上。

布拉达曼特与罗吉耶洛也出手了。罗吉耶洛身手敏捷,一瞬间就撂倒了六名士卫。布拉达曼特拿着黄金长枪,威力更是惊人,被她刺中的卫兵,仿佛遭空中劈下的闪电击中般,全部倒地不起。不多久,马卡诺的手下开始四下奔逃,有的躲进古堡,有的逃往教堂,有的往附近森林狂奔,古堡前很快空无一人——除了东堆西叠的尸体外。

玛菲莎把马卡诺五花大绑起来,然后放在马车上游街示众,那些受过他凌虐的妇女纷纷冲向他,或踢或打或搥,来宣泄她们曾经受辱的愤怒。等马卡诺受的惩罚差不多了,玛菲莎将他交给冰岛女使乌兰妮雅来处理。乌兰妮雅命人将马卡诺带到一座高塔上,然后逼他跳了下去——马卡诺终于一命呜呼,为他的恶行付出代价,到地狱去跟他那两个不顾道义的儿子做伴。

接着,玛菲莎召集了村里所有的男人,包括马卡诺的手下,威胁他们说,糟蹋女人的律法若不废除,她就要放火烧毁整个村镇。那些男人忙不迭地答应了。玛菲莎也做主把马卡诺领地的管理权交给女人,并警告男人说,她一年后会再回来,他们若没有遵守她的意思服从女人,她一定会摧毁这整个地方。

马卡诺的事情告一段落，罗吉耶洛、玛菲莎、布拉达曼特起程前往阿勒斯，走了两天后，终于来到通向伊斯兰教、基督教阵营的岔路。三人依依不舍地拥抱道别，罗吉耶洛回到阿格拉曼的驻扎地，而布拉达曼特、玛菲莎则结伴走向基督教阵营。

谁会升到天堂，我的女主人，
替我取回我丢失的智慧，
自打我的心被从你眼中
射出的箭刺穿，它们就慢慢消退。
不是我抱怨我的不幸，
只要它不会变得比现在更糟；
我恐怕等我的智慧耗尽，
我就会变得像罗兰一样。

Chi salirà per me, madonna, in cielo
a riportarne il mio perduto ingegno?
che, poi ch'uscì da' bei vostri occhi il telo
che 'l cor mi fisse, ognor perdendo vegno.
Né di tanta iattura mi querelo,
pur che non cresca, ma stia a questo segno;
ch'io dubito, se più si va scemando,
di venir tal, qual ho descritto Orlando.

玛菲莎受洗

大家也许觉得罗吉耶洛对布拉达曼特的爱不够深刻，否则为何不追随她到查理曼阵营？然而除了爱，男人还有一个更重要的情操需要坚持，那就是荣誉感。布拉达曼特渴望尽速与罗吉耶洛结为夫妻，那毋庸置疑，但她也知道，爱一个人就必须珍惜他的荣誉：今天他不能满足她的期许，终有一朝他能；但一个男人若因懦弱或一时不察而玷污了自己的名声，那么，即使再过一百年，甚至两百年，他都无法洗刷那污点。

罗吉耶洛曾宣誓效忠阿格拉曼，现在他若不明原因弃他而去，只会招致众人非议。诚然，阿格拉曼的父亲特洛郡杀害了罗吉耶洛的父亲，然而他责无旁贷，负起了赎过的责任，多年来他不遗余力，在各方面照顾、爱护罗吉耶洛，努力要弥补先人的过失。因此，罗吉耶洛优先考虑荣誉与责任，回到阿格拉曼身边，而布拉达曼特必须忍住相思之苦，让罗吉耶洛前往。

布拉达曼特与玛菲莎结伴来到基督教阵营，当士兵认出她时，营中立即造成一阵轰动，欢呼、欢迎之声不绝于耳。里纳尔多听到消息，连忙出来相见，其他兄弟也都来了，大家拥抱招呼，分外高兴。当大家发现与布拉达曼特同行的女骑士是玛菲莎时——她的名声早就从中东传到西欧——军中士兵更是争先恐后，蜂拥而至，欲一睹庐山真面目。

布拉达曼特与玛菲莎在众人簇拥下，去觐见查理曼大帝；查理曼亲自出帐迎接。玛菲莎曾见过无数君王，但不曾有一个像查理曼那般令她心生敬畏；她当着众人的面对他行跪拜大礼。查理曼将她扶起来，让她坐在身边。玛菲莎觉得备受荣宠，开口道：

"伟大的君王！您的名声在欧洲、亚洲无人不知、无人不晓，吸引我从地球的另一端来到法国。老实说，我原本是要来向您挑战的——因为我认为全天下的国王，不管他们有多强大，都得听令我的律法行事。我来欧洲的一路上，双手也沾满了基督徒的血。

"然而几天前，我意外得知了我的身世。我的父亲原来是罗吉耶洛二世，而我的母亲佳拉乔拉则被流放到海上，在极困窘的情况下将我生下来。之后，一位魔法师照顾我，七岁那年，我被一群阿拉伯人绑走，他们把我卖给波斯的一位国王当奴隶。长大后，波斯国王想占有我，我一怒之下就把他杀了，并抢夺了他的统治权。接下来，我不断发动战争，攻城略地，在我刚满十八岁那年，我已经统治了七个城邦。

"正如我刚刚所说，我原本是要来挫败您、摧毁您，但我的野心却被一个事实推翻了：我的父亲是您的族人、您的臣子；我当然也就是您的族人、您的臣子。"

玛菲莎接着表明说，她希望受洗成为基督徒，并且，在阿格拉曼被赶回非洲后，她会返回中东，将她所统辖的城邦全部改宗为基督教。将来，她不管发动什么战争，一定都是为护卫、荣耀基督信仰而战。

心胸宽大的查理曼诚挚地赞美玛菲莎的父亲及其他先祖，并当着众人的面收她为义女。克莱孟和孟葛拉那两大家族都欢欣地上前来恭贺玛菲莎，并拥抱祝福她。第二天，查理曼亲自指挥属下布置一个华丽的圣坛，准备给玛菲莎施洗。不久，特尔宾大主教以及许多神职人员抵达军营，为玛菲莎举行了隆重盛大的受洗礼。

◎ 石头变战马

现在,我的故事要回到艾斯多弗这边了。拿了装有罗兰的神智的小瓶子后,他与圣约翰回到了地球。在他离开"人间乐土"前,圣约翰交给他一瓶药水,指示他说,把药水洒在仙纳波的眼睛上,他就会复明了。加上之前赶走怪物"哈皮"的恩情,仙纳波一定会派兵帮助他攻打比瑟塔。至于要怎么训练这批军队以及如何穿越广袤的沙漠,圣约翰一样样地说给他听。

艾斯多弗将圣约翰交代的事情一一谨记在心后,跨上飞马,冉冉飞越尼罗河,再度来到奴比亚。仙纳波国王得知恩人返回,连忙出来迎接,之前艾斯多弗助他赶走"哈皮",他已经十分感激,做梦都想不到,此次他再度前来,竟是要帮他恢复光明!仙纳波五体投地,简直要视艾斯多弗为神明了。

当艾斯多弗向仙纳波借兵时,他一口就答应派兵二十万供他差遣,只是这二十万大兵多半是步兵,因为非洲虽有许多大象和骆驼,却缺乏马匹。大军出发前一晚,艾斯多弗按照圣约翰的指示,骑上飞马飞往南风之神奥斯德的家乡,然后在一个洞穴旁,趁奥斯德睡觉时,把他套进一个皮袋里绑紧。风神被困,艾斯多弗挥军北上穿越沙漠时,就不用担心风神作怪,吹得黄沙滚滚迷乱军心了。

二十万大军顺利穿越沙漠后,艾斯多弗再度跨上飞马,飞到一座高山上,在这里,他虔诚地跪下向苍天祈祷。啊!真心侍奉基督的

艾斯多弗捉住了风神

玛菲莎受洗 343

艾斯多弗使国王重见光明

信徒有什么祈求不能实现呢？祈祷完后，艾斯多弗将许多石头推落下山，一颗又一颗滚滚而下，石头一边滚，一边变化成形——肚子、头颈、四肢、鬃毛，滚到平地时，翻身一跃，就成了一匹匹鞍具齐全的战马。等在山脚下的士兵连忙上前抓住马匹，翻身而上。一天之内，艾斯多弗变出了十万匹战马供士兵骑乘。带着这二十万步兵、骑兵，艾斯多弗开始对非洲展开扫荡。

◎ 磋商

阿格拉曼渡海出征法国前，将非洲各城邦的统驭权交给佛尔斯、阿尔盖西以及布兰萨多三位国王。艾斯多弗大军来攻时，他们一方面奋力抗敌，一方面紧急派遣一小队人马前往阿勒斯报讯。

阿格拉曼获知自己在非洲的王国遭到奴比亚入侵时，十分震惊：两国之间距离遥远，那几十万大军是如何穿越黄沙滚滚的大漠呢？阿格拉曼挥军北上的志业未成，非洲的王国又可能不保，简直悔不当初了！为此他紧急召开伊斯兰教联盟会议，共商大计。

"我必须承认离开非洲是一件错误的决定，"阿格拉曼在众人脸上逡巡了一回后说道，"但事实已经摆在眼前，必须解决。如今，我们是要放弃这里，一无所获地率兵回航，还是要继续奋战下去，直到打垮查理曼为止？我该怎么做才能保住非洲的王国，又能将法国碾为平地？请大家发言吧！我需要诸位的建议。"

阿格拉曼说完，眼睛看着坐在旁边的西班牙国王马西里斯，好像要他表达对这件事情的看法。马西里斯于是站起来，对阿格拉曼行礼后说道：

"陛下！谣言止于智者。不管是好话还是坏话，辗转相传后一定变得夸大。奴比亚人并非善战的民族，大军横越一望无际的沙漠来攻打比瑟塔，教人难以置信！我推测入侵之徒只是一些打游击的阿拉伯人，布兰萨多抗敌不力，只好编些令人无法信服的借口来规避责任。

"就算入侵者是奴比亚人，难道陛下训练有素的军队会害怕这个不懂战争的民族？我认为奴比亚人也好，阿拉伯人也罢，他们敢到比瑟塔放肆，那是因为他们知道陛下不在国内。只要派遣几艘船只，上面飘扬着陛下的旗帜，就能把他们吓得滚回自己的国家了。

"现在，当然不是回航的时候；陛下应趁着罗兰不在，展开大反击。这时若放弃，胜利永远不可能属于我们，只有生生世世洗刷不掉的耻辱！"

马西里斯一心一意要伊斯兰教徒留下，帮他打败查理曼大帝。他的机谋，萨布里诺国王全看在眼里。

"陛下！"萨布里诺站起来说道，"想当年我劝您不要大动干戈，真希望您肯听我的话。那些曾经嘲弄我懦弱的人——罗德孟、马尔巴鲁斯、艾尔吉都等——如今安在哉？尤其是罗德孟，他曾经夸说不管上天堂、下地狱，一定追随陛下直到击垮法军的势力。如今呢？在陛下需人恐急时，他却宁愿挠着肚皮，无所事事地怠惰过日！而我，因提出忠告而受到讪笑的懦夫，直到现在仍忠心耿耿地随侍您；虽已年纪老迈，我仍然不畏强敌，日日在战场上为陛下的胜利与法国勇士奔逐……

"我强调这些并非为凸显自己，只是为堵住悠悠之口；那些曾在您面前夸下海口的人从不比我做得多，因此他们没有资格批评我接下来要说的话。我的看法跟以前一样：陛下应尽速返回非洲保卫自己的王国。

"一个人为了要抢夺他人而失去自己所有，充其量只是个傻瓜。陛下离开非洲时，有三十二位隶属的国王率军追随，如今数一数，有三分之二已阵亡。陛下若继续刚愎自用，届时，恐怕没有几个能活着回非洲，即使回去了，非洲的王国也已可能遭占据了。

"罗兰虽然失踪了，法军仍有里纳尔多，还有四名新加入的生力军——你们都听过吉东·赛法吉欧、参孙奈特以及黑白兄弟葛里风与亚魁朗吧！还有陆续派兵来援的英格兰、苏格兰、德国、意大利诸国。基督教阵营的援军越来越多，而伊斯兰教阵营却不断在失血：曼迪卡尔多已死，葛拉达索已撤兵回国，玛菲莎也已弃我们而去，而罗德孟在陛下最需要他时，撒手不管。

"我们在军力二比一时都还不能一举拿下法国，现在只剩下一比二的军力，难道还奢望获得胜利吗？陛下若坚持继续留在这里，最后恐怕要同时失去带来的军队以及留在非洲的家园。然而现在就撤兵的话，陛下不但可保住目前残余的人力，更可回去防守非洲的王国。当然，背弃马西里斯有损陛下的威名，但有一个方法可以降低那伤害——去与查理曼谈和。

◎ 比武定胜负

"陛下若觉得求和有损颜面，坚持继续奋战，那么就得有必胜的策略。从目前的状况看来，这似乎不可能，但只要陛下采取我的建议，我方仍有胜算的把握。因为协议若成，我方就可派出罗吉耶洛。

"陛下深知猛虎难敌猴群，罗吉耶洛凭一己之力绝不可能抵挡查理曼的千军万马，但在一对一的比武场上，他的武艺、身手绝不下于罗兰、里纳尔多等法国知名勇士。

"陛下可派遣使者去和查理曼协谈，内容为：比武失败的那一方必须向胜利的一方纳贡。我相信查理曼不会拒绝，虽然以目前的战况来说，他已经胜券在握。而我也相信罗吉耶洛绝对会赢——他非赢不可，即使面对的是战神玛尔斯！"

萨布里诺的建议立即获得阿格拉曼的赞同，当天伊斯兰教阵营就选定了几名能言善道的使者，一刻不耽搁地前往基督教阵营谈判。查理曼的四周围绕着骁勇善战的勇士，对他来说，这个战争他差不多已经赢了，但他同意了伊斯兰教使者所提的停战协议。

双方将兵对这个比武协议都欢呼赞成——大家都累了！不管精神、肉体都不想再有任何战争。如果能回家好好过几年安定的日子，何乐不为呢？有的人甚至诅咒自己当年从军时曾有的热情与理想！

查理曼决定由里纳尔多代表法国出战。这是天大的光荣，里纳尔多开心地准备，虽然罗吉耶洛在比武场上杀了曼迪卡尔多，他可没把那嘴上无毛的小子看在眼里。

罗吉耶洛对代表伊斯兰教阵营出战却没太多兴奋之情，他并不怕里纳尔多——即使里纳尔多、罗兰联手，他也不怕！但他知道心爱的布拉达曼特是里纳尔多的亲妹妹，他若在比武场上失手杀死了她的哥哥，她一辈子都不会原谅他！

　　布拉达曼特在得知停战协议的内容后，就没一刻安稳过，她躲在无人处暗自哭泣，捶着胸膛，扯着秀发，她怨骂罗吉耶洛忘恩负义，悲叹命运残酷不仁。不管比武的结局如何，她都不敢想象如何去面对。

　　然而，有一个人绝不忍心让布拉达曼特哀伤哭泣，那就是女巫师梅莉莎。她总是在布拉达曼特彷徨无助时，及时出现来安慰她、鼓励她。梅莉莎计划破坏停战协议，让里纳尔多与罗吉耶洛的比赛无疾而终。

　　自从失去拜亚德后，里纳尔多作战时不再骑马，也因此，他放弃使用他最擅长的长枪，选择用斧头近身搏斗。罗吉耶洛也同意以斧头作为武器。

　　比赛当天，伊斯兰教士兵由阿格拉曼率领，从西边进入比武场；基督教阵营则由查理曼领军，由东边进入。两军罗列整齐，不敢妄动，因为根据规定，除了代表双方出战的勇士外，其他人等不准出现在决斗的范围内，否则一律处死。

　　东西两边也设立了临时圣坛，查理曼和阿格拉曼各自对自己信仰的真神祈祷，两人都宣誓一定会遵守比武协议：假若战败的话，每年会向对方纳贡二十立方尺黄金。

　　里纳尔多和罗吉耶洛也宣誓，若被对方打败，那么就得离开自己原先效忠的国王，转而投效对方的国王。

　　宣誓仪式结束，双方人马各自归位。不久，开战的号角声响起，里纳尔多与罗吉耶洛迈开大步向对方冲过去，举起斧头展开比斗。

一颗高贵的心，无论在哪里出现，
都会彬彬有礼——不会有别的表现；
它是源于天性和习俗的美德，
因此改变对它无能为力。
一颗卑鄙的心，不管在哪里出现，
都会清楚地展现自己的本性；
天性趋向邪恶，
就像一身脱不掉的制服。

Convien ch'ovunque sia, sempre cortese

sia un cor gentil, ch'esser non può altrimenti;

che per natura e per abito prese

quel che di mutar poi non è possente.

Convien ch'ovunque sia, sempre palese

un cor villan si mostri similmente.

Natura inchina al male, e viene a farsi

l'abito poi difficile a mutarsi.

破坏协议

在代表两军决一胜负的比武中，罗吉耶洛承受着外人难以想象的压力——他面对的是两种无法避免的死亡：他若战败了，里纳尔多一定会取他的性命；但他若赢了，情况更糟，因为杀死里纳尔多一定会招致布拉达曼特的恨，而那比死亡更令他痛苦！

里纳尔多则无这些考虑，他唯一关心的就是如何赢得胜利，因此，他下手毫不留情，尽往罗吉耶洛的要害猛砍，或头脸或颈子或胸膛，招招都是要置对方于死地。

罗吉耶洛只是敏捷地避开致命攻击，即使还击也步步留情，深怕伤到里纳尔多的性命。在场众人都看得出来，攻与守的过程简直是一面倒。阿格拉曼看得七窍生烟，把焦急和不满全发泄在萨布里诺的身上——都是他出的馊主意！

这时，梅莉莎幻化成罗德孟的模样，身穿龙鳞打造的盔甲，骑着一匹高大的骏马，满脸怒容奔到阿格拉曼面前。

"陛下！"他声若洪钟大声道，"您怎可让那乳臭未干的小子去迎战法国最威猛善战的勇士？甚至把我军的荣辱系在他一人身上？赶快停止这个比武吧，否则我军的下场不堪设想！别管什么停战协议了，有我带头，您的每一个手下都可抵挡百人。进攻吧！"

每个人都急忙催促自己的坐骑

沮丧的阿格拉曼在这一番气势磅礴的指责和鼓励下，想都没想，果真就下令进攻。刹那间，只见双方人马放低长枪、猛踢马腹，对着彼此冲杀开来。战马嘶鸣、将士呐喊之声响彻云霄。梅莉莎成功引爆战争后，于一团混乱中悄悄消失了。

酣战中的里纳尔多与罗吉耶洛惊觉两军人马忽地打起来，都不明白所以。两人于是停止决斗，约好弄清楚状况后再战。

另一边，布拉达曼特和玛菲莎都对这场混战欣喜不已。她们两人早已摩拳擦掌，蓄势待发，只恨被停战协议绑住了手脚，如今仿佛松了绑的猎犬，看准猎物立即展开攻击。

玛菲莎第一枪就刺穿了敌人的胸膛，接着她拔出剑来，秋风扫落叶般，砍倒一个又一个的伊斯兰教徒。布拉达曼特不遑多让，被她的黄金长枪刺中的伊斯兰教将士，个个往空中飞去，再重重摔落地面。玛菲莎与布拉达曼特第一次联手抗敌，一个用枪，一个用剑，威力惊人，气破山河；顷刻，地上已躺满了断手断脚、摔得脑浆迸裂的残骸。

除了这一对女战士，还有年轻力壮的吉东·赛法吉欧、合作无间的黑白两兄弟葛里风与亚魁朗、身手不凡的参孙奈特，以及能打善战的十二勇士。当然，还有训练有素的德国军队、意大利军队，以及渡海来援的英格兰、苏格兰士兵。这些，在老当益壮的查理曼亲自率领下，个个有如猛虎出栅，将伊斯兰教阵营杀得溃不成军。

阿格拉曼再服人心也喊不回溃逃的属下。他举目四望，但遍寻不着鼓动他破坏协议的罗德孟。萨布里诺也不见人影，他早已退回阿勒斯城里了；对阿格拉曼擅自破坏由神见证的协议，他无法谅解。马西里斯也已逃入城内；没想到比武竟导致这样的结果，他惊惧交加，不知下一步该如何布局。

◎ 树叶变战船

另一方面，非洲的战事也如火如荼在进行。艾斯多弗率领奴比亚的

除了布拉达曼特，比瑟塔的大军摔得人仰马翻

玛菲莎和布拉达曼特杀死众多摩尔人

攻城锤破坏了比瑟塔的城墙

猛攻比瑟塔城

比瑟塔城的毁灭

二十万大军强攻比瑟塔。布兰萨多等几位国王召集了境内可用之人，全力抵抗。然而，这批人仓促成军，缺乏训练。因为阿格拉曼挥军北上时，为了补充军需人员，已经两次掏空非洲的人力资源，这次再度扩大征兵，几乎连女人都要强迫上阵了。这样一群老弱残兵，远远看到敌军时，已吓得作鸟兽散。艾斯多弗的兵将则有如饿虎扑羊，狂追猛攻，不出几日，比瑟塔城内城外、山坡丘陵，到处横躺着非洲人的尸体，数都数不完。

攻破比瑟塔后，艾斯多弗救出了被俘的法国勇士杜东，及其他许多知名武将。有了杜东帮忙指挥战事，奴比亚大军更是势如破竹。艾斯多弗当然没有忘记圣约翰的交代，除了攻陷阿格拉曼的根据地，还要进行海上战役断其后路。

艾斯多弗精选了数万名能胜任海战的士兵，率领他们来到海边，接着采集了许多树叶——月桂、橄榄、棕榈、杉木等，然后双手捧满树叶，将它们撒到海里去。啊！奇迹中的奇迹！受天主眷顾的信徒有什么愿望不能实现呢？落在海面的叶子逐渐变大成形：长长的甲板、高高的船首、张大的风帆。艾斯多弗撒在海上的叶子变成了一艘艘形状、功能各异的战船！

两万六千名士兵登上了甲板，在海战经验丰富的杜东率领下，数百艘战船声势浩荡，于岸边等待风顺时出航。

◎ 恢复神志

这日早晨，各部首长在码头齐集开会，商讨战略。忽然，不远处传来大吼大嚷的声音。艾斯多弗、杜东等连忙穿上盔甲，往骚动处奔去。只见一个长相凶恶、浑身赤裸的疯汉，手里拿着一根粗大的棍棒，对着一群人狂追猛打。才没多久，地上已经横七竖八躺了一百多个受伤的人。

艾斯多弗、杜东、布兰蒂玛、奥利佛等，都对疯汉的力气啧啧称奇。众人围着疯汉，不敢立即上前。有人提议放箭射倒疯汉，但艾斯多弗阻止了。他心里有数，知道这疯汉是谁。

"别伤他！是罗兰！"

若不是艾斯多弗喊出这名字，谁能相信眼前的疯汉竟是神功盖世、名震欧洲的罗兰爵士呢？他浑身污秽、满头乱发、行止像兽，艾斯多弗看他那样子，心痛得眼眶都红了。

"是罗兰！"艾斯多弗转头对杜东、奥利佛低低又喊了一声。

众人都睁大眼睛，不可置信地看着那瘦削得不成人形的疯汉，心里又难过又同情，有些人已经忍不住泪水滚滚而下。

"现在是帮他恢复神志，不是为他哭泣的时候。"艾斯多弗说着，跃下马来。杜东、奥利佛、布兰蒂玛等也连忙跳下马，接着，众人一声吆喝，一起扑向罗兰，要抓住他。

罗兰看许多人围拢过来，仿佛一头试图突围的野兽般，忽地展开攻击。那一根粗重的棍子在他手里耍得虎虎生风，"锵"的一声，杜东猝不及防，头盔中棍。若不是奥利佛挥剑挡掉了一些力道，杜东的头盔、胸甲恐怕都要被敲裂了。但这一棍仍然震得杜东眼前发黑，跌坐在地。

艾斯多弗也赶紧挥剑砍出去，罗兰两手高举棍棒抵挡，结果棍子从中被砍成两半。布兰蒂玛趁机从罗兰背后抱住他，艾斯多弗也赶紧冲过去，抱住罗兰的脚，罗兰的腿一缩一伸，踢得艾斯多弗四脚朝天，摔到十尺外。但布兰蒂玛紧抱住罗兰不放，两人在地上滚了好几圈，奥利佛不慎靠得太近，头部被罗兰的脚扫到，双眼及鼻孔刹时喷出血来。

艾斯多弗和杜东从地上爬起来，奥利佛也不顾满脸是血，三人再度冲向罗兰，一人抓手，一人抓脚，另一人与布兰蒂玛合力从后面抱住。即使如此，罗兰仍没屈服，他一边拖着四个人走，一边试图把他们甩开。

艾斯多弗看这样不是办法，心生一计，他喊人拿绳子来，绑好了一个个活结，然后众人绊倒罗兰，把绳子套在他的脚上绑紧，接着绳子套在他手上绑紧，最后在他身上捆了几圈也绑紧。罗兰终于动弹不得，但他仍不死心，使尽吃奶之力挣扎，想要脱困。

艾斯多弗向众人宣布说，他有办法治愈罗兰。身材高人一等的杜东把罗兰

他们注视这一个凶暴的人，赤裸着，一个人的愤怒就如同整支军队

扛在肩上，然后把他带到河边去，将他整个人浸泡在水里。艾斯多弗命人将罗兰从头到脚彻底刷洗了七次，才把他头脸及身上的污秽洗干净。接着，艾斯多弗用布塞住罗兰的嘴，让他只能用鼻孔呼吸，然后拿出一个小瓶子，把它凑到罗兰的鼻孔下。罗兰仍在挣扎，由于嘴巴被封，只能用鼻子大力喘息，瓶子凑到他鼻孔下，里面的"神志"霎时被他吸得一干二净。

啊，真是神奇！罗兰瞬间就恢复了他原来的心智——比之前更清明、更理性、更有智慧，是上帝最原始的赐予，毫无污染！

仿佛从一场迷乱的噩梦中苏醒过来般，罗兰介于混沌和清醒之间，一下子不知身在何处。他瞪视着追随他多年的爱将布兰蒂玛，然后是奥利佛、艾斯多弗，内心充满疑惑。他转眼观察四周，思索着这是什么地方，他怎么会来到这里，看到自己浑身赤裸，手脚被绑，心里十分惊异。终于，他开口说话："替我松绑！"

他的眼神清朗，语气谨慎，旁边的人都相信他的神志应该已经恢复了。艾斯多弗叫人赶紧送衣服过来，给他穿上。

罗兰不仅恢复了神志，连爱的痴迷都不药而愈。美丽优雅的安洁莉卡现在对他来说，一文不值；他唯一关心的是如何取回"爱神"曾经从他身上抢走的东西。

◎ 兵败如山倒

第二天，杜东率领数百艘战船前往普罗旺斯。罗兰与艾斯多弗则留在比瑟塔商讨战事。不久，在罗兰的指挥下，奴比亚士兵开始对比瑟塔展开扫荡，这个非洲最强盛富裕的大城很快就被夷为平地。罗兰度大量大，将整个战役的光荣归功于艾斯多弗。

在阿勒斯城外，阿格拉曼的战况几度十分危急。萨布里诺、马西里斯早已退回城内，并且已经搭船逃亡了。许多伊斯兰教将领、士兵也追随他们的脚步逃离了阿勒斯。阿格拉曼孤军奋斗，不愿轻言放弃，但最后也不得不紧急撤回城内。

布拉达曼特骑着拉比冈,紧追在后——都是阿格拉曼,她与罗吉耶洛的婚事才一再延宕,她恨不得亲手杀了他!玛菲莎也紧追不舍,因为她曾发誓要手刃阿格拉曼为她的双亲报仇。

但布拉达曼特和玛菲莎都慢了一步。阿格拉曼逃入城内后,迅速拉起横越护城河的吊桥。两位巾帼英雄气得搥胸顿足,转头将愤怒发泄在被阿格拉曼弃之不顾、来不及逃入城内的伊斯兰教士兵身上。两人杀敌无数,围绕阿勒斯城的罗恩河被染成了红色,尸体堆叠,堵住了水流。

阿格拉曼逃上了一艘大船,在外海停了两天,一方面等待分路逃亡的士兵聚集,一方面风向未顺。第三天,他命手下扬帆出发,计划返回非洲。不过,他之前已得知比瑟塔沿岸全都是奴比亚士兵,因此,他打算多航行一段路程,于下一个城市靠岸。等上了岸,他很快就可以整顿军队,带领他们反攻比瑟塔。

孰料杜东率领的船队正好迎面而来。谁想得到一把叶子竟会变出一艘艘

杜东率领船队掩近

海上殊死战

庞大的战船呢？阿格拉曼自信没有人会在海上攻击他，甚至没有安排哨兵守夜，以便侦察到任何可疑船只时，可以赶紧告知他。就这样，杜东率领的船队悄悄掩近，将阿格拉曼几艘设备不良的战船团团围住。

在风势助力下，基督阵营对伊斯兰教徒展开殊死战，不久，阿格拉曼的两艘船破底，开始往下沉。接着，杜东一声令下，手下士兵开始对着伊斯兰教船只射出火箭、飞炮。基督徒仿佛神助，不管是远战近攻，都充满了斗志和力气。当头罩下的刀、枪、斧头，漫天喷射的石头、箭炮，阿格拉曼被打得落花流水，无招架之力。

伊斯兰教士兵纷纷跳船求生，发现没有去处后，又想游回船上去，但船已经着火开始燃烧了，前后没有退路，最终一个个淹死在海上。

如果这些有教养的女士
不分日夜勤奋用功,
力求取得自然界赠给
勤勉之人的礼物,
那些杰作将是令人
快乐的收获,啊,如果
这些女士投身于那些赋予
凡人不朽美德的研究……

Se, come in acquistar qualch'altro dono
che senza industria non può dar Natura,
affaticate notte e dì si sono
con somma diligenza e lunga cura
le valorose donne, e se con buono
successo n'è uscit'opra non oscura;
così si fosson poste a quelli studi
ch'immortal fanno le mortal virtudi.

巧遇葛拉达索

阿格拉曼弃船逃走

　　杜东的舰队展开攻击时，四下漆黑，阿格拉曼不知敌军到底有多强大，但他盲目地相信，只要猛力反击，一定能逐退敌军。不久后，杜东下令烧船，烈焰冲天中，阿格拉曼看层层围绕的敌船数都数不尽，不禁大吃一惊，只好在萨布里诺的建议下，紧急改变策略。

　　阿格拉曼弃大船、换小船，在一队人马的保护下，悄悄从一艘艘敌船中穿梭而过，逃离了照耀得如同白昼的战场。小船靠近比瑟塔外海时，他望着也在燃烧的城市，不禁泪流满面。战事一败涂地，又无家可归，阿格拉曼真懊悔没听萨布里诺的话，如今他唯一能做的就是结束自己的生命。的确，若不是忠心耿耿的萨布里诺力劝，阿格拉曼早就举剑自刎了。

"陛下！"萨布里诺分析道，"自尽只是让亲者痛、仇者快的愚蠢行为！只要您还活着，查理曼就不可能有一日安稳；但您若死了，他就真的胜利了。因为他知道，只要您不死，他就永远不可能统治非洲。您的子民盼望您回去解救他们呢！您若死了，他们得救的希望也就破灭了——他们会永远成为基督徒的奴隶！

"陛下！您若不珍惜自己的生命，至少也要为黎民百姓着想。您可以要求埃及苏丹出兵帮忙，他一定会答应，因为他也不想见到查理曼在非洲建立任何势力。还有阿米尼亚、土耳其、波斯、阿拉伯等伊斯兰教国家，只要您开口，他们一定都会派兵援助的——"

萨布里诺不断给阿格拉曼安慰和建议，虽然老谋深算的他也明白，向邻国求救只是引狼入室、后患无穷而已。

阿格拉曼命水手将船向东划向大海，但不久乌云逐渐密布。舵手观察天象后，进来报告说："陛下！这艘船恐怕抵挡不了前面的暴风雨。我们还是先在附近的岛屿躲避，等暴风雨过后再说。"

阿格拉曼同意了，于是小船在非洲海岸与伊那火山之间的一座小岛靠岸。小岛无人居住，平时是渔民的避风港。岛上绿草茂密，繁花盛开，麋鹿、野獐、肥兔四处漫游。

上了岸后，阿格拉曼遇见了一个意想不到的人——西利卡那国王葛拉达索。葛拉达索在获得里纳尔多的神驹拜亚德后，就撤军离开了阿勒斯。他也是为了躲避暴风雨而暂留岛上。

◎ 三对三的挑战

阿格拉曼与葛拉达索一直都是好朋友，而且不久前还是战场上的同伴，在无人岛上意外相遇，两人都很惊讶，但也很高兴，他们互相拥抱寒暄。葛拉达索听到阿格拉曼战争败北的事，连比瑟塔也没了，很替他感到遗憾。他是一个很讲义气的武士，不但真心安慰阿格拉曼，甚且直言对他忠告说，向埃及人求援是不明智的行为。

"当年意大利为了抵抗法国入侵而向西班牙求援，结果庞贝城最后遭西班牙人占领。殷鉴不远，您不可不慎！

"我有一个计谋，能够帮助您夺回江山、财富。我可以替您向罗兰挑战，他一定会接受的，因为我手上拥有原来属于他的宝剑'都凌达那'。但不管他穿什么盔甲，即使他化成铁、炼成钢，我手上的'都凌达那'都能够把他砍穿。罗兰一死，基督教阵营也就成了待宰的小羔羊。

"我还有另外一个计策，能够把奴比亚人赶回他们自己的国家去——这对我来说是一件易如反掌的事！尼罗河东岸的国家，那些兵强马壮的阿拉伯人、富庶人众的马克洛宾人，还有波斯人、查尔顿人等，这些国家都会听令于我。我会说服他们入侵奴比亚，如今占据比瑟塔的奴比亚军队，很快就得撤兵回去保卫自己的国家了。"

阿格拉曼对葛拉达索的第二个计策连连击掌称好，他感谢上苍让他避难到这座荒岛。但要葛拉达索替他向罗兰挑战，以夺回比瑟塔，这一点他无论如何也不能接受，因为这有损他王者的尊严！

"比瑟塔是我的王国，"阿格拉曼道，"从罗兰的手里将她夺回，是我责无旁贷的使命。我心里已有充分准备，上苍若注定要我死在罗兰手里，我也无怨无悔！"

"不！您听我说，"葛拉达索热烈地回答，"我忽然想到了一个方法：让我们一起向罗兰挑战，要他也找一名战友来——"

"只要能够为自己而战，二对二的比武，我可以接受，"阿格拉曼回答道，"不管我先上场或后上场，普天之下，我再也找不到比你更适合的战友了！"

"那我呢？"萨布里诺在旁问道，"陛下也许认为我老了，但我一生驰骋沙场，作战经验远比陛下丰富。在生死攸关的战场上，智慧和力气一样重要！"

萨布里诺体形魁梧，且身经百战，年纪虽然大了，但身强体健，精力旺盛不下任何年轻人。阿格拉曼与葛拉达索都觉得他的要求合情合理。于是派遣了一小队人马,当天就前往比瑟塔,向罗兰提出三对三的挑战。

罗兰正在分配战利品和俘虏,听到使者的要求,高兴得当场送他一大堆礼物。为了夺回"都凌达那",教他千里迢迢到印度去,他都愿意(的确,根据消息,葛拉达索是回东印度群岛去了)。当然,他也早就获知,他的爱驹布里吉力铎已辗转落到阿格拉曼手里。为了夺回这两者,他想都没想,立即接受了挑战。

罗兰选了布兰蒂玛和奥利佛当他的战友。他们两人都是能打善战、与他一起出生入死多年的好友。

罗兰发疯时,把自己的盔甲、武器到处乱丢;布兰蒂玛与奥利佛的随身装备,也在受俘时被剥除一空。现在面对挑战,他们最需要的就是全套的武器。这可不容易!因为比瑟塔能够运用的器具,早就被阿格拉曼搜罗殆尽,送去法国打仗了。

这天早晨,罗兰与同伙在海边散步,一边讨论着战略,忽见海上一艘船,扬开的帆吃饱了风,快速往沙滩的方向冲过来,最后卡在岸上沙石间。这艘船无人驾驶,船舱里也空无一人。这到底是怎么一回事,请让我先从另一段故事说起。

◎ 君子之争

阿格拉曼不顾荣誉破坏停战协议时,罗吉耶洛与里纳尔多立即停止比斗。两人约定:若是查理曼动手在先,那么里纳尔多必须背弃他,转而投效阿格拉曼;同样,若是阿格拉曼先行毁约,那么罗吉耶洛必须离开伊斯兰教阵营,改而效忠查理曼。

罗吉耶洛的侍仆见两军引爆冲突时,已连忙替他把宝剑、骏马送过来,以便他可以为己方作战。但罗吉耶洛不愿加入这样的混战;他只想知道,究竟是哪一方公然破坏承诺背弃对神的誓言。然而他所问的人,不管是基督徒或伊斯兰教徒,都异口同声说,是阿格拉曼率然食言引发战争。

罗吉耶洛心里很矛盾,不知道应该留下来,还是追随阿格拉曼撤逃的脚步。他对布拉达曼特的爱以及与里纳尔多的约定,都阻止他重返伊斯兰教阵营;然而,教他在阿格拉曼四面楚歌时,弃之于不顾,他也实在办不到。

罗吉耶洛在森林里躲了一天一夜,思索着该何去何从,终于,他下定决心追随阿格拉曼返回非洲。没错,男女的爱情是他所渴求的,但忠诚和荣誉对男人来说更重要。

罗吉耶洛回到阿勒斯,发现阿格拉曼早已离开,全城空无一人,除了地上横陈的尸体外,伊斯兰教徒都跑光了。他在港口发现还有几艘小船,为了不让它们落入法国人手里,他放火把船都烧毁。然后,他出发前往马赛港,希望在那里找到渡海的大船。

同时,杜东所率的船队也已都驶入了马赛港,港湾里密密麻麻的战船,声势惊人。杜东总共虏获了七个非洲城邦的国王以及他们的船只。他一下船就命人将战利品摊出来,俘虏则一字排开,跪在沙滩上。奴比亚人和基督徒围着丰硕的战利品和垂头丧气的俘虏,兴奋地齐声高喊着首领的名字:"杜东!杜东!杜东!"

罗吉耶洛听到海边人声鼎沸,心想可能是伊斯兰教徒,连忙策马奔过去,但远远地就看到跪在地上的七位国王。罗吉耶洛跟他们都是好朋友,看到他们个个神情沮丧,有几个甚至泪流满面,他心里觉得十分痛苦难受。但是他空手而来,如何赎回七位国王呢?除了靠武力,没有别的办法了。

罗吉耶洛放低长枪,吆喝一声,就往人多处冲过去。众人猝不及防,一下子东倒西歪,给他扫倒了一百来人。杜东听到哀叫、鼓噪声,连忙穿上盔甲,翻身上马奔过去。

杜东命令全部的人都站到两边去,然后自己放低长枪,准备攻击。罗吉耶洛看到杜东雄赳赳、气昂昂的样子,猜想他就是首领,于是也对着他冲过来。

杜东"驾"的一声,一踢马刺,冲了出去,忽然他发现对手并没有拿着长枪(罗吉耶洛的长枪已经在第一波攻击时撞断)。杜东不愿占这个便宜,于是把长枪一丢，拔出其他武器来。

罗吉耶洛看对方展现不乘人之危的骑士精神，不禁心生佩服："这人光明磊落，一定是查理曼麾下的勇士无疑。我应该先请教他尊姓大名。"于是他开口问对方。杜东报上自己的名字后，也问他姓名。两人互报姓名后，再向彼此发出挑战。

杜东使的是一根铁棒，他在这项武器上的造诣无人可及，曾经靠它在战场上获得无数的荣耀和胜利。罗吉耶洛的"搏力煞"则削铁如泥，无坚不摧。但罗吉耶洛仍是技高一筹，没几下就已把杜东打得招架不住。罗吉耶洛当然不愿伤害杜东的性命，因为杜东的母亲和布拉达曼特的母亲是亲姐妹，伤害杜东等于伤害了布拉达曼特。因此他总是用刀背攻击，杜东的铁棒劈下时，他也尽量不举剑抵挡，只是闪避或跳开。

杜东很快就发现罗吉耶洛尊重他的生命，不愿伤害他，因为他已经筋疲力尽了，而罗吉耶洛却还身手矫健、精力旺盛。然而，罗吉耶洛虽不愿伤他性命，却也不愿不顾骑士精神地屈服于他。

"停战吧，阁下！"杜东终于大喊，"我承认我是你的手下败将。阁下的骑士风范令我佩服！"

"我很乐意停战，"罗吉耶洛回答，"但我有一个条件：请您把那七位国王交给我！"

罗吉耶洛也要求杜东给他准备一艘船。杜东全部答应了。于是，罗吉耶洛带着七位国王扬帆航向非洲。

◎ 海上遇难

船一帆风顺，很快驶入广袤的大海。但天有不测风云，傍晚时分，忽然狂风大作，雷电交加，暴雨倾盆而下。滔天巨浪一波又一波涌上来，船只在浪涛里抛上抛下，眼见随时要翻覆。罗吉耶洛与七位国王忙着帮水手操帆控制船只，忽地一股大浪从船头那边扑上来，全部人马不由自主地全滚到船尾

罗吉耶洛的船遇上暴风雨

去。接着，另一股巨浪从船尾涌上来，全部人马又不由自主地从船尾滚到船头去。大部分的人都相信自己的末日到了，忍不住仰头对天大声发出濒死的祈祷，哀求上苍宽恕自己的满身罪愆。

众人就这样度过风雨交加的惊魂夜，但天亮时，暴风雨的威力不减反增，微光当中，他们看到船首的正前方有一座露出水面的大礁岩。众人合力想改变船的方向，但风帆早已被狂风巨浪打得支离破碎，舵手努力要调整罗盘，船却仍顺着巨浪往前冲。众人眼看船已完全失控，就要撞上礁岩了，连忙跳进小船逃命。小船负荷不了太多人，直往下沉，终于失去平衡，翻覆在大海上。风雨交加中，隐隐听到哀号求救声此起彼伏，但很快地全被海浪吞没了。

罗吉耶洛的勇气并没有被汹涌的波涛淹没，他努力将头保持在水面上，双手不停划动，往不远处的礁岩游过去。而空无一人的船并没有撞毁在礁岩上，真是没想到！船只时而被大风吹向东，时而被巨浪冲向西，最后竟然平安无事渡过劫难。仿佛在众人都跳海后，风神忽然改变了主意似的，无人驾驶的船找到了自己的方向。暴风雨过后，它顺着风乘着浪，轻快地往非洲的方向奔去，然后在离比瑟塔约莫两三里远的海边冲上了岸，搁浅在沙滩上。

众人意识到救援赶来之前船就会毁灭，所以各自照料起自己的安全

各位文雅的女士，
你们能够聆听我的诗，
我从你们的脸上看出，
你们对于罗吉耶洛
与真爱分离的气愤。
你们的伤心不亚于她的伤心，
你们认为爱情之火会燃烧，
但在他那里却很微弱。

Cortesi donne, che benigna udienza
date a' miei versi, io vi veggo al sembiante,
che quest'altra sì subita partenza
che fa Ruggier da la sua fida amante,
vi dà gran noia, e avete displicenza
poco minor ch'avesse Bradamante;
e fate anco argumento ch'esser poco
in lui dovesse l'amoroso fuoco.

劝退

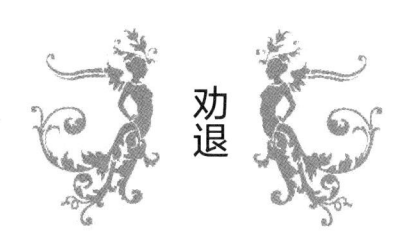

罗兰、布兰蒂玛、奥利佛三人在海边散步商讨战略时，眼睁睁看着一艘船冲上岸来，十分诧异。三人等了一会儿，决定上船探个究竟。船上一片狼藉，且空无一人，但在船舱里，他们却有意想不到的收获。

罗吉耶洛的盔甲，还有爱驹法兰堤诺、宝剑"搏力煞"都在船舱里。罗吉耶洛跳海前，根本来不及带走这些。罗兰认得"搏力煞"，因为他也用过这把宝剑。

多年前，女巫师法勒莉娜铸造了这把无坚不摧并有法力护持的"搏力煞"，要斩杀罗兰，但宝剑反被罗兰夺走，后来布鲁奈洛偷走这把宝剑，把它当作礼物送给罗吉耶洛。

罗兰看到"搏力煞"，喜不自胜，深信这是上帝的安排。失去"都凌达那"后，他正需要这样一把宝剑来面对葛拉达索的挑战。罗兰把"搏力煞"挂在腰上，然后把罗吉耶洛的盔甲分配给奥利佛，法兰堤诺则给布兰蒂玛。这样，每一个人都有一件重要的装备。

这三位勇士当然还需要其他的配件、武器以及适合身份的服装来赴约。布兰蒂玛的爱人费欧蒂莉姬亲手替他缝制了一件高贵的黑色外套，上面缀满宝石、绣着金边。制作的过程，她的脸上没有流露过一丝笑容。布兰蒂玛曾经参加过无数战役，但从来没有像此次这样令她不安和恐惧。

装备齐全后，三位勇士出海前往约定的小岛，艾斯多弗则留在比瑟塔统管军务。费欧蒂莉姬站在岸边目送船只扬帆离去，胸口仿佛插着一把刀，她双手紧握，嘴里不断地祈祷。艾斯多弗好不容易将她劝回城里去。她回到房间后，整个人趴在床上，浑身不停地颤抖。

船只航行了半天，终于到达约定的小岛。罗兰命随行的属下在东边架起帐篷休息。阿格拉曼等人也到了，大队人马选择在西边架起帐篷。由于天色已晚，双方决定第二天一早再展开决斗。

夜幕降临后，布兰蒂玛在罗兰的同意下，前往敌营和阿格拉曼谈话。他们曾经是生死之交。没错，当年布兰蒂玛也是阿格拉曼的盟友之一，在他的领军下，与伊斯兰教阵营一起由非洲渡海攻打法国。

两人握手寒暄后，布兰蒂玛请阿格拉曼取消挑战：

"陛下，"布兰蒂玛诚恳地说，"只要您愿意受洗成为基督徒，罗兰同意会将尼罗河以西到非洲西岸的城邦都归还给您。陛下，这是一个正确的选择。我自己也相信基督是真正的救世主，我也受洗了；我希望您跟我一样，也走上救赎之路。向罗兰挑战是没有意义的事，您即使杀了他，也抢不回已经失去的王国；但您若输了，就什么都没有了，连命都保不住——"

布兰蒂玛还未说完，阿格拉曼愤怒地打断他说：

"你真是愚不可及！完全不知道自己在说什么！你自己的灵魂堕落还不够，竟然还要拖着以前的知交朋友一起下地狱！明天我不管是输是赢——能抢回祖国或永远流亡在外——真神自有安排！它的旨意不是你、我或罗兰可以事先得知或左右。无论比武的结局如何，我绝不会做出任何决定或行为来伤害我身为国王的尊严。你请回吧！希望你明天的表现能跟你刚刚所说的话那般具有说服力，否则，罗兰可就选错战友了！"

◎ 惊心动魄

第二天一早，罗兰三人很快就准备好应战。阿格拉曼三人也已在海边一字排开。不久，开战的号角响起，三人对三人冲杀起来。六支长枪撞在一起的巨响惊天动地，震得连岸边的浪涛都汹涌不已。撞裂的长枪碎片激射向天空，擦得空气哧哧作响。

葛拉达索有伊斯兰教战神之称，罗兰与他厮杀，两人势均力敌，但葛拉达索骑着神驹拜亚德却占了便宜。罗兰的坐骑只是一匹普通战马，吃了拜亚德一踢后，左右摇晃了两下，就跪地不起。罗兰又拉又踢，马儿就是站不起来，试了三四次后，他干脆跃下马来，举起盾牌，拔出"搏力煞"，砍向葛拉达索。

奥利佛的对手是阿格拉曼，两人武艺不相上下。布兰蒂玛则已经将萨布里诺击下马来了。萨布里诺虽然身经百战，但被击落马的经历可不多，不禁十分错愕。布兰蒂玛看萨布里诺摔在地上，并没有乘胜追击，他转头砍向葛拉达索。另一方面，阿格拉曼和奥利佛的长枪都已断裂，两人也已拔出剑来，继续鏖战。

罗兰见布兰蒂玛对付葛拉达索，转而攻向也没有骑马的萨布里诺。罗兰杀气腾腾冲过来的样子令人不寒而栗，然而萨布里诺不愧是沙场老将，他临危不乱，举起盾牌护身，同时大刀一劈攻向罗兰。但"搏力煞"削铁如泥，加上罗兰天生神力，萨布里诺的盾牌"咔嚓"一声，被劈成两半。萨布里诺还来不及还手，罗兰第二刀又已当头砍下。所幸，这一刀用的是刀背，萨布里诺侥幸逃过一死，但头盔"锵"的一声，被劈凹了一个大洞。萨布里诺眼前一黑，便趴了下去。

罗兰以为萨布里诺已经没命，连忙回头与布兰蒂玛夹攻葛拉达索。葛拉达索不但武艺高强、力气惊人，所使用的盔甲、武器、战马让他更是如虎添翼。而布兰蒂玛虽有法兰堤诺，但他知道自己身上的盔甲不堪一击，因此不

所有的长枪都变成碎片飞入空中，全法国都能听到的巨响震得海水涌起波浪

得不经常跳开躲避，无法放手全面迎敌。

罗兰见布兰蒂玛危急，拉过萨布里诺的马，一跃而上，然后快马加鞭冲过去，他一手拉缰，一手挥舞着"搏力煞"，嘴里吆喝着葛拉达索的名字。葛拉达索拥有宝剑神驹，没有把敌人看在眼里，丢开布兰蒂玛，他把"都凌达那"一挥，就砍向罗兰的咽喉。

但罗兰的身手更快，"搏力煞"数起数落，刀刀劈在葛拉达索的头盔、胸甲、腿甲上。葛拉达索的脸、胸膛、大腿被划出一道道伤口。自从拥有"都凌达那"后，他就不曾受伤流血，罗兰的剑竟然能砍穿他的盔甲，让他又惊又怒。

葛拉达索不敢再轻敌，逐渐转攻为守。布兰蒂玛则守在两组作战人马之间，随时提供协助，合力夹攻敌人。

这时，趴在地上好一会儿的萨布里诺逐渐恢复意识，醒了过来。他爬起来，转头看到阿格拉曼陷入苦战，忍着肩膀的剧痛，悄悄靠近，要助他一臂之力。他无声无息掩到奥利佛背后，狠狠地往马的腿窝砍下去。奥利佛没注意到被夹攻，来不及跳开，左腿被垮倒的马压在下面，左脚还夹在马镫里。

偷袭成功，萨布里诺对准奥利佛的脖子，再狠挥一刀，要砍下他的头来。所幸奥利佛身上的盔甲是千年宝物，护住了他的项上人头。

布兰蒂玛见奥利佛被袭，连忙赶过来，用长枪将萨布里诺击倒在地。满身是血的萨布里诺展现惊人的生命力，他倏地就站起来，立即举刀再度向奥利佛当头劈下，不让他有余力从马腹下脱身。

奥利佛的下半身虽然动弹不得，但右手仍然灵活有力，他举刀往上抵挡，萨布里诺一时奈何不了他。奥利佛心想再熬一会儿，一定能脱困，因为萨布里诺血流不止，一滴一滴落在地上，看起来支持不了多久了，他劈砍的力气也越来越弱。奥利佛不断试着要把左腿从马腹下拉出来，但笨重的马儿就是不翻身。

为防奥利佛受到夹击，布兰蒂玛转头对抗阿格拉曼。他骑着法兰堤诺，跳东跃西，身手十分敏捷，但阿格拉曼的坐骑也不是次等品种——他骑的是罗兰的布里吉力铎（罗吉耶洛打败曼迪卡尔多后，依照约定把"都凌达那"

劝退　379

给了葛拉达索，而布里吉力铎则献给阿格拉曼）。阿格拉曼的盔甲由复层精钢所铸，毫无瑕疵，这一点让他占了上风，因为布兰蒂玛的盔甲是临时凑数找来的。

幸好布兰蒂玛骁勇善战，精力武艺不亚于罗兰，靠着这般本事，他对抗阿格拉曼绰绰有余。勇敢的他沉着应战，终于觅得一空隙，将手中的剑刺入阿格拉曼的左臂下，把阿格拉曼的左手臂刺了个大窟窿，右手也划了一道伤口。然而，这样的凶险比起罗兰与葛拉达索的战斗只是"小孩办家家酒"。

葛拉达索已几乎剥光了罗兰的护身装备：头盔的顶端和侧面都被削去了；盾牌砍成两半，丢在地上；胸甲和背甲也都砍裂了。当然，罗兰毫发未伤，因为他有魔咒护身，任何武器都伤害不了他。

葛拉达索则受伤颇重，他的脸、脖子、胸口、大腿上尽是一道一道伤口。他看自己满身是血，而罗兰从头到脚都还是干的，心里又惊又怒。他大喝一声，力贯双臂，高举"都凌达那"向罗兰头顶砍下去——他不信罗兰挡得住这猛烈一劈！

换做别人，一定被葛拉达索切成左右两半了。但"都凌达那""锵"的一声，从罗兰的头顶反弹起来，刀身亮晃晃的，一滴血也没有。罗兰的脑袋受这猛烈一劈，不禁眼冒金星，分不清东西南北，左手一软，缰绳滑落下来，右手的"搏力煞"若不是用链子绑在腕上，恐怕也掉落了。罗兰的坐骑受到劈击声惊吓，猛地往前冲了出去，比赛马还快。罗兰头昏脑涨，一时没力气拉住马。

葛拉达索追了上去，想要趁胜袭击，但他转头看到阿格拉曼已陷入困境：布兰蒂玛左手抓住他的头盔，右手拿刀正准备刺进他的脖子；阿格拉曼没有招架的余地，因为他的剑早就被夺下了。葛拉达索见状，连忙拉转马头，奔过来抢救。

布兰蒂玛未料罗兰竟然没看住葛拉达索，他全心全意对付阿格拉曼，后面既没长眼睛，也没想到会被偷袭。葛拉达索以迅雷不及掩耳之势奔过来，双手高举"都凌达那"，使尽全力向布兰蒂玛的脑袋砍下去……

啊，仁慈的天父！张开双手拥抱您最虔诚的子民的灵魂吧！他已经走完了坎坷的一生。啊,"都凌达那"!你怎可如此残忍?当着你主人的面杀了他最忠诚的战友?

布兰蒂玛脸色灰白,从马鞍上摔了下来,鲜血从他头顶涌出,染红了沙地。罗兰恢复清醒,转头正好看到布兰蒂玛摔到地上,从葛拉达索居高临下的姿势判断,他知道布兰蒂玛已经被他杀了。罗兰的心里说不出的愤怒和悲伤,但他没有时间流泪,愤怒占了上风。他高举"搏力煞",嘴里发出令人战栗的呐喊,往战场这边冲过来——

布兰蒂玛落地身亡,左手还紧紧掐着阿格拉曼的脖子。阿格拉曼好不容易挣脱束缚,站了起来,他手上没有武器,胸甲只剩一半,头盔也松了,身上多处伤口,鲜血汩汩而出。忽然,他听到一声骇人的呐喊,抬头一望,只见双眼好似要冒出火来的罗兰正对着他冲过来。阿格拉曼来不及反应,罗兰宝剑一挥,"嚓"的一声,利落地将阿格拉曼的头与身体斩开,阿格拉曼的头飞向半空,在空中旋了两圈才落下地来,滚到葛拉达索跟前。

阿格拉曼健壮的身躯抽搐了一下,倒卧在血泊中。葛拉达索看阿格拉曼刹那间身首异处,整个人都呆了,一世英雄如他也不禁全身战栗、脸色惨白。这是他一辈子不曾有过的事!葛拉达索瞪视着罗兰满脸悲愤、疯狂杀过来的样子,知道自己的死期已到,他甚至没有举剑做死前搏斗。罗兰猛力一刺,"搏力煞"刺穿他的腹部,由背后穿出约莫一尺长。葛拉达索当场气绝身亡。

◎ 痛失战友

罗兰对自己的胜利毫无喜悦,他跃下马来,奔向布兰蒂玛,一边大声号哭着,心里悲痛得几乎要疯了。布兰蒂玛的头盔仿佛被斧头劈开了般,全都是血。罗兰将他的头盔取下,看到他的脸从双眉到鼻子裂开一道又深又宽的伤口,血肉模糊。罗兰悲痛交集,简直无法承受,仰头对着苍穹,不断大喊大哭。

虽然受伤沉重,但生命力强韧的布兰蒂玛尚有一口气。他低声为自己的临终祈祷，祈求天主接纳他的灵魂。他也鼓励满脸泪水的罗兰，要他坚强活着，并向他做最后请托："罗兰，请为我祈祷，也请你照顾我挚爱的费欧蒂……"

"莉姬"二字尚未说出，布兰蒂玛就断气了。这时，天空出现了天使，四周也响起了美妙的乐音。布兰蒂玛的灵魂脱离了人世的躯壳，被一群天使接走了。罗兰应该为这样的结局感到欣喜，但他毕竟是感情脆弱的凡人，失去布兰蒂玛这个比兄弟还亲的战友，他心痛得无法言喻，泪如雨下。

萨布里诺与奥利佛的战斗也已结束了。萨布里诺因为失血过多，早就仰躺在地，无法动弹。奥利佛的左脚被马压着，直到罗兰过来帮忙把马拖开，他才得以脱身。但他的脚恐怕废了，罗兰看他连站都站不住，心里的悲伤又加一层。罗兰命属下照顾死者的尸体并整理战场。他对这次的胜利毫无喜悦可言，只是沮丧地望着大海。这时，有一艘小船轻快地往岛的这边行驶过来。

罗吉耶洛遭遇无情的不幸，
对他有如钻心的痛苦，
折磨着他的肉体，
精神则遭受着更多折磨。
在他面前只有两条死路，
他更愿死在里纳尔多手上，
假如他战胜并是活的那个，
布拉达曼特的悲恨还不如死。

L'affanno di Ruggier ben veramente
è sopra ogn'altro duro, acerbo e forte,
di cui travaglia il corpo, e più la mente,
poi che di due fuggir non può una morte;
o da Rinaldo, se di lui possente
fia meno, o se fia più, da la consorte:
che se 'l fratel le uccide, sa ch'incorre
ne l'odio suo, che più che morte aborre.

罗吉耶洛受洗

真是抱歉！我让罗吉耶洛在大海里泡得太久了。众人都跳海后，眼看船就要撞上礁岩，罗吉耶洛别无选择，只好跟着跳入巨浪滔天的大海里求生。在海水里载浮载沉，他所承受的不只是肉体的折磨和考验，他还面对着良心上更大的指责和懊悔！

他害怕这次的遭遇是来自上帝的责罚：他曾经有机会以圣水受洗，但却轻忽了那个承诺，现在，上帝将他整个人丢在又脏又咸的海水里浸泡着。他也想起了他与布拉达曼特的婚约以及与里纳尔多的约定——两个承诺他都没有遵守。在生命飘忽的这一刻，他在心里不停地祷告，祈求上帝不要在这个时候惩罚他。只要他能安全上岸，他一定立即受洗成为基督徒；他这一辈子再也不会拿刀、拿枪替伊斯兰教徒对抗基督徒；他一定会直接前往法国投效查理曼，从事护教的圣战；他也一定会尽快与布拉达曼特结婚，完成爱的承诺。

说也奇怪！罗吉耶洛在心里立下这些誓言后，一股力量仿佛奇迹般在他四肢滋生，他的身体变得轻快，手脚越划越有力气，终于游到礁岩，爬上了岸。除了罗吉耶洛外，其他跳海的人全都淹死了。

布满礁岩的海岸崎岖不平，看来像是无人居住的荒岛。罗吉耶洛又生出新的焦虑来：虽然没有淹死在海里，他会不会仍然难逃一劫饿死在岛上呢？

但不管上天要怎样考验他，他都决定坚强以对。顶着尚未止歇的狂风暴雨，他开始卖力地往山崖顶攀爬。

爬了约一百多尺后，罗吉耶洛看到山顶站着一位老迈清瘦的隐士，看起来是一个值得尊重的出家人。罗吉耶洛快爬近时，隐士开口喊他道："你以为不用付出任何代价就能够渡过大海吗？瞧！你跑得再远，上帝还是抓得到你！"

原来隐士当晚做了一个梦，梦里上帝派他赶紧到岸边去解救罗吉耶洛。在梦中，上帝也对他透露了有关罗吉耶洛的一切：他的过去、未来，他的子孙，还有他最后遭人陷害惨死等事。

隐士领着罗吉耶洛往他灵修的石屋走去。石屋是由一座巨石凿空而成，巨石顶上有一座朝东的小教堂。隐士在此灵修已经有四十年了，平日以水果和清水为生，虽然快八十岁了，仍然非常健朗，而且无忧无虑。

进入石屋后，隐士点燃一盆火，拿出许多水果来。罗吉耶洛弄干了头发、衣服，吃了几样水果补充体力。隐士让他休息了一会儿后，开始对他讲解基督教义以及神爱世人的真谛。第二天，隐士为罗吉耶洛举行了简单的施洗礼。罗吉耶洛终于实践承诺成为基督徒。

隐士由梦里得知，罗吉耶洛再活七年就会惨死在马冈札人手里，而布拉达曼特久等丈夫不归，虽然怀有身孕，仍然与玛菲莎一起出门找他。在特洛伊城外，丘陵围绕、鸟语花香的支达山边，布拉达曼特会在一处茂密的树丛里生下她的儿子，名字也叫罗吉耶洛。在孩子诞生的那天黎明，罗吉耶洛会托梦给爱妻，告诉她自己遇害的经过以及他的埋尸地点。而布拉达曼特与凶悍的玛菲莎会为他报仇。等小罗吉耶洛长大后，他也会对马冈札人展开彻底的扫荡。

罗吉耶洛在岛上住了几天，心情十分平静喜乐。隐士教导他许多事情，也选择性地对他吐露了一些他的未来。

布拉达曼特为罗吉耶洛的缺席而担忧

◎ 为情所苦

布拉达曼特在法国的日子可没罗吉耶洛清心。她从里纳尔多处得知罗吉耶洛承诺会回来，但最后仍然食言。她忍不住抱怨命运的残酷不公！她的爱人何时才会遵守承诺回到她身边呢？布拉达曼特向玛菲莎哭诉，但玛菲莎漫不经心——她不相信罗吉耶洛会这么堕落！她安慰布拉达曼特，并向她保证说，罗吉耶洛很快就会回来；他若不信守诺言回来，她这个做妹妹的第一个不饶他。

为情所苦的不止布拉达曼特一人。里纳尔多在伊斯兰教阵营溃败后，并未像其他人一样，沉浸在欢乐庆祝的气氛中。他全身的肌肤、骨头都受着爱火的焚炙，痛苦不堪。诸位都知道，他迷恋安洁莉卡已到不可自拔的地步。为了寻找佳人芳踪，他已派出数百名使者四处查访，他自己也到处打探她的下落。

终于，里纳尔多按捺不住，跑去找擅长法术的莫吉斯帮忙。莫吉斯听了里纳尔多的告白后，惊讶不已，因为以前安洁莉卡苦恋里纳尔多时，他可是对她不屑一顾啊！但莫吉斯和里纳尔多是好兄弟，当然乐意帮忙。他承诺很快就会给他答案。

莫吉斯带着魔法书，来到他经常与鬼界沟通的一座山上。进入洞穴后，他打开书开始作法，不久，成群结队的鬼灵出现在他的四周。

莫吉斯选了一个特别通晓爱情姻缘的鬼灵，向他询问有关里纳尔多的感情问题。鬼灵跟他叙述里纳尔多与安洁莉卡分别饮了爱与恨两注泉水的经过。这是命运的捉弄！当里纳尔多饮用爱之泉时，安洁莉卡正好喝了恨之泉。这就是为什么里纳尔多发疯似的爱安洁莉卡，而她却有如看到毒蛇猛兽般，避之唯恐不及！鬼灵也告诉莫吉斯说，安洁莉卡爱上一个叫作麦多曼的非洲人，两人已结为夫妇，并且已经离开欧洲，回到祖国印度了。

莫吉斯下山后，向里纳尔多报告他所得知的一切。他劝慰里纳尔多不要再留恋那样的女人：她竟不顾身份下嫁一个出身卑微的非洲人！

里纳尔多听了莫吉斯的说明后，内心痛苦不已。他难过的不是安洁莉

山洞里出现一群鬼灵

卡已经远离欧洲，而是他竟然让一个非洲人、一个伊斯兰教徒抢先采摘了他渴望已久的爱的蓓蕾。里纳尔多无法承受这样的事实，痛苦得简直要疯了！他不发一语，双唇苍白颤抖，整颗心在胸腔里猛烈撞击；他嘴里有一股说不出的苦涩，仿佛吃了毒药……

里纳尔多往门外冲出去，躲到一个无人的地方大声哭泣。充满自怜和嫉妒的他最后决定追往东方。

里纳尔多向查理曼告假，借口说要到印度找葛拉达索讨回爱驹拜亚德，葛拉达索没有遵守诺言返回约定的地点决斗，就把拜亚德带走，为了维护骑士的尊严，他一定要找葛拉达索讨回公道，免得葛拉达索向世人吹嘘说，他不费吹灰之力就夺得宝马而归。

这是一个捍卫荣誉的请求，查理曼同意了。杜东和吉东都希望陪伴里纳尔多前往印度，但他婉拒了两人的好意。

◎ 疗愈情伤

里纳尔多独自离开巴黎，走上追爱之路。他一路不断叹息，最不能释怀的是：他曾经有很多机会占有安洁莉卡，但他都谨守骑士荣誉，努力克制了自己；还有，一个卑微的士兵竟能取代她之前所有英勇、杰出的追求者，赢得她的芳心，这是什么道理呢？

里纳尔多一路上为这样的悲情所苦，不知不觉已来到莱茵河旁的阿登森林。他往林深处继续走，意欲穿过森林。走了几里路后，天忽然暗下来，太阳也不见了。里纳尔多正感纳闷儿，这时，一只怪兽倏地从前面不远处的一个洞穴蹿出来。怪兽的脸上有一千只没有眼皮的眼睛，头上长的不是头发，而是一条条不停扭动的蛇。

里纳尔多虽然经历过无数冒险，但这样恐怖的景象还是第一次遇见，不禁倒抽一口冷气。怪兽从头上拉下一条蛇来，当作武器攻击里纳尔多，蛇头一伸一缩，蛇信咻咻作响。里纳尔多强做镇静，拔出剑来抵抗，但手忍不住颤抖。

蛇钻进里纳尔多的身体里

怪兽先抓着蛇在半空中挥舞，然后对里纳尔多攻过来，她时而把蛇甩在他胸口，时而击在他面甲，蛇在他身上窜来窜去，最后游过他的脸，钻到他脖子里面去。里纳尔多吓出一身冷汗，只觉得浑身冰凉。他不再恋战，一踢马刺，死命逃离现场。但不管他跑得多快，那怪兽总是紧跟在后。里纳尔多忍不住大叫出声，一直呻吟，心抖得仿佛寒风中的一片枯叶。

所幸救星很快就出现了。一位全身火光的骑士奔过来抢救。骑士手上拿的枪、腰间挂的剑、马鞍上绑的锤，全都燃烧着熊熊的火。他飞奔过来，往怪兽腰部一刺。怪兽摔往左边，但身体尚未碰触到地面，就又弹跳起来继续攻击。骑士拔出利剑对着怪兽的头又劈又砍，怪兽节节败退，终于转身逃回原来的洞穴里去。

骑士在对抗怪兽时，大声叫里纳尔多快逃。里纳尔多往山顶奔过去，直到跑远了才慢下来。骑士打退怪兽后，也来到山顶。里纳尔多惊魂甫定，看到骑士来了，连忙向他表达诚挚的感谢。他向骑士请教大名，骑士却回答说："请不要介意我先卖个关子。天黑时，我一定会告诉你我的姓名。"

两人并辔而行，不久来到一处清澈的泉水旁。泉水冰透心扉，恋人只要饮了这泉水，内心里再炽热的爱火也熄灭了。骑士看到泉水，停下马来对里纳尔多道："我们在这里休息一会儿，好吗？"

"当然好！"里纳尔多回答，"天气很热，方才又遭怪兽袭击，能休息一下，真是再好不过了！"

两人下马来，让马儿也到草地上吃草、休息。里纳尔多又热又渴，看到清澈的泉水，很高兴地奔过去，双手一捧，凑到嘴边就喝了一大口。这一口泉水不仅替他降了暑气，也冷却了他胸口那一股沸腾的热情。

骑士看里纳尔多抬起头来，满脸懊悔的神情，知道问题已经解决了。他昂着头，高傲地说："里纳尔多，我的名字叫作锐嘶。我来是为了帮你解脱爱的枷锁。"

说完，骑士忽然凭空消失不见了。里纳尔多十分诧异，不知这骑士到底是莫吉斯召来帮助他的鬼灵，还是上帝派来救他的天使。无论如何，他的内心充满感恩——他不再为情所困，他是个心灵自由的人了！

在里纳尔多的心目中，安洁莉卡忽然变得一文不值。他真不明白他竟然为爱走天涯，跑了这么远的路！不过，他决定继续往东方走，因为那是他跟查理曼告假的理由：他要捍卫尊严，去西利卡那向葛拉达索讨回爱驹拜亚德。

◎ 金杯试忠诚

第二天，里纳尔多途经巴索时，听到一个刚刚从西西里岛回来的人说，罗兰正准备与阿格拉曼、葛拉达索决斗。葛拉达索既然还没回到西利卡那，里纳尔多当然没必要往东行了。再者，他希望能与罗兰并肩作战，于是当下兼程赶路往南走，每十里路就换一匹马，路上几乎没有休息。很快，他渡过莱茵河，越过阿尔卑斯山，经过意大利北部，来到了波澜壮阔的波河畔。

这时，天色已经暗下来了。里纳尔多伫立在岸边，心里考虑着是要连夜渡河，还是等到天亮再赶路。正在斟酌时，旁边来了一位骑士。骑士很亲切地跟里纳尔多打招呼，然后问他是否结婚了。里纳尔多觉得这个问题有些唐突，但仍据实回答。

"很高兴你已经结婚了！"接着，骑士热诚地邀请道，"请阁下今晚到寒舍做客，我有一件稀奇的东西请阁下观赏。"

赶路赶了一整天，里纳尔多早就觉得十分疲累，需要休息。再者，他天生聪明，热爱冒险，很好奇骑士究竟要向他展示什么稀奇玩意儿，于是欣然接受了骑士的邀请。

里纳尔多从康斯坦茨跨过莱茵河,翻过阿尔卑斯山,到达意大利,经过维罗纳和曼图亚,行到波河边

里纳尔多受到豪华款待

两人往城内走了一段路，不久来到一座金碧辉煌的豪宅前。才一下马，仆从如云拥上来伺候，把他们迎进前庭里。里纳尔多对眼前看到的景象忍不住发出赞叹，因为他虽然出身皇族，看过不少华丽的宫殿、雄伟的建筑，但像骑士这么奢华精致的住宅，他还没看过。

仆人就在这精雕细琢的前庭里摆桌设椅，招待贵客。里纳尔多与骑士相谈甚欢，颇为投缘。用餐时，他多次提醒主人，不要忘了邀他前来的承诺。但他发现骑士不时发出沉重的叹息，好像心事重重、心情很悲伤沉痛。里纳尔多想开口探问究竟，但他生性内敛谨慎，几次话到口边，都忍住了。

晚餐用毕，一个仆人端出一只大金杯，杯身镶满宝石，杯内注满了美酒。骑士抬起眼来看着里纳尔多，嘴角挤出一丝微笑，但里纳尔多看得出来，隐藏在那微笑背后的是眼泪，而不是喜悦。

"很抱歉！让你等了一整晚。"骑士道：

"这个金杯就是我要请你观赏的宝物。我相信每一个做丈夫的都想知道他的妻子是否忠于婚姻。一个丈夫若确信自己的妻子是个贞洁的女子，那么他对她的尊重和爱意，当然胜过一个戴了绿帽子或怀疑妻子不贞的丈夫。有的男人天生善妒，即使他们的妻子善良美好，他们还是不放心，唯恐她们总有一天会红杏出墙。有的男人明明已戴了绿帽子，却仍然对妻子的忠诚深信不疑。

"阁下若想知道自己的妻子是否忠诚贞洁，可以由这个杯子看出来，不用受他人的话语摆布。这个金杯就是我跟阁下提的稀奇东西。饮用这杯子里的酒，你会目睹一个惊人的结果：阁下若属于绿帽子一族，那么，酒会洒在你的胸膛上，你的唇一滴也沾不着；反之，你的妻子若忠贞不二，这杯酒你就能一饮而尽。现在，请阁下试试吧！"

里纳尔多听骑士这么说，心动了。他伸出手，拿起金杯，准备接受考验。

如果要我详细地描述这场海战,
那我可就有了项漫长的任务;
我把这些讲给您,高贵的伊汲利托,
埃尔科莱[1]战无不胜的儿子,
就像常言说的那样,把陶罐送去萨摩斯,
把猫头鹰献给雅典娜,我的主人,
我就会把道听途说讲给那个真正经历
事情的、让其他见证此事的人。

Lungo sarebbe, se i diversi casi
volessi dir di quel naval conflitto;
e raccontarlo a voi mi parria quasi,
magnanimo figliuol d'Ercole invitto,
portar, come si dice, a Samo vasi,
nottole Atene, e crocodili a Egitto;
che quanto per udita io ve ne parlo,
Signor, miraste, e feste altrui mirarlo.

注释

[1] 埃尔科莱·德斯特一世,费拉拉公爵。

拒绝的智慧

里纳尔多端起金杯就要送到嘴边，但他忽然回头一想，其实他并不真的想知道也许他最好不要知道的事。思索了一会儿，他放下金杯，对骑士道：

"对不需要知道的事何必刨根究底呢？那充其量只是件蠢事罢了！我的妻子是个女人，而女人本来就柔顺善变；我对她的信念从未动摇过，现在又何苦测试这个信念？即使是上帝都不容许我们测试！

"请把酒杯拿走吧！我不知道我这样的决定是明智还是愚蠢，但我知道，有些事情男人不需要知道。

"请把酒拿走吧，我不想喝！"

里纳尔多说完这些话时，骑士忍不住哭了出来，泪水滚滚而下。等情绪稍为缓和后，他说："我要诅咒那个说服我喝这杯酒的女人！因为这个考验，我失去了爱侣。但愿我十年前就认识你，有你的忠告，也许我就不会尝到我原本不需要品尝的苦果了。我的双眼因为长时间的悲伤哭泣，几乎要瞎了。

"请你容许我向你吐露我的悲伤吧，也请你为我一掬同情之泪——

"我出生在曼图亚城的一个好人家，但家道早已中落，生活不是很优渥。然而，我虽没能出身富贵，命运之神却在其他方面弥补了我——她让我天生俊美，气质高贵，且风度翩翩。由于这些外在的条件，年轻时的我曾获得许多佳人的青睐。

"那时，曼图亚里住着一位学识渊博的老先生，当他离开这个人世时，足足活了一百二十八岁。这位先生终生未婚，但到晚年时，却春思大动，买了一个漂亮的女子侍候他，两人并生了一个女儿。

"老先生怕女儿步上母亲的后尘——为钱出卖自己的肉体——于是让她过着与世隔绝的生活。他请人建造了这座豪华的住宅，然后将女儿藏在这里，由年长谨慎的妇女照顾、教养。

"在女儿成长的过程里，老先生从未让她听过或看过其他的男人。为了加强女儿贞洁的观念，他甚至在这座庭园里雕刻、绘画了许多文学里或历史上著名的贞女烈妇，以让她学习模仿。

"老先生的女儿长大后，不但行止端庄严谨，且出落得亭亭玉立，是个绝世美女。到了婚配的年龄，老先生选中我当他的乘龙快婿。唉！真不知是幸或是不幸。他将这座豪宅以及方圆二十里内的森林、湖泊送给我，当作女儿的嫁妆。

"在这个世界上，不可能再找到比我的妻子更美丽、更贞洁的女子了。她双手灵巧，善于针黹刺绣；一举手、一投足，有如仙女下凡；弹琴的样子、唱歌的神情是那么优雅动人。跟她的父亲一样，她也饱读诗书，通晓天文地理。除此之外，她还有一副好脾气，温柔体贴又可爱——啊！单想到这些就令我心醉神迷。

"结婚后，我们过着恩爱的日子，走到哪儿都形影不离，从来没有不快或争吵。结婚五年后，我的岳父过世了。不久，我的婚姻也开始出现问题——但一切都是我的错！直到现在我的痛苦都还没有结束。

"当时，曼图亚城里还住着一位出身高贵的女子，名字叫作梅莉莎。她自从认识我，就对我产生不可自拔的迷恋。梅莉莎擅长法术，能颠倒日夜、扭转乾坤，能让时光倒流、星月无光。但她纵使无所不能，却无法让我背叛爱妻，移情别恋；因为我不仅热爱妻子，更珍惜她的忠诚贞洁。然而，我的严词拒绝并没有让梅莉莎知难而退；相反，她处心积虑地要撼动我的信念、

梅莉莎的魔法和巫术就像老练的女巫一样……但她办不到的，就是说服骑士来治愈她为爱颠倒的心

瓦解我的平静。

"有一天，梅莉莎告诉我婚姻的忠诚应该是相对的，问题是——'你怎么知道你的妻子是忠诚的呢？'她说，'除非你能证明。设若她有机会出轨，却仍能坚守贞洁，那么，你方能相信她是个忠于婚姻的妻子。然而，你俩形影不离，她走到哪儿，你跟到哪儿，她既没机会见识其他男人，你凭什么大言不惭地说，她是个守得住贞操、对婚姻忠诚的妇人？

"'你可以离家一段时间，但让全城的人——尤其是对她有兴趣的男人——知道你的妻子留在家里：给他们一个机会。倘若再多的甜言蜜语、再贵重的礼物都不能打动她的心、引诱她玷污你们共睡的床，那么你就可以大声地说，你的妻子是个忠贞不贰的女人！'

"梅莉莎不断用这样的话怂恿我，终于我动了念，决定测试妻子的忠贞。

"'但我如何知道妻子是否忠于我呢？假若我没机会亲眼目睹的话？'我问。

"'我会送你一个酒杯，'梅莉莎回答，'这酒杯拥有神奇的力量：只有妻子贞洁的男人才能饮尽杯中的酒；戴了绿帽子的男人，杯子未到唇边，酒就会全部洒在他的胸口。

"'在你离家之前，试试看吧！我相信酒一滴都不会洒出来，因为截至目前为止，你的妻子应该只有你一个男人。但等你回来后，你再试这个酒杯一次，到时，我就不敢保证你的胸口会不会是干的了。然而，你若还能再饮完一整杯酒，那么，在这个世上还有哪个已婚男子能够比你更快乐呢？'

"我接受了梅莉莎的建议。她将酒杯递给我，我接过来一饮而尽——我很高兴我的妻子忠贞又善良。

"'现在，离开一段时间吧！'梅莉莎说道，'离开一两个月，然后再回来试这个杯子，看看你是否能再一饮而尽，还是湿了衣襟。'

"但要我离开妻子是何等困难的事！倒不是因为我怀疑她会不贞，而是我实在离不开她。不要说一两个月，一两天都难！对此，梅莉莎建议道：'这样吧，我让你变成另一个人的样子出现在你的妻子面前。'

◎ 残酷的考验

"先生,离此地不远有一座新兴的城市,叫作费拉拉市,虽然没有曼图亚城这般繁荣、具有文化历史,但也十分的美丽富饶。费拉拉市的统领是位年轻有为、英俊潇洒的富有骑士。有一次,他出外训练猎鹰,顺道来拜访我。他一见着我的妻子,即惊为天人,从此念念不忘,想尽办法追求她。但他每次的努力都遭到我妻子的严词拒绝;最后,他不敢再造次放肆,只是将这份爱慕深藏心底。梅莉莎对这件事情的始末知之甚详,她说服我乔装成这位骑士的样子,在妻子独守家门时,回去引诱她。

"于是我告诉妻子我必须前往东方一趟,但离家不久便在梅莉莎的法术运用下,变成那位骑士的样子回到自己家里来。梅莉莎则乔装成我的随从,并带着大批稀奇贵重的珠宝首饰。

"我与梅莉莎直接走进妻子平时起居的房间,发现她刚好独自一人悠游地在阅读。我大胆地向她求爱,并且献上连最坚贞的心都无法抗拒的珠宝——闪闪发光的钻石,镶工精巧的玛瑙、翡翠等。我告诉她,只要她接受我的爱,我会送给她更多的奇珍异宝作为礼物;我也提醒她,我已经追求她这么久了,她好歹也应该给我一点善意的回报。

"妻子一开始皱着眉头,露出不悦的神情,甚至捂着耳朵说不想听我的胡言乱语。但看到那些晶莹璀璨的珠宝时,她的语气逐渐缓和。最后,她柔声地回答说,只要确定不会有任何人知道,她可以趁着丈夫不在家,满足我的要求。

"这个回答宛如一把利刃刺进我的胸膛。我全身冰冷,喉咙仿佛被掐住般发不出声音来。就在这时,梅莉莎解除了法术,让我变回原来的样子。

"阁下可以想象我的妻子有多震惊!我们两个人都脸色惨白,四眼望着地下说不出一句话来。终于,我嘶哑着嗓子,挤出声音来问她说:'我的爱妻,你真的会为了这些珠宝出卖你的贞洁、背叛我吗?'

"妻子不发一语,只是泪如雨下;她觉得羞愧难当,但她更觉得愤慨不屑：我竟然如此卑鄙，陷她于不义！她的内心生出一股无法抑制的愤怒，一股最冰冷的恨。她决定马上离我而去！

"当天晚上，她赶往河边，然后搭上一艘船，顺流而下。天亮时，她去求见曾经爱慕她的骑士，请他收留她。骑士见她主动到来，当然欣喜若狂！

"唉！从那时起，他们过起了幸福快乐的日子。而我，咎由自取，每日活在痛苦难堪之中，一辈子不得解脱！

"过去十年来，只要进到我屋子里的男士，我都请他们试饮这个金杯里的酒——想不到没有一个男子成功地喝到酒！这也是我多年来仅有的安慰：原来我并不孤单！到目前为止，你是唯一有智慧拒绝测试的男人。

"我的妻子离去后，梅莉莎一开始十分高兴得意，但很快她也只有痛苦和不安。因为我恨她入骨，连看到她都无法忍受，更不要说成为她的爱人了。不久，她离开了曼图亚城，从此音讯全无。"

里纳尔多听完骑士的故事，深感同情，思索了一会儿，说道："梅莉莎实在不应该怂恿你去测试妻子的忠诚，但你自己也有责任——你不希望发生的事，何苦制造机会让它发生呢？你的妻子若因贪婪而背叛了你，你也不用太吃惊；她不是第一个抗拒不了诱惑的女人，也不会是最后一个。何况，比起她的禁不起诱惑，你刻意陷她于不义的行为也很糟糕。假若是她设计引诱你，你不见得会表现得比她坚贞吧？"

说完，里纳尔多站起来跟骑士告退。他希望先休息一会儿，然后在黎明前一两个小时出发，因为他时间很紧迫。

骑士回答说，房间和床都已经准备好了，如果他希望上床休息的话。但他建议里纳尔多可以连夜搭船起程，然后在船行进时好好睡一觉。他也已经派人把船准备好了。

里纳尔多感谢骑士设想周到，立即赶到河边去；在那里，一艘六人划的小船已经在等候。里纳尔多给船员指示方向后，便进入船舱呼呼大睡。小船轻快地驶出码头，顺流而下，经过左右两岸一个又一个城市：有的已经十分富庶华丽，有的正在茁壮成长，有的才开始有些人烟。

如果芬芳依附于	L'odor ch'è sparso in ben notrita e bella
整洁的头发或者胡须，	o chioma o barba o delicata vesta
如果高雅装扮着	di giovene leggiadro o di donzella,
楚楚的少年或者女士，	ch'Amor sovente lacrimando desta,
如果日复一日	se spira e fa sentir di sé novella,
它们依然弥漫，	e dopo molti giorni ancora resta;
这些就足以证明	mostra con chiaro ed evidente effetto,
天真的美德存于其中。	come a principio buono era e perfetto.

善妒的丈夫

天亮时，里纳尔多醒来往外眺望，看着两岸不断倒退的景色，忍不住想起骑士的遭遇。船头的一名水手猜测到他的心思，试着和他聊起来。两人谈着谈着，最后的结论是：男人妄想考验老婆的忠诚，实在是件很愚蠢的事。

水手接着问里纳尔多是否听过曼图亚城里发生的另外一个故事。"那个故事已经告诉我们，再坚贞的人也禁不起珠宝财富的诱惑，"水手说，"我的主人对这个故事耳熟能详，只是在重要的时刻，他还是犯了同样的错误！"

里纳尔多对这个故事十分感兴趣，请水手详细说给他听。水手很乐意地开始叙述：

"曼图亚城里曾经住着一位富有的律师，名字叫作安赛摩。他出身良好又有身份地位，因此很严格地挑选婚配对象。终于，他在邻城找到一位秀外慧中的佳人，芳名雅尔姬，成为他的妻子。雅尔姬美若天仙，并且极具才华；安赛摩为了守住这么出色的妻子，几乎变成全世界最善妒的丈夫。

"那时，曼图亚城里还有一位出身世家的骑士，叫作亚当尼欧，他见过雅尔姬后，情不自禁地爱上她。为了赢得佳人芳心，亚当尼欧大方购买各种昂贵的礼物，还不到两年就散尽家财。

"树倒猢狲散，潦倒的亚当尼欧穷困到几乎以行乞为生，最后不得不远走他乡，躲到一个没有人认识他的地方。就在他悄悄离城的那一天黎明，他在森林里看到一个乡下人拿着一根棒子不停地敲打着树丛。亚当尼欧问乡下人在做什么，乡下人跟他说，刚刚看到一条又粗又长的蛇，要把它抓来杀了。

"亚当尼欧世传的家族徽记正是一条巨蛇，因此向来护蛇不遗余力，听乡下人这么说，他立即说服乡下人不要伤害那条蛇。乡下人不甘不愿地离去了。

"亚当尼欧继续往外地走，很快忘了救蛇的事。之后，他在一个小村镇落脚，过着贫困拮据的日子，前后共七年。这一段时间里，他念念不忘雅尔姬：她是他心目中的女神，是一生唯一的爱；只要一想起她，他心里就仿佛淌着血，或热腾腾窜着一股暖流。终于，亚当尼欧决定返回曼图亚城，再见挚爱一面。

"那时，曼图亚城需要派出一名大使前往罗马处理外交事宜。遴选加抽签的结果，任务落在安赛摩的身上。安赛摩得知消息后，忧心不已；他送礼、行贿、恳求有力人士帮忙，但都徒劳无功，他非前往罗马不可！

"临行前，安赛摩对妻子谆谆告诫、仔细叮咛，要她谨守妇道，不可做出背叛丈夫的事。雅尔姬对要与丈夫分别一段时间也痛苦不已，她泪流满面告诉安赛摩说，即使要她死一千遍，她也不可能做出令他蒙羞的事。

"然而，安赛摩还是不放心。他去找一位通晓过去、未来的星相家，请他预测一下他的妻子到底会不会守贞。星相家拿出工具观察天象，然后告诉安赛摩说，他一踏出家门，

安赛摩的星相家友人

雅尔姬的贞操就会失守,但引诱她的不是英俊的容貌,也不是花言巧语,而是贪婪。

"安赛摩听了这些话后,心头有如压着千斤重担。为了避免星相家所说的事情发生,他将珠宝财物、田产房舍等,全部交给雅尔姬保管,并告诉她爱花多少就花多少,只要她对得起他。不仅如此,他还将她送到乡下去,因为那里环境比较单纯,比较不会污染她的心性。

"雅尔姬见丈夫安排这一切,仿佛她一定会出轨似的,哭得伤心欲绝。她送丈夫出门,眼睛一直追随着他的身影,脸上尽是依依不舍之情。

◎ 神奇的小狗

"同时,亚当尼欧全身破烂、蓬头垢面经过七年前救蛇的地方。天刚破晓,天边还稀疏地挂着几颗星星,亚当尼欧看到一位衣着打扮颇华贵的姑娘向他走过来。

"姑娘跟亚当尼欧打招呼,亲切地说:

"'大人!虽然你不认得我,但我曾欠你一份人情。我的名字叫作曼朵,是个女巫师。七年前,我化身为蛇,在此修习法术时被人追捕,若不是你出言相救,我恐怕早就死了!

"'我今天来是为了报答你的救命大恩,我会让你拥有比以前多三倍的财富,你花得越多,就越富有。我也知道你心里还渴慕着雅尔姬,我会帮你完成爱的追求。据说她的丈夫已经到罗马去了,你何不现在就去拜访她?我陪你去——'

"接着,曼朵告诉亚当尼欧他该怎么说、怎么做,然后把他乔装成沿路化缘的朝圣者。曼朵自己则变成了一只娇美可爱、浑身银白长毛的小狗。变装完毕,他们前往雅尔姬居住的乡间别墅。

"亚当尼欧先出现在仆人进出的房舍,他吹起笛子,而可爱的小狗用后腿立起来,开始跳着各种舞蹈。这样的新鲜事很快就传到女主人的耳中,没多久，雅尔姬派仆人请亚当尼欧带着小狗去见她。

"来到雅尔姬面前，亚当尼欧命小狗表演舞蹈，本地的舞步、外国的舞步，或旋转，或摆姿势，小狗仿佛懂得人语般，配合主人的口令做不同的表演。在场的人看得目瞪口呆，惊奇不已。

"这可爱的小狗引起雅尔姬的好奇，但不久，她的好奇就转成了贪念。她命奶娘赐给朝圣者一笔丰厚的财物，要他把小狗让给她。

"亚当尼欧对奶娘说：'夫人提供的这一点钱，还不够买小狗的一条腿呢！'

"说着，他把奶娘拉到一边，然后命令小狗送给她一枚金币。小狗把身体一抖，'哐啷'一声，果真掉下了一枚金币。亚当尼欧请奶娘捡起金币，对她说：

"'你说，夫人给我的钱能买一只这么神奇的狗吗？只要我开口，这狗从不让我失望：有时是珍珠，有时是钻石，有时是华袍美服。千金难买心头爱，这可爱的狗是无价之宝！请你转告夫人，但这事情没有商量的余地。只要她愿意陪我共度良宵，我可以把这小狗送给她。'

"奶娘回到屋里去，把发生的事说给雅尔姬听；她鼓励女主人答应朝圣者的要求——反正只睡一夜，对她没什么损失！雅尔姬对奶娘的建议先是不以为然，一来她不想背叛丈夫，二来她不大相信那条狗真有那么神奇。但奶娘锲而不舍，在雅尔姬耳边絮聒地提醒她：这样的机会绝无仅有，错过了一辈子后悔！最后，雅尔姬让步了；她答应奶娘再看小狗表演一次。

"朝圣者带着小狗来了。这一次，小狗抖落的不只是满地的金币而已，还有一串又一串的珍珠，以及各种各样的宝石。骄傲的雅尔姬忍不住心动了。这时，亚当尼欧现出自己原本的容貌来。雅尔姬看到朝圣者原来是多年前苦恋她的骑士，她的抗拒不禁完全融化了。

"善妒的丈夫不在身边，亲密的奶娘在一旁敲边鼓，骑士这么痴情，又带给她这么多财富——总而言之，天时、地利、人和！雅尔姬终于心甘情愿依偎在骑士的怀里。骑士经过这么多年的追求，终于夙愿得偿，与佳人彻夜享受肉体的欢愉，直到天明。

◎ 杀妻泄恨

"整整过了一年，律师安赛摩才得以离开罗马，回到家乡。他未进家门就先去拜访星相家，问他这一年里妻子雅尔姬是否有对不起他。

"星相家拿出工具，仔细观察天象，然后据实回答他说，他的妻子禁不起大量珠宝、礼物的诱惑，早就与别的男人发生婚外情了。

安赛摩的妻子发生婚外情

"星相家的答案有如一把刀，插在安赛摩的胸口上。为了更确定答案，他回家后找来了奶娘，仔细盘问她。奶娘很狡猾，安赛摩诱之以情、动之以利，不但都不能得到确切的答案，反而更陷入疑信参半的困惑中。精明的安赛摩只好按捺心情，等待时机。

"终于，真相大白的机会来了。奶娘与雅尔姬因故争吵，奶娘气不过，主动跑去找安赛摩，把女主人出卖他的经过一五一十说了。

"安赛摩听了奶娘的陈述，悲愤得全身发抖，简直要疯了。他决定要自杀，但得先杀死妻子再说：只有死可以赦免她的罪，解脱他的痛苦！

"安赛摩离开乡间别墅，返回城里去。进城后，他马上派遣一名心腹仆人到乡下去执行杀人任务。仆人来到别墅，告诉雅尔姬说她的丈夫得了急病，快要死了，要即刻带她回城里探视。

"小狗警告雅尔姬此事有诈，但教她放心出门，因为必要时它会保护她，助她一臂之力。于是雅尔姬抱着小狗，骑上马，跟着仆人出发了。

"仆人带着雅尔姬专挑狭窄无人烟的小路走,越走越偏僻,最后来到一片黑黝黝的森林旁。'就是这里了。'仆人想。他拔出剑来告诉雅尔姬说,主人下令要杀她;她在临死前,可以祈求天主宽恕她不贞的罪愆。

"雅尔姬跪下来祈祷,但就在仆人准备下手时,她忽然不见了。仆人惊诧不已,不知她藏到哪儿去了,急得四下寻找,但就是找不到她的任何踪迹。

"仆人沮丧地回到城里,向安赛摩报告事情的始末。

安赛摩的妻子因私通将被处死

自己也百思不解,想不通女主人是怎么凭空消失的。

"安赛摩听了,十分焦急。现在雅尔姬已经知道他的歹计了,她若投靠其他男人,以寻求保护,那么他戴绿帽子的难堪就不再是家务事,而要成为公开的丑闻了。

"为免事情走到这个地步,安赛摩立即命仆人带他到雅尔姬消失的地点去,他要仔细搜索,也许她白天会一直躲在草丛里,到了晚上再出来附近的民家求宿。

◎ 荒唐的交易

"仆人带安赛摩来到雅尔姬失踪的地点,但令人惊奇的是,原来茂密的森林竟然不见了，取而代之的是一座辉煌壮丽的宫殿。刚从罗马回来的安赛摩可不是没有见过世面的乡下人，但这金碧辉煌的建筑，其雄伟、华美，却让他看得目瞪口呆，仿佛身在梦境。

"宫殿大门前站着一个黑人，宽扁的鼻子、厚垂的嘴唇，安赛摩觉得从没见过这么丑陋的人。黑人不但丑，而且四肢畸形，身上穿的衣服则是油腻污秽不堪，望之令人作呕。

"安赛摩看看四周无人，只好走向前，问那黑人宫殿的主人是谁。

"'我就是宫殿的主人！'黑人回答。

"安赛摩不信，以为黑人是在耍他、骗他。但黑人发誓说宫殿真的是他的。他请安赛摩入内参观，并告诉安赛摩说，宫殿内的东西，只要他看中意的，他都可以拿去。

"安赛摩把马交给仆人，然后跟着黑人进入宫殿参观。他一边观赏，一边赞叹：'啊！全世界的财富加起来也买不起这座华丽的宫殿。'

"丑陋畸形的黑人竟然回答道：'然而这座宫殿并非无价之宝。只要你愿意，你需要付出的代价对你来说其实微不足道。'

"黑人要求安赛摩与他共度一宿。

"乍听到这个下流的要求，安赛摩不禁瞠目结舌，倒退了两步。他觉得这个黑人不但粗鄙，简直是疯了！但黑人锲而不舍，以赠送宫殿为基本条件，用各种说法来打动安赛摩。终于，安赛摩屈服于自己的贪婪。

"这中间，雅尔姬一直躲在帷幔后偷听，当她看到安赛摩禁不住诱惑，点头答应黑人的要求时，立即掀开幔子走了出来，大叫道：'啊哈！好个出身高贵、学识渊博的读书人！竟也会愿意干这种下流的勾当！'

"在道德最堕落的时候，被逮个正着，安赛摩一时语塞，满脸涨得通红：真希望地底裂开一个大洞，好让他跳进去！

"满腹委屈的雅尔姬大声骂丈夫道：'你因我禁不住追求者的诱惑，就要杀我而后快，那你禁不住诱惑就愿意跟这个污秽下流的黑人睡觉，又该如何论处？我的追求者既高贵又英俊，而且，比起他送我的礼物，这座宫殿根本

"啊！全世界的财富加起来也买不起这座华丽的宫殿。"

哈！真是符合出身高贵、有学识的男人声誉的事！"

安赛摩和雅尔姬二人间恢复了平静、和谐与珍爱

不算什么。我若因他失足就该死，那你死一百次都不够！现在，我可以或杀或剐随意处置你。但我并不想这么做。让我们和好、平等对待吧！我原谅你，你也原谅我；把过去的一切都忘了，我们重新开始。从此，我在言行上绝不会提醒你曾有的过失，你也绝口不要再提我犯过的错误！'

"安赛摩觉得这是一个双赢的建议，于是也展现高度的诚意，答应了。从此，夫妻两人过着甜蜜和谐的日子，彼此包容，彼此珍惜。"

水手在这里结束了他的故事。里纳尔多被故事的结局逗得大笑起来。虽然安赛摩的无耻实在教他脸红，但他衷心赞赏雅尔姬的聪明智慧：她瓮中捉鳖的妙计为自己的窘境解了套。

什么缰绳，什么马嚼，
或者什么样的驾驭术，
可以让愤怒遵守命令，
控制在理性的范围内？
当一颗忠实的心隐于
爱的坚不可摧的锁链，
通过冒犯和愚蠢的诡计，
我们只看到伤害和耻辱。

Qual duro freno o qual ferrigno nodo,
qual, s'esser può, catena di diamante
farà che l'ira servi ordine e modo,
che non trascorra oltre al prescritto inante,
quando persona che con saldo chiodo
t'abbia già fissa Amor nel cor costante,
tu vegga o per violenza o per inganno
patire o disonore o mortal danno?

布兰蒂玛的葬礼

里纳尔多兼程赶路,下了小船后,换马急奔,于第二天黎明时,再换搭大船航向罗兰与葛拉达索决斗的小岛。然而他还是晚了一步。当他赶到时,罗兰已经斩杀阿格拉曼与葛拉达索,结束了这空前辉煌的战役。

罗兰泪眼婆娑与里纳尔多拥抱,跟他叙述布兰蒂玛遇害的经过。里纳尔多看到布兰蒂玛几乎裂成两半的头颅,也难过得泪流满面:怪只怪自己到晚了!

镇守比瑟塔的艾斯多弗得知胜利的消息后,为罗兰英勇的表现骄傲不已。只是欢欣的气氛和心情因布兰蒂玛的殉亡而削减了。他不知要如何告诉费欧蒂莉姬这个悲痛的消息。

前一晚,费欧蒂莉姬做了一个梦,梦中她看到自己亲手为布兰蒂玛缝制的战袍上绣着斑斑红点。她觉得十分懊恼:"布兰蒂玛要我准备全黑的战袍,为什么我把它绣成这个样子呢?"她从梦中醒过来后,觉得十分郁闷,心里隐隐有不祥的预感。

艾斯多弗亲自去探望费欧蒂莉姬,告诉她胜利的消息。费欧蒂莉姬看艾斯多弗的脸上并没有兴奋喜悦的神情,知道布兰蒂玛已经不在人世了。她的心有如结成冰一般,一时无法呼吸,接着眼前一黑,整个人昏倒在地。

费欧蒂莉姬躺了好久，仿佛死了一般，也许是不想醒来吧，这样她就不用面对这个伤痛的事实。当她终于苏醒过来时，她用力撕扯自己的头发，指甲在脸上划出一道一道血痕，声音凄厉地哀号着。但这些都不足以宣泄她内心深沉的伤痛，她恨不得一刀刺死自己，追随布兰蒂玛的脚步而去。但旁边许多人守护着她，不给她这样的机会。

罗兰要为布兰蒂玛举行隆重的葬礼。他在伊那山脚下觅得一块背山面海的灵地，命人日夜赶工，建造了一座庄严的灵寝。第二天向晚时，受邀前来观礼的贵族、骑士都赶到了。海滩上数以千计的火把，将伊那山照耀得如同白昼。

罗兰凝视着安放在灵柩里的布兰蒂玛，泪水再度决堤，滚滚而下。他脸色灰白，深深叹息道："可敬可爱的布兰蒂玛，勇敢的伙伴！你已经离开人世，回归天主的怀抱。在天堂乐园里，你的生命不再崎岖坎坷，从此没有忧愁烦恼。

"在战场上，我们一起出生入死，浴血奋战；我们总是合作无间，并肩杀敌。为什么胜利时，我们却不能同享光荣，同享安息？啊！布兰蒂玛！你可知意大利、法国、德国，都在为你哀悼哭泣！"

听着罗兰的葬礼致辞，没有一个人的眼睛是干的。布兰蒂玛是这么年轻英俊、这么勇敢大胆、这么随和善良，众人对他的死都难过不已。

接着，罗列两旁的祭司慢慢走向布兰蒂玛的灵柩，为他祝福祈祷。灵柩盖上紫色丝绸，上面绣着金线，缀满珍珠。罗兰、里纳尔多以及几个法国勇士抬起灵柩进入墓室，后面跟着数百名身穿黑色丧服的送葬者。

仪式结束后，费欧蒂莉姬坚持留下来守墓。她请人在灵寝旁盖了一座小屋，在那里过着与世隔绝的日子。罗兰数次派人去接她，甚至亲自去要带她走，并为她安排往后的生活，但都被她婉拒了。就这样，费欧蒂莉姬在小屋里日夜为爱人的灵魂祈祷。没多久，她因身体虚弱、心神耗损，也蒙主宠召了。

◎ 神迹

作战时，左脚被马压碎的奥利佛伤势很不乐观。罗兰等人心里十分焦急，怕他有生命之忧。就在他们商讨医治问题时，一位船长提供了一个建议：

"离此不远处，"船长说，"有一座礁岩，上面住着一位虔诚的隐士。隐士能呼风唤雨、起死回生，瞎眼的人经他治疗就重见光明，向他求救的人，从来没有失望过。你们何不带奥利佛爵爷前去求医？"

为了争取时间，罗兰与里纳尔多带着奥利佛连夜起锚航向船长所说的礁岩——也就是罗吉耶洛受洗成为基督徒的地方。众人登陆上岸，然后在侍仆的合力照料下，将奥利佛抬到隐士的教堂里。

隐士热诚地欢迎众人。他在前一天的冥想中就已得到启示，知道他们会在今天到来。隐士安慰罗兰，教他宽心，他一定会治疗奥利佛的脚伤。

然而，隐士并未使用任何药物或医疗程序，他只是进入内室，向天主做了一番很长的祷告。啊！虔诚的信仰汇集了多大的能量！奥利佛的伤口竟然瞬间就愈合了，骨头完好如初，整只脚比受伤前更健壮！

与阿格拉曼、葛拉达索并肩作战的萨布里诺也在场。他目睹了神迹，不禁感动得双手合十，跪了下来。他要求隐士教导他基督教义的信仰和道理。隐士为他施洗，并为他祈祷。浑身是伤的萨布里诺很快也复原了。罗兰等人都为这位伊斯兰教国王的皈依感到高兴，祝贺他找到了信仰的真主。

罗吉耶洛对这一切比起其他人都更感到欣喜；因为目睹神迹，他对基督的信念和虔诚更加坚定不移。这些日子以来，他在岛上跟着隐士过着灵修的生活，智慧增进不少。

在谈话中，众人认出了罗吉耶洛的身份。隐士告诉大家说，罗吉耶洛也是个受洗的基督徒了。众人都十分高兴，纷纷与他拥抱祝福。里纳尔多尤其开心，因为之前决斗时，他就见识到罗吉耶洛的英勇和热诚。他也得知罗吉耶洛曾经解救与布拉达曼特孪生的兄弟理查德，也解救过莫吉斯和威维昂的

布兰蒂玛的葬礼　417

性命——单单这两项人情，里纳尔多觉得，就足以获得他的友谊和尊敬了。

里纳尔多向众人叙说罗吉耶洛在战场上的表现，以及克莱孟家族欠他的恩情，给予他极高的评价，并对他称赞不已。隐士趁机做媒，对里纳尔多说："看来你们双方已经萌生了坚定的情谊。你们两家尊贵的血源即将融合、诞生一脉新血，未来世代相传，开枝散叶，数不尽的英雄豪杰。让我将上苍的旨意稍微透露给你们听吧——"

隐士将罗吉耶洛与布拉达曼特姻缘天注定的奥妙向里纳尔多等人细说，要里纳尔多将妹妹许配给罗吉耶洛为妻。里纳尔多对这样完美的结合岂有拒绝的道理？天底下还有哪个男子比罗吉耶洛更英勇优秀、更配得上他最疼爱的妹妹？里纳尔多当场答应了。罗兰、奥利佛等也都鼓掌称好。众人都相信克莱孟家族以及查理曼大帝一定都乐见这样的联姻。

然而，里纳尔多却不知父亲艾蒙已经初步接受了希腊王子的求婚，准备将女儿嫁到希腊去当太子妃。只是艾蒙尊重儿子，希望等他回来，再做最后的决定，然后公开宣布这项喜讯；他相信里纳尔多对这一门尊贵的联姻一定会大表赞同。

众人在岛上留了一天一夜，虽然风向正适合航行，却都舍不得离开。但船员一次又一次地催请，里纳尔多等人只好跟相谈甚欢的隐士道别。

罗吉耶洛在岛上也停留够久了，当然随着众人离开。罗兰将"搏力煞"系在罗吉耶洛的腰上，法兰堤诺以及赫克托耳的盔甲也送还给他。虽然"搏力煞"原是罗兰的用剑，但他乐意宝剑赠英雄，作为善意的表现。

船很快航入大海，众人不需祈祷，帆就鼓满了风，快速前进，不到两天顺利进入马赛港。

可憎的贪婪！获取的贪心！
如果你轻易就让卑贱的灵魂进入圈套，
对那些被玷污败坏的，这并不意外，
如果你用同样的绳索布下圈套，
用同样的钩子设下陷阱，
有个人能够避开这些，
那么他高贵的心灵
是否应得所有的荣誉？

O esecrabile Avarizia, o ingorda
fame d'avere, io non mi maraviglio
ch'ad alma vile e d'altre macchie lorda,
sì facilmente dar possi di piglio;
ma che meni legato in una corda,
e che tu impiaghi del medesmo artiglio
alcun, che per altezza era d'ingegno,
se te schivar potea, d'ogni onor degno.

比武招亲

艾斯多弗在获知罗兰胜利的消息后，就开始遣返奴比亚军队。他先向仙纳波的亲自领军表达诚挚的谢意，然后将装在皮袋里的南风交给他，以便奴比亚军队能沿来路穿过沙漠顺利返国。舰队上的士兵撤退时，一离开战船，所有的船只就变回了一片片叶子；而等所有的士兵都回到奴比亚后，原先骑

斯多弗的骑士骑乘的马匹都变回了一块块石头

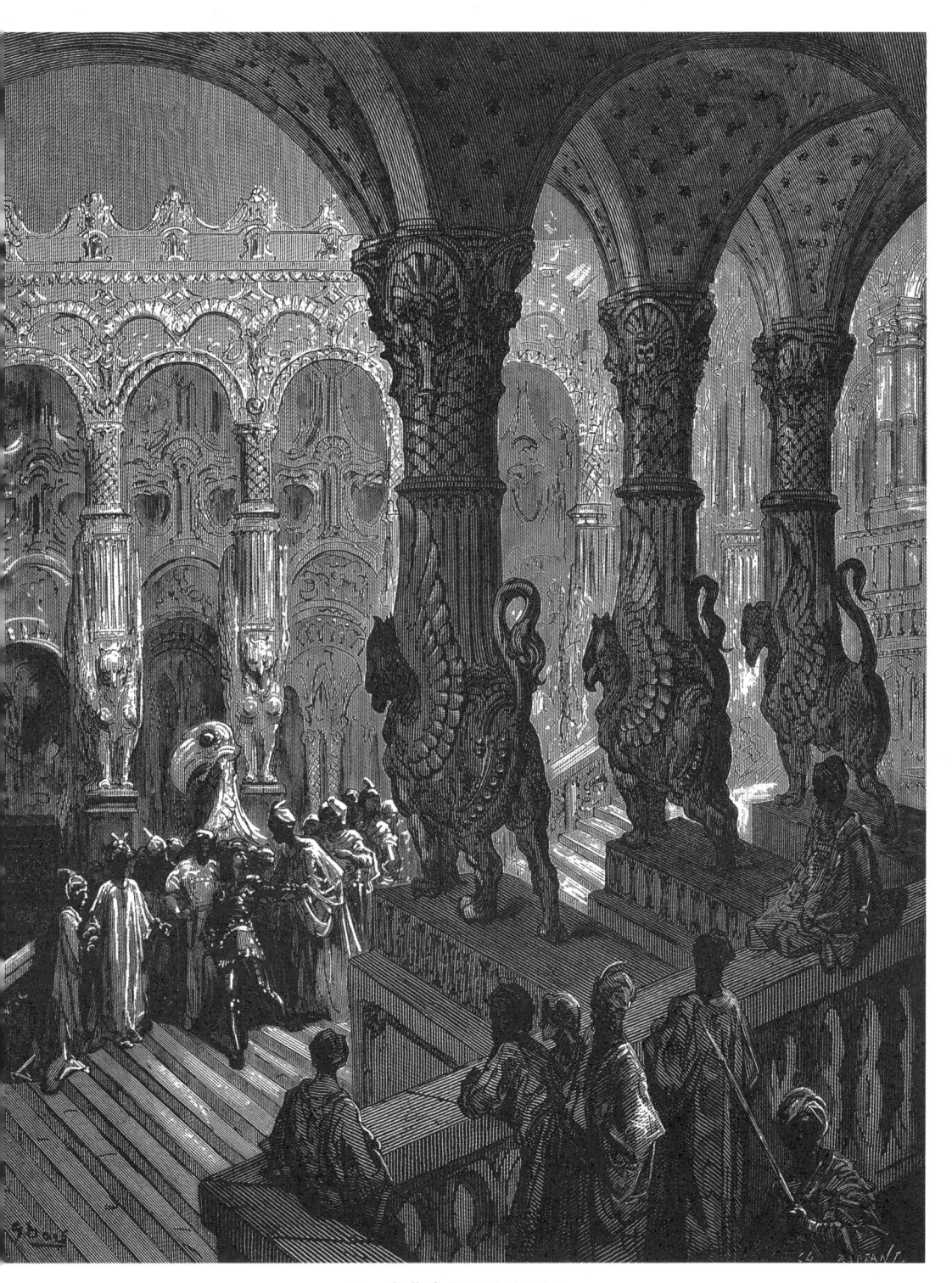

艾斯多弗告别奴比亚国王

罗兰等人在盛大的庆祝凯旋仪式中归来

乘的马匹也都变回了一块块石头。

艾斯多弗解散军队后，骑上飞马，冉冉升空，往法国的方向飞去，越过撒丁尼亚、科西嘉，最后降落在法国南端的普罗旺斯。在这里，他依照圣约翰先前的指示，卸下了飞马的缰绳，让它自由离去。

罗兰等人进入马赛港时，艾斯多弗也在同一天到达。查理曼大帝早就获知罗兰杀了阿格拉曼与葛拉达索以及布兰蒂玛殉亡的消息。战争终于结束了，家国兴亡的重担终于得以卸下，让他稍作喘息，查理曼激动得久久不能自已。

为了荣耀这个帝国的中流砥柱，查理曼派遣宫中最高阶的王公贵族到港口迎接，自己则率领皇后、公主等贵妇在城外等候。民众夹道欢迎，"孟葛拉那""克莱孟"的欢呼之声不绝于耳。接下来几天，全国陷入疯狂的庆祝当中：化装游行、比武大赛、闹剧演出、狂欢舞会、盛宴餐聚等，三天三夜说不完。

这日，里纳尔多告诉父亲艾蒙说，他已经将妹妹许配给罗吉耶洛为妻了，罗兰与奥利佛对这个联姻也极表赞同，因为就血统的高贵与英勇的表现而言，再也没有人比罗吉耶洛更配得上布拉达曼特了。

艾蒙听了这些话，十分生气：儿子竟然没先争求他的同意，就替他把女儿嫁了，这是什么话！他告诉里纳尔多说，他打算把布拉达曼特嫁给希腊王子李欧，让她成为未来的希腊皇后。罗吉耶洛虽然骁勇善战、拥有英雄的美名，却只是个一文不名的骑士；若没有财富、王位作为后盾，高贵的血统、不凡的武艺有何价值可言？

里纳尔多的母亲比阿特丽丝的反应更激烈，她责怪里纳尔多自作主张，没有为妹妹长远的幸福着想。布拉达曼特的条件优越，只有东方女皇这个尊贵的头衔才适合她。罗吉耶洛那个穷小子，能够给她什么呢？若要嫁给罗吉耶洛，比阿特丽丝相信女儿也一定抵死不从的。

布拉达曼特向来孝顺，母亲又极爱她，因此，她不敢也不愿公开反驳母亲的说法。但她内心痛苦不已，经常躲在无人之处哭泣。

比武招亲

罗吉耶洛的痛苦更是难以形容，虽然克莱孟家族并未公开希腊王子求婚之事，但这早已是口耳相传的秘密，人尽皆知。罗吉耶洛走到哪里，都听到人们在谈论此事。他内心焦虑不已，哀叹上天为何如此残忍？为何历经千辛万苦，他和爱人还是不能结合呢？他深知世人的眼光肤浅虚荣。他虽英俊潇洒、武艺不凡，又拥有力量、美德、勇气，但在世人的眼里，他若没有财富、地位的话，这些又有何用！他该怎么办呢？罗吉

乐师嘲笑像查理曼这样的人要玩弄他的骑士

耶洛觉得只有死才能解脱他的痛苦和焦虑。但是一死了之只是便宜了希腊王子李欧。他思前想后，决定前往希腊：他要去杀死李欧。都是这个希腊王子，他的婚事才会生出这许多波折来！

布拉达曼特这厢也有打算，她一方面修了一封书信给罗吉耶洛，情意绵绵地表达自己坚贞不移的爱；一方面，她去找查理曼大帝，向他提出了一个请求。

"陛下！"布拉达曼特跪下道，"您若肯定我曾为这个国家立过些许汗马功劳，请您答应我一个请求——"

"说吧！亲爱的布拉达曼特，"查理曼连忙将她扶起，"你即使要我的一半江山，我都会答应你。"查理曼一向视她如己出。

"陛下！"布拉达曼特道，"请您答应我：不管我未来的夫君是谁，他的

武艺绝不能在我之下。想向我求婚的男子，必须先跟我比武——用刀、用剑都行。第一个打败我的就能娶我为妻；若被我打败的，就请他另找对象吧！"

查理曼觉得这个要求出自一位巾帼英雄之口，一点都不为过，于是毫不犹豫地答应了。

当天，艾蒙与比阿特丽丝就得知这件事；夫妻两人对女儿的决定都十分生气。很明显的，女儿是比较中意罗吉耶洛的，不愿嫁到希腊去。为免女儿进一步做出傻事，艾蒙与比阿特丽丝连哄带骗将她送到海边的一座古堡去，然后将她软禁起来。

◎ 希腊寻仇

罗吉耶洛知道爱人失去自由后，觉得不能再耽搁了。只要李欧还活着，他与布拉达曼特结合的希望就很渺茫。当夜，他带了几个亲信仆从，悄悄地离开了法国。为了掩饰身份，他取下了家族世传的白鹰徽记，换上一只柔白色的独角兽。

罗吉耶洛与几名属下接连几日不停赶路，翻山越岭，奔过平原，渡过海洋，这天来到萨伐河奔流入海之处。他站在山丘上，远远看到河的两岸有两支军队排开阵势，正准备作战。

这两支军队，一边是由希腊国王康斯坦丁所率领，另一边则由保加利亚国王法特朗带头。多年前，保加利亚人占领了原属于希腊人的贝尔各雷一地。现在，希腊国王率领大军要把它夺回来。

李欧王子就站在国王康斯坦丁旁边，父子俩胜券在握，因为希腊军力比保加利亚多四倍。这时，希腊士兵开始以平底船搭桥准备渡河。李欧王子则带着一队人马悄悄潜往上游，也开始以船搭桥渡河。康斯坦丁看儿子所率的军队安抵对岸后，忽然一声令下，自己的军队也攻向对岸。父子两支军队前后包抄，没多久就将保加利亚人杀得节节败退。

保加利亚的国王能征善讨，是位威武勇敢的战士，然而寡不敌众，很快

罗吉耶洛大败希腊军队

就被李欧及其所率属下重重包围。李欧抓住法特朗的马缰，徒手就将马扭倒在地。法特朗宁死不屈，拒绝投降，最后被所围之人当场刺死。保加利亚人看到国王死于乱枪之下，群龙无首，纷纷放弃抵挡，转身溃逃。

罗吉耶洛看到这里，想都没想就决定帮助保加利亚人。他骑着法兰堤诺，一阵风般冲入战场，一边吆喝保加利亚人转头抗敌，一边对着希腊人大开杀戒。

这时，一位身穿猩红战袍的骑士奔在希腊军队的最前面，那是国王的妹妹希欧多拉的儿子，康斯坦丁对他视如己出，十分宠爱。罗吉耶洛看到他，放低长枪就冲了过去，用力一击，长枪刺穿骑士的盔甲，从背后透出约莫一尺长。刺死了骑士后，罗吉耶洛长枪一丢，拔出"搏力煞"对着四周的希腊人就劈砍起来。希腊人有的断手，有的断脚，有的被上下切成两截，有的被左右劈成两半。罗吉耶洛杀气腾腾的样子连战神玛尔斯、天神宙斯看了，都要忍不住战栗。一转眼的工夫，战场上已经哀鸿遍野、血流成河。

本来弃甲溃逃的保加利亚人，以为天降神兵助阵，全都鼓起勇气来，回头齐力抗敌。刹时，胜负逆转，希腊人纷纷抱头鼠窜、溃不成军……

李欧见自己的军队忽而转胜为败，十分纳闷儿，于是撤退到一旁的山丘上，观察战局。居高临下，他愕然发现，让他损兵折将、造成胜负大逆转的竟只是一名骑士之力！从这名骑士身上的盔甲和徽记推断，他并不是保加利亚人。李欧远远观看这名骑士的表现，虽然自己手下的士兵死伤不计其数，心里却忍不住为骑士的身手与英勇喝彩。

李欧王子生性高贵，是个心胸坦荡、气度恢宏的男子。罗吉耶洛对希腊军队造成的伤害，他不但没有气愤填膺、恨之入骨，反而对他出神入化的武艺以及万夫莫敌的勇气赞赏不已。

为免折损更多将士，李欧当机立断，命人吹号角撤兵，并且派遣一名快哨通知父亲也紧急撤退。

这天的战役算是结束了。保加利亚人虽没吃败仗，但国王战死，也够沮丧了。而且，若不是这名戴着白色独角兽徽记的骑士及时出现，后果恐怕不堪设想！众人纷纷拥过来，向他们心目中的救星致敬，有的行礼，有的跪下，有的亲吻他的手或脚。

挤向罗吉耶洛的人越来越多，欢呼喝彩的声音越来越高，最后，众人异口同声要求罗吉耶洛当他们的领袖、他们的国王，带他们抵抗外侮。罗吉耶洛跟他们说他很乐意当他们的国王，但是必须等他杀了希腊王子李欧再说，因为那正是他千里迢迢来此的目的。

为了争取时间，罗吉耶洛匆忙出发，连个随从都没带。李欧率领部下沿原路撤退，渡河后把搭桥用的平底船都放火烧了。罗吉耶洛追到天黑时都还没追上。他找不到落脚的地方，只好继续往前走，直到天亮。

比武招亲 427

在贫穷的家乡，友情的
联结倾向更加紧密，
但在辉煌的宫殿和华丽的
大厅，引生不满的财富
会让它变得不幸与困苦，
满是诱惑与怀疑，
仁爱无处可寻，友情消逝，
眼下只有虚伪。

Spesso in poveri alberghi e in picciol tetti,
ne le calamitadi e nei disagi,
meglio s'aggiungon d'amicizia i petti,
che fra ricchezze invidiose ed agi
de le piene d'insidie e di sospetti
corti regali e splendidi palagi,
ove la caritade è in tutto estinta,
né si vede amicizia, se non finta

危在旦夕

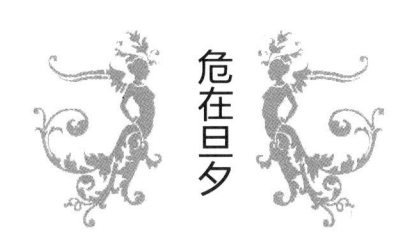

黎明时分，罗吉耶洛发现左边不远处有一座城池，他决定先在此休息，也好让法兰堤诺喘口气。这城池的统领叫作安奇亚都，多年来一直效忠希腊国王康斯坦丁。罗吉耶洛不知情，就在城内一间客栈住下了。

傍晚时，客栈来了新客人，是康斯坦丁的手下：一名罗马尼亚籍的骑士。他看到罗吉耶洛时，吓得几乎当场夺门而出。原来骑士从罗吉耶洛的盔甲认出他就是大败希腊军队的煞星。骑士强作镇静，悄悄从侧门溜出，然后狂奔到皇宫向安奇亚都报告他的发现。

安奇亚都早就得知希腊军队被一名战士打败的消息。听到骑士的报告，他心下窃喜——真是得来全不费工夫！这名宛如天兵神将、听了教人忍不住战栗的武士竟然自己送上门来了！

安奇亚都等到入夜后，亲自带领一队士兵潜入客栈的房间，趁着罗吉耶洛熟睡时，把他的手脚捆绑了起来。罗吉耶洛措手不及，又没穿戴盔甲武器，只得乖乖束手就擒了。

安奇亚都紧急派人送讯给康斯坦丁，告诉他大败希腊军队的武士已经被他逮着的消息。康斯坦丁大喜，心想从此可以高枕无忧了。李欧也很兴奋，只是他开心的理由与父亲康斯坦丁大异其趣。他希望以德报怨、赢得罗吉耶

危在旦夕　429

洛的友谊；有这么英勇杰出的战士来效忠他，他不用再眼红查理曼大帝的两名大将罗兰和里纳尔多了。

然而，康斯坦丁的妹妹希欧多拉可不这么想，她要为死在罗吉耶洛枪下的儿子报仇。

"陛下！"希欧多拉双膝跪地，泪眼婆娑地哀求道，"您若不让我杀这个恶人，以慰我儿在天之灵，我就长跪不起。老天有眼，让他落在您的手里，我可怜的儿子终于可以瞑目了——"

康斯坦丁柔声安慰希欧多拉，要她先起来再说。但她拒绝起身，除非国王答应她的请求。康斯坦丁只好将囚犯交给希欧多拉处置。

希欧多拉内心充满怨恨，决定要想出个可怕的法子，来好好折磨这个杀子仇人！

她先把罗吉耶洛关在不见天日的地牢里，将他用手铐脚镣锁住，连脖子也套上枷锁。

她每日只给他一块发霉的面包；有时候，连续两三天连一块发霉的面包也不给。罗吉耶洛饿得手脚发软，两眼发昏，越来越虚弱；即使希欧多拉不赶快想出个方式结果他，他也苟延残喘不了太久了。

罗吉耶洛受虐的消息很快传到了李欧王子的耳中。他虽然不知罗吉耶洛的真正身份，但爱才、惜才的心思让他计划尽快将囚犯营救出来。

这天夜里，李欧带着一名心腹手下来到地牢，跟看守的狱卒说他要见囚犯。

狱卒见王子到来，不疑有他，连忙

罗吉耶洛囚禁在黑暗的地牢里

转身去开牢门。李欧的手下立即拿出一根绳子，趁机从后面将狱卒勒死。

李欧进入地牢，见罗吉耶洛双手双脚被锁，脚踩在一条只有拳头宽的木板上，木板下面是一潭黑黝黝、深不可测的臭水。李欧一边替罗吉耶洛开锁，一边说道：

"我是李欧王子，康斯坦丁的儿子。我亲自来解救你，因为我不愿见到像你这么英勇不凡的战士死于非命。我的父王若发现是我劫走了囚犯，恐怕会将我放逐，或取消我的王位继承权。然而，我还是愿意把你的利益放在我个人的荣辱之上——"

◎ 感恩代战

李欧费了好大的力气才把罗吉耶洛的镣铐打开。他的一番话让罗吉耶洛羞愧不已：没想到他千里迢迢而来要杀的人，竟然是个如此宽宏大量、既往不咎的人！而且不顾一切救了他的命！

"殿下！"罗吉耶洛惭愧又感动地说，"多谢您的救命之恩！从今往后，您若有任何差遣，我赴汤蹈火，在所不惜，只盼能回报您的恩情。"

李欧将罗吉耶洛带回自己的皇宫，并且想办法把法兰堤诺以及盔甲找回来还给他。外面风声鹤唳，大队人马到处搜寻逃跑的囚犯，但谁也没想到他就藏在王子的宫中。

这时，消息传来，查理曼大帝已经宣布：任何人想要跟布拉达曼特求婚，都得先与她比武，赢得比赛才能赢得佳人。李欧听到这个消息时，不禁眉头深锁。他并不是个自欺欺人的蠢材；他知道自己的武艺平平，比起传闻中的布拉达曼特，那是远远不如。

然而李欧足智多谋，知道靠计策或能弥补自己力不足取的地方。他想到了那位他从地牢解救出来的武士。虽然他尚未探问他的身份、来历，但他相信以这名武士的身手武艺，绝对没有任何法国勇士能够与他匹敌；他一定也能打败布拉达曼特，为他赢得美人归。

李欧找来了罗吉耶洛，将自己的困难和需要解释给他听，然后提出代战的要求。罗吉耶洛既有先前的承诺，当然答应了。但他的脸上虽然挤着一丝微笑，心里却淌着血。命运为何让他陷入这般两难的局面呢？他若拒绝了李欧，岂不成了忘恩负义的罪人；但他若替李欧代战，为他赢得了布拉达曼特，等于将自己所爱拱手让人，这教他情何以堪？简直比死还痛苦！不如佯输，死在布拉达曼特的手下吧！只是这样一来，他就永远不能解除亏欠李欧的那一份救命恩情了——

　　罗吉耶洛思前想后，觉得怎么做都不对，心里痛苦不已！只好走一步算一步，先完成对李欧的承诺再说吧。

　　另一方面，李欧在父王康斯坦丁的支持下，带领随从、侍卫前往法国比武求亲。大队人马走了十几天后，终于抵达巴黎近郊。李欧命令属下就在巴黎城外搭营，作为众人暂时安居之处。同一天，他也派人去觐见查理曼，向他致赠礼物，并说明来意。

　　在查理曼向世人公告布拉达曼特不会嫁给武艺不如她的人之后，艾蒙和比阿特丽丝不得不将女儿从海边的古堡接回，安排比武招亲事宜。希腊王子既已前来求婚，查理曼命人连夜赶工，在皇宫外的大草原搭起看台，围出比武的场地，准备第二天一早就举行比武。

　　当天晚上，罗吉耶洛仿佛被宣判了死刑的囚犯般，了无生气，大脑一片空白。为了不让人识破身份，他将穿着李欧的盔甲，盾牌上佩戴着李欧的家族徽记。他选择比剑，但不会用"搏力煞"，而是一把普通的剑。他甚至悄悄把剑锋敲钝了，以免伤到比他的生命还宝贵的布拉达曼特。

　　布拉达曼特的准备刚好相反，她把剑磨了又磨，意欲一剑刺穿对手的盔甲，置他于死地。

◎ 相逢何必曾相识

　　第二天黎明，东方才射出第一道曙光时，罗吉耶洛已经入场等待了。布拉达曼宛如一匹训练有素的战马，鼻息咻咻作响，迫不及待要在接到指令时，立即冲刺出去。终于，开战的号角响起，她按捺不住情绪，高举宝剑就向罗吉耶洛劈过去。

布拉达曼特想要速战速决，于是招招凶狠地往对方盔甲的接缝处进攻。她时而由上、时而由下，左劈右砍，迅雷不及掩耳地猛攻，要对手措手不及，乖乖受死。然而，令她吃惊的是，她显然低估了"希腊王子"的实力，因为不管她的剑招再怎么险恶，她顶多只在对方的盔甲上刮出火花，或碰触到对方时，力道已尽。

为了保命，罗吉耶洛矫健的身手展露无遗。他或是稳住下盘，或是旋身，或是后退，或是倒转剑背将布拉达曼特的劈击引开。他也尽量以守代攻，即使偶尔出手进击，也砍在不会伤害到布拉达曼特的地方。

根据早先公布的胜负规则，天黑之前，布拉达曼特若杀不了，或打败不了对手，那么她就是输了。眼看太阳逐渐西斜，布拉达曼特开始焦急；她出手更快，攻击的火力更猛，希望能在日落前结束这场战役——

太阳终于没入了地平线，布拉达曼特的力气也消耗得差不多了。她没想到一整天下来，她竟未伤到李欧王子分毫。噢，可怜的姑娘！你若知道你招招想要置于死地的人是你挚爱的罗吉耶洛，你恐怕宁愿杀了自己，也不愿伤他分毫吧！

查理曼以及麾下诸将领仔细观赏求婚者的表现后，都赞不绝口：他剑术卓越，身手不凡，既保护了自己，又未伤到布拉达曼特。

"这两人真是天造地设的一对呀！"众人异口同声道，"两人武艺不相上下，真是太相配了！"

查理曼见太阳已落山，下令停止比斗，并立即宣布布拉达曼特必须接受李欧王子的求婚，不得再有任何异议。罗吉耶洛并未退到场边休息，而是直接回到城外希腊人的扎营处。李欧王子满心欢喜，紧紧地拥抱罗吉耶洛，亲吻他的双颊。

"我真不知如何感谢你才好，"李欧热烈地说，"你若有任何要求，尽管

危在旦夕　433

告诉我，我一定都答应你。"罗吉耶洛努力挤出一丝微笑，没有回答。他的内心仿佛压着千斤重担，嘴里苦涩不已。他归还李欧的徽记，然后借口说他很疲累需要休息，就告退了。

回到帐篷后，罗吉耶洛并没有休息。他直接穿上自己的盔甲，骑上法兰堤诺，悄悄往森林走去。他万念俱灰，只想一死了之；除了死，他不知道还有什么办法可以解脱。

"一切都怪我自己，"他一边哽咽，一边喟叹，"是我自作自受，陷入这样的窘境。然而，伤害的若只是我自己，悲伤的也只是我自己；但我还伤害了布拉达曼特，逼她嫁给不爱的人！她若知道我打败她竟是为了将她拱手让人，她一定会恨死我。对她，我只有以死谢罪——"

罗吉耶洛泪流满面，心神迷乱，任法兰堤诺带着他往黑黝黝的森林走去。走了一整夜，越走越深，天亮时，他发现自己已置身没有人烟、几乎不见天日的密林中。对他来说，这是寻死的好地方。

罗吉耶洛躺在地上，打算将自己慢慢饿死。他静静地躺了三天三夜，手脚逐渐乏力。有谁知道他躲在这里呢？如果女巫师梅莉莎不出来帮忙的话。

罗吉耶洛乞求死亡，带走他无法撼动的悲伤；只有死能让他安慰，只有死能让他看到无边苦痛的尽头

"我珍爱的女士!为何我还要把就要不属于我的称作我的?为何我还要拖延我手中将要反对我的剑?"

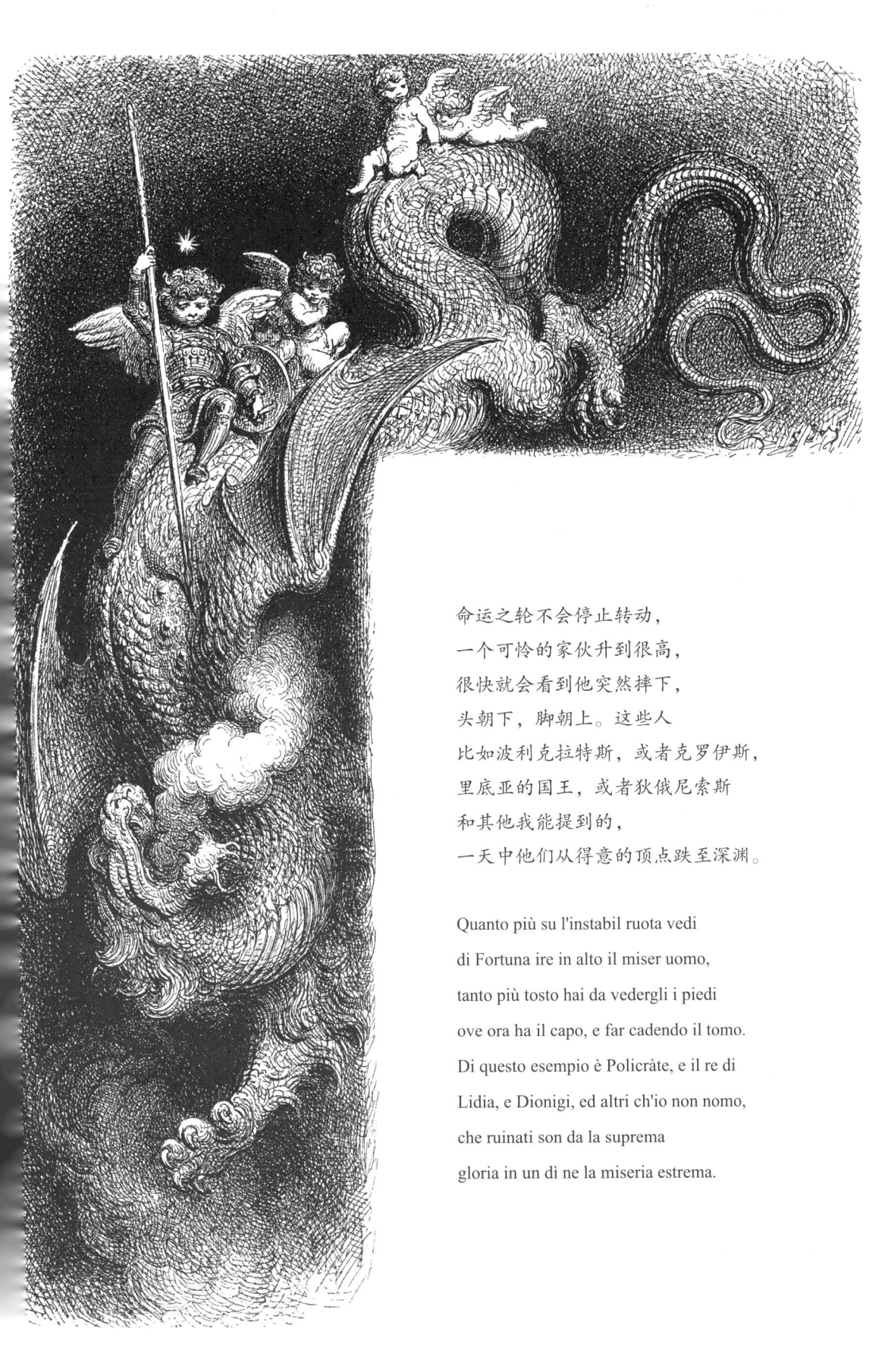

命运之轮不会停止转动，
一个可怜的家伙升到很高，
很快就会看到他突然摔下，
头朝下，脚朝上。这些人
比如波利克拉特斯，或者克罗伊斯，
里底亚的国王，或者狄俄尼索斯
和其他我能提到的，
一天中他们从得意的顶点跌至深渊。

Quanto più su l'instabil ruota vedi
di Fortuna ire in alto il miser uomo,
tanto più tosto hai da vedergli i piedi
ove ora ha il capo, e far cadendo il tomo.
Di questo esempio è Policràte, e il re di
Lidia, e Dionigi, ed altri ch'io non nomo,
che ruinati son da la suprema
gloria in un dì ne la miseria estrema.

宽宏大量的李欧

罗吉耶洛与布拉达曼特能否结合,一直是梅莉莎最关心的事情。她经常派遣从冥府召来的鬼灵,替她打探这一对苦命情侣的消息。罗吉耶洛躲在何处?为何执意寻死?她当然都知之甚详。

罗吉耶洛失踪两天后,李欧王子也开始疑虑,不但派手下四处寻访,甚且亲自带人外出找寻。第四天早上时,梅莉莎出现在他面前,对他说:

"王子!如果您的内在跟您的外表一样高贵,就请您对当今最优秀的勇士伸出援手吧!他如今命在旦夕,急需帮助和安慰。这个世界上再也找不到比他更勇敢的武士、更英俊的男子、更高尚的品格了。而他为了尽忠于人,已经快堕入死亡的深渊。请您大发慈悲,救他一命吧!"

李欧马上猜到梅莉莎所说的人就是他也正在寻找的那名骑士。他立即跟着梅莉莎快马加鞭赶到森林去。

这时的罗吉耶洛已经饿了三天了,在肉体的饥渴和精神的悲怆双重折磨下,他已经虚弱得无法站立。他躺在草地上,全身仍穿着盔甲,剑也还挂在腰间。他嘴里喃喃着,不断责怪自己;他恨自己让布拉达曼特受尽委屈,恨自己除了寻死,毫无其他能力。

罗吉耶洛沉浸在悲伤的情绪中,浑然没听到有人走近。李欧驻马,聆听

饿了三天，罗吉耶洛已经虚弱得无法站立

罗吉耶洛不断哀叹

罗吉耶洛的自白。他没有打断他,只是轻轻下马来,轻轻走向罗吉耶洛。他听出了罗吉耶洛是为情伤怀,但不晓得这位姑娘是谁,因为罗吉耶洛并未提到布拉达曼特的芳名。

李欧缓缓走到罗吉耶洛面前,他弯下腰来拥抱他,像兄弟般亲切地问候他。罗吉耶洛没料到李欧竟会出现,心中不禁百感交集。

李欧用充满感情的语气对他说:"你不应该对我隐瞒你的悲伤。只要留住生命,未来就有希望。让我知道我是否有效劳的地方吧。让我们一起努力来解决困难!"

李欧这样坚持、这样善良,罗吉耶洛再不开口,未免不近人情。但话卡在喉头,他实在不知该怎么说。终于:

"你若知道我是谁,恐怕你会比我更急切地想取我的性命。我就是你所恨的人,罗吉耶洛。我千里迢迢到希腊去,原是为了杀你,以泄夺爱之恨。没想到,上天却另有安排!在我身陷险境时,你不顾一切地救了我;你的宽宏大量让我对你的看法完全改观——我不但不再恨你,相反的,我对你的胸襟、气度打心底地敬佩和仰慕。于是我对自己发誓,在我有生之年一定要回报你。

"当你要求我替你比武求婚时,我的心头仿佛插上了一把刀。然而,我选择替你效命;我将你的利益摆在我自身的利益之前。我已经为你赢得了布拉达曼特,只是失去了她,我活着也没有了意义——"

李欧听了罗吉耶洛的告白,震撼得说不出话来。这样的义无反顾是他从未体验过的、极致的骑士精神。虽然知道了罗吉耶洛的真正身份,他并不恨他;相反的,知道他为自己所做的牺牲后,只让他的钦佩和赞赏有增无减。再者,身为希腊未来的国君,他岂能让罗吉耶洛的英勇和道义专美于前!

"那天看到你大败希腊军队时,我就深深为你的武艺、勇气所折服。当时我即便知道你就是罗吉耶洛,我对这名字原有的恨也会毫不迟疑地转为激赏与佩服。谢谢你为我做这么大的牺牲,但如今我既知道你的身份,我怎可为了要与布拉达曼特结婚而背上不仁不义的罪名!你比我更有权利拥有这位可爱的姑娘——我虽仰慕她的才华技艺,但失去她不会伤害我的性命。也许你死了,我就可顺利娶她为妻,但我绝不容许这样的事情发生。我真遗憾,你宁愿以死面对这个难题,却不愿向我求助!"

罗吉耶洛听李欧这么说,忍不住激动地叫道:"你救了我两次命!我要如何报答你的恩情呢?"

梅莉莎适时端来了一些食物,她柔声鼓励罗吉耶洛要坚强地活下去,只有好好活着,才能解决问题。

饿了三天,罗吉耶洛早已浑身乏力,连站都站不稳了。李欧把法兰堤诺牵过来,然后扶他上马。他们一起到附近的一所修道院休息;罗吉耶洛在多人的悉心照料下,两天后终于恢复了体力。之后,三人结伴回到巴黎。

◎ 误会冰释

回到巴黎后，罗吉耶洛就听说，前一天傍晚时，保加利亚特使来巴黎找他，因为保加利亚人民决定拥立他当他们的国王。保国特使是由罗吉耶洛留在保国的侍仆带来巴黎的，他对查理曼详述了罗吉耶洛如何凭一己之力，让保加利亚反败为胜的经过，并请查理曼协助找人。

罗吉耶洛悄悄进入巴黎城时，没有惊动任何人。第二天，他穿着为李欧代战时穿的盔甲，在李欧的陪同下，去觐见查理曼大帝。李欧并未做骑士打扮，他穿着华贵的宫廷服饰，后面跟着大队侍卫，气派非凡，泱泱大国的皇家风范显露无遗。

李欧对查理曼微微弯腰行礼，查理曼也已向前走了几步，对他表达热诚的欢迎之意。但众人忍不住疑惑，因为他们一眼就认出了李欧身旁的骑士，就是前几天与布拉达曼特比武之人——他的身形、所戴的徽记，以及盔甲上被布拉达曼特砍出的累累伤痕。

李欧牵着罗吉耶洛的手，对查理曼说道：

"陛下！这位就是与布拉达曼特比武的勇士，既然他未被打败或被逐出比武场，根据此次比武的规则，他当然有权利迎娶布拉达曼特为妻。布拉达曼特若非武艺高强的人不嫁，有谁比这位勇士更有资格娶她呢？她若要遇到最爱的人才愿与之结为连理，又有谁比这位勇士更有资格匹配她呢？"

玛菲莎听到这里，忍不住大叫道："罗吉耶洛现在不在这里，否则，他一定会向这位勇士挑战。我是罗吉耶洛的妹妹，为了护卫他的权益，我在此向任何自认有权利娶布拉达曼特为妻或自认武艺比罗吉耶洛高强的人挑战！"

玛菲莎激愤不已，在场众人都担心她等不及查理曼同意，就会马上动手。

李欧觉得没必要再让罗吉耶洛隐瞒身份了，他取下罗吉耶洛的头盔，对玛菲莎道："你的哥哥在此！他会跟你解释一切。"

情况急转直下，玛菲莎惊喜不已；她激动地紧紧抱住罗吉耶洛的脖子，眼眶忍不住红了。

　　查理曼、里纳尔多、罗兰、杜东、萨布里诺等人也都惊喜交集，每个人都连忙过来与罗吉耶洛拥抱亲吻。

　　等大家的情绪稍为平复了，李欧开始向众人叙述他与罗吉耶洛相知相惜的经过，当他说到罗吉耶洛为了道义不惜放弃所爱，却又因此伤心欲绝时，众人的眼睛不禁都泛出了泪光。李欧接着转向艾蒙，向他大力赞赏罗吉耶洛的品格以及在各方面出类拔萃的表现。他的话语如此动人，态度如此恳切，艾蒙终于被他打动，同意将布拉达曼特许配给罗吉耶洛。

　　全场欢声雷动，立即有许多人赶着去向布拉达曼特报喜。她独自一人正躲在闺房里悲伤，脸色苍白、了无生气。当她听到这个好消息时，内心激动澎湃，竟然四肢发软，差点儿站不起来。接着，她"哇"的一声哭了出来，喜极而泣的泪水沾满了衣襟，双颊泛起了幸福的红光。

　　保加利亚的特使团同感喜悦，他们不但找到了国王，连王后都有了。罗吉耶洛答应三个月后会前往保加利亚登基，带领保国上下抵抗外侮。李欧王子则与罗吉耶洛订下两国从此交好的盟约，并保证会说服父亲康斯坦丁归还从保国占领的土地。

　　至于野心勃勃、希望女儿成为希腊皇后的比阿特丽丝，也不再反对布拉达曼特与罗吉耶洛的婚事了，因为罗吉耶洛除了拥有才能外，现在也是位受人爱戴的国王了。

如果我的地图没有误导我，	Or, se mi mostra la mia carta il vero,
港口很快就会进入视线，	non è lontano a discoprirsi il porto;
也许可以期待完成我的誓言，	sì che nel lito i voti scioglier spero
向那个陪我度过漫长旅程的人。	a chi nel mar per tanta via m'ha scorto;
只有一条破船，也许要永远漂泊，	ove, o di non tornar col legno intero,
啊！我在返程的期望中变得多么苍白！	o d'errar sempre, ebbi già il viso smorto.
我认为……没错，我看到了陆地，	Ma mi par di veder, ma veggo certo,
我看到欢迎我的海岸。	veggo la terra, e veggo il lito aperto.

有情人终成眷属

查理曼亲自为罗吉耶洛与布拉达曼特筹备婚礼，他不惜一切花费，宛如嫁女儿般，务求尽善尽美；布拉达曼特对法国的贡献如此之大，她的婚礼即使要耗掉他一半江山，他都觉得不为过。各国也纷纷派遣使节前来献礼祝贺，巴黎城内外为接待贵宾而临时搭建的帐篷、亭台楼阁绵延不绝，人来人往，穿梭不停，举国沉浸在欢庆的气氛中。

除了新人外，对这个结合最感欣慰的莫过于女巫师梅莉莎了。在她的帮忙下，经过再多的挫折、误解，这对有情人终成眷属。她为这两条高贵血脉的汇合将孕育出世世代代的功臣名将、英雄帝王而欣喜不已。

在婚礼的前夕，梅莉莎亲自为这对新人准备了一张举世无双的喜床，然后将喜床设在一座古董帐篷中。两千年前，特洛伊公主——能知过去、未来的卡珊卓——亲手在这帐篷上绣出一个一个的故事，每一个故事都是赫克托耳一脉相传，包括罗吉耶洛以及他的子孙的英雄事迹。梅莉莎只跟罗吉耶洛和布拉达曼特描述这些故事，因此参观喜床的来宾虽然众多，也都赞叹不已，但只有新人知道这些刺绣的含意。罗吉耶洛与布拉达曼特对要在这深具承传旨意的帐篷里，度过他们的新婚之夜，也深感荣幸与意义重大。

婚礼的庆祝进行了九天九夜：所有的贺客都觉得宾至如归；比武场上的竞

赛从没停过，每天击碎长枪至少一千支；连绵不绝的桌上永远摆满了佳肴美酒；夜晚狂欢的舞会通宵达旦地进行。而罗吉耶洛无论是在跳舞、比武或其他方面的参与，总是表现出色，赢得众人的赞叹与注目。

◎ 荣誉之战

婚礼的最后一天时，宫廷的大宴正要开始，查理曼与罗吉耶洛、布拉达曼特等人在开心交谈。这时，一名身穿黑色盔甲、骑着黑马的骑士快速往宴席这边奔过来。骑士的身形十分魁梧，气势张狂，原来不是别人，正是萨西亚国王罗德孟。

自从被布拉达曼特用黄金长枪刺下马后，罗德孟就发誓在一年一个月又一天的时间内，绝不再骑马作战，以作为对自己的惩罚。在这期间，他听说了阿格拉曼战败、最后战死的事，但都无动于衷。现在，一年一个月又一天的时间过去了，他决定重上战场，为阿格拉曼、也为自己讨回一些公道。

罗德孟态度倨傲，并未对查理曼或在场的任何贵宾行礼，甚至脸露鄙夷和不屑的神色。众人对这样的傲慢无礼都感到惊诧，纷纷推开食物，停止交谈，想听听这位不速之客到底有何话说。

罗德孟当着查理曼的面，对罗吉耶洛大叫道："我是萨西亚国王罗德孟，我要向你挑战！日落之前，我会向在场所有的人证明：你是个对自己国王不忠不义的叛徒，不配与在场的其他骑士平起平坐！"

罗吉耶洛听到这般侮辱的控诉，霍地一下站起来，大声反驳道："你满口胡言！我对自己的国王仁至义尽。我会在比武场上向你证明，让你心服口服——"

里纳尔多、罗兰、黑白兄弟、杜东、吉东，甚至玛菲莎等都站起来，抢着要为罗吉耶洛接下这个挑战，因为他们觉得他正值新婚，不应该在蜜月期间动刀动枪。但罗吉耶洛回答道："不要再争了——我不需要这些不高尚的借口！"

罗吉耶洛很快就穿戴好盔甲武器，准备作战。在场的姑娘们怕得脸都白了；她们恐怕罗吉耶洛无法抵挡凶猛的罗德孟。巴黎市民以及大部分的贵族、骑士也同样悲观：罗德孟杀入巴黎的惨痛回忆还深烙在他们的脑海里——这个残暴的异教徒凭着一把剑几乎摧残了整个巴黎城；而他肆虐的痕迹，仍有多处昭然遗留城内，尚未恢复。

但说到害怕，没有人的心比布拉达曼特的心震颤得更厉害了，并不是因为她觉得罗吉耶洛不是罗德孟的对手，而是她爱得太深了，忍不住要害怕、颤抖。噢，她多么希望能代夫出战！即使她要因此而死很多遍，她都愿意！

◎ 最后一役

号角声起，罗吉耶洛和罗德孟背道而驰，拉出了一段距离，然后两人拉转马头，放低长枪，像射出的箭般，向彼此冲刺过去。马蹄奔腾声中，两枪互击，众人只觉得天摇地动，耳膜震得嗡嗡响。

罗德孟击中了罗吉耶洛的胸甲，长枪"咔嚓"一声碎成千百片，往四下激射出去。不过，这一击徒劳无功。罗吉耶洛身上的盔甲是传自赫克托耳的千年宝物，纵使是罗德孟的威力也未能伤他分毫。

罗吉耶洛也击中了罗德孟的胸部，力道之猛足以刺穿对手的盔甲，但他的长枪也禁不起如此巨大的震撼，碎成片片，擦出火花，激射向天空。两匹马则承受不住这么大的撞击力，双双往后跌坐在马鞍上。

罗吉耶洛和罗德孟以高明的骑术很快就让马站了起来。两人丢开枪托，拔出剑来开始劈砍。罗德孟并未穿他原来由龙鳞打造的盔甲（之前布拉达曼特打败他时，已经逼他缴械了），但他即使穿那件盔甲也抵挡不住"搏力煞"的威力。不久，他身上已有多处伤口。

罗德孟看到自己的盔甲已渗出斑斑血迹，不禁怒火中烧；他知道自己的盔甲抵挡不了对方的剑，干脆丢开盾牌，然后以双手高举宝剑，猛力向罗吉耶洛的头盔劈下去。罗德孟的双臂足以震撼山河、摧毁大地，所幸罗吉耶洛的头盔有法力护持，否则他连人带马要被这伊斯兰教徒砍成两半了。但这一劈力道如此之大，罗吉耶洛只觉眼前一黑，刹时天旋地转，分不清东西南北。他的手忽地一软，宝剑落地，双脚也滑出了马镫。

罗吉耶洛还来不及恢复意识，罗德孟第二剑又已劈下，接着第三剑、第四剑——他的剑受不了连续、猛烈的砍击，忽然"噼啪"几声断成了数截。罗德孟简直气疯了：他双腿夹紧马背，上半身扑过去，用左臂箍住罗吉耶洛的脖子，然后把头昏脑涨的他拖离马背，再把他整个人掼在地上。

这一摔倒把罗吉耶洛摔清醒了，他脚一碰地就马上跳了起来，内心的羞赧更胜愤怒，因为他瞥见布拉达曼特心急如焚的眼神——他的爱妻为他担心受怕，焦急得脸色发白，快要昏过去了！

为了报这奇耻大辱，罗吉耶洛迅速抓起掉在地上的"搏力煞"，旋身劈向罗德孟。罗德孟拉高马头，战马立起来，前蹄踢向罗吉耶洛。罗吉耶洛往后退了一步，敏捷地避开马蹄，然后侧过身到马的左边，用左手抓住了马鞍，用力扳下马身，右手则提剑向罗德孟的肚子、胸口猛刺。

罗德孟的手里还握着断剑的柄，见罗吉耶洛扯着马鞍不放，气急败坏地用剑柄向罗吉耶洛的头盔猛敲。罗吉耶洛只好放掉马鞍，两手齐力去抓罗德孟的手臂。双方一阵拔河，终于罗吉耶洛大喝一声，硬生生把罗德孟拖下马来。

罗德孟块头虽大，身手却十分敏捷，巨大的身躯尚未着地，人已直挺挺站了起来。罗吉耶洛立即挥剑攻击，以免罗德孟欺上来抓住他——被他两条铁臂抱住，那就麻烦了，这种老鹰抓小鸡的游戏他可没兴趣玩！

罗吉耶洛注意到罗德孟的肚子和大腿不断在淌着血，心想若使用拖延战术，对方最后一定会因失血过多、体力不支而倒地。罗德孟当然也知道自己情况不利，想要速战速决，于是铆尽全力，将手上的剑柄对着罗吉耶洛射过去。罗吉耶洛闪避不及，厚重的剑柄正中他的护面甲及肩膀，"锵"的一声，罗吉耶洛被打得转了一圈，脚步踉跄，险些跌倒在地。罗德孟见机不可失，连忙快步要去抓罗吉耶洛，但他大腿已因失血而逐渐麻木，用力迈步下，双脚忽然乏力，跪了下去。

罗吉耶洛趁机赶上去，双手举起"搏力煞"向罗德孟的胸甲、面甲一阵猛

罗吉耶洛将高大的罗德孟举了起来

砍。罗德孟左躲右闪，终于好不容易站了起来，双手紧紧箍住罗吉耶洛的身体。两人就这样抱成一团，谁也不放手，好像在摔跤。

罗德孟的大腿和腹部血流不止，力气逐渐削弱；罗吉耶洛看准了这一点，或踢或捶或撞，尽往他伤势最重的地方攻击。罗德孟怒不可遏，猛地铆起一股劲儿，攫住罗吉耶洛的脖子，十指用力收紧。罗吉耶洛无法掰开罗德孟的手指，只好去对付他的下半身。他右脚踩在罗德孟的双脚之间，两手分别抓住他的胸甲上下，然后把他整个人举了起来。高大的罗德孟十分沉重，罗吉耶洛转了一圈，才将他巨大的身躯摔在地上。罗德孟的头先着地，猛烈的撞击力道挤压他各处伤口，大量的鲜血刹时喷射出来，溅在四周的草地上。

罗德孟一时爬不起来，罗吉耶洛迅速用左膝压住他的胸口，左手掐住他的喉咙，右手则高举一把匕首。罗吉耶洛在罗德孟眼前挥舞着匕首，高声嘶吼，要他投降以换取活命。

但罗德孟双眼圆睁，宁死不屈；他又推又挤，要以摔跤的技术从罗吉耶洛的身下翻转上来。终于，他的右手从罗吉耶洛的膝盖下拔出来，伸向腰部挂着的短剑，接着拔出短剑要向罗吉耶洛的背部刺进去。

罗吉耶洛知道罗德孟对他的仁慈不领情，再不下手，待会儿究竟谁死谁活都很难说。他高举匕首，用力向罗德孟的额头刺下去，接着再刺了两三下，次次深及剑柄，迅速结束了一代枭雄罗德孟的性命。

罗德孟一死，查理曼大帝的广袤江山终于解除了所有的威胁，而基督徒为抵抗伊斯兰教徒所展开的圣战也终得以告一段落。

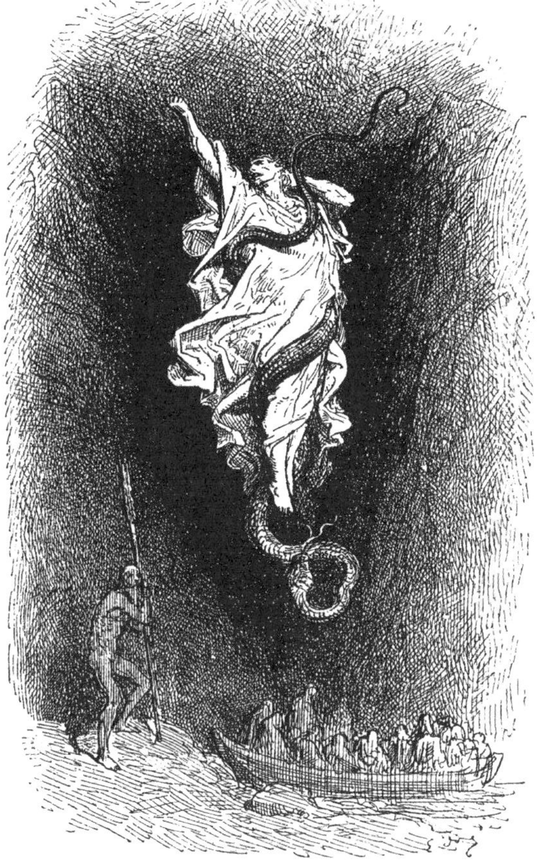

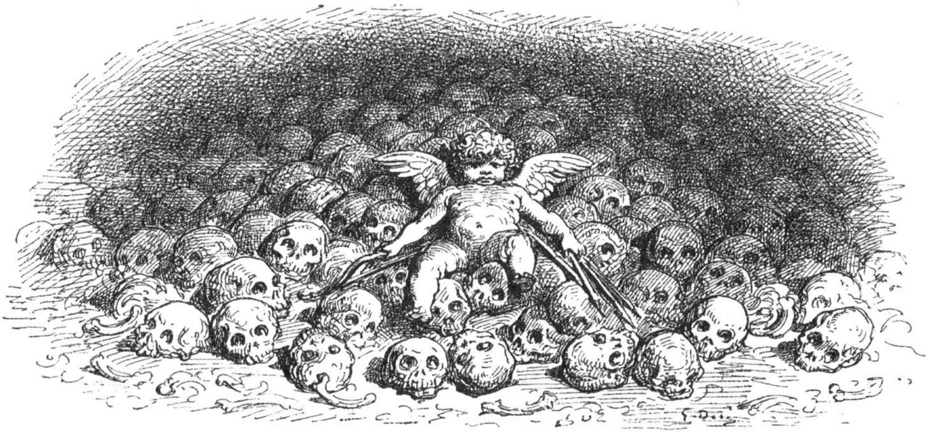